MACABRA VHS COLLECTION

DADOS INTERNACIONAIS DE
CATALOGAÇÃO NA PUBLICAÇÃO (CIP)
Jéssica de Oliveira Molinari CRB-8/9852

Muñoz, Armando
 Basket case / Armando Muñoz ; tradução de Daniel
Bonesso; Ilustrações de Vitor Willemann; baseado
no filme de Frank Henenlotter. — Rio de Janeiro :
DarkSide Books, 2025.
 352 p.

 ISBN: 978-65-5598-545-0
 Título original: Basket Case

1. Filmes de terror 2. Ficção norte-americana
I. Título II. Bonesso, Daniel III. Henenlotter, Frank

25-0598   CDD 791.409

Índice para catálogo sistemático:
1. Filmes de terror

Impressão: Braspor

BASKET CASE
Copyright © 2024 by BASKET CASE HOLDINGS LLC
Posfácio © Daniel Bonesso, 2025
Publicado mediante acordo com a Editions Faute de frappe
Todos os direitos reservados

Tradução para a língua portuguesa
© Daniel Bonesso, 2025

Ilustrações © Vitor Willemann, 2025

Há coisas que nunca deveriam ser separadas. Partes arrancadas à força, largadas à margem, mas que continuam vivas, pulsando ódio, saudade e fome. Esquecidas nas frestas da cidade, elas esperam — silenciosas, sem forma e prontas para reaparecer.

Fazenda Macabra
Reverendo Menezes
Pastora Moritz
Coveiro Assis
Caseiro Moraes

Leitura Sagrada
Fernanda Fedrizzi
Jessica Reinaldo
Vinícius Fernandes
Tinhoso & Ventura

Direção de Arte
Macabra

Coord. de Diagramação
Sergio Chaves

Colaboradores
Jefferson Cortinove
Vitor Willemann

A toda Família DarkSide

MACABRA™ DARKSIDE

Todos os direitos desta edição reservados à
DarkSide® Entretenimento Ltda • darksidebooks.com
Macabra™ Filmes Ltda. • macabra.tv

© 2025 MACABRA/ DARKSIDE

Dark‹‹Rewind

de
ARMANDO MUÑOZ

Baseado no filme de
FRANK HENENLOTTER

Tradução
Daniel Bonesso

Ilustrações
Vitor Willemann

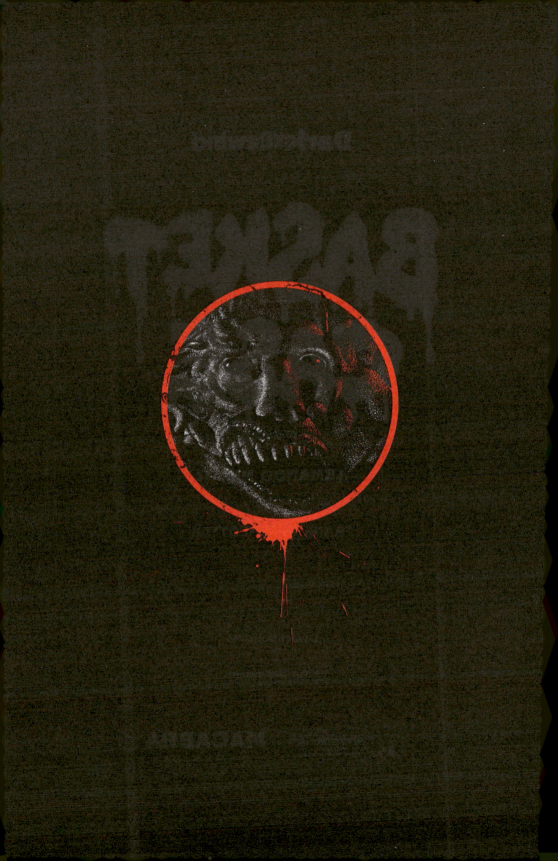

O HÓSPEDE NO QUARTO 7
É MUITO FRANZINO,
BASTANTE PERTURBADO
E LOUCO DEMAIS.

1

Duas palavras estavam na ponta da língua do dr. Julius Pillsbury. Elas classificavam uma condição de saúde maldita, que a maioria dos médicos nunca havia visto na vida. Ele próprio seria um desses médicos, não fosse por aquele único paciente dez anos antes.

Aquele paciente que preferia nunca ter conhecido. Aquele que a memória lutou para apagar a existência e, por muitos anos, obteve êxito. Não era de se admirar que essas duas palavras terríveis não constassem mais em seu vocabulário.

No entanto, em alguns casos, o passado retornava sem aviso para cobrar os assuntos inacabados.

Naquela sexta-feira à noite, faltando quinze minutos para as sete, o dr. Pillsbury saiu do consultório em Glens Falls, Nova York. O carro dele, barato e econômico, era o único no estacionamento. Às sete horas, o médico estava no *drive-thru* do Wendy's, terminando de pegar um hambúrguer duplo com batata frita grande e *milk-shake* de sobremesa.

Quinze minutos depois, estacionou o carro na entrada da casa de apenas um andar que estava na família há quase um século. Era uma construção gótica e antiquada, com cerca branca e rodeada por árvores. Uma atmosfera digna das pinturas de Norman Rockwell.

A menos de uma década para se aposentar, Pillsbury ainda não havia encontrado uma mulher com quem dividir a casa — e melhor assim. Uma esposa jamais compactuaria com o hábito noturno de comer *fast-food*. Como médico, aconselharia a si mesmo a mudar de dieta, mas seguir ou sugerir boas recomendações médicas nunca fora o forte dele.

Enquanto caminhava em direção à varanda da frente, ouviu o telefone tocar dentro da casa. Com a embalagem engordurada, o *milk-shake* e a maleta preta nas mãos, encontrou dificuldade para destrancar a porta. A bebida quase foi ao chão, mas ele a agarrou no último segundo. Sem dúvida, o desperdício daquele *milk-shake* acabaria com a noite.

Após entrar apressado, o médico bateu a porta e correu até o telefone, sem ter cogitado trancar a residência. Largando as chaves, a maleta, a comida e a bebida em cima do balcão, pegou o fone.

"Alô", atendeu, sem fôlego.

"Preciso falar com um médico", disse a voz do outro lado da linha, que parecia a de um homem mais jovem.

"Essa não é uma linha comercial, não tem médico algum aqui."

"Ah, mas tem, sim", respondeu a voz. "E o dr. Julius Pillsbury?"

O doutor bufou irritado. O jantar esfriava e a sobremesa derretia.

"Se quiser marcar uma consulta, peço para ligar amanhã para o meu consultório."

"Não. Preciso da sua ajuda agora."

Pillsbury não era o tipo de profissional que aceitava ordens de pacientes. O compromisso com o Juramento de Hipócrates era restrito ao horário comercial. A função dele era apenas prescrever receitas médicas, nada além disso. Não havia nenhuma cura milagrosa que poderia receitar para aquele chato ao telefone.

"Quem está falando?", dr. Pillsbury exigiu saber.

"Duane... Smith. Lembra de mim?"

Não reconheceu o nome ou a voz ao telefone. Ele atendera vários pacientes chamados Duane ao longo dos anos, mas a pausa antes de falar o sobrenome, um tanto comum, indicava ser um nome falso.

"Não, não me lembro e nem quero lembrar. Não ligue mais para cá..."

"Escuta aqui", interrompeu o homem. "Você é o único que pode me ajudar. Você já me atendeu antes."

Era um antigo paciente, chamado Duane, talvez. Algo naquele nome acendia um sinal de alerta.

"Não posso te ajudar. E não ligue mais pra esse número."

Ao começar a devolver o telefone ao gancho, ouviu três palavras que congelaram a espinha.

"Dez anos atrás."

Houvera um caso há dez anos. Um caso que o deixou chocado.

"Você tirou uma coisa de mim, lembra da amputação?"

Como poderia, indagou-se, apesar de, ainda assim, ter esquecido o caso. Às vezes, era a única maneira de manter a sanidade. Jamais admitira nada, e sequer conseguiria naquele instante, pois as cordas vocais estavam congeladas.

"Preciso de volta aquilo que arrancaram de mim. Só você pode me deixar completo de novo."

A mão do doutor tremia com tanta intensidade que ele quase deixou o telefone cair.

"Já que não posso marcar uma consulta, podemos fazer um atendimento domiciliar."

Dr. Pillsbury bateu o telefone de volta no gancho. Naquele instante, a sensação era de que a vida havia descarrilhado de vez, como se estivesse a caminho de um desastre iminente.

Mas era o desastre que vinha a seu encontro.

O coração disparado o levou a uma decisão impensada. Seria inútil ligar para a polícia, pois diriam se tratar apenas de um trote. Contudo, a ligação era uma ameaça clara. Uma vez que ele também não era exatamente inocente na história, explicar toda a situação para a polícia seria a última coisa que gostaria de fazer. Aquele segredo obscuro deveria permanecer oculto a qualquer preço.

O médico precisava de informações, e elas estavam no consultório. Havia apenas duas pessoas com quem poderia falar sobre o problema, e deveria ser o mais rápido possível.

O telefone tocou, e seu coração quase saltou pela boca. Se aquele sujeito bizarro conseguira o número residencial, seria provável que também tivesse o endereço, e poderia levar adiante a ameaça de uma visita.

Apesar do peito dolorido pelo coração acelerado, pegou as chaves e a maleta do trabalho e correu até o carro, enquanto o jantar e a sobremesa permaneciam no balcão.

Em geral, o percurso até o consultório costumava demorar cerca de 25 minutos, mas, naquela noite, ele conseguiu percorrer em cinco. Havia o risco de tomar uma multa; porém, outros riscos muitos maiores estavam em jogo. Com a boca e a garganta secas e doloridas, ele se arrependeu de não ter trazido o *milk-shake*.

Em frente ao consultório, estacionou o carro na vaga reservada. Embora atendesse no mesmo local há quase quarenta anos, a pessoa que o ameaçou ao telefone nunca havia pisado ali e, com um pouco de sorte, nunca pisaria. O paciente problemático fora tratado em um atendimento domiciliar.

Suas mãos tremiam enquanto destrancava as duas fechaduras. Empurrou a porta com o ombro e acendeu as luzes. A recepção estava vazia. Pela primeira vez, lamentou por não ter instalado ali um desses alarmes modernos. Após confirmar que não havia indícios de arrombamento, trancou a porta e foi direto para a sala onde examinava os pacientes.

A mão trêmula acendeu a luz, revelando o cômodo tal qual deixara antes de sair. Talvez a tremedeira fosse menor se tivesse uma arma. Não ter se armado foi um erro grave, porém, com sorte, não seria fatal. Havia um revólver em casa que deveria estar com ele desde que recebera aquela maldita ligação. A arma também caberia com perfeição na maleta preta.

Aquilo que procurava não estava na sala, então prosseguiu, passando pela maca para fazer exames. À frente, havia uma porta para um cômodo menor, onde guardava todos os documentos do consultório, além de prontuários de pacientes, acumulados ao longo de tantos anos de atividade. Diferente das outras salas, o ambiente não tinha interruptor ao lado da porta. Ele precisaria caminhar até o centro do cômodo para acender a luminária em cima da escrivaninha.

Cheio de apreensão, abriu a porta da sala. Mesmo na penumbra e com as pernas bambas, não teve dificuldade para alcançar a mesa. Com um clique, a luminária foi acesa, indicando que ele estava sozinho. O médico precisou parar um instante para recuperar o fôlego, pois a pressão incômoda no peito parecia não ceder.

O prontuário que buscava não estava com os outros. Havia mais uma porta a ser aberta, a porta de um cômodo secreto minúsculo, onde a papelada confidencial era guardada sob uma tranca. Preparando-se para enfrentar outro local escuro, deu um passo à frente.

Aquela ligação deixou-o com os nervos tão à flor da pele que ele temia sofrer um ataque cardíaco. O medo tinha a capacidade de fazer alguém regredir aos tempos da infância, quando monstros ainda espreitavam dentro do armário, debaixo da cama ou atrás da porta.

E, com tantos anos como médico, havia aprendido a verdade mais amarga de todas: alguns monstros de fato existiam.

Após abrir a porta, a mão buscava pelo interruptor no ambiente escuro, quando os dedos encostaram em algo que se moveu, algo vivo.

Os músculos se contraíram e ele ligou o interruptor. Uma barata enorme subia pela parede. Essas pragas — ou melhor, *parasitas* — estavam ali há mais tempo que seu escritório. O segredo era manter as pestes fora de vista, em especial na recepção e na sala de exames.

Dr. Pillsbury entrou no espaço apertado para ter acesso ao armário metálico de arquivos. Ao destrancar a última gaveta inferior com a menor chave do molho, ouviu o ranger das dobradiças quando o móvel abriu. No fundo, havia uma pasta sem identificação. Ele a puxou e bateu a gaveta de volta. Agora, com o documento mais confidencial de todos em mãos, não perdeu tempo para trancar a gaveta.

Após apagar a luz do local estreito, voltou para a sala anterior e jogou a pasta em cima da escrivaninha, ao lado da maleta preta. Dentro da pasta, havia páginas e mais páginas de prontuários médicos, anotações à mão e cópias xerocadas de artigos e fotos retirados de revistas médicas. As imagens em preto e branco eram perturbadoras e exibiam deformidades físicas das mais extremas.

Imagens de aberrações da natureza, monstros. Coisas que jamais deveriam ter nascido. Uma das fotos era tão aterradora — com aqueles olhos, aqueles dentes e as garras — que a maior parcela da população não suportaria olhar por muito tempo. Seria melhor que o público em geral permanecesse alheio à existência de tais abominações.

As cópias xerocadas estavam deixando-o enojado. Pillsbury folheou as páginas até encontrar os prontuários médicos do paciente, retirando-os da pasta em seguida.

As anotações manuscritas no relatório ultrapassavam o espaço designado; ainda assim, não foi difícil encontrar as duas palavras que ele se esquecera, escritas em letras garrafais e sublinhadas.

"TERATOMA PARASITÁRIO."

Havia outro termo em destaque, escrito em letras ainda maiores e com caneta vermelha, chegando a encobrir parte das anotações.

"VEIO A ÓBITO."

Parte do prontuário estava encoberta pela cópia de uma certidão de nascimento presa com um clipe. Ao retirar o documento anexado e deixá-lo de lado, uma segunda certidão se soltou.

Após enxugar o suor de nervosismo da testa, o médico voltou a atenção ao prontuário e viu o nome do paciente que havia se esquecido: Duane Bradley. Fazia sentido que todos esses documentos pertencessem ao jovem que ligara para a casa dele com a ameaça velada de uma visita.

O dr. Pillsbury não era famoso na área de amputações. Houve apenas uma em toda a carreira: a do paciente Duane Bradley. O passado voltava a bater à porta, e se o telefone do consultório tocasse naquele instante, com certeza ele infartaria ali mesmo.

As informações de que precisava estavam anotadas ao final do prontuário, com os nomes de outros dois médicos. O primeiro nome, "dr. Needleman", estava acompanhado de um endereço em Manhattan e de um número telefônico. O segundo, "dra. Kutter", não tinha telefone algum, e no endereço constava apenas "Cidade de Nova York".

Ele tirou o telefone do gancho e discou o número encontrado. Naquela hora da noite, seria difícil alguém atender. Uma onda de alívio o cobriu ao ouvir uma voz do outro lado da linha. Apesar de não lembrar mais o primeiro nome de Needleman, tinha certeza de que o homem o reconheceria de imediato.

"Consultório do dr. Needleman", atendeu uma mulher.

Droga, pensou ante a expectativa de ser uma linha residencial.

"Posso falar com o doutor?", perguntou, sem paciência.

"Esse é o ramal de recados dele", respondeu a secretária com uma risadinha leve. "O doutor não está."

"Olha, como posso falar com ele?", questionou exasperado. "Você deve ter o número da casa dele."

"Senhor, sinto muito, mas não tenho. Você é um paciente?"

"Não! Sou um colega, um colega muito importante. Deve ter alguma forma de falar com ele."

"Se deixar seu nome e um número de telefone, posso pedir pra ele retornar."

Sua puta mentirosa, pensou o dr. Pillsbury. Se fosse mesmo pedir para ele retornar, então a secretária tinha o número residencial.

"É uma emergência?", perguntou a mulher.

"Sim! É de suma importância que ele me ligue o mais rápido possível. É um caso de vida ou morte."

"Ok. Qual seu nome e número?"

"Doutor Julius Pillsbury... b-u-r-y. Prefixo 518, 359-7788. É meu número residencial. Estarei lá. E vou repetir, é um caso de extrema urgência, ele precisa me ligar assim que possível. Não me importa quão tarde isso seja! Deu para entender?"

A voz do outro lado também soou exasperada. "Vou passar seu recado, doutor. Boa noite!"

Irritado, o homem afastou o telefone do ouvido.

"Vadia do caralho", resmungou, batendo o aparelho no gancho.

Havia falado cedo demais, e a mulher ouviu o insulto. Ela passaria o recado, mas em um bloco de notas em cima da mesa de Needleman para ser encontrado na segunda-feira de manhã, escondido sob uma pilha de papéis.

Dr. Pillsbury enxugou o suor da testa outra vez. Os relatórios médicos voltaram a se amontoar dentro da pasta, que iria para casa com ele. O plano era usá-los para alimentar o fogo de sua lareira. Não poderia restar qualquer evidência que pudesse ligá-lo a Duane Bradley. Aqueles documentos deveriam ter sido destruídos há muito tempo.

Precisaria também contatar a dra. Kutter, a segunda médica na lista, mas não agora. Kutter era uma peça rara, a pessoa mais fria que já conhecera. Talvez não se importasse se Duane Bradley a visitasse.

Por que Duane Bradley não estava em Nova York, onde Needleman e Kutter trabalhavam? A resposta era simples.

Aquela era a cidade onde atenderam o garoto. Ele começaria pelo próprio território. Pillsbury precisou chamar dois médicos do sul do estado para auxiliá-lo, pois ninguém na cidade estava disposto a trabalhar no caso. Eles só tentaram ajudá-lo, tentava convencer a si mesmo. Apenas falharam no processo.

Assim que apagou as luzes, abriu a porta. Não havia ninguém do lado de fora. Glens Falls era uma cidadezinha do interior, onde a maior parte do comércio fechava às seis e as ruas ficavam desertas às sete. Para grande parte dos moradores de longa data, esse era justamente o maior atrativo do local, porém tal nível de calmaria poderia ser assustador. Desejou que houvesse alguém por perto, qualquer testemunha. A curta caminhada até o carro foi carregada de apreensão, e ele não conseguiu relaxar até o instante em que entrou no veículo e trancou a porta. E, mesmo assim, a tensão persistia.

Na volta para casa, diversos limites de velocidade foram ultrapassados. Cada farol que surgia no retrovisor despertava o medo de ser um policial ou algum antigo paciente em busca de vingança.

Nunca chegou a cogitar que poderiam ser dois pacientes.

O alívio só retornou ao estacionar em casa, desesperado para se trancar lá dentro com uma arma. O único problema é que precisaria primeiro sair do carro para entrar.

Ao abrir a porta do carro, notou que a noite estava estranhamente quieta, e o silêncio opressivo era interrompido apenas pelo cricrilar repetitivo dos grilos.

Dr. Pillsbury seguiu pelo caminho, abrindo o portão embutido na cerca branca e batendo-o com força atrás de si. Dois passos foram dados antes que um som o fizesse parar. Parecia um rugido gutural.

Qual animal poderia soar daquela forma? Talvez um urso, ou um hipopótamo, mas qual a probabilidade de um bicho desses estar ali?

Olhando ao redor do quintal, notou um movimento além da cerca. Um dos galhos de uma árvore-de-judas balançou, enquanto todos os outros permaneciam imóveis.

"Quem tá aí!?", gritou o doutor. A única resposta foi o canto ritmado dos grilos.

Forçando as pernas a continuar, deu mais alguns passos em direção à casa e ouviu um estalo alto. Olhou ao redor, com os óculos tortos no rosto. Do lado oposto à árvore-de-judas, um galho enorme de um cipreste-calvo estava quebrado e caído no chão.

Que tipo de animal seria capaz de tamanho estrago? Seria melhor não saber.

Algo ainda mais aterrador lhe ocorreu. Se duas árvores estavam em movimento, uma de cada lado do quintal, significava que havia dois perseguidores. Duane e...

Belial. O nome daquilo era Belial, lembrou-se. O homem se recusava a chamar aquela coisa de *ele*, uma vez que implicaria um pouco de humanidade, algo que sem dúvida faltava em Belial.

Voltou a se mover, porém, no passo apressado, acabou tropeçando nos poucos degraus que davam acesso à varanda. Ele conseguiu se apoiar com a mão, apesar de bater a canela em um dos degraus. Quando alcançou a porta, se atrapalhou para pegar o molho de chaves.

O rugido retornou. Não era de um animal, mas de algo inumano.

Ao virar-se para o quintal, deixou as chaves caírem na varanda.

"Quem está aí!?"

Sem resposta. Embora não houvesse ninguém à vista, ele reagiu como se estivesse sendo caçado, e correu para dentro batendo a porta.

Apenas quando ambas as fechaduras foram trancadas, ele conseguiu recuperar o fôlego. Colocou a maleta preta e a pasta em cima do balcão, ao lado da comida fria pela qual já não nutria o menor apetite. Talvez não estivesse sendo perseguido, e aquela ligação ameaçadora apenas o deixara de sobressalto com qualquer sombra ou barulho.

Um baque forte do outro lado da parede reavivou o senso de perigo. Em seguida, o som de madeira sendo arranhada o deixou apavorado.

Mudança de planos. Se Duane Bradley estava ali para matá-lo, ele faria questão de reforço policial. Não haveria necessidade de contar para a polícia por que o garoto o perseguia. Era bem provável que Duane também preferisse manter o segredo oculto. O susto com a chegada da polícia poderia mandá-lo embora.

O médico correu para a cozinha, aflito para estar em um ambiente afastado daquele barulho. Entre duas janelas, outro telefone pendia na parede. Ele discou os três números da linha policial. Outra vez sem fôlego, a espera enquanto o telefone chamava parecia durar uma eternidade. Então, ouviu o som de ligação sendo atendida.

"Polícia de Glens Falls, oficial Ryan falando", anunciou a voz do outro lado da linha.

"Aqui é o dr. Pillsbury e preciso de alguém para..."

Um baque pesado contra a parede fez o vidro das janelas tremer. O fone escorregou da orelha. O som de arranhões continuava lá fora, mas agora parecia cada vez mais próximo. Ele levantou os olhos para o teto para acompanhar a movimentação do barulho. Então, de repente, tudo ficou em silêncio.

Colocou o telefone perto da orelha novamente, mas o policial não estava mais do outro lado.

"Alô? Alô?"

A linha estava muda. O invasor subira pela parede do lado de fora, no local exato do cabo da companhia telefônica. Alguém havia cortado o fio.

"Meu Deus!", exclamou, antes de deixar o telefone cair nos azulejos do chão e correr para a sala.

O médico deu uma volta no cômodo, checando as trancas das janelas e fechando as persianas e as cortinas. Todas as entradas precisavam estar bloqueadas e ninguém deveria ter visão do interior.

Pillsbury voltou apressado para a cozinha e conferiu se a porta dos fundos estava trancada. Ele olhou as trancas das janelas próximas ao telefone e puxou as cortinas. Não houve muita diferença, uma vez que as cortinas da cozinha eram translúcidas e não havia persianas. Por fim, apagou as luzes para dificultar a visão de quem estivesse do lado de fora.

Prestes a sair dali, lembrou-se de uma pequena janela acima da pia da cozinha. Ao se aproximar da tranca, um enorme punho deformado atravessou o vidro, fazendo os estilhaços voarem para dentro. O homem teria ficado menos aterrorizado se fosse a pata de um urso; ao menos, seria um animal deste mundo.

O punho se abriu, revelando uma desproporcional e grotesca mão com apenas quatro dedos, cada um tão grosso quanto três dedos de um ser humano. Havia uma junta malformada que se projetava entre os quatro dedos, indicando o local onde existiria um quinto que nunca crescera da maneira correta. As unhas eram grandes demais, irregulares e afiadas, e arranharam o pescoço do médico, antes que os dedos agarrassem a gola do casaco.

Veias grossas e bulbosas pulsavam por toda a camada de pele da mão. Na palma, havia protuberâncias carnudas e redondas que, para horror do médico, funcionavam como ventosas. Cada uma delas se contraía, em busca de alguma superfície para aderir.

Com o som de tecido sendo rasgado, o homem conseguiu se livrar da mão monstruosa.

Claro, aquele monstro tinha um nome, e Pillsbury era um dos poucos que sabia. Tratava-se de Belial Bradley. O mesmo monstro em cujo prontuário médico constava a palavra ÓBITO. Pelo visto, o diagnóstico de anos atrás havia sido bem precipitado.

Quando voltou a olhar para a janela quebrada, não havia mais ninguém — mais *coisa* alguma — ali. O homem disparou em direção à sala.

Pillsbury foi até o escritório. Abriu uma gaveta emperrada e retirou o revólver Smith & Wesson de cano curto, cabo arredondado e empunhadura entalhada com losangos. Em seguida, pegou também uma caixa de munição. Enquanto as mãos tremiam para carregar a arma com as balas .38, as luzes foram apagadas. A caixa de munição virou sobre a mesa e os cartuchos rolaram até o chão.

"Meu Deus. Não! Não!"

A caixa com os disjuntores ficava no porão, o que significava que o invasor só poderia estar lá embaixo. As batidas do subsolo que se seguiram confirmaram a hipótese. Havia mais alguém na casa, alguém que poderia simplesmente subir as escadas do porão, chegar e dizer: "Tudo certo por aí, cara?". No entanto, Belial não tinha a capacidade para andar, ou tinha?

Com as mãos ainda trêmulas e o coração tão disparado que chegava a doer, terminou de carregar o revólver e fechou o tambor com um clique. Um novo rugido aterrador reverberou nos ouvidos, tão gutural e grotesco como se as entranhas do Inferno estivessem arrotando.

"Tenho uma arma aqui!", gritou Pillsbury no escuro. "Vá embora ou eu atiro! Já chamei a polícia."

A porta para o porão ficava ao final do corredor, o mesmo local onde uma sombra se movia.

O médico disparou duas vezes contra o corredor escuro. Agora, a sombra parecia estar no alto, movendo-se no teto. Ele mirou acima e atirou mais duas vezes. Então a sombra pareceu se mover para a esquerda, e ele deu dois novos disparos. Ao tentar efetuar mais um, percebeu que o tambor fora esvaziado. Um rastro de fumaça subia do cano ainda quente.

Um silêncio inquietante se instaurou, amplificado pelo zumbido nos ouvidos. Precisou ajeitar os óculos, enquanto a vista ardia por conta da fumaça de pólvora.

Um rosnado de gelar o sangue veio do chão. Pillsbury engasgou quando a mão deformada o alcançou e se fechou em um aperto esmagador sobre o rosto dele. O médico caiu para trás em direção ao piso, batendo as costas contra a parede.

Impossibilitado de enxergar pelas ventosas que se contraíam, ouviu o terrível rosnado evoluir para um rugido furioso. O som era digno dos predadores mais selvagens da natureza. Uma pena não haver nenhum vizinho nas proximidades para testemunhar aquele barulho horroroso e mortal.

As garras de Belial rasgaram a carne de Pillsbury, abrindo fendas profundas pelo rosto do médico. A armação dos óculos se partiu e caiu, mas estilhaços da lente se cravaram na pele sensível ao redor dos olhos, com uma lasca de vidro perfurando o olho esquerdo.

As garras alcançaram os lábios de Pillsbury, dilacerando-os de forma brutal até serem arrancados do rosto. A cabeça do médico inclinou-se para trás, enquanto a garganta gorgolejava sangue e alguns dos dentes da frente eram extirpados da gengiva.

Ambas as orelhas foram agarradas ao mesmo tempo e arrancadas da cabeça. Sangue inundou os canais auditivos, proporcionando um alívio momentâneo que o impediu de ouvir o urro triunfal do assassino.

Pillsbury fechou os olhos perfurados, e sentiu as garras penetrarem as pálpebras e rasgá-las das órbitas. Agora, não teria como fechar os olhos para os horrores ainda mais sádicos que estavam por vir.

A mão deformada esmagou a virilha, com garras rompendo os tecidos da roupa e da carne. O pau e as bolas foram arrancados do corpo. O desejo de sobreviver sumiu por completo. Talvez aquilo fosse merecido.

"Me... mate...", gorgolejou Pillsbury, antes de engasgar-se.

Mais cedo, sentira o medo de sofrer um ataque cardíaco. Naquele instante, se arrependia de não ter sofrido. Seria melhor um colapso interno do que ser despedaçado aos poucos, membro a membro, enquanto era obrigado a assistir à cada parte de si ser retalhada. Sangue esguichava pelas paredes, e um jato avermelhado atingiu a mesa, encharcando a pasta com os prontuários médicos.

Uma pena não ter conseguido falar com o dr. Needleman ou com a dra. Kutter. Pelo visto, os dois também receberiam uma visita em breve. Poderiam até rezar para serem salvos por um milagre, mas nem mesmo Deus poderia ajudá-los agora. Não havia fé nesta Terra capaz de deter aquela aberração da natureza.

Os irmãos Bradley haviam retornado — e agora, estavam na idade adulta.

Pillsbury só perdeu a consciência quando teve o braço direito arrancado da articulação do ombro.

Belial amava hambúrgueres!

O aroma do lanche do Wendy's era forte, nem mesmo o odor de sangue e de entranhas no ar conseguiria diminuir a fome dele. Não fazia diferença a comida ter esfriado, pois até gostava mais assim. O hambúrguer estava prestes a ser engolido em uma só mordida.

Mas, antes, precisava concluir a vingança contra o dr. Pillsbury. Aquele era o único objetivo ali: retribuir o cuidado médico que o homem havia oferecido para ele e o irmão Duane. Pillsbury seria o primeiro, mas não o último. Outros também participaram da operação.

O irmão também estava ali, mas a única função dele era transportá-lo. As mãos de Duane permaneceriam limpas, no entanto, a consciência poderia não escapar ilesa.

Belial era o cérebro e os músculos por trás daquela operação. Estavam começando em terreno familiar e, agora, o show deveria continuar com uma turnê exclusiva. Um espetáculo itinerante que levaria as aberrações de circo para a cidade grande.

Belial só não contava com o prazer visceral que sentira ao desmembrar o médico. Aquilo era justiça e, de alguma forma, parecia fortalecê-lo ainda mais. As emoções se tornaram mais intensas, o coração acelerou e o sangue correu com maior vigor pelas veias. Cada célula grotesca do próprio corpo vibrava com a nova sensação. Algo simplesmente intoxicante — um orgasmo-sanguinário.

Duane também parecia ter sentido, porque o nariz começou a sangrar. Ele puxou a camiseta depressa para conter o fluxo. A cena do crime estava repleta de sangue, porém não desejava que nenhuma gota ali fosse dele.

Belial se lembrou de todas as crueldades que os médicos infligiram aos dois dez anos antes, sem a menor preocupação com o bem-estar ou a sobrevivência deles.

Lembrou-se bem dos nomes usados pelo dr. Pillsbury para se referir a ele. *Aberração* era um deles, mas *parasita* doeu mais. E havia o pior de todos os nomes, um que jamais se esqueceria, responsável por arrancar risadas dos outros médicos:

*Pillsbury Dough Boy.**

Belial não encontrava qualquer semelhança entre si próprio e o Pillsbury Dough Boy. Se havia alguém parecido com aquele boneco, seria o próprio dr. Pillsbury. Não seria difícil para Belial deixá-lo ainda mais parecido.

O corpo do homem foi arrastado para longe da parede encoberta de sangue. Belial empurrou um armário de arquivos de metal, que caiu em cima do corpo no chão. Pillsbury ainda estava vivo, e a dor esmagadora o retirou do estado inconsciente. Horrorizado, começou a compreender o que viria a seguir.

---

* Mascote da empresa alimentícia Pillsbury Company. Seus traços remetem à versão ainda criança de Belial no filme *Basket Case*. [As notas são do tradutor]

Belial colocou o próprio peso sobre o armário, quebrando dezenas de ossos no corpo do médico. Os centímetros que Pillsbury perdeu de espessura foram compensados em largura. Era impressionante o quanto a pele humana poderia se esticar. O sangue escorria por todos os lados do móvel repleto de gavetas.

Quando por fim encontraram o cadáver, um dos policiais de plantão soltou uma piada sobre a semelhança entre o médico e o boneco Pillsbury Dough Boy. Despedaçado em mais de meia dúzia de partes, o corpo foi totalmente recuperado. No entanto, três outras evidências da cena do crime nunca foram encontradas.

Eu gosto de hambúrguer.

O embrulho de viagem do Wendy's, o *milk-shake* derretido e a pasta ensanguentada com relatórios médicos haviam desaparecido junto com os irmãos Bradley.

2

O movimento de carros na rodovia interestadual estava tranquilo há um bom tempo enquanto o ônibus da companhia Greyhound seguia em direção ao destino. Duane passou a maior parte da viagem olhando pela janela, admirando paisagens que nunca vira antes. Sentia que, aos 22 anos, já havia passado da hora de abandonar a cidade natal e sair para desbravar o mundo. Era notável que o jovem nunca saíra do próprio ninho isolado no interior do estado de Nova York, nem uma única vez.

O mundo frio e imenso não o assustava, mas tinha plena consciência de que ainda havia muito para aprender. Seria a primeira aventura dele por conta própria, ou melhor, aventura *deles* por conta própria. O irmão estava junto.

Pela janela, Duane observava o trânsito aumentar conforme o ônibus se aproximava da cidade mais populosa do país. Já ouvira sobre todos os pontos turísticos, como o Empire State Building, o Madison Square Garden, o World Trade Center, o Central Park e a Estátua da Liberdade. Em breve, visitaria cada um deles.

O ônibus contava com apenas metade da lotação, e o assento à esquerda de Duane acomodava a mochila cheia de roupas, que também servia como travesseiro quando necessário. No colo, ele segurava um enorme cesto de vime. A tampa tinha dobradiças na parte de trás e, na frente, um cadeado prateado e robusto o suficiente para manter a cesta trancada.

Haveria um espaço muito maior na poltrona reclinável se o cesto estivesse ao lado dele, mas o medo de cochilar e alguém roubá-lo o impediu de correr o risco. Toda a vida dele estava naquela cesta, ou pelo menos a outra metade. Apesar do peso desconfortável, o objeto permaneceria o tempo todo no colo dele.

Talvez fosse apenas sorte, mas o horizonte de Nova York os saudou com um brilho vermelho intenso ao pôr do sol. Duane arregalou os olhos maravilhado ao contemplar a cidade surgindo com uma aura mágica no ar.

A sensação era como a de Dorothy ao entrar em Oz com Totó pela primeira vez. Aquele era um mundo de maravilhas em *Technicolor*.

Conforme a cidade crescia ao redor, Duane se perguntava se reconheceria as ruas que havia visto em *Taxi* ou o prédio de *The Jeffersons*. Os seriados da infância não faziam jus à imensidão daquela paisagem. Da janela do ônibus, a vista não alcançava o topo dos prédios. Era como se a grande metrópole o engolisse. O sentimento não era ruim — os dois buscavam conforto no seio da cidade, e aquele era um peitão de cidade.

O ônibus reduziu a velocidade ao entrar no espaço da autoridade portuária de Nova York. A voz do motorista soou nas caixas de som.

"Última parada, Nova York. Por favor, não deixem objetos pessoais no veículo e obrigado por escolherem a Greyhound."

O ônibus parou dentro do terminal, e as luzes internas se acenderam para que os passageiros pudessem recolher seus pertences. Enquanto os apressados se espremiam no corredor para sair, Duane aguardou pacientemente até que o movimento diminuísse.

"Conseguimos", comemorou o rapaz, com boas perspectivas futuras.

A Grande Maçã, ouviu em resposta.

"Isso mesmo", comentou.

Casa.

"Por enquanto, sim, pelo menos."

Vamos ver.

O irmão estava certo. Se Nova York se tornaria ou não um novo lar não era uma decisão que cabia apenas a Duane. Belial tinha tanto direito de decidir o futuro quanto ele — e, talvez, até a palavra final.

Do outro lado do corredor, uma idosa esperava o fluxo de pessoas diminuir. Sua atenção foi atraída para o sujeito na poltrona oposta, que parecia ter uma conversa animada consigo mesmo. Ela odiava gente esquisita. Nos dias de hoje, não se podia nem mesmo pegar um simples ônibus sem cruzar com um esquisitão. Quando é que o prefeito Ed Koch iria cumprir a promessa de dar um basta na situação?

Duane se levantou, exibindo seus um metro e noventa de magreza — o cabelo cacheado ainda adicionava mais alguns centímetros. A expressão de inocência não era fingimento. As vestes se limitavam às liquidações promovidas pelas lojas de departamento, contudo, na tentativa de passar despercebido, acabava chamando ainda mais atenção.

Muitos poderiam considerá-lo um rapaz atraente, mas por certo a velha ranzinza, que o encarava com olhar de reprovação, não seria uma dessas pessoas. Ela encarava o cesto com desconfiança. Quem sabe se não havia drogas ali dentro!!?

Duane não conseguia conter a empolgação por estar na cidade grande. A clássica música de Sinatra veio à mente.

If I can make it there,[*] cantarolou Duane.

I'll make it anywhere...

It's up to you...

New York...

New York!, completou Duane com tanto entusiasmo que atraiu o olhar do motorista pelo espelho retrovisor. Para o homem atrás do volante, o jovem cantor parecia carne fresca para uma cidade cheia de pecadores.

Com um sorriso, Duane jogou a mochila nas costas e andou pelo corredor do ônibus com o cesto em mãos. A velha o encarou como se o rapaz fosse a pior escória da humanidade.

"Doido de pedra", resmungou a senhora.

Duane considerou a idosa a verdadeira esquisitona e lançou um olhar desconfiado em direção a ela. Um baque forte assustou os dois, e o cesto balançou para frente. A velha intrometida recuou, enquanto Duane apressava o passo pelo corredor.

---

[*] Se eu conseguir chegar lá,
   Posso chegar a qualquer lugar...
   Só depende de você...
   Nova York... Nova York!

"Boa sorte por aí, você vai precisar", despediu-se o motorista. Duane assentiu antes de pisar na cidade pela primeira vez. Era um domingo, 4 de abril de 1982.

No terminal rodoviário, encontrou algumas cadeiras vagas entre pessoas dormindo. Colocou o cesto no chão, apoiando um pé em cima da tampa para que não saísse do lugar. Em seguida, abriu a mochila e retirou um mapa de Nova York, encomendado pelo correio. O mapa foi aberto de forma meio atrapalhada, como uma sanfona, espalhando-se pelo colo e pelo assento ao lado.

O dedo acompanhou as artérias da cidade até encontrar o local marcado como "Autoridade Portuária" e estacionou no cruzamento da 8th Avenue com a 42nd Street. Aquele seria o ponto de partida.

Duane não tinha um destino em mente. Optou por deixar o acaso guiar o caminho, como uma bússola da sorte por aquela cidade repleta de sensações e possibilidades.

Ao se aproximar das portas automáticas, uma mulher de meia-idade lhe entregou um *flyer* impresso. O panfleto trazia uma imagem sinistra no topo — a figura encapuzada da Morte com rosto de caveira. A curiosidade o fez parar para ler.

"Bem-vindo à Cidade do Medo" era o título para chamar a atenção. O folheto continha bastante texto, mas Duane leu apenas os tópicos em destaque.

"1. Fique fora das ruas das seis da tarde

2. Não ande a pé

3. Evite o transporte público

4. Permaneça em Manhattan

5. Proteja seus pertences

6. Tome cuidado com sua bolsa

7. Não deixe objetos dentro de veículos"

As duas primeiras recomendações seriam quebradas assim que colocasse os pés na rua. Em vez de uma comitiva de boas-vindas, a Cidade do Medo preparou um alerta de boas-vindas.

Embora fosse conhecida como *a cidade tão bacana que o nome ganhou fama*, seria impossível ignorar o passado sombrio do lugar. Qualquer um que assistisse ao noticiário à noite sabia da onda desenfreada de crimes por ali. O Filho de Sam e o Assassino da Times Square eram tão famosos quanto o elenco do *Saturday Night Live*. Dois sujeitos de fato bestiais e insanos, que andaram e caçaram por aquelas mesmas ruas. E não dava para esquecer a máfia, que controlava partes inteiras da cidade com mão de ferro.

Nada disso importava agora. O jovem ignorou as orientações assustadoras e jogou o panfleto da Cidade do Medo na lixeira mais próxima. Ao ver a indiferença, a mulher balançou a cabeça em desaprovação.

Quando as portas automáticas se abriram, a única coisa que sentiu foi pura euforia ao se deparar com um universo novo e selvagem.

Quando Duane chegou ao cruzamento da 8th Avenue com a 42nd Street, com o cesto em mãos, já havia anoitecido. Nunca havia imaginado que a noite urbana pudesse ser tão iluminada, algo que o deixou encantado.

Não demorou para perceber que precisava acompanhar o fluxo constante de pessoas na 42nd Street. Parar ali significava que ele e a bagagem acabariam ao chão, além de torná-lo um alvo fácil para vendedores ambulantes, batedores de carteira ou prostitutas. Contudo, a realidade criminal da cidade não o assustava. O motivo da visita também envolvia cometer alguns crimes.

A diversidade de Nova York contrastava muito com o clubinho caucasiano sem graça de onde viera. A variedade de raças não o intimidava. Ele havia descoberto que todos aqueles considerados *diferentes* tinham algo em comum. Duane e o irmão também eram diferentes. Ambos estavam prontos para mergulhar de cabeça naquele caldeirão multicultural.

Duane reparou nos muitos idiomas que ouvia, e reconheceu o espanhol, o francês e o japonês. Havia muitas outras línguas que não conseguia identificar. Ele estava diante de uma encruzilhada na vida, ao mesmo tempo em que precisava cruzar uma das muitas encruzilhadas da cidade.

Embora buscasse se misturar à multidão, não conseguia disfarçar o comportamento de turista impressionado, nem se tentasse com muito esforço. Os olhos arregalados contemplavam todos os lados, e o queixo permanecia caído de tanta admiração.

O barulho era avassalador. Carros, táxis e ônibus entupiam todas as faixas de trânsito. A vida urbana fervilhava nas calçadas, com vozes animadas por todos os lados. A maioria tentava vender o pecado ou a salvação. Havia um zumbido elétrico das lâmpadas piscantes e dos letreiros de néon que intensificavam as fachadas de todo o tipo de comércio. A atmosfera do lugar parecia repleta de uma energia ávida, o que fazia os pelos da nuca se arrepiarem e o corpo inteiro vibrar de expectativa.

Aparentemente, o cinema era o comércio mais comum na 42nd Street. Duane amava os filmes de Hollywood, ainda mais os clássicos de atores famosos como Paul Newman, Steve McQueen e Robert Redford. Havia um cinema em Glens Falls chamado Cine Gêmeos, que ambos visitavam toda semana. Os filmes atraíam um público escasso, e havia sempre uma poltrona em uma fileira vazia onde ele podia se sentar com o cesto ao lado. Para onde quer que fosse, aquele cesto sempre o acompanhava.

Nos últimos tempos, o Cine Gêmeos estava exibindo filmes mais audazes, como aqueles estrelados por Bill Murray. O irmão gostava de comédias — quanto mais descarada, melhor.

Ao observar os letreiros em destaque, Duane podia afirmar sem sombra de dúvida que nunca ouvira falar de filmes como aqueles. No letreiro mais próximo, do Gala Theatre, estava escrito em letras garrafais: "Cenas perturbadoras de sangue e vísceras em OS CANIBAIS DE BEBÊS". Em outro anúncio ao lado, a sessão dupla de "NOITE INFERNAL" e "AS CHAMAS DO INFERNO". Filmes assim nunca seriam exibidos no Cine Gêmeos.

Sendo um fã de filmes de ação, a empolgação se voltou para os cinemas dedicados ao gênero. Um dos letreiros trazia o anúncio: "Três grandes sucessos do Kung Fu — O TIGRE DE HONG KONG — OS MESTRES DA VINGANÇA — MISSÃO SHANGAI". Obras estrangeiras como aquelas também nunca chegariam a Glens Falls. Do lado de fora, vitrines iluminadas exibiam fotos em preto e branco das cenas de luta. Ele se perguntou se precisaria comprar ingressos separados para os três filmes e achou que sim. Uma sessão tripla era algo inédito até então.

Muitos cinemas daquela rua exibiam outro tipo de filme de ação — o tipo de filme que vinha com XXX na classificação para maiores. Embora Duane já houvesse escutado sobre filmes de sacanagem como *Garganta Profunda* e *Debbie Domina Dallas*, nunca havia assistido a um.

Alguns títulos nos letreiros o deixaram vermelho, como: "A NINFETA ADOLESCENTE", "BUCETAS ROSADAS", "A PUTA DA ESCOLA", "JO-VENS E CAVALAS", "A LOIRA SAFADA" e "CHEIRO DE PUTARIA", que estavam em exibição no cinema Sessão Sensual. O vocabulário explícito dos títulos surtiu efeito, pois Duane sentiu vontade de assistir a todos.

No entanto, tudo dependeria do tempo que passariam em Nova York.

Um homem negro emparelhou ao lado dele. Andava rápido e falava sem parar.

"Curte um fumo? Tenho baseados bolados e ganja prensada de cinco a dez conto. Tem uma Colômbia Gold das boas aqui..."

Duane não fazia ideia do que era uma Colômbia Gold, mas não foi difícil adivinhar que o sujeito era um traficante. Sem olhar, continuou a ouvir o cardápio que o homem recitava de cor.

"Tenho ácido, doce em papel e gelatina, bala, meta, sais de banho, morfina, Valium, mescalina e extrato de THC. Tenho um pó do bom. Metaquaalona. Ecstasy. Barbitúrico. Ganja direto do Panamá. Pó de anjo. Dá só uma olhada, cara." O traficante começou a andar de costas na frente dele e abriu o sobretudo, como se todas as drogas prometidas estivessem ali à mostra, igual a um expositor de farmácia. "Tranquili-zantes, cogumelos, lítio, opioides. Metadona, crack, heroína, anestési-cos. O que você quer? Garotas?"

Ele nunca havia encontrado um cafetão de verdade, o único contato tinha sido com as versões caricatas nas séries policiais e de comédia. Uma acompanhante seria uma boa, mas duvidava que haveria alguma armazenada naquele sobretudo mágico.

Eu gosto de garotas.

O cara poderia estar chapado com algo da própria mercadoria, talvez aquele pó do bom ou doce em papel, seja lá o que fossem. Em qualquer situação comum, Duane diria um educado *não, obrigado*, mas se man-teve em silêncio naquela noite.

"Eu tenho um ótimo... qual é o seu problema, porra?"

Por fim, o traficante virou e se afastou para procurar outro cliente em potencial.

Os cinemas adultos não eram os únicos estabelecimentos voltados para o público maior de idade. Aquela rua era um paraíso para os voyeuristas. Havia um letreiro giratório de néon em formato de olho com "Terra da espiadinha" escrito no centro, além de outros com os dizeres: "Mundo voyeur", "Show de voyeurismo", "Voyeurama", "Filmes XXX por 50 cents", "Maior apresentação de sacanagem da cidade", "Revistas, livros, filmes e novidades do mundo erótico", "Curtas pornográficos de qualidade", "Filmes em 8mm", "Sexo bizarro". Uma lojinha apertada com iluminação vermelha de nome "Terra dos Garanhões" prometia "Filmes antigos proibidos — 24/7".

Do lado de fora de outro estabelecimento para maiores, um fotógrafo de cabelo lambido tirava fotos de um casal jovem e sensual posando em frente às vitrines. Os dois tinham uma beleza fora do normal, talvez fossem estrelas pornôs. A mulher balançava os peitos para a câmera.

Quero ver. Quero ver.

Duane sorriu, mas sem responder para o irmão, pois não queria parecer um louco que falava sozinho. No entanto, ao observar os arredores, percebeu muitos pedestres da 42nd Street vagando pela rua em devaneios solitários.

Ainda mais chamativos que esses pedestres eram os estabelecimentos adultos que ofereciam "Garotas a noite toda", "Cabines privadas ao vivo" e "Shows de strip". Alguns desses clubes de *striptease* exibiam nas vitrines mulheres dançando com roupas minúsculas. Algumas chegaram a acenar, chamando-o para entrar e assistir ao show.

Oba oba.

Naquele universo, nada era proibido. Parecia não haver limites para as possibilidades de prazer ou qualquer coisa que pudesse imaginar. Vinte e quatro horas por dia, sem nunca acabar. Duane mal havia chegado e já estava enfeitiçado pelo local — ou talvez fosse apenas desejo à primeira vista.

Belial sentia-se da mesma forma. Naquele ambiente estranho, pela primeira vez, era como se estivesse em casa.

"Corredores repletos de boceta!", gritou um anunciante de shows de voyeurismo ao passarem.

Tudo naquela região parecia dedicado só para adultos. Agora, precisava ter em mente que ele também era um adulto. Um adulto que nunca havia se permitido explorar ou entrar em contato com esse lado de si mesmo.

Aquele era um belo local para perder a virgindade.

Adiante, uma loja de discos tocava os sucessos da discoteca. O som perdeu espaço para a música de *hip-hop* de uma caixa de som portátil carregada por um homem que passava por perto. Uma tabacaria da vizinhança, Puff Puff, emanava diversos aromas exóticos que ele não conseguia identificar. No beco próximo dali, uma rodinha de homens encurvados desfrutava do próprio fumo exótico — talvez aquela fosse a tal ganja direto do Panamá.

Em frente ao Cinema Erótico Mayfair, um grupo de prostitutas fazia sinal, chamando-o. Dava para dizer que eram garotas de programa pela maneira como se vestiam, com blusinhas abertas com os mamilos à mostra e saias tão curtas que a calcinha ficava exposta quando se inclinavam — claro, quando usavam uma. As garotas o desejavam, aquele olhar provocante e postura "vem cá provar" deixava bem claro. Sendo honesto, também as desejava.

Uma viatura com o giroflex ligado subiu a rua e parou em frente a ele. Assim que os policiais pularam para fora do veículo, as prostitutas correram em disparada rua abaixo em seus saltos altos. Duane precisou passar pelo meio da confusão, ciente de que o menor esbarrão ou tropeço poderia derrubar o cesto e encerrar a estadia. Ele e o irmão seriam expulsos por uma multidão com tochas e forquilhas.

Ao chegarem à esquina da 42nd Street, pararam de frente para a Times Square. Ao vivo, tudo ali parecia muito maior do que jamais poderia ter imaginado. A televisão nem chegava perto de tamanha magnitude. Na verdade, a TV transmitia o efeito oposto, diminuía a grandiosidade.

Um homem com diversos panfletos se aproximou.

"Venham conferir! O paraíso da massagem! Venham conferir!"

Quando Duane passou por perto, um panfleto foi colocado em cima da tampa do cesto.

Mas ele mal notou, a atenção estava voltada para os outdoors que se erguiam em direção ao céu, uma cortesia de empresas como Sony, Casio e Coca-Cola. O outdoor do café Folgers soltava vapor de verdade de uma caneca gigante.

Um morador de rua com um agasalho de capuz marrom estava encostado em um hidrante amarelo cromado. Os olhos dele se voltaram para o cesto de Duane com o panfleto sobre a tampa. Para a surpresa do homem, a tampa do cesto subiu, como se algo no interior a tivesse levantado. Em seguida, o panfleto deslizou até cair dentro do cesto.

O sujeito nem estava bêbado, mas o remédio para afastar alucinações havia acabado. Cenas estranhas como aquela não eram novidade. Provavelmente, haveria apenas um elefante cor-de-rosa lá dentro.

"Ei, meu chapa. O que tem dentro do cesto?", perguntou o homem de agasalho com curiosidade.

Duane olhou para baixo com ar de culpa, sentindo-se como um suspeito que acabara de ser reconhecido. Sem abrir a boca, saiu correndo para atravessar a rua.

Por mais que tentasse passar despercebido, aquele cesto enorme em mãos parecia atrair todos os olhares. Era como se cada grito, buzina e sirene fosse direcionado a ele. A ingenuidade poderia estar tão evidente assim? Sentia-se como um pedaço de carne fresca jogada a um bando de urubus.

Por todos os lados, havia uma série de distrações muito mais chamativas do que um jovem com um suposto cesto de roupa suja em mãos. Cafetões desfilavam em ternos gritantes roxos e amarelos, enquanto as damas da noite mostravam os seios e até levantavam as saias em uma amostra grátis de suas "mercadorias rachadas". Havia coisas bem melhores para observar do que ele próprio.

Então teve o olhar atraído para as luzes brilhantes do letreiro colorido no prédio da Allied. Primeiro, piscava a frase "Eu amo Nova York" e, logo depois, um anúncio do "Crazy Eddie" ganhava destaque.

Apesar da vontade de vagar a noite toda por aquelas ruas, hipnotizado pelo mar de possibilidades, ele precisaria encontrar algum lugar para dormir em algum momento. De preferência, um hotel que pudesse pagar por diária, caso precisasse fugir.

Ao chegar à 43rd Street, olhou para a esquerda e viu o letreiro de um hotel caindo aos pedaços sob a luz de um poste. Duane foi até lá e, apenas quando chegou à porta, viu que o lugar estava fechado com tábuas. A entrada minúscula estava repleta de pichações nas paredes e viciados no chão. Eles interromperam o que faziam e se voltaram para encarar o engomadinho com um cesto nas mãos.

Duane correu de volta para a 8th Avenue. Outro hotel, chamado Estrela Cadente, surgiu na esquina da 46th Street. Exibia um letreiro brilhante iluminado, acompanhado pelas luzes acesas em várias janelas dos quartos. O aviso "Sem vagas" também brilhava, acabando com qualquer esperança.

Ele continuou até parar na esquina da 8th Avenue com a 49th Street, onde encontrou uma senhora com sacolas de compras e a pele manchada pelo passar dos anos. Ela esvaziava uma lixeira e alinhava o conteúdo na calçada em um padrão que parecia fazer sentido apenas na cabeça dela. Entre os itens daquela obra particular, havia copos descartáveis, um maço de cigarros vazio, lenços com manchas de batom, uma fralda suja e alguns preservativos usados.

Duane desviou o olhar daquela arte esquizofrênica na calçada e se deparou com o estabelecimento adulto mais extravagante até então. O Cine Pussycat* era uma maravilha de vários andares que mais se assemelhava a um cassino de *striptease* de Las Vegas. As palavras "Cine Pussycat" estavam escritas com néon vermelho com cortinas também de néon logo abaixo. O letreiro trazia o título do filme "SEXO NUM PISCAR DE XOTAS", algo que fez o membro de Duane também se contrair em piscadas constantes. Aquele cinema exótico parecia uma atração de luxo da Disneylândia para adultos.

---

* O "Pussycat Theatre" foi uma rede de cinema nos Estados Unidos, famosa entre as décadas de 1960 e 1980 por exibir filmes adultos. O nome combina o trocadilho em inglês: *Pussycat* (que pode ser traduzido como "gatinha"), com os termos *pussy* (gíria para a genitália feminina) e *cat* ("gato"). No texto, o título foi adaptado para "Cine Pussycat", para preservar o charme original.

"E aí, gatinha? Vem sempre aqui?", murmurou Duane, lembrando de uma cantada com segundas intenções que vira em um filme. Em breve, precisaria redefinir o repertório de cantadas e artimanhas de conquista.

Eu gosto de gatinhas.

Duane abriu um sorriso de canto. "Acho que não estão falando desse tipo de gato", explicou para o irmão.

E gosto de boceta.

O sorriso de Duane aumentou ainda mais. "Eu também gosto de boceta."

Foi quando percebeu que a mulher com as sacolas o olhava como se ele fosse o verdadeiro maluco. As mãos dela taparam as próprias partes íntimas, deixando claro que nada ali estava à venda.

Talvez todo mundo seja um pouco maluco, pensou Duane.

O Cine Pussycat entrou para a lista de locais para visitar, assim como outros pontos turísticos: o Central Park e a Estátua da Liberdade. Contudo, essa não seria a preocupação por agora.

A prioridade era encontrar um local para dormir. As pernas e os braços estavam cansados de carregar tanto peso. Duane e Belial estavam famintos e precisavam de uma boa refeição, mas achar o quarto vinha antes.

Os olhos se iluminaram quando ele virou na direção oeste da 49th Street. No meio do quarteirão, havia um prédio de quatro andares com um letreiro de néon desgastado pendurado no terceiro andar. Aquela placa parecia uma versão minimalista do Cine Pussycat do outro lado da rua. Ostentava um néon vermelho com a inscrição:

"Hotel Broslin".

Chegamos.

3

O Hotel Broslin estava caindo aos pedaços. Com quatro andares, o prédio pedia uma nova pintura, enquanto a fachada abandonada estava coberta de cartazes rasgados de shows de bandas punk.

Dois jovens estavam perto de uma janela com grades. Eles se afastaram apenas o suficiente para que o homem do outro lado pudesse fechar o zíper da calça. Em seguida, passaram uma garrafa de cerveja entre si, enquanto tentavam seduzir o recém-chegado, lançando olhares provocativos e acenos de aprovação.

Duane logo concluiu que os dois se prostituíam, além de serem os primeiros gays que encontrava na vida, alheio ao fato de que muitos apenas não demonstravam. Não existia uma comunidade aberta de gays em Glens Falls, pelo menos não que soubesse — ao contrário daqueles caras, que não faziam questão de esconder.

Apesar de não haver uma placa de "Há Vagas", a porta da frente estava aberta para quem quisesse entrar, como era o caso de Duane. Aquele foi o primeiro hotel disponível que havia encontrado, então por que não tentar? Não precisava de um local luxuoso para deitar a cabeça.

"Hm-hum", ouviu Duane de um dos rapazes na entrada assim que pisou no Hotel Broslin. O ego inflou. Tinha noção de que algumas pessoas o achavam atraente, mas a baixa autoestima sempre falava mais alto.

A vida inteira fora marcada pelo exílio e superproteção. Até chegar à adolescência, todos o enxergavam como uma aberração da natureza.

Ele e o irmão gêmeo.

A iluminação do corredor da recepção tinha um tom de âmbar encardido, como se as lâmpadas estivessem encobertas por uma grossa camada de nicotina (e de fato estavam). O lugar era tão sujo, decadente e infestado que seria possível confundi-lo com a rua. Com sorte, o quarto não sairia caro — não que dinheiro fosse um problema.

O espaço da recepção era minúsculo, e as três pessoas presentes já faziam o ambiente parecer lotado. Ao fundo, um balcão espremido no canto mal comportava o único funcionário. Logo atrás, um aviso na parede em letras garrafais informava: "O check-out é ao meio-dia em ponto!". Uma frase em vermelho abaixo reforçava a mensagem: "Não 12h30 e nem 12h15, meio-dia!"

Gus Shultz, o gerente de plantão, estava sentado atrás do balcão com uma postura imponente — o tipo de sujeito desgraçado e sem escrúpulos preparado para encarar qualquer problema que entrasse ali. A pança lembrava a de um boxeador aposentado, o topo da cabeça careca era cercado por cabelos volumosos, tão espessos quanto o bigode. A camiseta branca com gola V estava adornada com manchas de comida e suor, além de um suspensório. Aquilo era o que se aproximava de seu uniforme noturno. Assim como as lâmpadas do teto, os óculos estavam amarelados pelos restos de nicotina. Gus já era fumante de charuto antes mesmo de atingir a puberdade.

Sobre o balcão, havia um telefone preto de disco, uma embalagem de comida chinesa pela metade, guardanapos usados e o jornal do dia, aberto na página de palavras cruzadas.

Os outros dois homens na recepção eram mais velhos e hóspedes de longa data. Sentado no único banco do saguão — pequeno o suficiente para evitar que alguém deitasse e tirasse uma soneca sem pagar — estava o professor Stanley Suburbani, conhecido pelos antigos alunos como Professor Surubani. No Hotel Broslin, o homem era conhecido apenas como Professor.

Havia um simples motivo por trás do apelido: com frequência, a mente do Professor estava mergulhada em putaria.

Suburbani tornara-se professor em Estudos de Sexualidade e Gênero na Universidade de Califórnia no início da década de 1960, antes de a geração Paz & Amor ganhar popularidade. No ano de 1972, o Verão do

Amor começava a se tornar uma memória distante, e ele sentia que precisava levar os estudos no campo da sexologia para áreas mais exóticas.

No dia 12 de junho de 1972, o acadêmico participou da estreia mundial de *Garganta Profunda* no Cinema Global da 49th Street durante uma viagem a Nova York. Naquela noite, Suburbani havia encontrado um novo lar. O endereço desse novo lar foi descoberto na mesma rua: o Hotel Broslin.

O Professor parecia ter nascido para o distrito da luz vermelha, o templo da pornografia norte-americana. A região lhe permitia explorar todas as experiências sexuais possíveis sob a desculpa da pesquisa acadêmica. Não havia um único cinema pornô ou casa de voyeurismo que não o conhecesse pelo apelido. Ele era um especialista em todas as orientações sexuais e fazia questão de vivenciar cada uma. Atualmente, tinha como ganha-pão a escrita de contos eróticos explícitos para revistas do tema que inundavam as bancas de jornal. Alguns poderiam até criticar os exageros, mas não fazia diferença, pois havia sempre um sorriso enorme no rosto dele.

No lado oposto do corredor, Lou Sacana se mantinha encostado contra uma parede bem desgastada. Poucos o conheciam pelo nome verdadeiro. Lou Sacana era um velho bêbado e carismático, e se alguém perguntasse a última vez na qual esteve sóbrio, ouviria quarenta anos atrás como resposta — e não seria mentira.

Lou Sacana era um pedinte profissional que há décadas não conseguia manter um emprego fixo. Passava os dias perambulando pela Times Square pedindo dinheiro e, quando não entregavam de boa vontade, ele tomava sem pedir. Tinha habilidade excepcional como batedor de carteiras, e acumulava diversas prisões por conta do delito.

Gus não ligava para a origem do dinheiro de Lou Sacana, contanto que o aluguel fosse pago em dia. Havia estabelecido apenas uma regra para o golpista veterano: não roubar os outros hóspedes do Hotel Broslin, pois seria o mesmo que roubar diretamente de Gus.

O trio estava tão envolvido na conversa acalorada que nem notou a presença de Duane.

"Você não lembra? Ele vendeu para o Johnson", disse o Professor para Gus. "O sujeito parecia o Sluggo, aquele personagem antigo das revistas em quadrinhos."

Gus coçou o queixo coberto por uma barba rala, tentando acessar a memória. "O nome não me é estranho... pera aí. Não foi ele que morreu atropelado, Lou?"

"Foi suicídio", respondeu Lou Sacana. "Chamou um táxi e, antes do carro parar na guia, ele pulou na frente."

"Pensei que tinha sido um ônibus", respondeu Gus.

Lou Sacana assentiu.

"Também. O táxi não deu conta do recado, então ele fez a mesma coisa com um ônibus."

"Ah, conta outra! Você só fala merda", Gus se enfureceu, adotando um tom de voz de quem não seria enganado com tanta facilidade.

"Eu estava no táxi."

"Então como você sabe que foi o ônibus que matou?"

"Eu estava no ônibus."

"Aaaaah, vai se foder!", bufou o gerente.

Duane ficou aliviado ao ver Gus mais preocupado com o cara da garrafa no saco de papel pardo e detentor do infeliz apelido de Lou Sacana. Se já chegasse chamando atenção, teria dado meia-volta e seguido em busca de outro lugar para dormir.

Enquanto Duane acompanhava a discussão entre os dois, o Professor o examinava de cima a baixo com olhos arregalados, ampliados pelos óculos de grau. Ele gostou do que viu. Infelizmente, o jovem tímido parecia prestes a dar no pé e fugir dali. O Professor precisou interromper a bateção de boca dos amigos.

"Temos companhia!", afirmou, apontando todo serelepe para o recém-chegado. Duane olhou para o homem, surpreso com o largo sorriso que parecia ansioso por devorar o corpo do rapaz.

Depois de retribuir a gentileza com um sorriso tímido, voltou a atenção para o gerente.

"Oi. Eu gostaria de um quarto", afirmou Duane, sem jeito.

"Por quanto tempo?", questionou Gus.

"Hã... não sei."

"Algumas horas? Alguns anos? Quanto tempo!? Me ajude aqui!", gritou o gerente, gesticulando com os braços irritados.

"Ah. Alguns dias."

"Só você?", perguntou de volta.

"Sim, só eu. Apenas eu, sozinho", respondeu Duane com um leve aceno, sem notar que o Professor olhava para a bunda dele como se fosse a oitava maravilha do mundo.

Lou Sacana complementou usando uma voz zombeteira e infantil.

"Totalmente sozinho nesse mundo frio e cruel."

Duane não sabia bem o que pensar do velho bêbado.

"Vinte dólares por noite. E pagamento adiantado!", informou Gus.

Ele sentiu alívio por enfim ser informado do preço.

"E se for pagar por diária, precisa acertar até meio-dia." Gus apontou para o aviso na parede atrás de si. "Ah, e nada de animais. E não quero saber de nenhum drogado por aqui porque é um estabelecimento de respeito." Apesar de ser uma piada, a frase foi acompanhada de uma expressão séria.

"Ele não passa de uma criança. Dá pra ver que o garoto não é um drogado", argumentou o Professor, em defesa de Duane. "O braço dele não tem marcas."

"Só preciso de um lugar para dormir", reforçou o rapaz.

Os olhos de Gus recaíram sobre a bagagem do novato.

"O que tem dentro do cesto?"

"Roupas", Duane respondeu de imediato.

No fundo, Gus não se importava com o que havia ali dentro, desde que não fosse um cachorrinho que pudesse cagar no tapete ou drogas. Por outro lado, o Professor torcia para que o cesto estivesse repleto de brinquedos eróticos. Lou Sacana também tinha suspeitas sobre o conteúdo, reduzidas à única ideia da qual a mente limitada dele era capaz de conceber.

"O moleque tá fazendo contrabando de bebida. Vamos ter uma festinha aqui no hotel!"

Duane esperava que o gerente não fosse solicitar uma inspeção no cesto. Aquilo jogaria qualquer oferta pelo ralo.

Gus se virou e foi até a parede onde as chaves dos quartos estavam penduradas em pequenos ganchos.

Eu não sou um monte de roupas.

"Shiu", sussurrou Duane. O gerente nem sequer notou, mas o Professor sim, e aquilo atiçou a curiosidade dele.

Ao se virar, Gus jogou a chave sobre o balcão. Havia a inscrição "Hotel Broslin" no chaveiro vermelho, junto ao número do quarto.

"Quarto sete no terceiro andar", informou Gus.

"Ótimo", respondeu Duane, aliviado ao pegar a chave. Assim que encostou no chaveiro, a mão larga de Gus pousou sobre a dele.

"Vinte dólares."

"Ah, certo", lembrou Duane, e Gus liberou a mão dele. Duane colocou o cesto no balcão para remexer no bolso frontal da calça. Em seguida, tirou um bolo farto de notas, grande demais para caber em qualquer carteira.

Lou Sacana ficou boquiaberto, imaginando que haveria ali uns mil dólares ou mais. Duane começou a contar as notas no bolo, passando por várias de cem e cinquenta até achar as de vinte.

Gus percebeu a forma como Lou Sacana encarava o dinheiro do garoto e imaginou que aquilo acabaria sendo um problema.

Duane puxou uma nota de vinte dólares novinha do bolo e entregou ao gerente, que a ergueu contra a luz.

"Essa grana é de verdade?", questionou Gus, desconfiado.

"É."

Gus conhecia bem os detalhes de notas falsas, e aquela tinha a textura e o cheiro de verdadeira. Talvez pudesse nutrir certo afeto pelo garoto.

O gerente entregou a chave para o novo inquilino. Com sorte, o jovem seria um hóspede decente para ficar um bom tempo, pois as mãos dele desejavam segurar mais daquelas notas gordas.

Duane guardou a chave do primeiro hotel em que se hospedaria na vida e pegou o cesto do balcão. Os olhos examinaram o corredor da recepção.

"Tem algum elevador aqui?"

"Você tá me zoando, né? A gente tem escada. Já usou uma antes?", respondeu Gus.

Duane se tocou de que fizera uma pergunta idiota, e que aquele sujeito não tinha paciência para perguntas idiotas. Ainda assim, precisava tirar uma última dúvida.

"Vocês têm uma lista telefônica?"

"Tá achando que é um hotel cinco estrelas?"

"Não", respondeu Duane.

"Então você entrou no Hilton ou Ritz Carlton?"

"Não."

"Se quiser uma lista telefônica, melhor ir pro Hilton. Se quiser um teto sobre a sua cabeça de vento, pode ficar no Hotel Broslin."

Duane assentiu. "Obrigado, senhor..."

"Gus."

"Obrigado, Gus. Meu nome é Duane."

Duane subiu a escadaria estreita rumo ao segundo andar, enquanto o "comitê de boas-vindas" do Hotel Broslin o observava com olhares curiosos.

"Você viu aquilo?", perguntou Lou Sacana perplexo. "O moleque tá cheio da grana!"

"E você tá cheio de birita", relembrou Gus.

O bêbado não tinha como contra-argumentar e aceitou calado.

Gus não fora tão grosseiro com o garoto quanto costumava ser com outros novatos. Havia uma razão para o apelido dele ser Gus, o Grosso. Quem sabe Duane não conseguisse amolecer esse lado inflexível?

Enquanto subia até o andar de seu quarto, Duane reparou que a escadaria dava voltas e mais voltas. Na segunda curva, deu de cara com uma moradora.

A mulher de meia-idade juntou as duas mãos, em um gesto que transbordava animosidade. Sua aparência estava bem produzida, com um cinto grosso apertado logo abaixo do busto avantajado, uma blusa azul desabotoada para valorizar o decote, uma saia longa e saltos baixos. A maquiagem parecia tão pesada quanto a de um palhaço, e o cabelo estava armado em todas as direções.

"Oi! Eu me chamo Josephine. Qual é o seu quarto?"

O jovem refletiu se deveria dar a informação para uma estranha. Por que não? Agora, ele também fazia parte daquele grupo.

"É... quarto sete, no terceiro andar."

"Ah, você é tão sortudo!", exclamou Josephine, com um forte sotaque nova-iorquino. Ela se aproximou e enlaçou o braço no dele. "É o melhor quarto daqui."

Enquanto subiam, o quadril dela roçou diversas vezes no dele, e Duane desconfiou que o gesto era intencional. Nem houve necessidade de abrir a boca, pois Josephine falava pelos dois.

"O quarto era de uma velhinha que só saía de casa no domingo. Acredita que ela morou lá por vários anos? Costumava gritar pros sete ventos que era milionária e tinha vários poços de petróleo no Texas. Só que os parentes dela queriam roubar tudinho dela."

Para continuar a história, ela fez questão de colocar mais ênfase. Assim, parou no meio do caminho e gesticulou com as duas mãos, em um ato dramático.

"Ela chegava perto de você e falava: 'Eles querem pegar meu dinheiro, mas não fazem ideia de onde estou!'." A voz tinha um tom meio assustador e os dedos se contorciam no ar para imitar a idosa. Se a imitação era fidedigna ou não, Duane nunca descobriria. O melhor seria apenas concordar com a cabeça.

Que mulher maluca.

"Ela chegou ao ponto de parar estranhos na rua, gente que nunca tinha visto, e começava a desabafar com eles." Assim como Josephine fazia naquele instante, abrindo-se para um completo estranho no meio de uma escadaria. Após ela agarrar o braço de Duane outra vez, os dois continuaram a subir.

"Mas era verdade?", perguntou Duane.

"Depois de ouvir a história dela, você poderia jurar que sim, mas ninguém acreditava. Até que um dia a velha apareceu na recepção usando várias peles e joias, com um chapéu enorme na cabeça e um guarda-sol branco. Falou pra todo mundo que iria para o Mediterrâneo e depois daria a volta ao mundo. Pagou a conta e sumiu. Ninguém nunca mais ouviu falar dela."

Sem mais nem menos, Josephine disparou escadaria abaixo, saindo de maneira tão abrupta quanto havia chegado.

Duane achou engraçado a mulher não perguntar o nome dele, apesar de ter se apresentado. Josephine, a fofoqueira do prédio. Com certeza, era a pessoa mais excêntrica, mas parecia ser inofensiva. A história que contara sobre a idosa no quarto sete o deixou cheio de esperanças, dando a sensação de estar prestes a se hospedar em uma cobertura luxuosa.

Logo na entrada do terceiro andar, havia uma lixeira transbordando. Todos os corredores do prédio eram em formato de L, com uma escada de emergência no lado oposto. Na parede atrás de Duane, havia uma placa indicativa de saída, enquanto um sinal de "Não fume" estava preso no outro extremo. Naquela noite, o corredor não estava vazio. Ele parou ali mesmo para dar espaço para duas outras pessoas passarem sem que o cesto enorme ficasse no caminho.

Uma moradora destrancava a porta do próprio quarto. Uma mulher de pele negra e seios fartos, com um vestido colado com fenda lateral até a altura da calcinha, salto alto de tiras e um corte de cabelo bob estiloso.

Atrás dela, um homem branco mais velho, de cabelos grisalhos e terno, apertava a bunda dela. Duane supôs que a mulher fosse uma prostituta.

Assim que ela destrancou e abriu a porta, o homem entrou na frente. Antes de segui-lo, lançou um olhar para Duane, deixando evidente que havia percebido o rapaz admirando-a.

Duane foi pego no flagra, igual a um ladrão com a boca na botija.

Casey Conner deu uma boa olhada no novato e pensou: *Sorte grande!* Ao ver o grande cesto de vime, torceu para que o rapaz estivesse de mudança. Os olhos o inspecionaram de cima a baixo, parando na altura da virilha.

Os lábios de Casey se abriram em um sorriso de deleite, e uma piscadinha para Duane informava que ela também estava de olho no jovem. Em seguida, entrou no apartamento e fechou a porta.

Duane quase derrubou o cesto, tomado por um misto de vergonha e tesão. Nunca uma mulher tão bonita havia olhado de forma tão convidativa para ele. E, para ser honesto, aquilo tinha sido muito bom.

Enquanto andava pelo corredor, reparou que aquele quarto da mulher era de número cinco. Vizinha dele, pois a próxima e última porta do corredor tinha o número sete.

Com sorte, os gritos de prazer do quarto cinco não o manteriam acordado a noite toda.

Enfim os irmãos Bradley chegaram ao quarto, bem no coração de Nova York. Pouco importava o estado daquele lugar, a sensação era de entrar na suíte presidencial de um hotel cinco estrelas.

No entanto, a ilusão não durou mais que cinco segundos — tempo necessário para destrancar a porta e pisar lá dentro.

Se aquele era o melhor quarto do hotel, como Josephine afirmara, então preferia não saber o estado dos outros. As paredes de marrom desbotado deixariam qualquer um deprimido. O carpete estava repleto de manchas e queimaduras de cigarro. A mobília se resumia a uma cama de solteiro, uma mesinha de cabeceira, uma cômoda e uma cadeira de madeira — todas com aparência de rejeitadas pelo Exército da Salvação. Não havia iluminação no teto, apenas duas luminárias em lados opostos do quarto, uma delas sem a cúpula.

Não havia cozinha ou mesa. Durante a estadia, sobreviveriam apenas de comida da rua. Ao menos, o quarto possuía um banheiro com o chuveiro mais apertado que já vira, além de vaso e pia.

Apesar de minúsculo e decadente, o hotel fornecia um cobertor, um travesseiro e uma tranca na porta. Seria o suficiente, um espaço exclusivo para os dois e ninguém mais.

Duane colocou o cesto sobre a cama e tirou a mochila das costas, deixando-a cair no chão com um suspiro. Depois de uma viagem longa, com tanto peso, precisou se alongar e movimentar o corpo, sentindo alívio a cada estalo das articulações.

O quarto era abafado, sem ventilação aparente. Provavelmente, iriam rir da cara dele na recepção se perguntasse sobre ar-condicionado. Havia uma janela no quarto e outra menor no banheiro, ambas acompanhadas por persianas sujas. Ao menos, poderia abri-las para entrar um pouco de ar fresco — como se houvesse ar fresco em uma cidade daquelas.

Ao abrir as persianas, teve o rosto banhado por uma luz vermelha. Bem ao lado da janela, a placa de néon com a inscrição "Hotel Brolin" se projetava na lateral do prédio. Agora que sabia da existência da placa, os ouvidos não podiam ignorar o zumbido constante de eletricidade.

Ao abrir a janela, o zumbido ficou três vezes mais forte. Pouco importava, a circulação de ar era bem-vinda, apesar de estar longe de ser ar fresco. Havia uma fragrância forte que parecia vir dos esgotos. Será que toda a cidade cheirava daquele jeito em noites quentes? O brilho do néon era forte demais para olhar por muito tempo, então ele fechou as persianas sobre a janela aberta. Não havia tela de proteção.

Duane se voltou para a cama e o cesto.

"Chegamos."

Estamos em casa.

"Por um tempo curto."

Vamos ver.

Belial sabia que tinha razão e o irmão estava errado, contudo não iria discutir o assunto agora.

Tô com fome.

"Eu também. Vou buscar algo pra gente comer, mas você fica aqui. Meus braços estão exaustos."

Ele deu um leve tapinha na tampa do cesto, como quem bate de forma amigável nas costas de um irmão.

Enquanto Duane descia em direção ao primeiro andar, encontrou uma loira atraente com decote generoso acendendo um cigarro no pé da escada. Por conta do decote propositalmente à mostra, foi impossível não pensar que também seria uma prostituta, igual à vizinha de porta. Quando fez o check-in, o gerente havia perguntado se precisaria de um quarto por algumas horas.

Será que Gus achava que ele também se prostituía?

Diana, também chamada de Columbia pelos amigos, avaliou o novo hóspede. Enquanto dava uma nova tragada no cigarro, se perguntou se o rapaz trabalhava como garoto de programa.

Duane foi outra vez recebido na entrada do hotel pelo mesmo trio, que continuava a discutir. Desta vez, porém, não precisou interrompê-los, pois a atenção de todos logo se voltou para ele.

"Tem algum lugar para pegar comida por aqui?", perguntou Duane, aberto a qualquer possibilidade.

"Espero que você não queira nada muito requintado", respondeu Gus.

"Não, só pizza ou hambúrguer mesmo."

"Qual é seu sabor de pizza favorito?", questionou o Professor.

"Calabresa?"

"O meu também", informou o Professor com um sorriso malicioso, esfregando as mãos inquietas. "Quer dividir uma?"

"Hmmm, hoje não."

"Não quer caviar, não?", provocou Lou Sacana.

Como ninguém fornecia uma resposta direta, Gus tomou a dianteira.

"O que não falta é opção", respondeu, apontando para a porta da frente.

"Tem uma lanchonete do outro lado da rua", complementou Lou Sacana.

"Ótimo, obrigado."

Duane saiu do hotel, foi até a faixa de pedestres e aguardou até o sinal indicar que poderia atravessar.

Havia uma lanchonete de *fast-food* espremida entre os palacetes do prazer que dominavam o quarteirão. Tinha um balcão comprido lá dentro e algumas mesas pequenas, porém ele não comeria ali.

Apesar do espaço apertado, o cardápio era vasto. As opções incluíam pizza, hambúrguer, cachorro-quente, *gyro*, falafel e até espetinho assado na grelha. Pizza estava fora de cogitação, mesmo o Professor aparentando ser um bom homem, não queria visitas surpresa. A última coisa que desejaria era explicar o motivo que o levara à Grande Maçã pela primeira vez.

O cozinheiro atrás do balcão se virou da grelha para o freguês.

"Eu gostaria de alguns hambúrgueres."

"Quantos?"

"Acho que uns vinte."

O cozinheiro ergueu uma das sobrancelhas.

Quinze minutos depois, Duane saiu da lanchonete com quatro pacotes abarrotados de comida e encharcados de gordura.

No caminho de volta, outro sujeito aleatório tentou entregar-lhe um panfleto.

"Dá só uma olhada! Que tal uma massagem sensual com garantia de final feliz?" Duane não sabia o que era um final feliz, e as mãos estavam ocupadas demais para pegar o panfleto.

A caminho do hotel, desacelerou ao passar por uma loja enorme de jornais e revistas, com corredores largos que se estendiam até o interior do prédio. A quantidade de revistas pornográficas expostas na vitrine o deixou impressionado — fileiras e mais fileiras de corpos nus, órgãos genitais e sexo explícito. Sentiu uma mistura de vergonha e curiosidade. O desejo ganhou, e ele passou os olhos sobre as capas com imagens explícitas.

Duane havia lido antes a *Playboy* e a *Penthouse*, mas nada que se comparasse àquilo. Não havia nada ali que pudesse ser vendido em um supermercado. Verdadeiros manuais eróticos do tipo mais obsceno possível. Não parecia haver limites. Será que deveria comprar uma? A vontade dizia que sim, mas não agora com tantas embalagens engorduradas em mãos.

O vendedor tentou convencer o mais novo cliente em potencial.

"Que tal uma revista de mulher pelada, hein?", sugeriu o homem.

"Hoje não."

O vendedor assentiu, sabendo que um cliente tímido poderia sempre mudar de ideia.

"Vamos lá, sei que você quer. Não tem problema comprar uma revista de mulher pelada."

No entanto, o olhar de Duane já havia abandonado as revistas e se voltado para o balcão da loja, onde um telefone de disco repousava sobre uma lista telefônica.

"Posso comprar sua lista telefônica?"

"Eu não vendo lista telefônica, amigão. A única lista aqui é a de bocetas que vão te deixar babando."

Duane assentiu, enfiou a mão no bolso para puxar o bolo de dinheiro, com uma nota de cem dólares à mostra. Os olhos do vendedor se arregalaram e apareceu um sorriso largo.

"Mas nunca se sabe, né? Tenho uma sobrando aqui por apenas 99 dólares."

O vendedor ergueu o telefone e pegou a lista telefônica que estava embaixo.

Duane sorriu. Precisava de uma lista telefônica e o preço pouco importava. Nada melhor do que comprar em dinheiro vivo em uma loja duvidosa, onde não haveria registro da venda. A praticidade naquela missão também era importante e valia o preço mais caro.

Cem dólares foram trocados por um calhamaço de papel reciclado. Duane equilibrou as embalagens de comida em cima da lista telefônica, enquanto o vendedor conferia se a nota era verdadeira. Parecia satisfeito com a análise.

"Deixa eu pegar seu troco."

"Pode ficar", respondeu, devolvendo o monte de dinheiro para o bolso. Enquanto dava meia-volta, o vendedor lhe chamou.

"Ei! Toma aqui. Pode levar uma revista de sexo."

O homem estendeu uma revista em direção a ele. Duane não viu motivos para recusar e logo a colocou embaixo da lista telefônica.

"Obrigado."

"Eu que agradeço, amigão."

Ao chegar ao cruzamento, um semáforo vermelho interrompeu o retorno. Duane aproveitou a pausa para espiar a revista debaixo da lista telefônica, curioso com o presente inesperado.

No topo da capa, estampado em letras garrafais, havia um título que nenhuma enciclopédia se atreveria a explicar: *Cara Gozada*. A modelo extravagante da capa detinha uma expressão de êxtase, além do rosto e boca encobertos por esperma. Ao redor dela, dois paus ainda gotejavam o líquido viscoso. O vendedor não havia entregado uma revista de sexo. Aquela era uma revista de boquete. Duane precisou admitir: a modelo tinha a cara gozada mais alegre de todas.

"Ai, meu Deus!", gritou uma mulher atrás. Ao se virar, deu de cara com uma freira perplexa, vestindo um hábito religioso. A mulher fez o sinal da cruz, encarando a revista na mão dele. Contudo, não era apenas uma, mas sim um bando de freiras.

Na tentativa de esconder a revista embaixo da lista telefônica, Duane a deixou cair no chão com a cara gozada para cima, à mostra para que todas as religiosas pudessem ver. O grupo ficou atônito e berrou como se o próprio diabo as assediasse, porém nenhuma desviou os olhos da *Cara Gozada*. Uma freira chegou a segurar os próprios seios em exaltação.

Morrendo de vergonha, o rapaz se abaixou para pegar a revista. No instante em que o semáforo ficou verde, correu para fugir do constrangimento.

Quando voltou ao hotel, estava sem ar e com o rosto pegando fogo. O diálogo dos três homens foi interrompido com a chegada.

"Hmmm, hambúrguer! Meu predileto", comentou Lou Sacana.

Gus ficou preocupado com a quantidade de comida.

"Você não tá pensando em dar uma festinha, né?"

"Não, é tudo pra mim. Tô morrendo de fome."

"Por favor, ajude esse pobre coroinha faminto, padre!", brincou Lou Sacana, soltando uma gargalhada.

"Desculpa", respondeu Duane, antes de subir as escadas.

A atenção do Professor se voltou para a revista na mão do rapaz.

"Ele comprou uma revista de sacanagem", afirmou o acadêmico.

"E daí? Você nunca comprou uma?", interrogou Gus.

"O rapaz vai se masturbar!", afirmou o Professor, com um brilho no olhar.

Lou Sacana simulou o ato masturbatório, esguichando o líquido dentro da garrafa.

Gus balançou a cabeça e soltou uma risada contida. Os amigos nunca falhavam quando o assunto era diversão.

O Professor tinha uma última confissão para fazer:

"Eu tenho a mesma revista. Essa é das boas."

4

Na tentativa de entrar logo no quarto sete, Duane quase perdeu o equilíbrio com tantas coisas em mãos. Assim que se sentou na cama, jogou as embalagens engorduradas de qualquer jeito sobre o colchão, com a lista telefônica e a revista com obscenidades ao lado do cesto.

Após trancar a porta e retirar a chave, ouviu um rosnado atrás de si. O irmão estava faminto — assim como Duane, sem dúvida. O rosnado não vinha da garganta de Belial, mas sim do estômago. Ainda bem que o barulho não começou no ônibus, pois, quando iniciava, só havia um jeito de parar: entregar muita comida para o irmão.

"Arrumei comida para você, mas isso não é novidade."

Hambúrguer de novo?

Duane relembrou que haviam saído para comer hambúrguer na sexta-feira à noite, após o encontro com o dr. Pillsbury. O cheiro da sacola do Wendy's havia aguçado o apetite de Belial.

Compra espetinho amanhã.

Duane não abrira a boca para falar sobre os espetinhos, mal havia notado a opção no cardápio. Nos últimos dias, Belial conseguia cada vez mais saber de coisas das quais não deveria — a não ser que estivesse observando o mundo através dos olhos do irmão. A ideia gelou a espinha de Duane, pois demonstrava que o irmão poderia estar dentro da cabeça dele sem que ele próprio soubesse. A mente de Belial era inacessível, no entanto, mas isso não era um problema. Será que ele estaria disposto a descobrir o que se passava lá dentro?

"Claro, a gente pega espetinho amanhã."

Duane acendeu a luz ao lado da cama e se sentou perto do cesto. Em seguida, retirou uma chave pequena do bolso da calça e abriu o cadeado da tampa. Sem a trava, pôde levantar o tampo sustentado pelas dobradiças, que caiu para trás.

O rapaz sorriu. Sempre havia um sorriso reservado para o irmão. Aquele era um momento de vitória para os dois. Por fim, conseguiram chegar juntos a Nova York.

Belial era o gêmeo conjugado. Ambos preferiam o termo conjugado em vez de siamês, pois a primeira sílaba reforçava a ideia de um estar *com* o outro. Eles sempre estariam juntos, mesmo depois de terem sido separados.

Antes, haviam sido diagnosticados de forma equivocada. O termo gêmeo parasita havia sido usado para descrever Belial, ou, como os médicos optaram por destacar no prontuário, *teratoma parasitário*. Médicos, não... *carniceiros.* Do tipo que não serviria nem para um grupo de açougueiros em um matadouro.

Um gêmeo parasita era, na verdade, um feto parcialmente formado cujo desenvolvimento fora interrompido. No entanto, Belial continuou a crescer e a se desenvolver tanto de maneira física quanto mental, assim como Duane. Nunca deveriam chamá-lo de parasitário.

Por ser o menor, logo decidiram rotulá-lo como um parasita. A maioria das pessoas tinha dificuldade de olhar para Belial, devido a sua aparência similar a um bolo redondo e pulsante de carne.

Não faltava nada na cabeça deformada, com olhos, nariz e boca em perfeito funcionamento. A boca tinha um formato peculiar: do lado esquerdo, um sorriso permanente se abria, enquanto do lado direito havia um leve ar de descontentamento nos lábios. Quando abria a boca, exibia dentes afiados e tortos, que pareciam perigosos, mas eram (em geral) inofensivos, ótimos para mastigar hambúrgueres, mas não carne humana. A língua era bem longa, porém quase sempre permanecia escondida. Os lábios pareciam dois pedaços de cartilagem grossos e escuros.

Não havia orelhas, apenas dois pequenos orifícios em cada lado da cabeça, e a audição era excepcional. Também não tinha pelos, assim como nenhum traço de folículo capilar na cabeça ou no corpo.

Se alguém se atrevesse a olhar para os rostos lado a lado de Duane e Belial em um momento em que ambos estivessem relaxados, poderia notar certa semelhança. Mas é claro, ninguém nunca queria olhar para os dois, então Belial ficava sempre escondido no cesto.

Certa vez, ouviram alguém comentar que o rosto de Duane parecia ter sido enxertado em um tumor ambulante. O comentário ainda os machucava até hoje. Ninguém ousava dizer que eram parecidos ou idênticos.

Belial tinha dois braços musculosos, um de cada lado da cabeça. O esquerdo saía do topo, em uma posição mais alta, enquanto o direito se alinhava com o maxilar inferior. Os braços, cheios de veias saltadas e retorcidas, detinham uma força tremenda.

Abaixo do crânio, as costelas achatadas formavam uma espécie de gaiola óssea para proteger o coração resistente. Entretanto, além das costelas, não havia algo semelhante a um corpo por baixo. Nada de pelve, pernas ou pés. A pele do rosto era lisa, mas o torso era coberto de protuberâncias e rugas.

A parte inferior do corpo era marcada por uma grossa camada de pele cicatrizada. Abaixo das mãos e do torso, havia ventosas quase invisíveis que auxiliavam a locomoção — fosse arrastando-se pelo chão ou escalando paredes. Belial conseguia se pendurar de cabeça para baixo no teto caso precisasse, mas por um curto período, até o corpo pesar e o derrubar.

O sistema digestivo era completamente funcional, permitindo-o urinar e defecar. O pênis ficava internalizado, atrás de uma pochete de pele enrugada, surgindo nos momentos em que precisava aliviar a bexiga. O ânus permanecia quase oculto sob um nódulo na parte inferior das costas. Ele sabia que não deveria cagar onde se come ou dorme, então, quando precisava fazer o número dois, pedia para o irmão levá-lo ao banheiro ou tentava andar por conta própria. O corpo largo permitia que se sentasse no vaso como qualquer um e, ao terminar, ele mesmo alcançava o papel higiênico e dava descarga.

Quanto às funções do sistema reprodutor, era bem mais complicado. O apetite sexual de Belial era normal, tão intenso quanto o de quase todos os homens adultos. Ele até compartilhava o mesmo tipo de interesse por mulheres que o irmão: corpulentas, cheias de curvas e dotadas de generosos *melões*, como gostava de se referir aos seios.

Em razão da aparência assustadora, Belial não podia dar as caras em público. Os poucos que não fugissem ou quisessem matá-lo de imediato iriam querer examiná-lo, testar o corpo ou dissecá-lo em nome da ciência. No entanto, Belial era um ser humano, um indivíduo com personalidade, medos e sonhos próprios. Assim como qualquer um, ele gostaria de ser notado, compreendido e até amado. Ao menos, o amor e o esforço que o irmão lhe dedicava eram sinceros.

Duane era a única pessoa com quem podia conversar, pois era o único que podia ouvi-lo. Ele tinha as cordas vocais deformadas, e a boca não conseguia formar palavras, apenas rosnados guturais e rugidos que soavam diferentes de qualquer pessoa ou animal. Para piorar, não tinha controle sobre o volume da voz. Em Glens Falls, moravam em uma casa grande e isolada, longe o suficiente dos vizinhos para evitar problemas. Seria impossível alguém não ouvir os barulhos na cidade grande, ainda mais em um hotel lotado.

Não havia necessidade de rugir para que o irmão o ouvisse. Ele tinha a habilidade de falar diretamente na cabeça de Duane, e as palavras não soavam como pensamentos dispersos, mas sim uma voz clara, quase um sussurro no ouvido do jovem. A voz de Belial tinha até um tom refinado.

Para Duane, aquela forma de comunicação não parecia nada fora do comum, era apenas um vínculo especial compartilhado por gêmeos. Os dois sempre tiveram a conexão, desde que eram um só. Contudo, quando foram separados, o canal de comunicação passou a funcionar em apenas uma direção.

Desde a cirurgia, Duane perdera a habilidade de se comunicar mentalmente com o irmão. Para qualquer um próximo, pareceria uma conversa consigo mesmo. Por isso, quase nunca falava com Belial em público, para evitar que achassem se tratar de um louco. Não que aquilo fosse incomum em Nova York. No meio de uma multidão em constante movimento, era mais fácil se misturar.

O cesto de vime era o local predileto para Belial descansar, além de ser o principal meio de transporte. As tiras entrelaçadas formavam pequenas frestas, por onde podia espiar o mundo em finas linhas horizontais. Aquele era um casulo e um abrigo que o mantinha protegido do mundo, tal e qual ele gostava. Nunca havia se sentido seguro de verdade após a cirurgia que o separou do irmão. Já que não era possível se manter unido a Duane, ao menos preferia estar nos braços dele, dentro daquele cesto.

Belial tinha plena consciência de que a própria aparência aterrorizava o mundo e preferia não ser visto.

Nas inúmeras vezes em que vira *Frankenstein*, nunca deixou de derramar lágrimas. Sabia como os outros tratavam o monstro, não importava quão inocente ou incompreendido ele fosse.

Era triste que ninguém enxergasse Duane e Belial pelo que de fato eram: verdadeiros milagres da criação. Casos de irmãos conjugados eram muito raros, e nenhum era igual ao outro. Na verdade, não havia ninguém neste mundo igual aos dois.

A cidade de Nova York nunca havia visto nada parecido com os irmãos Bradley. E, naquela noite, ambos estavam famintos por hambúrgueres bem gordurosos.

Duane colocou as embalagens de comida em pé e reparou que a gordura já penetrava o papel, criando mais manchas no cobertor. No meio de tantas marcas antigas, as novas passariam despercebidas.

Após separar um embrulho com hambúrguer em cima da lista telefônica, pegou outro para o irmão. O lanche foi desembrulhado e jogado diretamente dentro do cesto. Belial o agarrou e devorou em duas mordidas vorazes em um gesto de pura exibição.

Mais.

"Calma, ainda tem um monte."

Duane desembrulhou um segundo hambúrguer e o jogou no cesto, seguido por um terceiro, um quarto e um quinto. Os papéis gordurosos foram amassados e enfiados de volta no primeiro saco. Agora, Belial devorava os lanches um pouco mais devagar, levando de três a quatro mordidas. Igual ao volume da voz, ele não tinha controle sobre o barulho que fazia ao comer. A mastigação era alta, os lábios sempre estalavam e a língua fazia ruídos ao degustar a comida. A maneira ávida de comer fazia o cesto todo chacoalhar.

Duane abriu o embrulho do próprio hambúrguer, deu uma mordida e o deixou em cima da lista telefônica. Depois de limpar os dedos engordurados no cobertor manchado, buscou na mochila os documentos médicos que vieram junto das roupas na viagem. A pasta estava manchada com sangue seco — o sangue do dr. Pillsbury.

Ele colocou o arquivo na cama, ao lado da lista telefônica, e começou a folhear, ignorando as cópias xerocadas dos periódicos médicos. Não precisava de explicações sobre si mesmo, ainda mais de pessoas que não faziam a menor ideia.

Duane parou na última página. Após uma nova mordida no hambúrguer, passou o dedo pelo relatório médico até encontrar os nomes dos outros profissionais envolvidos: H. Needleman e J. Kutter.

Um pedaço de pão voou do cesto, interrompendo a concentração. O rapaz olhou para o lado a tempo de ver o pão cair de volta e ser devorado em uma única mordida.

"Já acabou?"

Mais.

"Muito mais."

Os três embrulhos de hambúrgueres ainda embalados foram despejados sobre o cesto. Belial soltou uma série de roncos pelo nariz — a própria forma peculiar de dar risada. Pedaços de embalagem e restos de guardanapo voaram para fora, enquanto o gêmeo devorava o jantar cheio de vontade.

Duane lhe fez companhia para jantar ao mesmo tempo em que folheava as páginas da lista telefônica. Em menos de um minuto, encontrou quem procurava na seção da letra N.

"Howard Needleman. Você é meu."

"Ele vai ser nosso."

Ambos deram outra mordida ao mesmo tempo no respectivo lanche. Duane pulou as páginas até a seção K e viu dois nomes: Abraham Kutter e Frank Kutter.

"Droga, nada da dra. J. Kutter. Bem, o Needleman deve ter o número de telefone dela."

A ausência do telefone de Kutter era um contratempo, mas nada impossível de ser resolvido. No entanto, o que aconteceria se Howard Needleman não tivesse o número? Se fosse o caso, lidaria com o problema depois.

Por enquanto, estava mais do que satisfeito por estar em uma cidade com tanta energia e de barriga cheia. O hambúrguer estava tão bom que ele se arrependeu de não ter pedido 21 — assim ficaria com dois para si. Aquele foi um longo dia de viagem.

Um hambúrguer ainda embalado pulou do cesto e aterrissou no colo dele. O irmão não queria que Duane fosse para a cama com fome.

"Obrigado, Belial."

O jovem encerrou o trabalho daquela noite, fechando a lista telefônica e a pasta com os prontuários e relatórios médicos. Com uma enorme gratidão e amor por Belial, se recostou na cabeceira da cama, desembrulhou o segundo hambúrguer e o saboreou com gosto. A sinfonia da cidade continuava a adentrar o quarto pela janela, em harmonia com o zumbido constante do letreiro néon. De barriga cheia, o ruído ao fundo logo se tornou a trilha sonora para a chegada do sono.

Duane e Belial adormeceram ao mesmo tempo.

O metabolismo de Belial funcionava de forma diferente. Em geral, precisava apenas de uma grande refeição por dia e, assim que enchia o estômago, o sono era pesado a ponto de durar a noite toda. Médicos costumam alertar sobre os perigos de comer demais antes de dormir, porém a digestão dele desafiava a medicina tradicional.

Quando o relógio exibiu 1h05, Duane acordou e viu que estava largado na cama, com as roupas ainda no corpo. Então tirou os sapatos e as roupas até ficar só de cueca. Em seguida, pegou o cesto, onde Belial dormia profundamente, e o colocou sobre a cômoda. Deixou a tampa aberta e destrancada, para que o irmão pudesse ir ao banheiro durante a noite sem incomodá-lo.

A pasta e a lista telefônica foram deixadas ao lado do cesto. Apenas a *Cara Gozada* ficou sobre a cama para lhe fazer companhia. A curiosidade libidinosa falou mais alto, e Duane decidiu que a modelo precisava de mais uma dose de leite fresco.

O conteúdo da revista era ainda mais obsceno que a capa. O rosto não fora o único lugar contemplado no corpo da modelo. Poderiam muito bem chamar a revista de "Peito Gozado" ou "Bunda Gozada". Ao olhar para baixo, reparou que a cueca tinha um enorme volume com uma ponta úmida. A próxima edição poderia apresentar Duane com o título "Cueca Gozada".

Agora, havia uma nova missão para cumprir, algo que fez com pulso firme e no mais completo silêncio. Nada de gemidos ou respiração pesada ou o característico barulho de pele contra pele. Aprendera a ser o mais discreto possível quando se masturbava, para não incomodar Belial. Contudo, no fim das contas, o irmão sempre sabia.

Toda vez que Duane chegava ao clímax, Belial sentia uma pontada de tristeza — uma espécie de orgasmo-melancólico. Quando ainda eram ligados, os orgasmos do irmão espalhavam uma onda de prazer por todo o corpo. Desde a separação, o vínculo entre os dois fora perdido. Restou apenas uma sensação amarga de saudade profunda, como uma fome que jamais poderia ser saciada.

Os orgasmos de Duane deixavam Belial deprimido.

Duane não demorou muito para alcançar o ápice. Ele fechou a revista com o intuito de fornecer a própria contribuição a todo material genético na modelo da capa.

Belial acordou grunhindo. Ele odiava ser despertado daquele jeito. Os orgasmos do gêmeo sempre traziam uma aura obscura de frustração que o acompanhava pelo resto do dia.

Após cumprir a missão, largou a revista na cômoda e se jogou na cama. Em menos de um minuto, o sono já era profundo e reparador, mesmo sobre o colchão que ganharia de qualquer outro nos quesitos rigidez e desconforto.

Belial permaneceu em silêncio, refletindo sozinho no ambiente novo e estranho. Os sentidos captavam cada detalhe ao redor: uma infinidade de sons e odores da cidade, entrando pela janela acompanhados do brilho avermelhado do letreiro néon. Não importava o horário, parecia sempre haver movimentação lá fora. De fato, aquela era a cidade que nunca dormia.

Os pensamentos foram direcionados para o objetivo que os levara até lá. O irmão demonstrava incertezas quanto à execução do plano, mas Belial não tinha dúvidas: os dois levariam a melhor.

Em alguns casos, Belial tinha a capacidade de prever acontecimentos futuros. Era óbvio que ambos iriam participar de um jogo vitorioso. Ainda assim, a confiança não amenizava o desânimo naquela noite.

Uma inquietação inevitável o levou a pular do cesto, aterrissando no chão com um baque seco. O barulho não incomodou Duane, que seguia em um sono tranquilo, apesar das buzinas, sirenes e gritos ocasionais do lado de fora.

Belial andou de um lado para o outro pelo chão sujo, acompanhando as linhas vermelhas que adentravam através das persianas. Aquele distrito de luz vermelha, cheio de letreiros de néon, era como uma selva. Agora, aquela selva era o parque de diversões dele.

Aquele novo mundo parecia intimidar Duane, tornando o desconforto quase palpável. Por outro lado, Belial sentia o oposto: tudo aquilo parecia atraí-lo, igual à força inabalável que um ímã exerce sobre o ferro.

Casa.

"O quê?", murmurou Duane, sonolento. A frase que o acordou foi mal interpretada, levando-o a acreditar que não passava de saudades do lar.

"Não, não estamos em casa."

Estamos em casa, sim.

Ainda zonzo, o rapaz se apoiou nos cotovelos e olhou para o chão. As linhas de luz vermelha faziam o corpo do irmão parecer um cadáver dissecado.

"Você não vai ficar zanzando por aí a noite inteira, né?"

Eu gosto daqui.

"Esse lugar é uma merda."

Eu amo Nova York.

"Eu também, mas não quero conversar agora. Volta pra cama."

Vamos dar uma volta.

"Ah, qual é? A gente tem que acordar cedo."

Duane se ajeitou no travesseiro. Agora que estava acordado, sabia que voltar a dormir seria apenas uma doce ilusão.

Você me acordou quando descabelou o seu palhaço.

Uma pontada de culpa o atingiu por saber que o irmão estava certo. No entanto, não era nada fácil segurar as pontas na presença da *Cara Gozada*. Para isso que servia a pornografia: deixar com tesão.

"Tá, tá. A gente já passou por isso antes, lembra?"

Duane também tinha necessidades. Tinha o comportamento de um jovem saudável, que fazia o possível para controlar os desejos, cedendo esporadicamente para o prazer solitário, rápido e discreto, a fim de não chatear o irmão. Manter o equilíbrio era difícil para ambos. O rapaz ainda era virgem por causa do gêmeo, mas não era o momento de se preocupar com aquilo.

Havia uma simples missão a ser cumprida em Nova York. Apenas após completarem o objetivo poderiam se permitir conhecer alguns pontos turísticos, antes de darem o pé da cena de seus crimes.

Temos a 42nd Street, um paraíso de néon com melões para todos os lados.

Se não estivesse tão cansado, Duane soltaria uma risada. Os dois foram seduzidos pela Grande Maçã. Com sorte, não seriam envenenados ao prová-la.

"Olha, não tô com vontade de passar a noite toda batendo papo. Já são três e meia da manhã. Volta pra cama."

O Cine Pussycat tá passando o filme Sexo Num Piscar de Xotas.

"Não vou discutir isso agora. Tá na hora de ir pra cama. Boa noite."

A coberta foi puxada até o queixo de Duane, indicando o fim da conversa.

Quem sabe a gente não encontra a Cara Gozada?

Belial estava agindo como um idiota, provocando o irmão. Falar com tanta agressividade na cabeça de Duane era o mesmo que gritar no ouvido dele. O jovem apertou o travesseiro contra a cabeça, tapando os dois ouvidos.

"Pelo amor de Deus, cala a boca e me deixa dormir um pouco."

Ele esperou por um novo comentário de deboche, mas não recebeu nada além de silêncio.

"Você sempre escolhe a hora que eu tô perto de dormir para conversar", murmurou Duane para si, ciente de que o irmão poderia escutá-lo.

Os passos continuaram sobre o carpete, mas isso não o incomodava. Voltou a dormir em menos de um minuto, sonhando com novos começos em um mundo iluminado por néon.

Duane era um sonhador, cheio de esperança para o futuro.

Belial também gostava de sonhar, porém sabia que, nem mesmo em um mundo de sonhos, ele e o irmão seriam aceitos.

5

A manhã de segunda-feira teve início com um céu límpido na paisagem de Nova York, prometendo mais um dia de calor. Duane se considerava um rapaz de sorte. Se uma tempestade desse as caras, a leve jaqueta corta-vento o deixaria em apuros.

O domingo foi um dia repleto de aventuras e incertezas. Os irmãos Bradley deveriam ter desmaiado na cama e dormido como pedras. Em vez disso, passaram a maior parte da noite discutindo e dormindo em parcelas. Ambos estavam elétricos demais com tanta empolgação.

Pouco antes do amanhecer, Belial subiu no cesto e caiu no sono. Os irmãos dormiram até tarde naquela manhã. Os planos para o dia já estavam traçados, mas sem hora marcada para começar. Nenhum despertador tocou, uma vez que nenhum despertador havia sido comprado.

Os dois nem sequer faziam ideia da presença de alguém passando em frente à porta de hora em hora na tentativa de escutar alguma conversa. Em certo momento, o intruso chegou a girar a maçaneta para ver se estava destrancada.

Por volta das 3h30 da madrugada, o pequeno corredor adjacente do terceiro andar recebeu Lou Sacana, que se arrastava de volta para o quarto dez onde morava. Enquanto passava pelo quarto sete, ouviu uma voz forte que parecia discutir sozinha.

Curioso por natureza e sempre de olho em algo para roubar, Lou Sacana tomava conta da vida de todos. Para o vigarista, todo mundo poderia ser um "cliente" em potencial.

A discussão dentro do quarto era confusa demais para compreender. O homem estava tão bêbado que acreditou ouvir duas vozes. Só que o garoto havia chegado sozinho — quem sabe ele não arrumou uma nova amizade ali mesmo? Não havia dúvidas de que Josephine já tentara jogar a boceta para cima do rapaz, igual fazia com qualquer homem que respirasse. A única exceção era ele próprio.

Depois de apagar na cama, o bêbado acordou por volta das seis da manhã para esvaziar a bexiga e foi levado outra vez pela curiosidade até o quarto sete. Desta vez, não havia discussão alguma. Tudo estava em completo silêncio. Sem fazer barulho, voltou para o próprio quarto.

Acordou com nova vontade de mijar às 11h30 e decidiu que estava na hora da dose alcoólica de café da manhã. O dia foi iniciado com alguns goles de uísque, o empurrãozinho necessário para pegar no tranco. Então seguiu para uma nova ronda de vigilância no corredor.

Ciente de que o chão do prédio rangia com facilidade, o homem saiu de fininho até chegar à esquina do corredor. Após uma rápida espiada, teve a certeza de que o caminho estava livre. Na ponta dos pés, caminhou até o quarto sete e colocou o ouvido na porta. Tudo quieto lá dentro. Com cuidado, tentou girar a maçaneta. A porta continuava trancada.

Olhou para os dois lados, certificando-se de que ainda estava sozinho. Então, se ajoelhou, apoiou as mãos na porta e espiou pelo buraco da fechadura.

A porta do quarto cinco se abriu e Casey saiu para o corredor. Ela vestia uma blusinha branca aberta sobre um vestido vermelho justo com alças finas. O decote era generoso, assim como os lábios carnudos. Em uma cidade onde ninguém passa despercebido, Casey gostava de chamar a atenção. Jamais saía de casa se a aparência não estivesse impecável, e a maquiagem, no ponto certo.

Se houvesse um título de rainha do Hotel Broslin, Casey seria a detentora com um estilo particular de se vestir.

Após fechar a porta, a mulher viu Lou Sacana fazendo mais uma de suas sacanagens. A bunda do homem se movia para encontrar a melhor posição, enquanto ainda espiava pelo buraco da fechadura.

Casey avançou até Lou Sacana com um olhar de reprovação.

"Mas que maravilha, hein?", anunciou Casey para surpreendê-lo.

Tamanho foi o susto que Lou Sacana bateu a cabeça com um pulo e caiu de bunda no chão. A mulher o contornou e ficou de frente para a porta, bloqueando a fechadura.

Quando havia motivo para bronca, ela sabia ser uma verdadeira peste.

"Semana passada, você tava no elevador de monta-cargas. Essa semana, arrumando confusão com buracos de fechadura! Por acaso, você tem algum fetiche nessas coisas? Não dá pra te deixar sozinho por um minuto, hein?"

"Shiu", disse Lou Sacana, em desespero. "Tem alguém aí dentro!"

"Olha, isso não é novidade pra mim", afirmou Casey, com um olhar de quem sabia das coisas.

"Você tinha que ver. O cara tá com uma nota preta. Várias notas, na verdade." Ao relembrar o bolo de notas que vira na noite anterior, as mãos abriram como se segurassem uma bolada de dinheiro. Ou uma cesta.

Casey revirou os olhos e ajeitou a peruca, sem paciência.

"Ah, dá um tempo, vai?"

"Ele tá andando por aí com o dinheiro solto no bolso."

"E daí? Isso não é da sua conta porque não é seu dinheiro." Ela conhecia a mão leve de Lou Sacana e desaprovava a profissão, pois envolvia tirar vantagem dos outros. Seria triste demais ver um jovem tão atraente caindo nas artimanhas daquele velho ladrão idiota.

Com os punhos cerrados e plantados na cintura, Casey o encarou firme.

"Você tem dois segundos antes que eu comece a bater na porta."

"Não, não, espera aí!" Lou Sacana agitou as mãos no ar.

"Um!"

O homem deu um pulo do chão.

Na semana passada, Casey o encontrara bêbado dentro do elevador de monta-cargas, encolhido feito uma bola de papel com uma garrafa de bebida derramada no colo. Como se já não bastasse, o elevador — que os moradores usavam para descer o lixo até a lixeira no térreo — ainda cheirava a gim e a urina. Ela até apelidou essa mistura de "Drinque do Bêbado Mijado".

"Tô indo! Tô indo!"

Lou Sacana disparou em direção ao quarto e bateu a porta com força. Casey levantou as mãos, indignada.

"Bem-vindo ao Hotel Broslin! Aqui temos curioso espiando fechaduras, baratas do tamanho de cachorros, barulho de saxofone às quatro da manhã e aquela doida do outro lado do corredor."

Referia-se à Josephine, que às vezes tinha discussões acaloradas com gente imaginária e dançava para cima e para baixo nos corredores com parceiros invisíveis. A lista de reclamações de Casey ainda não havia terminado.

"Bêbados mijando na minha porta, bichos correndo dentro das paredes... este lugar é um zoológico."

A mulher trancou o próprio quarto, cogitando descer pela escada, mas mudou de ideia e seguiu na outra direção, parando diante do apartamento sete para bater à porta.

Foi quando ouviu o barulho de alguém em movimento, e em seguida um grito:

"Já vai!".

Depois de certo tempo, a porta foi destrancada e Duane apareceu. A expressão era de quem havia acabado de ser acordado. O cabelo desgrenhado, espetado para todos os lados, confirmava a teoria.

Apesar da visão turva pelo sono, o rapaz reconheceu a mulher da noite passada. Sentiu-se completamente desarrumado, e abotoou a camisa às pressas.

"Oi, eu moro aqui do outro lado. Bem, o motivo de estar te incomodando é que..."

"Ah, você não me incomoda", interrompeu Duane, tentando causar uma boa impressão.

"Não quero que você pense que fico me metendo na vida dos outros, mas tem alguém zanzando pela sua porta. Então, se tiver alguma coisa de valor, como dinheiro ou algo do tipo, recomendo não deixar dando sopa por aí."

"Claro. Certo. Obrigado."

"Detesto ver alguém sendo passado para trás, ainda mais sem a chance de reagir." O restante foi dito em voz baixa. "Fica de olho no Lou Sacana, porque ele tá de olho em você."

Duane concordou com um aceno, decidido a levar o conselho a sério. A preocupação no rosto dela deu lugar a um sorriso amigável.

"Meu nome é Casey."

Ela estendeu a mão, e ele a cumprimentou.

"Duane Bradley." Ao perceber que ela olhava por cima do ombro dele para dentro do quarto, o rapaz deu um passo para o lado. "Pode entrar se quiser."

O convite foi aceito de bom grado, e ela entrou no quarto com passos lentos. Nada o diferia dos outros, não havia ao menos uma decoração para dar vida ao lugar. Nada, exceto aquele cesto.

"Prazer em te conhecer, Duane Bradley. Mas que caralho te trouxe até esse muquifo aqui?"

"Foi o primeiro hotel que encontrei", respondeu, dizendo a verdade.

"Tá na cara que os seus padrões são muito elevados", comentou ela, com um sorriso discreto. "De onde você vem?"

"Do interior", respondeu, sem faltar com a verdade, mas sem dar muitos detalhes. Ainda não havia decidido a quantidade de informação que gostaria de compartilhar com aquela mulher, ou qualquer outra pessoa.

"Ah, primeira vez em Nova York?"

"É."

"Sabia! Olha, esse lugar pode ser uma droga, mas tem piores por aí. Faz uns três anos que estou morando aqui. Uso meu quarto para trabalhar e passar o tempo. Pelo menos, não preciso pegar o metrô. E você? Pretende ficar por quanto tempo?"

"Alguns dias", respondeu, apesar de não ter a menor ideia. Quem sabe esses dias poderiam se transformar em anos no Hotel Broslin?

"Olha só, por que a gente não vai pra um barzinho qualquer hora dessas?"

Duane adorou a ideia, embora nunca houvesse saído para beber com alguém durante seus 22 anos. Talvez fosse a hora de começar a fazer as coisas que as pessoas normais faziam.

"Você conhecia a senhora idosa que morou aqui antes de mim?", questionou ele.

"Não tinha nenhuma idosa. Era um senhor idoso que se chamava Guido, mas eu dei o apelido de Zumguido. Ele dizia que tava indo à loucura por causa da placa de néon lá fora. Então começou a usar papel-alumínio para cobrir as janelas e para fazer uns chapéus ridículos que protegiam o cérebro das monstruosas ondas de rádio no ar. Coisa de maluco, né? O cara ainda afirmava que tava sendo perseguido pelo zumbido em todo canto, até mesmo nos sonhos, que podiam ser controlados pelo barulho. Aposto que o homem deve tá morando num hospício agora."

A história que Josephine contara no corredor não passava de pura invenção, embora Duane não fizesse ideia do porquê.

"Josephine me disse que era uma velhinha."

"Bem provável que ela também acreditasse nisso. Aquela mulher vive no próprio mundinho da fantasia. Você vai ver, só tem figura morando aqui. Também tem uns babacas, é claro, mas, no fim das contas, somos quase uma família, pode confiar."

O cesto em cima da cômoda chamou a atenção de Casey.

"O que tem dentro do cesto? Tá planejando um piquenique?"

"Não, nada de piquenique. Nem tenho tempo."

"Sei bem como é. Também preciso cuidar da minha vida. Olha, a gente precisa fazer alguma coisa antes de você ir embora. Tenho várias outras histórias bizarras pra contar."

"Claro, vamos sim."

Casey deu meia-volta para sair do quarto.

"A gente se vê por aí, garoto." E seguiu em direção à escada, rebolando de maneira provocante, ciente de que Duane estaria admirando a vista.

Ela estava correta.

Após a saída de Casey, Duane trancou a porta.

Gostei dos melões.

"Sim, gostei dela", respondeu para o irmão, que estava dentro do cesto com a tampa fechada.

Casey era um colírio para os olhos, porém ele acreditava ser muita areia para o caminhão dele. Na noite passada, suspeitara que a mulher seria uma prostituta. Após ouvir que trabalhava em casa, acreditou ainda mais na ideia. Contudo, nunca se sabe, ela poderia tirar o sustento cozinhando doces para outros venderem, algo que o deixaria com a consciência pesada pela suposição.

Duane imaginava que a própria inocência o tornaria desinteressante para uma mulher experiente como aquela, quando, na verdade, era exatamente o oposto.

Casey fora amigável com ele, fazendo-o pensar na sorte que tinha por ter alguém assim como aliado. Todavia, a mulher nunca poderia saber sobre o irmão.

Agora, após ter acordado, Duane decidiu se arrumar para o compromisso mais importante do dia. Ainda bem que Casey acabou servindo de despertador. Tomado de surpresa, lembrou-se de que o horário para check-out era meio-dia em ponto. "Não 12h30 e nem 15h15, meio-dia!"

O relógio em cima da cômoda indicava 11h43.

"Merda! Preciso pagar por mais uma noite", informou, ensacando a camisa de qualquer jeito.

Paga por mais uma semana.

"Você acha que vamos ficar tudo isso?"

Vai que te dão um desconto pelo pagamento semanal.

Em vez de sair com um maço enorme de dinheiro para todos verem, Duane tirou sete notas de vinte dólares e as enfiou no bolso.

"Já volto."

Ao chegar ao térreo, encontrou duas pessoas atrás do balcão. Gus era o primeiro, mas estava claro que não era o expediente dele. A camisa e os suspensórios davam lugar a um roupão azul de tom pastel e pantufas felpudas, algo inesperado para um homem durão como ele. Ele comia cereal em uma tigela, e Duane reconheceu o cheiro de Sucrilhos antes mesmo dos olhos confirmarem a hipótese.

Doris Fishburn, a recepcionista do turno da manhã, parecia ter saído de um ringue profissional de luta livre. A cinta lombar, apertando a barriga abaixo do busto enorme, a tornava ainda mais intimidadora do que Gus. O tipo de pessoa que não levava desaforo para casa.

"Tomando café da manhã atrasado?", questionou Duane ao ver a refeição.

"Ainda é o jantar", explicou Gus. "Tava aqui me perguntando se você não iria esquecer o horário do check-out. Depois de meio-dia, é a Doris aqui quem sobe para cobrar os hóspedes."

A mulher estralou os dedos.

Duane engoliu em seco.

"Eu gostaria de pagar por mais uma noite. Na verdade, sete noites. Gostaria de ficar uma semana."

Gus e Doris o encararam com olhar firme. A colher do cereal parou no meio da tigela.

A tensão de Duane era palpável.

"Se... se não for um problema, claro."

"Podemos dar um jeito nisso", informou Gus.

Doris se aproximou do balcão e estendeu a mão aberta.

Duane tirou as notas do bolso e entregou para a mulher 140 dólares.

"Obrigado", agradeceu, antes de ir embora.

"Espera aí", avisou Doris.

Duane congelou.

"Seu troco", anunciou, devolvendo quinze dólares.

Não te disse?

"Temos um desconto no pagamento semanal. Fica 125", explicou Gus, enfiando outra colherada generosa de cereal na boca.

Duane abriu um sorriso, enquanto guardava o dinheiro no bolso.

"Muito obrigado. Gostei do lugar."

Assim, o rapaz tornou a subir as escadas.

"Ninguém gosta desse lugar", comentou Doris, desconfiada.

"Sabe, eu até que gosto desse garoto", avaliou Gus com a boca cheia de cereal.

"Ele vai dar dor de cabeça", discordou Doris.

"Você sempre diz isso."

"E tô sempre certa."

Gus sabia ser inútil discutir com Doris, então se limitou a continuar comendo o cereal.

"Te vejo de noite", informou o gerente, caminhando em direção a uma porta ao lado do balcão, que se fechou após a passagem dele.

• • •

Gus morava no hotel. Apesar de quase todos saberem que ele era o gerente, poucos tinham conhecimento de que o estabelecimento era dele.

Quando jovem, havia chegado ao hotel igual a um andarilho perdido. Naquele tempo, trabalhava como projecionista em uma cidade recheada de cinemas, muitos naquela vizinhança. Não faltavam oportunidades de trabalho.

Contudo, aos trinta e poucos anos, a vida lhe reservou um destino cruel quando sofreu uma severa perda de visão, abrupta e irreversível, sem explicação aparente. O acontecimento o obrigou a utilizar óculos com lentes grossas, presentes até então, além de abandonar a única profissão conhecida por ele. Não tinha interesse e nem permanecia muito tempo em qualquer outro emprego.

Durante o período de dificuldade, Gus se aproximou de Clarence Broslin, o antigo proprietário do hotel, que vivia em uma suíte luxuosa e discreta do prédio aos 76 anos. Por conta da idade avançada e a necessidade de cuidados constantes, Broslin convidou Gus para morar na suíte dele. O que ninguém sabia era que o gentil idoso era um *sugar daddy*, e os dois chegaram a compartilhar uma vida caseira e feliz por quase uma década.

Havia apenas um apartamento no térreo do Hotel Broslin. A porta que parecia levar a um banheiro ou a um depósito atrás do balcão da recepção era, na verdade, a entrada para a suíte secreta. A fachada discreta escondia um local bastante espaçoso, com uma sala de estar ampla, cozinha completa e uma área de jantar integrada. Um corredor dava acesso a um quarto principal, um segundo quarto transformado em escritório, um banheiro com uma banheira grande e confortável, além de uma lavanderia privativa.

Muitas residências da região não tinham o tamanho daquele apartamento primoroso, uma verdadeira joia oculta no meio do distrito da luz vermelha.

Quando Clarence faleceu — dentro de casa, como sempre desejou —, Gus herdou o Hotel Broslin. E logo se tornou um lar definitivo, um ambiente para viver, trabalhar e, quem sabe, partir de forma pacífica, igual a Clarence, quando chegasse a hora do próprio "check-out" definitivo.

Havia certo orgulho por ser dono de um imóvel tão singular no coração pulsante e decadente da cidade. Além disso, era um dos poucos comércios da área sem envolvimento ou pressão da máfia.

O Hotel Broslin era um porto seguro para desajustados de bom coração, e Gus era o capitão, pronto para dar boas-vindas a todos a bordo.

Passados os anos, a mudança repentina de carreira se provou um grande benefício. Trabalhando na sala de projeção, Gus vivia isolado em um local escuro e sem interação humana. Como gerente de um hotel movimentado, cuja mesa de trabalho ficava na recepção, teve a oportunidade de descobrir a habilidade de comunicador. Todos se tornaram amigos de Gus, e não faltava assunto para conversar, noite após noite. Nunca se sentia solitário, pois Clarence permanecia vivo na memória dele.

De volta ao apartamento, o homem trancou as duas fechaduras e passou a corrente na porta antes de ir até a mesa de jantar, onde terminou o cereal. O lugar permanecia limpo e bem decorado. Todos os cantos eram repletos de vida: havia plantas pelo chão, vasos suspensos com longas videiras, além de arranjos em vasos coloridos em cima dos móveis. A simples presença de tanto verde colaborava para criar uma sensação de frescor no meio do ambiente poluído da cidade. De vez em quando, topava com uma barata, mas era raro e nunca encontrara um rato em casa.

Quanto ao resto do prédio, os roedores infestavam o local. Seria impossível impedi-los de entrar pelo beco adjacente. Além disso, a limpeza não era o ponto forte da maioria dos hóspedes.

Apesar da rígida proibição de animais no hotel, Gus tinha orgulho de ser o dono de Fi-Fi, uma cadela poodle branca e tosada com perfeição. Quando precisava levar Fi-Fi para passear, usava uma saída privativa com acesso ao beco, onde o cachorro regava as ervas daninhas que brotavam entre as rachaduras do asfalto.

Gus se transformava ao chegar em casa, aflorando o lado mais delicado. O jeito de andar pesado dava lugar para pés que deslizavam pelo chão. Às vezes, chegava a dançar ao som dos musicais da Broadway, trajado em robes de seda. Apesar de adotar um estilo casual e desleixado na frente dos outros, na privacidade do apartamento abraçava vestes com tecidos mais elegantes e confortáveis para a pele áspera. Tinha um cuidado especial quando se tratava das roupas íntimas refinadas, assim como Clarence gostava.

Fi-Fi correu até as pantufas do gerente, balançando o rabo toda animada.

"Temos um novo hóspede. O rapaz é um amor de pessoa."

A cadela ficou ainda mais empolgada, erguendo-se sobre as patas traseiras e apoiando as dianteiras na perna de Gus, em um gesto claro de quem busca atenção.

"Mas tô desconfiando que ele pode ser problemático."

Fi-Fi inclinou a cabeça, intrigada com Gus. O animal queria entender o motivo, mas o gerente não tinha uma explicação concreta, apenas a intuição. O garoto demonstrava uma inocência sincera, sem fingimentos. Talvez essa ingenuidade seria a responsável por atrair encrenca.

"Ele é inocente demais."

Fi-Fi concordou com um latido.

Por enquanto, Gus manteria apenas um olho aberto no jovem Duane. Não podia negar que o rapaz tinha uma aparência agradável.

E caso Duane demonstrasse ser uma ameaça, o Hotel Broslin saberia lidar com qualquer problema. Apesar de não haver um segurança, os moradores possuíam algo ainda melhor: uma força-tarefa criada de maneira espontânea para protegê-los.

Gus ainda se lembrava da noite de 9 de maio de 1980, quando ocorreu um dos piores incidentes do hotel.

A cidade estava em estado de alerta há anos, graças ao assassino de alto calibre conhecido como Filho de Sam. Após a captura, o breve alívio foi logo substituído pelo pavor ante uma nova onda de homicídios ainda piores. O assassinato brutal de duas prostitutas, encontradas decapitadas e carbonizadas em um quarto de hotel, foi o primeiro a inaugurar a nova era. A imprensa apelidou o monstro da vez de Assassino do Torso e Assassino da Times Square.

As pessoas já não se impressionavam com o vermelho das luzes néon piscando no distrito da luz vermelha. Aquele papel agora cabia a todo sangue derramado.

Naquela fatídica noite, menos de dois anos atrás, um casal chegou após o anoitecer e pagou por apenas um pernoite. Gus não teve dúvidas de que o homem desleixado, de meia-idade, estava com uma prostituta mais nova. Eles ficaram em um quarto vago no quarto andar, e mesmo sem apresentar identificação, puderam se hospedar, pois pagaram em dinheiro vivo.

Por volta de meia-noite e meia, começou uma gritaria no interior do quarto recém-alugado. O barulho foi tão alto que chegou até o térreo. Gus agarrou o taco de beisebol de alumínio que guardava atrás do balcão para emergências como aquela, junto da chave mestra, e subiu correndo até o último andar, onde encontrou companhia.

O corredor estava lotado de moradores do Hotel Broslin, todos prontos para um combate. A maioria carregava algum tipo de arma ou objeto doméstico, que também servia como arma improvisada.

Casey estava lá, assim como Chico e Enrique, um casal latino com alguma diferença de idade entre si. Chico era lutador de boxe amador, enquanto Enrique detinha um título de ex-campeão. Também havia Rhonda, uma lésbica corpulenta de pele negra, que morava no primeiro quarto do segundo andar e segurava um rolo de abrir massas; Mark, um *sous chef* negro do Shea Stadium, que empunhava uma pesada frigideira de ferro ao lado do filho Micah, um adulto com deficiência intelectual. Scott era outro que marcava presença, também conhecido pelo apelido Docinho quando colocava roupas femininas.

Os moradores do Hotel Broslin eram como uma família que se protegia com unhas e dentes. Eles não admitiriam violência ali. Um local muito diferente do Bronx, onde Gus ouvira histórias de assassinatos em plena rua, diante de vizinhos que em nada interferiam.

Quanto à polícia, todos ali preferiam mantê-la distante. Gus sabia que trazer os policiais para dentro do hotel só complicaria ainda mais a vida dele e a dos moradores. Para pessoas marginalizadas e fora dos padrões convencionais como eles, a força policial parecia se preocupar apenas em persegui-los. Os moradores eram capazes de dar conta do recado sozinhos.

O gerente socou a porta, enquanto a luta continuava do outro lado.

"Abra essa porta agora!", gritou Gus, ainda ouvindo os berros da mulher.

Antes mesmo que pudesse abrir a porta com a chave mestra, ela se abriu sozinha, e uma mulher nua, toda ensanguentada, tropeçou para fora e caiu nos braços de Josephine. Os pulsos e as mãos estavam dilacerados e cobertos de sangue. Horrorizado, Gus percebeu que aqueles ferimentos provavelmente ocorreram em uma tentativa de escapar de algemas ou outro tipo de amarra, rasgando a pele no processo.

Quando o homem saiu correndo, segurando um rolo de fita adesiva para "dar um jeito" na fugitiva, os moradores do hotel não perderam tempo. Chico e Enrique abriram caminho com uma sequência de socos, provando que Enrique, mesmo aposentado, não havia perdido a potência dos golpes.

Assim que o abusador conseguiu passar pelos boxeadores, Gus o recebeu com uma pancada certeira do taco direto na cabeça. Pelo som de *craque* que ressoou, ele torceu por um belo traumatismo craniano.

Tropeçando até o topo da escada, o homem deu de cara com Rhonda, que o acertou nas pernas com o rolo de massa, fazendo-o rolar escada abaixo.

No instante em que conseguiu se levantar, apoiando-se na parede, o punho de Casey o mandou embora pelo resto dos degraus. Na recepção, quando o homem enfim abriu os olhos, o Professor finalizou a surra com um chute certeiro no meio das pernas, soltando uma risada maliciosa e um gritinho.

Durante todo o tempo, Lou Sacana estava tão bêbado que nem percebeu o tumulto.

O infeliz teve permissão para sair cambaleando do hotel com vida, mas o rosto nunca voltaria ao normal.

Josephine era uma enfermeira aposentada e foi quem cuidou dos ferimentos da vítima, enquanto Casey tentava acalmá-la e conquistar a confiança dela, buscando uma roupa nova para substituir as peças rasgadas e ensanguentadas. Assim que a mulher se sentiu pronta, as duas a levaram até uma clínica de saúde feminina, conhecida por respeitar a privacidade das pacientes.

No ano seguinte, Gus viu no plantão jornalístico a prisão de Richard Cottingham, um tradicional pai de família que confessou ser o Assassino da Times Square. Ele o reconheceu na hora, era o mesmo sujeito em quem haviam dado uma surra. Existia até um *souvenir* daquela noite — o rolo esquecido de fita adesiva.

Fi-Fi percebeu que o papai estava profundamente concentrado, e interrompeu com uma latida.

Após terminar o cereal, Gus colocou a tigela no chão, permitindo que Fi-Fi saboreasse o leite açucarado no fundo. A pequenina não decepcionaria o papai ao deixar uma gota na tigela.

Apesar de ter certo receio com relação a Duane, não havia preocupação alguma. Se o jovem se tornasse um problema, o Hotel Broslin cuidaria dele com as próprias mãos.

"Espero que o garoto não seja uma cestinha de surpresas."

6

De volta ao quarto, Duane pegou o mapa de Midtown Manhattan, a região central da cidade, e o abriu sobre a cama para planejar os próximos passos do dia. Em seguida, o mapa foi dobrado e guardado no bolso de trás da calça.

Não te disse?

"Tá, tinha desconto semanal. Hoje, você ganha um hambúrguer extra como prêmio."

Espetinho.

"Tá bom, espetinho."

Duane fechou a tampa do cesto sobre o irmão, encaixando e trancando o cadeado em seguida.

"Hora de prestarmos uma visitinha a um médico e velho amigo nosso."

Needleman. Ele usava mesmo agulhas.[*]

O nome trouxe à tona uma sensação de raiva em Duane. Os dois irmãos nunca iriam esquecer. Só havia uma maneira de acertar as contas.

Concluir a missão de vingança que os levara até lá.

• • •

---

[*] A palavra "agulha", em inglês, é *needle*, o que faz com que o sobrenome *Needleman* possa ser traduzido como "homem das agulhas".

Duane aproveitava o passeio pela 18th Street, repleta de pedestres e carros por todos os lados. Ele parou ao chegar em frente a um estabelecimento próximo ao número procurado.

Tratava-se de um sebo especializado em livros antigos e raros, o tipo de lugar onde poderiam passar horas explorando clássicos envelhecidos pelo tempo. Ele e Belial compartilhavam a paixão pela literatura, passando boa parte do tempo mergulhados em livros dentro de casa. Contudo, será que conseguiriam se dar a esse luxo no meio da cidade grande?

Duane se voltou para o destino, o prédio com oito andares do outro lado da rua, uma construção de tijolos vermelhos, sólida e imponente. Apesar de abrigar diversas salas comerciais, a fachada era desprovida de qualquer identificação. Assim como o Hotel Broslin, o exterior do prédio tinha um ar desbotado e descuidado, porém ele sabia que as aparências podiam enganar.

Mesmo em frente ao prédio, seria impossível atravessar ali. A faixa de pedestres mais próxima ficava a meio quarteirão de distância, mas ser parado por atravessar em local proibido era a última coisa de que precisava. O policial poderia perguntar o que tinha dentro do cesto.

Foi uma surpresa encontrar a porta do prédio destrancada e aberta ao público. Qualquer um poderia entrar sem problemas, e foi o que Duane fez.

A recepção do lugar era tão decadente quanto a fachada, e havia uma fragrância de mijo envelhecido no ar. Sem nenhum recepcionista para dar orientações, ele se aproximou de uma placa na parede, que indicava os estabelecimentos do local.

O cesto foi colocado no chão para que o dedo pudesse acompanhar as colunas com os nomes. Na segunda coluna, encontrou embrenhado entre "Nate's — Moda Íntima Feminina" e "Vestuário Esportivo Norton" a sala de "Dr. Harold Needleman — Clínico Geral (2º andar)".

"Bingo", sussurrou Duane.

Havia dois elevadores, mas um estava interditado com uma fita de alerta. Ir pela escada poderia ser mais seguro, contudo, um homem de terno estirado sobre os primeiros degraus dormia um sono profundo. Decidiu ir até os elevadores e apertou o botão para subir. Após o rangido das engrenagens e os gritos de aproximação da cabine, as portas se abriram.

Duane entrou no elevador vazio. O barulho estridente de maquinário era ainda pior na cabine durante a subida.

Te faz lembrar de algo?

A mente de Duane vagou para a imagem de uma máquina assassina monstruosa e devastadora, do tipo que o mundo jamais testemunhara. No entanto, não havia tempo para se perder em pensamentos, pois a subida para o segundo andar era curta. Um solavanco fez a cabine estremecer, e uma campainha anunciou a abertura das portas.

Ao sair para o corredor do segundo andar, viu algumas baratas enormes pelas paredes. O prédio parecia tão acabado quanto o Hotel Broslin, se não pior. Como poderia um consultório médico, um ambiente supostamente limpo e esterilizado, fazer parte de um prédio tão deteriorado? A maioria das luzes no corredor estava queimada. Havia rachaduras nas paredes e mofo brotava de diversas manchas de umidade. Encontrar a porta com a placa "H. Needleman — Clínico Geral" se provou um alívio para alguém desesperado por um ambiente mais higiênico.

Houve um sentimento de apreensão antes de entrar. Durante o reencontro agitado com dr. Pillsbury, Duane se limitou a conversar por telefone, enquanto Belial cuidou do assunto cara a cara.

Que cara? A dele ficou toda amassada.

Seria a primeira vez que Duane reencontraria um daqueles médicos. Ódio não era suficiente para descrever o sentimento por aqueles carniceiros desumanos. Conseguiria manter o personagem ou perderia o controle, assim como o irmão, e partiria para cima do médico, destroçando-o pedaço por pedaço? Havia chegado a hora de descobrir.

"Controle-se", disse Duane baixinho, sem saber se falava consigo ou com Belial.

Em seguida, abriu a porta e entrou na recepção.

Havia esperança de que o interior do consultório fosse mais apresentável que o restante do prédio. Contudo, a realidade se provou ainda pior. Toda mobília era de gosto duvidoso, com algumas cadeiras tortas e bambas. As plantas de plástico estavam cobertas de poeira e teias de aranha. Os quadros aparentavam ser os mais baratos possíveis e faziam um péssimo trabalho de encobrir o bolor nas paredes. Algumas partes pareciam úmidas e estavam com o reboco visível.

Não havia normas sanitárias para consultórios médicos? Aquele lugar parecia perfeito para contrair uma doença, não para tratá-la.

A jovem loira sentada atrás do balcão parecia a única fonte de beleza em meio a um oceano de desolação. Com um corte de cabelo em camadas, sombra azul nos olhos e batom vinho, parecia elegante demais para ser a secretária daquele muquifo.

Logo de cara, Duane acreditou ser a mulher mais bela que já vira na vida. Não havia dúvidas de que o irmão pensaria de forma similar.

Do ponto de vista do interior do cesto, Belial a achou perfeita.

Os dois irmãos guardaram a opinião para si, a fim de que o outro não soubesse a força daquele sentimento. Ambos experimentavam o amor à primeira vista pela primeira vez.

Havia uma discussão calorosa em andamento enquanto Duane aguardava para ser atendido. Aquilo lhe deu mais tempo para admirar a obra--prima atrás do balcão.

Sharon Anderson era a secretária do dr. Needleman. A jovem escutava com paciência as queixas estridentes da sra. Pearlman, uma idosa excêntrica que, apesar de a temperatura ambiente estar na casa dos 25ºC, trajava um casaco, vários suéteres grossos e um gorro.

Sharon trabalhava como secretária ali há mais de seis meses, o recorde dela como funcionária de um estabelecimento. Tinha uma coleção de empregos que costumavam durar um ou dois meses, antes que se cansasse e decidisse mudar. Trabalhar na área médica sem dúvida não estava nos planos. Pessoas doentes estavam sempre infelizes e tinham o hábito de reclamar, assim como a sra. Pearlman fazia naquele momento.

Havia certos benefícios no emprego atual que a seguravam ali. A localização era excelente, a poucos minutos de metrô até o apartamento. Outra vantagem era não precisar lidar com assédio por parte do dr. Needleman, ao contrário dos antigos chefes. O médico parecia ser assexuado, o que lhe deixava aliviada — também poderia ser a explicação para o mau humor constante.

"Pois é!", grunhiu a idosa. "Pra começo de conversa, a farmácia disse que ele nunca deveria ter passado esse remédio. Tá errado! Eu tenho alergia a essa medicação."

"Mas que horror", respondeu Sharon. "O doutor sabe que a senhora é alérgica?"

"Deveria, não? É a segunda vez que ele passa a receita errada. Na primeira, foi ainda pior. Meu cocô saiu com sangue!"

Sharon sabia que a mulher não era a única paciente a reclamar de receitas com erro. Needleman sempre fora assim tão negligente ou estaria cometendo um deslize por algum motivo como idade, estresse ou dependência química? Uma paciente sangrando pelo intestino parecia alarmante.

"Ai, meu Deus", exclamou Sharon, com tom de empatia para que a mulher se sentisse acolhida. O olhar se voltou para o jovem que aguardava atrás da senhora com um grande cesto nas mãos. Ele olhava fixamente em direção a ela.

A presença dele era esperada, e os olhos de Sharon brilharam por um instante.

"Já te atendo", Sharon avisou Duane. "O problema é a máquina de escrever." Ela apontou para o objeto no balcão.

"A farmácia não vai trocar porque não foi culpa deles. Ele vai precisar escrever uma nova receita", prosseguiu a sra. Pearlman.

"Sem problemas. Assim que o doutor terminar de atender esse paciente, eu aviso para a senhora entrar."

A mulher lutou para se sentar na cadeira com quatro sacolas abarrotadas em mãos. Algo que não a impediu de prosseguir com a extensa lista de reclamações.

"Foi uma experiência terrível! Achei que ia morrer! Primeiro, foi a tontura e, logo depois, a falta de ar." Em um gesto dramático, colocou a mão em cima do peito. "Parecia que minha garganta estava pegando fogo." Ela tirou a mão do peito para apertar o pescoço.

"Eu sei, eu sei", Sharon concordou em tom tranquilizador.

"Então comecei a evacuar sangue! Meu pai amado!"

"Não esqueça de contar tudo isso para o doutor."

Como se fosse combinado, a porta do médico se abriu e um paciente saiu.

"Até a próxima, sr. Clayton. Muito bem, sra. Pearlman, ele é todinho seu."

"Graças a Deus!"

A mulher se levantou com dificuldade, equilibrando as sacolas que levava consigo. Duane ficou impressionado ao observar como uma mulher tão pequena conseguia carregar ainda mais peso que ele.

A atenção de Sharon se voltou para a única pessoa restante na recepção, e o sorriso cresceu de maneira notável.

"Certo, essa daqui é a danadinha", informou Sharon, antes de ligar a máquina de escrever elétrica. Um zumbido fraco indicava um esforço excessivo do aparelho. De tempos em tempos, ocorria um estalo mecânico irregular.

"Consegue ouvir? Parece que tem alguma coisa sendo triturada, e a engrenagem fica travada sem voltar. Ontem, tinha um barulho de chiado, como se tivesse um rato preso na máquina. Um som bem agudo mesmo, tipo um... quic-quic-quic! Quic-quic-quic!"

Sem saber, Sharon havia descoberto o problema com perfeição. Algum rato do prédio encontrara abrigo na máquina no início da semana. O roedor foi eletrocutado e triturado pelas engrenagens, acabando com qualquer chance de sobrevivência do animal — assim como do aparelho. Agora, a máquina de moer ratos começava a exalar um cheiro horrível, que Sharon atribuiu ao mofo nas paredes. A atmosfera do consultório sempre teve um ar de decadência.

A intenção de Duane era causar uma boa impressão naquela mulher estonteante, porém desconfiava que as primeiras palavras a desapontariam.

"Não entendo de máquinas de escrever. Vim para falar com o doutor."

"Ah, meu Deus! Me desculpa. Eu acabei presumindo... Na verdade, não te achei com cara de paciente. O técnico disse que viria hoje de tarde para ver a máquina, então achei que o cesto fosse sua caixa de ferramentas", justificou ela, apontando para o cesto com a cabeça. Em seguida, soltou uma risada contida. Não queria que aquela gracinha de rapaz pensasse que ela era desastrada, embora não deixasse de ser.

"Nem sei como usar uma", confessou Duane, provocando um sorriso nela.

"Desde que trabalho aqui, essa máquina nunca funcionou direito mesmo, mas o doutor é mão de vaca demais para comprar uma nova. Eu avisei que isso iria acontecer, já passou da hora de jogar essa coisa fora ou dar uma marretada nela."

"Não cheguei a marcar uma consulta", prosseguiu ele.

"E você nunca passou aqui antes, senão eu me lembraria."

"Então, é que meu médico é lá do interior e eu..."

"É mesmo? De onde?", interrompeu Sharon.

"Glens Falls."

Sharon não demonstrou familiaridade com o nome.

"Fica perto do Lago George?", questionou ela.

"Não, é bem mais pra cima."

"Eu costumava acampar lá o tempo todo com uma amiga. Faz anos que não consigo voltar." A pergunta seguinte foi feita em tom mais discreto. "Me diz... o que te fez escolher esse médico?"

"Ah, o dr. Needleman é um antigo amigo da família. Existe alguma chance de ele me ver sem ter marcado a consulta?"

"O doutor diria que não, mesmo sendo um amigo da família", explicou ela, em tom de desculpas. "Mas, como você pode ver, estamos lotados de pacientes esperando por uma consulta." E gesticulou para a sala vazia. "Vamos fingir que você ligou e marcou um horário para as 12h30." Sharon anotou algo no caderno e conferiu o relógio. "Você é o próximo."

"Obrigado", respondeu Duane, mal acreditando na sorte de ter uma garota tão bonita como cúmplice. A personalidade animada e a felicidade genuína ao falar eram hipnotizantes. Entretanto, a próxima pergunta o trouxe de volta à realidade.

"Você tem plano de saúde?"

Duane engoliu em seco.

"Não... seria um problema?"

"De forma alguma. Nenhum dos pacientes aqui tem plano de saúde. Se tivessem, não passariam com o dr. Needleman." Sharon completou a frase com uma piscadela. Nunca uma garota havia piscado para Duane. A vontade era de retribuir, mas a timidez o impediu.

Dentro do cesto, Belial devolveu a piscadinha

"Qual seu nome?", perguntou a recepcionista, segurando o caderno de consultas.

"Duane Bradley." Apesar de ser a resposta correta, logo percebeu o erro cometido. No fundo, ansiava por conhecê-la melhor, algo que o deixou ainda pior, visto que naquele dia precisava enganá-la. "Ah, mas não escreve esse nome. Quero fazer uma surpresa e o doutor acabaria reconhecendo logo de cara." Duane abriu um sorriso na esperança de transmitir as boas intenções.

A capacidade de mentir na cara dura ficava cada vez mais natural.

"Coloca alguma coisa como Smith, Duane Smith."

Foi o nome que Sharon escreveu no caderno de agendamentos.

"Ele vai gostar da surpresa. O doutor está sempre rindo de tudo", afirmou, percebendo que não vira o médico rir uma única vez desde que começara a trabalhar no consultório.

Ela entregou uma prancheta com caneta presa e a ficha de triagem para pacientes.

"Certinho, agora você preenche o resto."

Duane levou a prancheta até as cadeiras da recepção, onde se sentou com o cesto no colo para servir de apoio no preenchimento do formulário. Além do sobrenome, também inventou um endereço e um número de telefone. Dificilmente alguém verificaria as informações fornecidas. Fugir da cobrança pela consulta era a menor das preocupações.

Sharon ficou curiosa com o objeto escolhido para suporte.

"O que tem dentro do cesto? Ovos de Páscoa?" Parecia um palpite lógico, visto que a Páscoa seria no próximo domingo. Naquela época do ano, os cestos de vime faziam sucesso.

Duane ofereceu um sorriso misterioso e voltou a preencher a ficha. Precisava inventar um contato de emergência.

Sharon gostaria de saber mais sobre o mais novo paciente charmoso. Apesar de a última pergunta não receber uma resposta com palavras, o sorriso era um indicativo de que a companhia era agradável.

"Só está de visita, ou..."

"Sim, é a minha primeira vez aqui."

"Então você já foi ao Empire State Building e à Estátua da Liberdade?"

"Não, ainda não deu tempo."

Os olhos da moça se arregalaram, como se a resposta fosse uma afronta aos valores norte-americanos.

Duane teve receio de ter falado algo errado, pois a expressão recebida parecia de indignação genuína.

"Não deu tempo? O que o senhor tem a me dizer sobre o Radio City Music Hall ou a Sede da ONU? Vai me dizer que também não deu tempo!?", provocou Sharon.

Aquele grau de indignação era tão exagerado que só poderia ser uma brincadeira, o que só o deixou mais encantado. As palavras quase fugiram da boca.

"Não, eu... eu..."

"E o World Trade Center? Ou os bondinhos?"

"Não é que eu não queira, mas..."

"O Museu de Arte Metropolitana? Os Cloisters? O clube CBGB?"

"Não faço ideia de onde fica tudo isso."

A expressão indignada deu lugar a um sorriso caloroso.

"Bem, se precisar de uma guia turística, será um prazer ajudar."

Duane percebeu que ela acabara de propor um encontro, e a sensação foi como ganhar na loteria.

Sharon achava a timidez do rapaz adorável, além de lhe dar o gostinho de ser a experiente entre os dois.

"Podemos até comprar um daqueles cartões-postais 3D e uma camiseta com 'Eu Amo Nova York' na estampa."

A porta do dr. Needleman se abriu e a sra. Pearlman saiu arrastando-se com as imensas sacolas. Sem dirigir a palavra para alguém específico, ela resmungava sobre aquelas porcarias de receitas enquanto deixava o consultório.

Sharon apontou com o braço para a sala do doutor.

"Você é o próximo."

Duane se levantou com o cesto em mãos. No instante decisivo, não conseguiu agradecer a Sharon, pois a voz desaparecera por completo. A combinação de pavor e ansiedade fez o coração disparar no peito.

Por outro lado, Belial não sentia um pingo de medo diante do confronto iminente. Será que conseguiria manter a raiva sob controle? Não fazia diferença ter um cadeado para trancar o cesto, destruir a tampa seria uma tarefa tranquila. Seria melhor que o irmão permanecesse sem saber daquele pequeno detalhe.

Os irmãos Bradley entraram na sala do dr. Needleman, e Duane fechou a porta em seguida.

A sala do consultório era ainda mais repulsiva, quase sufocante. A tinta amarelada da parede havia descascado em tiras. Profundas rachaduras no reboco ofereciam um paraíso para abrigar todo tipo de praga. Canos enferrujados corriam por buracos nas paredes, e um deles pingava um líquido viscoso e marrom — pelo cheiro, Duane presumiu ser um cano de esgoto. O mais chocante de tudo era o buraco no teto cercado por mofo, como se fosse a porta de entrada para o inferno.

O médico, sentado atrás da mesa, apenas o deixava ainda mais enojado. Sobre a pilha de papéis bagunçados da mesa, havia um pedaço de papel-alumínio aberto. Durante o intervalo entre os pacientes, Needleman devorava pedaços gordurosos de frango empanado que segurava com as mãos, mastigando de boca cheia e aberta. Uma orquídea morta repousava em um vaso de terracota sobre a mesa, os galhos secos e sem vida presos na terra endurecida como pedra.

Não conseguia compreender como um médico teria a capacidade de comer em um local tão asqueroso. Ele quase conseguia enxergar os esporos de mofo caindo do buraco no teto, pousando nos pedaços de frango antes de serem devorados. A mistura dos odores de fritura com esgoto concedia ao ambiente um aroma de bosta de galinha.

Longe de transmitir bem-estar, aquela sala parecia envenenar os visitantes. Se o hotel onde se hospedara era decadente, aquele lugar conseguia ser ainda pior: um antro de imundície, um risco literal à vida e digno de ser interditado.

De certa forma, aquele consultório todo embolorado, uma fossa para qualquer doença nociva, parecia o reflexo perfeito de como ele se sentia em relação ao médico. Needleman não tinha a menor vontade de curar alguém. Ele era como o mofo que intoxicava a sociedade, alimentando-se da dor alheia para lucrar à custa dos outros.

Duane teve uma reação visceral ao dar a primeira boa olhada em Harold Needleman. Os músculos ficaram tensos e a pele parecia querer deslizar para longe, como se quisesse fugir do perigo e das cicatrizes que aquele rato humano poderia causar com as agulhas.

Ainda bem que Needleman, com a indiferença costumeira, nem sequer olhou de volta. A preocupação estava voltada para o último pedaço de frango, lambendo os dedos engordurados antes de limpá-los no jaleco.

Dentro do cesto, Belial fervilhava de ódio ao avistar o ser diabólico sentado atrás da mesa. Era fato que ele tinha mais dificuldade que Duane para controlar os impulsos e, quando a raiva tomava conta, não havia pessoa capaz de contê-lo. No entanto, o autocontrole foi suficiente para continuar firme enquanto espiava pelas frestas do cesto. O plano precisava seguir o curso, e o momento de chutar o balde — ou melhor, chutar o cesto — ainda estava por vir.

Com um olhar superficial e desinteressado, o dr. Needleman enfim reparou na presença de Duane, sem qualquer sinal de reconhecimento. Após lamber os lábios ensopados de gordura, começou a falar com a boca ainda cheia de comida, enquanto gesticulava com os dedos babados. Ele nem percebeu o pedaço de galinha preso no bigode desgrenhado, como se fosse uma meleca de nariz.

"Pode entrar, senhor..."

"Smith", concluiu Duane.

Needleman sabia reconhecer um nome falso de longe, porém não fez nada além de lançar um olhar suspeito. Pouco lhe importava se os pacientes eram honestos com relação às próprias identidades.

"Smith", repetiu Needleman, com um leve aceno de cabeça, antes de ajustar os óculos no rosto. O médico amassou o papel-alumínio engordurado e o jogou na lixeira ao lado da mesa. Uma barata fugiu do lixo, correndo pela lateral do cesto.

"Qual é o problema, sr. Smith?"

"Meu peito", respondeu Duane, pousando a mão sobre o coração. "Tenho sentido uma dor e..."

"Uhum", interrompeu Needleman, como se tivesse ouvido o suficiente. "Tá certo, por que você não coloca esse troço aí de lado, tira a camisa e vem aqui? Pode se sentar." O homem apontou para um banquinho de metal enferrujado em um espaço reservado dentro da sala.

Duane colocou o cesto na cadeira em frente à mesa, então começou a desabotoar a camisa enquanto caminhava para o local reservado para a realização do exame, que estava longe de ser esterilizado.

Needleman revirou a bagunça em cima da mesa até localizar o estetoscópio.

Duane parou em frente ao banco enferrujado, ainda vestindo a camisa desabotoada. Quando Needleman se aproximou, viu o tórax liso e o abdômen definido, sem sinais de gordura. Ele aguardou o médico estar por perto para tirar a camisa.

Needleman parou de repente ao ver a lateral direita do paciente, que estava voltada em direção a ele. Cicatriz era uma palavra leve demais para descrever o que via. Todo o lado direito de Duane era um mapa distorcido de tecido cicatricial, uma superfície de pele rígida que se estendia da axila até a cintura.

O jovem o encarou com um leve sorriso, o tipo de sorriso inocente de uma criança.

Uma criança que lhe era familiar.

Sentando-se no banco enferrujado, o rapaz cruzou as mãos sobre o colo e manteve a postura ereta. Sentiu um prazer satisfatório pelo impacto causado pela deformidade. O médico parecia bastante desconcertado.

Deixando a cicatriz de lado, Needleman colocou o estetoscópio gelado contra o peito do paciente e começou a auscultar.

"Inspire." Duane obedeceu. "Tá doendo?"

"Não."

O doutor moveu o estetoscópio para outro ponto. O aparelho parecia pegajoso, e Duane se perguntou se a gordura de frango não acabou servindo de lubrificante.

"Inspire de novo." Duane inspirou. "Dói agora?"

"Não."

"Dá uma tossida", pediu Needleman, e Duane tossiu. "E agora?"

"Não."

"Vire-se, por favor."

Duane girou para a esquerda, fazendo o banco giratório ranger. O lado marcado por cicatrizes ficou completamente à vista do médico, forçando-o a encarar as marcas. Após completar a volta, sentiu o estetoscópio gelado nas costas.

"Inspire." Duane agiu como foi solicitado. "Isso dói?"

"Nada."

O estetoscópio deslizou para um ponto mais alto nas costas.

"De novo." Duane puxou o ar, e o estetoscópio se moveu para baixo. "De novo." Outra vez, o mesmo resultado: nada. O médico retirou o estetoscópio das costas do paciente.

"Não encontrei nada de errado. Pode me mostrar exatamente o local dessa dor?"

Duane fez o banco ranger ainda mais alto, girando de forma deliberada a fim de deixar as cicatrizes na cara do médico outra vez.

"Pensei que você descobriria. Dói bem aqui." Os dedos de Duane percorreram a planície de cicatrizes no torso. "Por toda essa extensão."

Needleman se sentiu alfinetado pelo paciente misterioso. Havia uma suspeita inquietante a respeito da identidade do rapaz, mas não sentiu medo. Ele também poderia alfinetar de volta o tal do sr. Smith; além do mais, trabalhar com objetos pontiagudos era a especialidade dele.

"Há quanto tempo você tem isso aí?"

"Desde os meus 12 anos."

Então não se tratava de uma marca de nascença. Ele nascera com algo ainda *pior*.

"Ainda dói?", questionou o médico.

"Sempre que olho pra ela." Um fato verídico. Bastava ver a cicatriz para que a pele revivesse o trauma daquela noite, uma dor que as palavras não poderiam descrever.

"Falo de dor física. O tecido está grosso e sem inflamação. Não deveria doer."

O médico atacava outra vez, Duane refletiu a respeito do homem que presumia coisas das quais não fazia ideia.

"Mas dói e muito", retrucou com firmeza.

"E como isso aconteceu?"

"Me cortei fazendo a barba."

Boa.

Duane sorriu com o canto dos lábios. Needleman estava visivelmente desconfortável, e Duane se divertia com a situação. Em breve, o desconforto seria muito maior. O médico estava prestes a aprender uma lição prática sobre a dor, igual àquela que os irmãos viveram.

"Na verdade, foi por causa de uma cirurgia."

Conforme Needleman suspeitara, havia uma provocação intencional de ambos os lados. A conversa se tornara uma dança meticulosa, e o médico não gostaria de errar os próximos passos. Seria possível fazer aquele garoto idiota confessar tudo?

"Que tipo de cirurgia?", perguntou.

"Uma cirurgia ilegal."

Uma carnificina.

"Então por que você veio até aqui? Cadê o médico que fez essa operação? Não sei como te ajudar. Seria melhor procurar o responsável por isso."

"Mas ele está no interior, em Glens Falls."

Needleman vacilou ao reagir, e o arrependimento foi instantâneo.

"Ah, então você conhece Glens Falls?", indagou Duane.

"Não! Nunca ouvi falar."

"Nunca visitou o lugar?"

"Não! Nunca!"

Duane assentiu.

"Pois deveria visitar algum dia. É um lugar tão bonito e tranquilo. Lá que fizeram a minha cirurgia."

"Então por que você veio até aqui? O que espera que eu faça? Onde está o seu médico?"

"Ele morreu. Seu nome era Pillsbury."

"Pillsbury?", questionou Needleman, fingindo um desconhecimento que nem mesmo ele acreditou.

Sim, Pillsbury Dough Boy.

"Foi muito trágico. Ninguém sabe ao certo como aconteceu. Não ficou sabendo?"

"Não conheço nenhum dr. Pillsbury."

"Não? Tem certeza?", perguntou Duane com pausas na fala, provocando o médico até tirá-lo do sério. Agora, parecia até engraçada a maneira como ficara nervoso por encarar aquele homem patético.

Needleman perdeu a paciência. Aquele era o consultório dele, e era ele quem fazia as perguntas. Não seria um moleque qualquer do interior que chegaria ali e começaria um interrogatório ferrenho. Mas aquele não era um moleque qualquer, não?

"Claro que tenho certeza! Não conheço nenhum dr. Pillsbury e nunca pisei em Glens Falls!"

"Mas ele me disse que você era especialista em casos como o meu."

"Pois ele se enganou! E você também está enganado! Não sou cirurgião e não trabalho com cirurgia plástica. Não tem nada que eu possa fazer por você."

Needleman arrancou o estetoscópio do pescoço e voltou apressado para a mesa.

Quando Duane saiu da área de exames abotoando a camisa, o médico já estava atrás da mesa, fingindo estar ocupado com a desordem de papéis que, de repente, parecia ter importância enorme.

"Mas que pena", continuou Duane. "Podia jurar que foi seu nome que ele mencionou. Mas, enfim, acho que nunca vamos saber, não é? Não depois da morte horrível do Pillsbury."

O interesse de Needleman pela papelada foi embora, e ele se voltou para Duane.

"Não foi uma morte qualquer... ele foi dilacerado."

Em sete pedaços.

"Imagina só! O médico da cidade sendo desmembrado. Nossa! Ainda mais num lugar como Glens Falls."

Apesar do ambiente fresco, Needleman suava. Será que Duane havia percebido? O médico se lembrava do primeiro nome, embora o sobrenome continuasse oculto. O olhar se desviou do jovem e foi para o cesto na cadeira à frente. Mais cedo, o objeto mal lhe chamou a atenção. Poderia haver uma câmera e equipamento para gravar a conversa ali dentro.

No instante em que Duane esticou a mão sobre a mesa, o homem deu um pulo e quase bateu com a cabeça no teto.

"De qualquer forma, obrigado, doutor."

Needleman hesitou para apertar a mão, e o aperto saiu frouxo e úmido. O que esperar de um médico que mergulha as mãos em galinha gordurosa e saliva, sem nem sequer se dar ao trabalho de lavá-las para atender?

"Tenha um bom dia, senhor..."

"Smith. Sr. Smith."

Duane pegou o cesto e saiu da sala, fechando a porta atrás de si.

Needleman permaneceu estático na cadeira. Precisaria de alguns minutos antes de abrir a porta para o próximo paciente. Apesar de o jovem e o cesto misterioso terem partido, ainda não se sentia seguro. No fundo, temia nunca mais se sentir seguro outra vez.

Ao retornar para a recepção, o dia de Duane voltou a se encher de brilho por reencontrar Sharon. A expressão da garota continha um entusiasmo palpável. Aquilo despertou nele uma sensação muito agradável.

"E aí? O que ele te disse? Que só te restam 48 horas de vida?", perguntou Sharon.

Restam menos de 48 horas de vida pra ele.

Duane se aproximou do balcão.

"Não, só batemos um papo legal."

"Ele ficou surpreso?"

"Ah, pode ter certeza. Muito surpreso", respondeu com um sorriso.

"De qualquer forma, voltando pro nosso assunto inacabado de antes, eu estou livre às sete."

Duane soltou um olhar que revelava desejo.

"Vai, me chama pra sair", acrescentou ela, encorajando-o a dar o primeiro passo.

"Olha, eu bem que gostaria, mas não dá... não hoje", concluiu Duane com pesar.

A expressão de Sharon foi de desapontamento.

"Não posso dizer que não tentei."

Em evidente conflito, Duane levou o cesto até a parede oposta e o colocou no chão. Sentindo-se mais livre sem o peso, retornou até o balcão, onde Sharon adotou um novo ar esperançoso.

"Posso te ligar amanhã?", perguntou Duane, quase sussurrando.

A garota entregou um pedaço de papel em que já tinha anotado o próprio nome e o número de telefone.

"Claro. Eu não trabalho na quarta, então tenho o dia todo livre." Após entregar o papel, a recepcionista fez uma pergunta:

"Por que a gente tá sussurrando?".

"Não quero que ele escute."

Duane tinha esperança de conseguir falar longe dos ouvidos de Belial, com certa privacidade. Afinal, o irmão não tinha acesso a tudo que passava na mente dele, certo?

Para o próprio azar, o gêmeo tinha a capacidade de invadir a mente do irmão a qualquer momento, sem ser detectado. E, naquele instante, Belial ouvia cada palavra

"Quem? O doutor?", indagou ela, sem sussurrar.

"Te vejo depois", cochichou Duane, antes de buscar o cesto.

Sharon observou com entusiasmo aquele rapaz cativante ir. Ele dissera que se veriam depois, o que demonstrava o interesse correspondido de saírem em um encontro. Embora Duane fosse do interior e provavelmente retornaria em breve para lá, ela esperava que os dois pudessem se divertir um pouco antes.

Prestes a sair, Duane reparou na cadeira onde a sra. Pearlman se sentara. Havia uma mancha fresca de sangue no assento. A mulher tinha mesmo motivos para reclamar de sangue nas fezes. Talvez ele não fosse o único com planos de vingança contra o dr. Needleman.

• • •

Dr. Needleman permaneceu transtornado por mais cinco minutos atrás da mesa.

Batia uma caneta no tampo da mesa em um ritmo constante, aumentando a velocidade à medida que o nervosismo crescia. Sabia quem era aquele jovem, apesar de não ter reconhecido as semelhanças. A aparência de muitas crianças mudava na idade adulta, ainda mais se passaram por um estirão de crescimento.

Lamentava nunca ter passado por aquilo. Desde pequeno, nunca deixou de ser um nerd franzino, a única diferença é que hoje usava um bigode ralo e a calvície ficava cada vez maior.

Needleman não mantinha nenhum documento sobre aquele paciente, que de fato fora submetido a uma cirurgia ilegal. Pouco importava o sobrenome dele. Era o mesmo Duane de anos atrás. A aberração que sobreviveu.

Uma pena o procedimento ter sido bem-sucedido apenas em parte. Seria uma maravilha se ambos os irmãos houvessem morrido.

O tamborilar da caneta aumentou.

Os olhos angustiados se voltaram para uma pilha de recados em papel cor-de-rosa no canto da mesa, repleta de mensagens sobre chamadas perdidas durante o fim de semana.

O batuque incessante parou de repente, antes de a mão alcançar a pilha. O primeiro recado era de B. Johnson com a mensagem: "O cachorro urinou na medicação, precisa de uma receita nova."

O seguinte continha o remetente Laboratórios Albertson Rache e dizia: "Seu crédito está bloqueado por falta de pagamento. Novos pedidos serão realizados apenas mediante pagamento antecipado". Naquele momento, as dívidas não estavam no topo das preocupações.

O próximo recado era de Ortiz, o zelador: "Seu apartamento está alagado". Needleman estava nadando e cagando para aquilo, e foi direto para o próximo recado.

Tratava-se de uma mensagem do dr. Julius Pillsbury. Havia apenas uma palavra em letras garrafais acima do número de telefone: "URGENTE".

A espinha do médico congelou. Seria esse recado um aviso de Pillsbury a respeito de uma futura visita indesejada? O bilhete tinha data da última sexta-feira, 2 de abril, perto de 19:30.

Needleman precisava ligar para Pillsbury, mas o que faria se descobrisse que o médico estava morto — e de maneira tão terrível quanto lhe disseram? Como alguém poderia despedaçar um corpo humano assim? Quem teria força para isso?

Caso o assassinato de Pillsbury em Glens Falls fosse verdade, duas questões relacionadas com a autoria do crime e com a própria segurança pairavam no ar. A primeira era de que Duane, um ex-paciente em busca de vingança, apesar de ter todos os motivos para ser grato pela chance de uma vida normal, fosse o assassino. Contudo, se o rapaz tivesse intenção de matá-lo também, por que não aproveitou a oportunidade durante a consulta?

A segunda — e mais provável — hipótese era de que o rapaz, cheio de rancor, veio apenas entregar uma mensagem, enquanto pagava um matador de aluguel para fazer o serviço. Algum brutamontes da máfia, alguém capaz de destroçar um ser humano.

A possibilidade de o irmão de Duane ser o assassino nem lhe passou pela cabeça. Afinal, sabia que aquela coisa estava morta há anos. Ele mesmo ajudou a matá-la.

Se de fato Pillsbury fora assassinado, Needleman precisaria entrar em contato com a dra. Kutter, algo que buscava evitar a todo custo. A mulher era insuportável e, possivelmente, uma sociopata.

O médico estava colocando a carroça na frente dos bois. O primeiro passo seria ligar para Pillsbury. Após discar o número no telefone de disco, aguardou enquanto a linha tocava.

A chamada foi atendida por uma secretária eletrônica. Embora houvesse mais de uma década desde o último contato com Pillsbury, conseguiu reconhecer na hora a voz na gravação. Antes do bipe para deixar uma mensagem soar, ele desligou. Se o assassinato de Pillsbury fosse verdade, haveria uma investigação em curso, e ele não gostaria de participar. O envolvimento da polícia estava fora de questão.

O fato de a ligação não ser atendida o preocupou, mas não era uma confirmação da morte de Pillsbury. Seria necessária uma busca, após o expediente, para descobrir o paradeiro do colega. Pela primeira vez na vida, Needleman cogitou a ideia de adquirir uma arma para se proteger.

O medo grudou na pele como uma camada de gordura, no entanto, não dava para se livrar dele com a mesma facilidade.

Com a ameaça pairando como uma sombra, Needleman sabia que seria difícil lidar com os pacientes agendados para aquele dia. De uma das gavetas, retirou uma caixa de charutos. Dentro, havia um frasco, um canudo e um espelho pequeno. Iria recorrer ao seu estoque secreto de cocaína mais de uma vez naquele dia.

Após a primeira carreirinha, o médico saiu do escritório a fim de se certificar da partida de Duane.

"Ele te surpreendeu?", perguntou Sharon.

A pergunta assustou Needleman. O que Duane dissera a ela?

"Quem?"

"Seu antigo amigo da família."

A mentira era interessante. Duane estava fornecendo diferentes versões da história para encobrir o próprio rastro.

"Que nome ele te passou?"

Sharon conferiu o caderno de agendamentos.

"Duane Smith."

"Bem, se esse Duane Smith aparecer de novo, avise que já fui embora. Não sou um grande fã de surpresas."

7

Depois do encontro com o dr. Needleman, Belial fervia de raiva. Duane percebeu e compartilhava daquele sentimento. Parecia haver uma tempestade dentro de si, que precisava ser enfrentada com cuidado para que não fosse atingido por algum raio.

Com várias horas até o próximo encontro com o dr. Needleman após o horário comercial, Duane sugeriu dois caminhos de volta. O primeiro seria o mesmo que os trouxe até ali, pelo metrô. Já o segundo teria um leve desvio pelo Central Park. Belial optou pelo parque, um ponto turístico que ambos queriam conhecer.

Os dois passearam, se sentaram na grama e logo se cansaram. Apesar do tamanho impressionante, o lugar não parecia tão especial assim. Um parque continuava sendo apenas um parque. Andar para cima e para baixo deixou Duane exausto, e o dia não estava nem na metade. Os irmãos decidiram voltar ao Hotel Broslin para descansar.

Quando Duane chegou ao terceiro andar com o cesto em mãos, deu de cara com a jovem loira que havia encontrado na recepção na noite anterior. Ela fazia uma coreografia de sapateado complexa, cheia de giros e movimentos teatrais. Usava um chapéu dourado com lantejoulas e uma faixa preta.

Enquanto seguiu girando, ela perdeu o equilíbrio e caiu, fazendo o chapéu cintilante escorregar para o lado. Ela aterrissou com as mãos e os joelhos no chão, então soltou um suspiro e ajeitou o chapéu.

Duane colocou o cesto de lado para ajudá-la. Antes que ele chegasse a ela, a moça já estava de pé.

"Tudo certo por aí?", perguntou Duane, preocupado.

"Foi de propósito. Estou ensaiando para interpretar a Columbia."

Duane permaneceu com cara de quem não entendeu, e Diana percebeu que o rapaz era um Virgem.

"Meu nome é Diana."

"Duane. Sou novo por aqui."

"Eu divido um apê no andar de cima com a Ducky, a LaLa e a Blank. A gente faz parte do *The Rocky Horror Picture Show* todo final de semana no The Waverly. Já ouviu falar?"

Ao ouvir o título, Duane se lembrou da reputação ousada do filme, sendo exibido apenas em corujões. Desconhecendo a trilha sonora, presumiu que se tratava de um filme ultraviolento de horror. Em Glens Falls, não existiam sessões coruja, pois a cidade toda fechava ao anoitecer.

"Se você ficar até o final de semana, seria legal dar uma passada. O show é sempre sábado à meia-noite."

Duane consideraria mesmo o convite. Uma das coisas que mais o atraía em Nova York era a oportunidade de explorar a cultura local. Além disso, estava curioso para ver a performance de Diana no show. Sentiu-se culpado por presumir que ela fosse garota de programa. A moça era uma artista performática, que sabia sapatear e até fazer quedas coreografadas.

No entanto, a decisão não cabia apenas a ele. Se Belial quisesse ir, então os dois iriam. Em geral, ambos já estariam roncando à meia-noite.

Vamos ver o Rocky Horror.

"A gente... eu vou, sim", afirmou Duane.

"Maneiro. Te vejo no sábado", respondeu Diana, fazendo um cumprimento com a aba do chapéu de lantejoulas antes de sapatear de volta para o quarto andar.

Os irmãos ficaram ansiosos com a oportunidade de assistir ao primeiro filme proibido, um rito de passagem para muitos jovens. Mal sabiam que, antes mesmo de sábado, já estariam entregues a formas de entretenimento ainda mais ousadas e extremas.

• • •

De volta ao quarto, começaram a se sentir agitados. O lugar estava quente e abafado, e não havia uma corrente de ar decente. Sem rádio ou TV, o som do zumbido da placa de néon ficava cada vez mais insuportável.

Vamos sair.

"Leu a minha mente. Só não dá pra ir muito longe, temos outro compromisso com o doutor à noite."

Miau miau.

"Tá falando do Cine Pussycat?"

Sexo Num Piscar de Xotas.

"Tô dentro."

Assim que as palavras saíram, Duane se deu conta da resposta com um duplo sentido, soltando uma risada maliciosa. De dentro do cesto, Belial riu como se fosse um porco.

Duane trancou o cesto e, cinco minutos mais tarde, os dois já estavam sob a marquise iluminada do Cine Pussycat. A movimentação de pessoas ali era tão grande quanto de dia. O pôster nada sugestivo prometia "1.000 Lambidas Num Só Filme".

É muita lambida.

Duane pegou uma nota de vinte dólares do bolso e entrou.

Pela primeira vez em solo nova-iorquino, o documento de identidade de Duane foi solicitado para comprovar a maioridade. Quando a atendente perguntou o que tinha dentro do cesto, a desculpa de roupa suja para lavar foi suficiente para garantir a entrada.

Do lado de fora, o Cine Pussycat remetia a uma Disneylândia para maiores. Por dentro, parecia muito mais um cassino pornô. Duane não fazia ideia de que o entretenimento adulto poderia ser um espetáculo tão grandioso.

Toda aquela exposição e naturalidade em relação ao sexo era libertadora. A lista de coisas que religiosos e moralistas rotulavam como depravadas era valorizada naquele bairro.

Ao entrar na sala de exibição, o queixo quase bateu no chão.

Testemunhar uma cena de sexo em uma tela daquele tamanho fez o coração disparar. Havia lambida de sobra à vista, 150 m² para degustação. Nada ficava de fora daquelas línguas, havia saliva em mamilos, paus e até nos buracos traseiros, minha nossa!

Duane se acomodou na primeira fileira vazia disponível. Os braços de grande parte dos espectadores estavam subindo e descendo. Não precisava ser um gênio para perceber o que faziam. Masturbação em público para quem quisesse ver era mais uma imagem de arregalar os olhos. Aquilo não seria um crime? Ainda que fosse, o estabelecimento como um todo não parecia se importar. Não havia um funcionário solicitando que gemessem mais baixo ou não encostassem o pau na poltrona.

Duane colocou o cesto na poltrona ao lado e tentou esconder o volume que crescia na calça, posicionando as mãos por cima do colo. Belial resumiu a crítica sobre o filme em duas palavras:

Ótimo enredo.

Um esquisitão se sentou cambaleando na poltrona ao lado do cesto. Em uma reação instintiva, Duane pôs a mão por cima da tampa, pressionando o objeto com força, enquanto buscava evitar contato visual. No minuto seguinte, o sujeito pulou fora em busca de uma companhia mais amigável.

Não demorou muito para surgir uma mancha viscosa na calça de Duane. Voltar daquele jeito para o hotel seria constrangedor. Se dependesse da sorte, era bem provável que outra multidão de freiras estivesse à espera. E se o filme continuasse assim por muito tempo, o rapaz acabaria entrando em erupção e faria um estrago ainda maior.

Melhor filme do mundo.

Nada despertava mais o fascínio de Belial do que corpos humanos dispostos como uma obra de arte, ainda mais quando esses corpos suavam e pareciam se fundir.

Um barulho de zíper abrindo fez Duane olhar para trás. Uma jiboia de carne emergiu pulsante da braguilha de um sujeito, pingando veneno pela cabeça que serpenteava para cima e para baixo.

"Esquece, essa não é minha praia", informou Duane, desviando o olhar num segundo. O zíper voltou a se fechar, ao mesmo tempo que o encantador de serpentes saía dali.

Enquanto isso, a cena atual mostrava uma mulher gozando freneticamente no rosto de outra que se empenhava ao usar a própria língua. Uma espécie de grunhido soou do cesto, porém os gritos de prazer abafaram o som por completo.

A única coisa que passou despercebida por Duane foi a presença do Professor no cinema. O sexólogo logo reconheceu o rapaz carregando o cesto peculiar. A atenção dele, antes voltada por completo para a putaria em cena, desviou para o mais novo amigo do coração.

O Professor demonstrou satisfação ao descobrir que compartilhavam o mesmo gosto cinematográfico. Apesar da vontade de se sentar ao lado do jovem, preferiu observar tudo à distância sem ser notado. Entrar em um estabelecimento adulto exigia muita coragem para certos apreciadores. O último desejo era assustar Duane antes que o garoto terminasse de se aliviar.

O rapaz estava prestes a melar a calça. O olhar rondou a sala para se certificar de que ninguém estava de olho.

Então Duane abriu o zíper e se libertou. Um desastre foi evitado, pois em poucos segundos de trabalhos manuais na vagina gigantesca em tela — que desencadearam uma torrente de orgasmos —, o jovem estourou, acertando o encosto da poltrona com um jato certeiro.

Ficou arrependido por não ter trazido um lenço para se limpar. Aquele erro não seria cometido da próxima vez.

Sem mais nem menos, Duane se viu cercado por cinco pirocas sendo macetadas como se não houvesse amanhã.

Morrendo de vergonha, guardou de volta o amigo, pegou o cesto e correu para o corredor.

A gente vai perder o final.

Em menos de trinta segundos, Duane já caminhava pelas calçadas iluminadas de Nova York com a calça melada. Em vez de freiras, foi um grupo de escoteiras com quem topou de frente.

Os irmãos acabariam retornando para outra sessão no futuro. Na escala do tesão, aquele lugar tirava nota máxima sem esforço. Após a fuga desesperada, começou a se sentir culpado pelo cara que precisaria limpar a lambança na poltrona depois.

Não havia motivos para culpa, pois Walter, também conhecido como Lambe-Leite, um frequentador de longa data, rastejou até o lugar para resolver a situação. Com mil lambidas, não restou uma gota sequer.

Apesar de ter comprado um ingresso para uma sessão completa, Duane ficou menos de trinta minutos no Cine Pussycat. Ainda havia tempo de sobra.

Passando por alguns quarteirões da 49th Street, havia uma banca de jornal da World Books & News com outra lista telefônica à mostra. A lista de números residenciais em nada colaborou, então arriscou uma busca nos contatos comerciais — uma lista com quase o dobro do tamanho.

Duane voltou para o hotel, levando consigo mais material de estudo. A um quarteirão de distância, foram atingidos pelo cheiro de grelha do restaurante onde Duane comprara comida na noite anterior.

Tá na hora do jantar.

O horário habitual era depois das sete horas, e o relógio ainda marcava 16h30. Belial costumava dormir um sono pesado após a refeição, mas ainda havia uma tarefa importante para resolverem.

"Tá cedo", comentou Duane, com calma.

Vai me deixar mais forte.

O argumento de Belial era razoável. Ele faria o trabalho sujo naquela noite. Se o corpo do irmão precisava de energia extra, não seria justo atrapalhar. Além do mais, a própria fome dizia que um jantar antecipado seria uma ótima ideia.

"Claro, por que não?", cedeu Duane. Em comparação ao dia anterior, a preocupação de falar sozinho com o cesto era bem menor. Quando se está em um lugar desconhecido, é só imitar o que os outros fazem.

Cerca de quinze minutos depois, Duane saía da lanchonete com duas embalagens contendo dezesseis espetinhos, equilibrando-os em cima da lista telefônica sobre o cesto.

Na recepção do Hotel Broslin, Doris reparou na quantidade de comida que o mais novo hóspede trazia. Diferente do colega do turno noturno, ela não era tagarela e guardou a observação para si. Seria impossível um rapaz tão magrelo comer tudo aquilo sozinho. A pergunta era: quem ele estaria alimentando?

Doris acrescentou o detalhe à própria lista mental, somando às observações que fazia sobre cada morador do hotel. Infelizmente, ela não estava trabalhando na noite em que o Assassino da Times Square alugou um quarto e levou uma surra. Se dependesse dela, o agressor nem teria passado da recepção. O próximo maníaco não teria a mesma sorte com Doris em serviço.

A mulher acreditava piamente que aquelas listas mentais seriam muito úteis algum dia, podendo até salvar a vida dela.

Duane deixou o cesto em cima da cama para comer ao lado do irmão, enquanto a lista telefônica ficou sobre a cômoda. Os espetinhos faziam tanta sujeira que tornava impossível ler e comer ao mesmo tempo.

Após destrancar o cadeado, a tampa do cesto foi aberta. Belial estava babando de vontade pela comida. Duane não sabia se havia experimentado espetinho de carne antes. Se fosse novidade para ele, então seria inédito para os dois.

Belial não lidava muito bem com comida apimentada. Quando o cozinheiro perguntou se gostaria de incluir os temperos picantes, a opção mais segura foi responder que não.

No primeiro espetinho, Duane segurou o palito de madeira acima do cesto e empurrou cada pedaço para baixo em uma sequência rápida. Exibido como sempre, Belial manteve a boca aberta e abocanhou cada pedaço ainda no ar.

Duane separou dois espetinhos para si e deu o resto para o irmão. Alguns guardanapos a mais também foram entregues, não que fizessem muita diferença. O barulho de comida sendo degustada e devorada de dentro do cesto era a prova de que Belial havia aprovado a refeição. Antes que terminasse os dois espetinhos, os outros quatorze desapareceram sem mais nem menos.

Duane estava terminando o último pedaço de carne quando Belial deu um grito de dor. Quase podia sentir o pânico do irmão, tão característico quanto o gosto de sangue na boca.

Preocupado que Belial houvesse engolido um espeto de madeira, o rapaz pulou sobre o cesto. A cena que encontrou era chocante.

Belial estava com a bunda para cima, e havia um espeto perfurando o ânus.

A consciência de Duane ficou pesada. Deveria ter avisado que espetos não serviam para brincar. A bunda de Belial sangrava.

"Como isso aconteceu?"

Eu coloquei aí.

"Você não pode fazer isso. Esses espetos não são seus brinquedinhos."

Agora já é tarde pra avisar.

Qualquer ferimento em Belial era digno de enorme preocupação, pois nunca poderiam buscar ajuda profissional. Nenhum hospital o atenderia como a um paciente comum. Cabia a ele cuidar do irmão. Por sorte, Belial nunca precisou se preocupar com resfriados ou doenças infecciosas, bem diferente de si próprio. Às vezes, chegava a acreditar que o gêmeo era imune a qualquer vírus.

"Aguenta firme. Vou ter que tirar isso daí."

Duane puxou o espeto de madeira de uma só vez. O objeto pontiagudo saiu sem dificuldade, seguido por um jato de sangue.

Diversos guardanapos foram postos sobre a bunda machucada para estancar a ferida.

"Fica parado. A madeira pode fazer um estrago. Chegou a entrar alguma farpa?"

Não.

Duane manteve os guardanapos pressionados por um minuto. O sangramento aparentava ter terminado, mas a dor de cabeça estava só começando, ante a calamidade de sangue e gordura dentro do cesto e nas roupas.

Belial adorava enfiar objetos na bunda. O comportamento tinha o prazer como única finalidade, uma vez que a próstata fora agraciada com uma glândula hiperativa; e, talvez, insaciável. Duane ensinou ao irmão quais objetos poderiam ser inseridos e quais eram perigosos. Espetos de madeira nunca entraram na lista de proibidos. Aquele erro foi um mero fruto da curiosidade.

Em Glens Falls, Belial tinha uma gaveta repleta de consolos. A falta de brinquedos começava a pesar; todos tinham ficado em casa por conta do espaço desnecessário que ocupariam na viagem. Duane acreditou que o irmão conseguiria passar esse tempo sem satisfazer tais impulsos. Agora, acabaria indo atrás de um novo consolo assim que o gêmeo estivesse recuperado.

Duane nunca nutriu interesse pela exploração do prazer anal. Sentia um certo receio, apesar de não ver o menor problema nos hábitos do irmão. Quem era ele para dizer que Belial não poderia buscar prazer onde conseguisse encontrar?

No passado, alguns limites precisaram ser estabelecidos para que Belial não brincasse sexualmente com a comida, pois não raro os itens paravam na boca depois. Não foi fácil ensinar que, por mais apetitosa que uma linguiça fosse, ela deveria ser degustada apenas pelo buraco de cima, assim como os pepinos. O risco de contrair uma infecção por bactérias fecais colaborou para o aprendizado. No dia em que ingeriu uma banana após brincar, Belial usou a desculpa de ter tirado a casca antes de comer.

Duane tirou Belial do cesto, segurando-o com um braço como se fosse um bebê que o abraçava pelo pescoço. Os lenços ensanguentados e palitos de madeira foram jogados fora. Antes de colocar o irmão de volta com delicadeza, forrou o fundo com guardanapos novos. Assim que encostou no fundo do cesto, Belial fez uma careta.

"Tá doendo?"

Um pouco.

Apesar de preocupante, não havia qualquer indício de que fosse um machucado grave. Belial podia ser uma bolota de carne, mas era uma bolota de carne durona. Entretanto, o acidente exigiria uma infeliz alteração nos planos.

Precisariam comprar antisséptico para tratar a ferida. O cesto também necessitaria de uma boa lavagem no chuveiro para tirar o sangue e a gordura.

A visita ao dr. Needleman precisaria ser reagendada para a noite de terça, presumindo que Belial estivesse 100% recuperado até lá. Sharon dissera que Needleman não trabalhava às quartas-feiras, então seria importante que não ultrapassasse o dia seguinte.

O corpo de Belial tinha uma capacidade impressionante de cura. A velocidade chegava a ser anormal. Por outro lado, Duane nunca descobriu se poderia se recuperar tão rápido. Cauteloso como sempre, teve poucas oportunidades para descobrir.

O irmão roubara toda a inconsequência para si, jogando-se por todos os lados e alturas possíveis, caindo das paredes quando as ventosas perdiam sucção ou enfiando qualquer treco disponível onde não devia. As peças de Lego foram as piores de todas; até hoje segue o mistério de como aquelas coisas foram parar tão fundo.

O filme no Cine Pussycat pode ter exercido certa influência para a inserção do primeiro objeto alongado à vista. No curto período em que estiveram presentes, *Sexo Num Piscar de Xotas* exibiu uma infinidade de cenas de sexo anal.

O ânus hiperativo de Belial era uma compensação ao pênis, que mais parecia uma arma perigosa. Na maior parte do tempo, o órgão permanecia retraído dentro do corpo, surgindo apenas quando precisava urinar. De certa maneira, o formato pontiagudo e avermelhado se assemelhava ao pênis de um cachorro. Somente em casos de extrema excitação que o membro se estendia por completo, revelando algo que parecia mais uma cobra ou um tentáculo fino e rubro. Similar à língua, o comprimento era longo até demais, e a ausência de um saco escrotal o impedia de ejacular.

O pau de Belial não chegava à mesma rigidez do de um homem saudável. Igual a uma cobra, ondulava e ficava empinado prestes a dar o bote. No ápice do tesão, diversos espinhos surgiam do membro — tão finos quanto o corpo de um porco-espinho, mas ainda mais sólidos. Cada espinho era mais afiado que um caco de vidro ou agulha. As pontas saltavam com tamanha velocidade que até emitiam um som próprio, parecido com o chocalho de uma cascavel. Um canto de acasalamento único.

Belial aprendeu a lidar com o pênis da pior forma possível. Por mais que tivesse as mãos grossas e calejadas, as palmas foram dilaceradas no instante em que os espinhos surgiram.

Aquele órgão era a maldição dele, e atingir o clímax através dele cobrava um preço caro e arriscado demais. Ainda sentia arrependimento e culpa pela única vez em que tentou usá-lo com mais alguém.

Belial tinha 14 anos na época do incidente. Uma gata persa, de pelos brancos e jeito dengoso, estava zanzando pelo quintal dos fundos, enquanto ele flutuava para a frente e para trás no balanço da varanda. Havia um aspecto convidativo na forma como aquele quadril felino se movia. Embora a ideia de ter relações com uma gata em vez de uma mulher fosse estranha, o instinto sexual e a curiosidade falaram mais alto. Um buraco não deveria ser desperdiçado, ainda mais quando o pinto chegava a latejar.

No instante em que a gata persa passou pela varanda, Belial pulou do balanço e se atirou no animal. A felina reagiu na hora, arranhando o rosto dele com ferocidade e causando alguns dos piores ferimentos da vida dele.

Não foi um ataque irracional. Assim que o pênis adentrou fundo na gata, uma série de espinhos irrompeu, rasgando o interior do bicho como se fosse arame farpado. Ainda era possível ouvir os gritos de desespero do animal, em especial o berro agonizante quando o pênis foi retirado. Os espinhos funcionaram como um gancho, arrancando as entranhas da gata para fora.

Naquele dia, Belial fez uma promessa de não usar o pênis para nada além de ir ao banheiro. Cruz credo, longe dele machucar alguém para satisfazer algum desejo! Ele não era um *monstro*.

No fundo, a única ambição dele era a mesma de toda a raça humana: amar e ser amado. Quem sabe, ganhar uns beijos e outras coisas. Pouco importava se algumas partes do corpo não funcionavam igual à maioria ou eram hipersensíveis. Como qualquer outra pessoa, a única alternativa era lidar com a própria natureza e a vida que recebera.

Naquela noite, o butico esbagaçado de Belial necessitava dos cuidados e do amor do irmão.

"Amanhã vou te arranjar um brinquedinho", informou o rapaz, enquanto limpava o gêmeo no chuveiro.

Depois de lavar e secar bem o cesto, Duane colocou o irmão de volta sobre uma toalha limpa. Belial adormeceu mais cedo, algo excelente para ajudar na recuperação. Para matar o tempo, Duane decidiu pesquisar os números comerciais da nova lista telefônica, mas não encontrou a menor pista ou menção sobre a dra. Kutter. Em pouco tempo de leitura, os olhos começaram a pesar. O ruído distante da rua foi a música de fundo para o sono precoce.

Naquela noite, não foi a mente tagarela de Belial que o manteve acordado, mas sim a sinfonia anal de peidos. Ficou óbvio que a carne temperada dos espetinhos não caiu bem. O alto barulho nem chegava a incomodar em comparação ao odor de podridão. Os rojões da bunda ensanguentada de Belial chegavam a um nível insuportável dentro do quarto abafado. Sem qualquer corrente de ar, a única opção era marinar no ambiente tóxico.

Quando a manhã de terça-feira chegou, Belial já se sentia muito melhor. Nem parecia que enfiara um espeto de madeira afiado no bumbum na noite anterior. Quando Duane tirou o irmão do cesto, nem sequer avistou qualquer gota de sangue na toalha.

O encontro com dr. Needleman seria naquela noite. Ainda assim, Duane se preocupava com o que aconteceria na próxima vez em que o irmão fizesse o número dois. A resposta veio mais rápida que o esperado. Pronto para ouvir gritos de dor atrás da porta do banheiro, o único barulho no sanitário foi o da descarga. Belial retornou para o quarto sem qualquer reclamação.

"E aí, tudo certo no banheiro?"

Só ardeu um pouco.

8

Havia tempo de sobra antes da próxima missão dos irmãos Bradley na terça à noite. Cientes de que seria um trabalho exaustivo tanto na parte física quanto na emocional, ambos optaram por um dia mais tranquilo.

A opção mais viável seria ir até outro cinema. Duane sugeriu aquele que exibia filmes de ação e tinha o anúncio de "3 grandes sucessos do Kung Fu". Logo no título de alguns filmes, havia a menção a locais como Hong Kong e Shangai.

Havia cerca de uma dúzia de pessoas espalhadas pela sala de exibição, todos homens sozinhos, exceto por uma mulher estranha que tomou conta da primeira fileira com roupas molhadas nos assentos ao lado.

A sala tinha um mezanino vazio ao fundo, algo inédito até então. Duane subiu até lá, se acomodou e colocou o cesto na poltrona ao lado.

Aquele seria o primeiro filme oriental de ambos, uma experiência que os deixou boquiabertos. A ação frenética e as lutas coreografadas com várias acrobacias era algo que nunca tinham visto nos filmes norte-americanos. Steve McQueen e Charles Bronson não chegavam nem perto da velocidade e dos reflexos daqueles caras. Também era o primeiro contato deles com filmes legendados. As palavras na parte inferior da tela foram deixadas de lado para focar na linguagem corporal dos personagens em cena.

Para Belial, o segundo filme da sessão foi uma descoberta reveladora. *Os Mestres da Vingança*[*] girava em torno de deformidades reais, com pessoas sem braços ou com pernas atrofiadas protagonizando cenas

---

[*] Título original: *The Crippled Masters*, filme de 1979, cuja tradução literal poderia ser "Os Mestres Aleijados".

verídicas de luta, acabando com adversários sem nenhuma deficiência física com a maior facilidade. Aquele tipo de representação no cinema era algo nunca visto antes. Em um completo oposto ao filme *Monstros*, em que pessoas com deficiência atuavam como aberrações que se rastejavam pela lama em uma noite tempestuosa, aquele filme mostrava pessoas deformadas como protagonistas heroicos.

Belial teve vontade de aprender a lutar com um bastão, mas logo se questionou: qual seria a utilidade? Ninguém testemunharia a habilidade dele, pois não poderia ser visto por ninguém. Sendo uma das maiores aberrações que já existiu, precisava viver afastado da sociedade. Ele era um monstro da vingança.

Duane não estava acostumado a ler legendas durante os filmes, e logo depois do terceiro longa começar, o sono apareceu. A cabeça caía devagar, e ele se sacudia para acordar quando percebia estar quase cochilando.

No entanto, havia alguém o observando no mezanino, e não era o Professor. O Cara havia chegado ao final do filme anterior, acomodando-se duas fileiras atrás e de olho no alvo em potencial. Pouco importava se seria aquele jovem ou qualquer outro indivíduo ali, a única intenção era arrancar o que houvesse disponível, fosse dinheiro, um pouco de prazer ou seja lá o que a pessoa carregasse nos bolsos.

O Cara era um golpista experiente com dez anos de carreira nas costas. Alguém que nem se recordava mais do próprio nome. Naquele dia, trajava o uniforme predileto: uma regata branca e calça jeans tão apertada que até as veias ficavam à mostra. O cabelo estava lambido para trás e o rosto ostentava uma barba por fazer. O estilo era perfeito para aqueles que gostavam de um homem rústico.

Ele se sentou na posição predileta: pernas bem abertas, uma das mãos segurando o saco e outra apertando o mamilo. A regata apertada era um artifício para exibir os mamilos duros como pedra. Havia uma ereção constante no meio das pernas, um efeito colateral do uso abusivo de anfetaminas.

A vítima no mezanino não tinha olhos que vagavam de um lado para o outro, como a maioria. Talvez o sujeito fosse hétero, mas pouco importava. Aquele cara tinha certeza de que poderia fazer qualquer homem mudar de time, pelo menos durante quinze minutos.

A atenção se voltou para o cesto na poltrona ao lado. A única razão para alguém transportar um cesto daqueles seria levar objetos de valor consigo. Para a sorte dele, o dono do objeto estava caindo no sono, com a cabeça tombando e voltando ao lugar em ciclos cada vez mais espaçados.

Era bom demais para ser verdade. Nem mesmo receber um jato quente de esperma daquele homem seria tão agradável. O cesto seria o prêmio máximo da noite.

Quando a cabeça de Duane caiu e não voltou, o Cara soube que era hora de agir.

A cada cochilo, Duane não era capaz de diferenciar se havia passado um segundo ou dez. O tiroteio do filme o trouxe de volta, sem saber que o cochilo havia durado um minuto. Quando os olhos se voltaram para o assento ao lado, logo ficaram arregalados com o susto.

O cesto havia sumido. Quem o pegou já tinha dado o fora.

Perder o irmão era seu maior pesadelo. Tomado pelo pânico, o rapaz saltou da cadeira e começou a vasculhar o mezanino. Nem sinal do cesto.

Enquanto isso, o peso do cesto impressionou o Cara. Não fazia sentido carregar aquele trambolho pela rua. O rapaz da bilheteria perceberia na hora que se tratava de um objeto roubado. O único objetivo era levar consigo qualquer item de valor que houvesse ali dentro.

No intuito de chegar ao banheiro masculino, correu pelo corredor em zigue-zague até o espaço repleto de azulejos com luzes fluorescentes. O local estava vazio, então o Cara largou o cesto no chão ao lado. Se não houvesse tanto barulho de luta ressoando ali, seria possível ouvir um grunhido quando o objeto se chocou no solo.

Após um chute certeiro, a frente do cesto girou de frente para si. Encontrar um cadeado foi uma surpresa agradável. Significava que o conteúdo do cesto era bastante valioso. A falta de chave não seria um problema. Com uma série de chutes, ele arrebentou o trinco e o cadeado, que voaram direto para um mictório entupido e imundo.

Do lado de dentro, Belial aguardava com paciência, observando pelas frestas o sujeito que o afastara de Duane. Um canalha seboso, daqueles que não inspiravam nada além de desprezo. Assim que o ladrão levantou a tampa, o sorriso de vitória se transformou em um grito de puro terror.

Belial soltou um rugido de raiva ensurdecedor, que ressoou na cabeça de Duane.

Surpresa!

Duane se virou de repente em direção à escada. Foi quando ouviu o grito de um homem, que não tinha nada a ver com os barulhos do filme. Sem pensar, disparou rumo à escada.

No banheiro, o Cara gritava em desespero, encoberto pela mão de Belial. Uma de suas garras afiadas perfurou o olho esquerdo do sujeito e arrancou o globo ocular com uma facilidade assustadora, rompendo o nervo óptico como se fosse papel. Ao mesmo tempo, a outra mão de Belial agarrou com força a virilha do homem, apertando com tanta violência que o som de algo explodindo ressoou pelo banheiro.

Belial apontou o globo ocular arrancado para o rosto do dono. Será que o canalha conseguiria enxergar o próprio estado deplorável? O olho foi arremessado por cima do ombro do Cara, caindo em cima de pipoca ensopada de xixi dentro de um mictório nojento.

Quando Belial afrouxou a mão da virilha do sujeito, o corpo dele desabou no chão, aterrissando de mau jeito, e acabou de pé de uma forma desengonçada. Sangue escorria em jatos por entre os dedos que tentavam cobrir o buraco onde antes havia um olho. O Cara saiu com vida de lá, mas apenas porque Belial permitiu.

Se quisesse, poderia ter lutado igual a um mestre da vingança para destroçar o oponente. No entanto, não havia propósito naquilo. Acabar com um idiota daqueles era fácil demais, e Belial já havia lhe ensinado uma importante lição.

O Cara disparou pelo corredor escuro que dava acesso ao banheiro masculino, trombando de frente com a pessoa que havia roubado. Apavorado com o conteúdo do cesto, o homem saiu tropeçando do cinema aos trancos e barrancos.

Naquele dia, o Cara teve uma catarse sobre o que importava mesmo na vida. Começou a valorizar o fato de lhe restar um olho, podendo enxergar, ainda que de forma reduzida. Valorizou também a capacidade de manter a sanidade após o encontro com o habitante do cesto. O único testículo intacto nunca mais funcionou direito, e o pênis escangalhado precisou ser oficialmente aposentado. No entanto, permaneceu grato por não precisar de um cateter para urinar. Longe de ser uma pessoa religiosa ou preocupada com os próprios atos, aquele Cara havia encontrado Deus. Ele nunca mais deu as caras pelos cinemas burlescos da 42nd Street, mas também nunca mais voltou a se sentir seguro para onde quer que fosse.

Duane mal reparou no esquisitão que roubara o cesto, pois a mão do sujeito tentava esconder o ferimento grave. O sangue apenas evidenciava que ele havia encontrado o que buscava. Se antes conquistara a fama pelos dedos sorrateiros, agora eles estavam encharcados de culpa. E o mesmo valia para a virilha, tomada de sangue.

Ao entrar em disparada pelo banheiro masculino, Duane se sentiu aliviado quando encontrou Belial são e salvo. O gêmeo sequestrado e eufórico fez um sinal de positivo com o dedão embebido em sangue. Ele se aproximou do cesto.

"Se controla. Ainda temos muito pela frente."

Eu sou um dos mestres da vingança.

"Guarda esse sentimento pro Needleman."

Hoje à noite.

Belial estava tomado de raiva, e Needleman logo descobriria o preço de brincar com fogo. Será que a raiva diminuiria após lidarem com os médicos? Ou seria algo sempre presente, cada vez mais direcionado para um mundo que o rejeitava?

"Me desculpa, acabei dormindo e perdi você de vista. Não vai acontecer de novo."

Uma tentativa tão descarada de roubo seria impensável em Glens Falls. Contudo, eles não estavam mais em Glens Falls. Aquela era a Cidade do Medo, onde o próprio Ceifador Sinistro alertava dos perigos assim que você colocava o pé fora do ônibus. A partir daquele momento, Duane sabia que precisaria ficar muito mais atento.

"Você está bem?"

Melhor que aquele cara.

Ele interpretou a resposta como um sim e começou a analisar o ambiente. Após pegar o trinco e o cadeado do mictório, os jogou dentro do cesto. Embora fossem inúteis agora, não podia deixar provas.

O sangue espalhado pelos azulejos levou Duane a uma descoberta ainda mais macabra: um globo ocular ensanguentado boiando no mictório sujo, cercado por pipocas encharcadas naquela poça escura de urina estagnada.

"A gente tem que ir."

Duane fechou a tampa do cesto e voltou até os mictórios, tomando cuidado para não pisar no sangue espalhado pelo chão. Completamente enojado, o rapaz pegou o globo ocular flutuante com dois dedos e correu até o vaso sanitário mais próximo, dando descarga para se livrar da evidência horripilante.

Limpar o lugar estava fora de questão — havia sangue demais. Ele lavou as mãos o mais rápido que pôde, pegou o cesto e saiu do banheiro às pressas com o único desejo de se sentir limpo outra vez.

O nervosismo e as drogas deixaram o dr. Needleman elétrico durante as últimas 24 horas, desde a visita surpresa daquela aberração ao consultório. Já passava das 18h45 de terça e, embora não houvesse mais pacientes na agenda, algo o impedia de sair de trás da mesa. Não fazia ideia de onde ir ou do que fazer.

O medo era o inimigo invisível, acabando com qualquer pensamento lógico e que nem mesmo as anfetaminas poderiam amenizar. Viciado em drogas desde o começo da carreira, ainda estava sem dormir e sob efeito de entorpecentes extras, por isso ficou com receio de ter um colapso.

Após sair do trabalho na segunda-feira, fez uma parada na World News & Books, a única banca, pelo que ele sabia, com jornais de outras cidades do estado. Assim que encontrou a edição dominical da *Tribuna de Glens Falls*, comprou o periódico sem nem olhar as manchetes.

De volta ao carro, Needleman abriu o jornal e folheou as notícias. A busca parou na página quatro, com a coluna lateral de cinco parágrafos intitulada: "Médico da cidade é encontrado morto dentro de casa".

A notícia confirmava que o dr. Julius Pillsbury, solteiro e sem parentes próximos, havia recebido uma visita fatal no próprio lar. O detalhe do dilaceramento foi deixado de lado. Se a polícia suspeitava de alguém, a instituição optou por não informar. Também não havia notícias sobre qualquer pista relacionada ao caso.

Sem a necessidade de mais informações, o doutor fechou o jornal que, em breve, seria depositado em uma lixeira aleatória. A história de Duane *Smith* sobre Pillsbury era verdadeira, e havia uma grande probabilidade de ele ser o próximo na lista do garoto.

Auxiliado por uma enorme quantidade de agentes químicos no sangue, Needleman passou a noite toda acordado. Não daria chance para pregar os olhos e despertar em pedaços.

Ao retornar para o trabalho na terça de manhã, a secretária comentou o quão acabada estava a aparência dele. Típico de Sharon — a inconveniência nunca permitia manter a boca fechada quando precisava, igual a qualquer outro idiota inconveniente.

O médico se manteve mais calado que o habitual, trancando a sala a cada paciente. Toda batida na porta trazia o medo da presença de Duane. De estômago vazio desde o café da manhã mal digerido, questionava-se como aguentaria outra noite em claro. Talvez pudesse alugar um quarto de hotel por um ou dois dias, até checar se aquele estranho ainda permanecia pela cidade.

Ao longo do dia, os pensamentos vagavam até a dra. Kutter. Um ímpeto constante de alertá-la pulsava no íntimo, mas era sufocado, vez após vez. Afinal, o que ela poderia fazer por ele? Não conseguia imaginar nada de bom naquela ligação. Avisá-la poderia salvar a vida da mulher, mas não tinha certeza se era essa a vontade dele.

Para Needleman, seria mais conveniente que todas as pontas soltas dessa história desgraçada fossem cortadas de vez. O mundo precisava mesmo de uma médica como Kutter? Muito provável que não.

Conforme o dia avançava e a amargura aumentava, decidiu que faria a ligação de qualquer maneira. Alertaria a dra. Kutter sobre Duane Smith — ou fosse lá qual fosse o nome daquele filho da puta. O médico não lembrava e não tinha nenhum prontuário do rapaz à mão.

Para começo de conversa, foi uma extrema falta de sorte que o colocou no caminho daquela mulher. Os três médicos não se conheciam, e foi a promessa de dinheiro fácil que os uniu. Não sabia dizer se todos receberam o mesmo valor, uma vez que não discutiram o pagamento entre si. A maior motivação na época foi o sustento do vício, transformando a oferta de dois mil dólares por uma consulta domiciliar em algo tentador demais para ser recusado. A única tarefa consistia em aplicar as injeções.

Por outro lado, a abordagem de Kutter foi muito diferente, era como se ela estivesse *ansiosa* para usar o bisturi.

Kutter era uma maluca do "Karalho" com K maiúsculo. Ela também era uma "KUZONA"! — em caixa alta e letras garrafais. Entrar em contato significava trazer aquela mulher de volta à vida dele. No entanto, se ele mesmo precisava lidar outra vez com aquele pesadelo, faria questão que a doida também provasse do remédio.

O médico trouxe para perto o Rolodex em cima da mesa. Depois de folhear as entradas na letra K, encontrou o cartão dela e o tirou do suporte. O nome "Dra J. Kutter" trazia um número de telefone e um endereço: "57th Street, 1200 (Leste). Nova York, N.Y. Código postal 10022".

Sentiu um arrepio na pele ao discar o número, algo que também poderia ser um efeito colateral do uso excessivo de cocaína.

O número de telefone no cartão era da residência de Janice Kutter, enquanto o endereço era do consultório. O apartamento dela, uma cobertura no décimo segundo andar, ficava na área nobre em Upper East Side e tinha uma vista de tirar o fôlego. A doutora não aceitaria menos. Gostava de conforto, embora alguns dos prazeres dela fossem, no mínimo, questionáveis.

Toda a vida dela fora marcada pelos exageros. A última década era um bom exemplo. Durante três anos, foi a esposa troféu e cúmplice de Vince Luciano, também conhecido como Peixe Grande, um mafioso do cais nova-iorquino. O homem era trinta anos mais velho e tão grande quanto uma baleia, mas Kutter não precisou suportá-lo por muito tempo. Perto da idade da aposentadoria, Peixe Grande foi parar no fundo do Rio Hudson com botas de concreto nos pés.

A morte fora decretada por ela. Diversos mafiosos levaram o falso crédito pelo homicídio, enquanto a mulher se esquivava de qualquer suspeita.

Viúva de um chefão do crime, adotou a vida noturna como padrão de vida sendo a rainha de uma grande discoteca, o Studio 54. A única coisa maior que o ego e o vício em anfetamina era o volume do cabelo. Na pista de dança, o popozão da doutora não parecia conhecer o cansaço. A mulher esteve entre os poucos privilegiados que marcaram presença nas noites de inauguração e de encerramento do clube noturno. Chegaram até mesmo a confeccionar uma coroa para Kutter com diamantes verdadeiros.

Após o fechamento do clube no início dos anos 1980, a mulher resolveu reabrir o antigo consultório, que já estava fechado por uma década — desde o incidente envolvendo aquela atração do circo dos horrores, os irmãos Bradley. Se fosse a mãe dos meninos, os entregaria para um circo itinerante sem chance de devolução. E eles permaneceram bem longe da mente dela por uma década.

Ao pôr do sol, a mesa de jantar estava preparada para uma refeição à luz de velas. Kutter usava um vestido vermelho feito sob medida, realçando as curvas volumosas. O decote generoso indicava que estava bem à vontade, ao contrário do acompanhante, que parecia acanhado no lado oposto da mesa de vidro.

Todd tinha metade da idade dela, o que o tornava um pouco velho demais para o gosto da mulher. A gravata já estava no chão, e a camisa social fora aberta até o umbigo. Desde que o rapaz chegara, as mãos de Kutter não saíam de perto dele. O sol poente que entrava pelas enormes janelas da sala enquadrava os dois em uma moldura dourada.

Antes de começarem com os aperitivos, ambos desfrutaram de uma taça de vinho. O jovem precisava estar calmo e alcoolizado para que a mulher pudesse se aproveitar dele após o prato principal.

"Hmm, esse vinho estava uma delícia", afirmou Todd.

"Assim como você. Vamos lá, pega mais um pouco", respondeu Kutter, oferecendo a garrafa.

Todd parecia um pouco zonzo após apenas uma taça.

"Não, obrigado. Já tomei o suficiente."

"Imagina! A gente está só começando."

"Olha, se eu beber mais, eu vou... posso acabar ficando..."

Ao ouvir as palavras que desejava ouvir, a médica serviu mais uma taça.

"Tudo bem, querido. Eu te quero bêbado. Você fica uma gracinha quando fala enrolado."

Assim que a garrafa pousou na mesa, o telefone começou a tocar.

A mulher virou a cabeça, franzindo o cenho com desgosto.

"Merda", disse ao largar o guardanapo de lado. "Eu já volto, meu bem."

Saiu desfilando até a sala, ciente de que Todd estava apreciando a vista traseira. Pegou o telefone sobre a mesa ornamentada, posicionada em frente ao enorme relógio do avô, que marcava 18h51. Toda a equipe do consultório sabia que não deveria incomodá-la naquele dia. Se fosse algum funcionário em linha, a pessoa nunca mais precisaria voltar ao trabalho.

"Aqui é a dra. Kutter."

"É o Needleman", informou o homem aflito do outro lado.

"Quem?", questionou Kutter, sem reconhecer a voz. Levou um tempo para o nome ganhar um rosto, ainda mais após o esforço para esquecer aquele indivíduo e o que fizeram juntos. Ele deveria saber que aquela ligação não era bem-vinda.

"Harold? Eu não deixei bem claro que não era para você me contatar *nunca mais*?"

"Mas tem uma coisa acontecendo! Algo grave!", Needleman quase implorou.

"Não quero saber. A gente não tem mais nada para tratar. Me esquece!"

Já fazia dez anos que Kutter não era mais a mulher de um mafioso, mas a memória a relembrou dos contatos que poderiam dar um fim definitivo em Needleman sem levantar suspeitas. Ele poderia participar da mesma turma de natação do Peixe Grande.

"Dá pra me ouvir? Estou tentando te alertar aqui!" Era mentira, ele só queria transferir o fardo de si próprio para a mulher.

"Alertar sobre o quê?"

"Lembra do Pillsbury? De Glens Falls? Bem, alguns dias atrás ele deixou uma mensagem na minha secretária eletrônica para retornar o contato com urgência."

"E daí?"

"E daí que ontem veio um rapaz aqui. Ele tinha uns vinte anos e usava um nome falso. Nada de errado até aí, só que ele era de Glens Falls e tinha uma cicatriz gigantesca no lado direito do torso!"

O médico desejou ver a cara da mulher ficando pálida.

"Pelo amor de Deus, Harold. Estou no meio do meu jantar", retrucou Kutter, sem se importar com a preocupação de Needleman, fazendo-o parecer exagerado sem razão alguma.

"Ele ficou me provocando. Perguntou se eu conhecia o Pillsbury! Se já estive em Glens Falls. Tinha um cesto com ele, acho que a conversa foi gravada!" Needleman temia que Duane Bradley estivesse tentando arrancar uma confissão. *Bradley*, era esse o sobrenome. Os irmãos Bradley, o normal e o monstrengo.

"Harold, você está enrolando. Vai direto ao assunto."

Needleman teve vontade de estapear a mulher, mas a distância não permitia. Nenhuma outra mulher o irritara daquele jeito antes, e ele era divorciado. Estapear era muito pouco, o desejo era de estrangular aquele ser.

"É aquele Duane Bradley! Só pode ser ele! E o garoto sabe o que fizemos! Ele está atrás da gente!"

"E daí que é ele? O que o moleque pode fazer? Ficar se queixando?" A médica não demonstrava o menor receio de um pirralho idiota de Glens Falls. Nem um pingo de arrependimento por nada que fizera durante a carreira. Os irmãos Bradley deveriam é agradecê-la.

"Mas e o que ele disse sobre o Pillsbury? O garoto falou que o homem estava morto. Eu tentei entrar em contato, mas nada. Então comprei o jornal de Glens Falls e adivinha? O Pillsbury foi assassinado, esquartejado ainda por cima!"

O medo que a informação buscava instigar não surtiu efeito. Jovens não assustavam a mulher, e um desafio era sempre bem-vindo. Contudo, a conversa com Needleman terminara. Se Duane Bradley não desse um jeito nele, o matador de aluguel daria. E se o rapaz fosse atrás dela, nem precisaria chamar um assassino. Ela própria daria conta do recado, igual fez com o irmão deformado. Duane também poderia acabar em uma lixeira.

"Relaxa um pouco, Harold. Presta bastante atenção em mim, tá bom? Nenhum de nós conhece um doutor Pillsbury e nenhum de nós pisou em Glens Falls, mas um de nós vai voltar agora pro seu jantar. Boa noite."

Kutter bateu o telefone com força e torceu para que Needleman tivesse se assustado. Aquela ligação não a abalou. Se surtiu algum efeito, foi o de criar expectativas para o futuro. Um rapaz cheio de ódio no peito e uma cicatriz no torso. Quem sabe ela não "tirasse uma casquinha" antes de acabar com a vida dele?

Kutter voltou à mesa e se acomodou na cadeira. A única preocupação era convencer Todd a ir para a cama.

"Desculpa por isso, querido. Agora, onde foi que a gente parou?"

"Sua vaca arrombada!", gritou Needleman, depois que a ligação foi desligada na cara dele, socando o telefone de volta ao gancho.

O arrependimento foi instantâneo. A única coisa que aquela mulher poderia fazer era testar a paciência dele. Agora, torcia para o garoto Bradley a encontrar para destroçá-la. Se pudesse, até o ajudaria dando o endereço.

Uma batida na porta o fez dar um pulo.

"Doutor Needleman? É a Sharon."

Será que a secretária ouviu o xingamento e pensou ser para ela? Ao abrir a porta, deu de cara com a jovem de cabeça-oca. A garota podia ser burra como uma porta, mas o corpo era escultural. O único motivo pelo qual a contratara.

"Você já está de saída ou quer que eu deixe tudo trancado?", perguntou ela.

"Não, não. Vou ficar por mais um tempo, mas pode trancar. Deixa tudo trancado."

"Tá bom, até quinta."

Needleman estava perdido demais em pensamentos para se despedir. Após fechar a porta da sala, passou a chave para trancá-la.

Sharon vestiu o casaco, jogou a bolsa no ombro e apagou a luz atrás do balcão da recepção, torcendo para que o patrão não ficasse até tarde. A cara péssima indicava a falta de sono. Ou talvez fosse algum tipo de vício em remédios controlados. A tremedeira e o suor excessivo ao longo do dia não passaram despercebidos. Ainda bem que quarta era o dia de folga dele.

Não só dele, mas o dela também. Mal podia esperar para receber uma ligação de Duane Bradley, o sujeito misterioso e cheio de charme de Glens Falls em busca de companhia para explorar a cidade. Tomara que a ligação ocorresse naquela noite para combinarem um encontro no dia seguinte.

Sharon girou a chave no ferrolho e trancou a porta.

Needleman voltou para trás da mesa. Se houve algo de útil na ligação para Kutter, foi mostrar o quanto havia sido descuidado. A falta de relatórios sobre aquela cirurgia tinha sido um acerto, mas manter o contato de Kutter consistiu em um erro crasso.

Após abrir a gaveta, retirou um cinzeiro vazio e um isqueiro de dentro. O médico acendeu o isqueiro e encostou a chama no cartão de Kutter até pegar fogo e começar a se retorcer.

"Tchau, tchau, sua vadia."

Com a evidência transformada em cinzas, ainda havia mais um cartão para destruir. O cartão de Pillsbury foi retirado, e o isqueiro, aceso outra vez, reduziu as informações a um montinho de cinzas diante de seus olhos.

Havia se livrado da única conexão com aqueles médicos, algo que deveria ter feito há muito tempo. Aliás, o certo seria ter mudado de nome, de aparência e de cidade. Se possível, até de país. Tudo era válido para impedir o próprio esquartejamento. O médico abusara da sorte, da autoconfiança e do uso de cocaína.

O passado não poderia apenas ser extirpado e jogado fora como um membro indesejado.

Ou como um gêmeo conjugado.

9

A janela do consultório de Needleman ficava de frente para o beco atrás do prédio. Nem passou pela cabeça dele que Duane estivesse do outro lado da rua, com o cesto em mãos e observando tudo de longe. A quantidade de luzes apagadas indicava que a maioria dos funcionários havia ido embora.

Os dois chegaram pouco antes do anoitecer, cientes de que Needleman fechava o consultório às sete. Em menos de um minuto após as sete, Sharon saiu pela entrada principal. A garota desceu a rua em direção ao acesso do metrô mais próximo, passando em frente à livraria onde Duane estava. Apertando o cesto contra o peito, ele se escondeu no vão da entrada do estabelecimento para não ser visto por Sharon.

Duane aproximou o rosto do cesto.

"Ele ainda tá lá dentro."

É a hora.

Duane caminhou pela direção oposta à de Sharon até a faixa de pedestres mais próxima. Ao atravessar, notou uma placa nas portas de entrada que dizia: "O prédio fecha às 20h". Havia menos de uma hora para fazer o que precisavam e sair antes de ficarem presos lá. Então entraram no prédio.

A lâmpada da entrada estava toda encardida e oferecia uma péssima iluminação. A única alma viva ali era o zelador, que empurrava um esfregão enquanto fumava um cigarro, seguindo em direção ao elevador. O homem nem sequer reparava nas cinzas do cigarro que caíam no chão, ou preferia ignorá-las.

Sem chamar a atenção, Duane subiu a escada em direção ao segundo andar. Pelo jeito, todas as salas estavam fechadas para a noite. Muitas delas, como a Borracha e Cia, tinham cadeados presos nas portas, evidências de que o crime era comum por ali.

Ao espiar pelo corredor, Duane encontrou uma porta que levava para a escada dos fundos, saindo no beco. Aquela seria a rota de fuga, pois não queria ninguém o vendo sair pela porta da frente. De volta ao corredor do consultório de Needleman, Duane pôs o cesto no chão e abriu a tampa. Belial foi tirado de dentro e colocado no carpete.

"Dá pra usar a escada de incêndio ou a dos fundos. Depois, me encontra no beco... e vai logo. Vê se não esquece o caderno dele com os endereços."

Não vou esquecer.

Duane voltou para a escada dos fundos com o cesto vazio em mãos. Por mais que o médico merecesse, matar alguém o deixava com o estômago embrulhado. Foi necessário um dia inteiro para a recuperação depois do encontro com Pillsbury. Aquela reação o pegou de surpresa, mas como poderia saber? Até a última sexta, nunca haviam saído por aí matando pessoas. Será que ainda estaria no clima para ter um encontro amanhã?

Belial foi pelo corredor até a porta do dr. Needleman. Em seguida, alcançou a maçaneta e tentou girá-la. Como esperado, a porta estava trancada. A mão enorme dele apertou a maçaneta com tanta força que destruiu os mecanismos internos. Depois de torcer o puxador de um lado para o outro, arrancou o objeto de vez. Então começou a socar a porta com os dois punhos, sem parar.

Na escada dos fundos, Duane ouvia as batidas que indicavam todo o esforço de Belial. E logo partiu em direção ao beco vazio.

Needleman ouviu as batidas na porta e ficou apavorado atrás da mesa. O momento que mais temia por fim chegara. Nem mesmo o perigo iminente era capaz de fazê-lo chamar a polícia. Guardava um abridor de cartas consigo como arma, o que não era grande coisa, mas enquanto não estivesse sob a mira de uma arma de fogo, acreditava ainda ter alguma chance.

Só faltava uma coisa: uma carreirinha de pó branco para dar aquele impulso na coragem. Needleman abriu o kit e traçou a linha, mandando a cocaína nariz adentro. Uma segunda carreirinha foi traçada, enquanto a porta era destruída. O som de dobradiças rompendo o levou a uma terceira. No instante em que a porta desabou, já estava nas nuvens.

O barulho que veio em seguida parecia o de uma bomba explodindo na recepção. Needleman ouviu o som de cadeiras quebrarem e gavetas arremessadas. Por um instante, chegou a torcer para que fosse apenas um bando de vândalos ou um roubo. A probabilidade, é claro, era quase nula.

A bagunça no saguão parou, e o médico se deteve, olhando para a porta com o nariz empoeirado de cocaína. A maçaneta girou, mas só um pouco, pois permanecia trancada. Se a porta de segurança externa não dera conta, não seria aquela porta de madeira vagabunda que suportaria um ataque parecido.

Só que a porta da sala foi deixada de lado. Depois do eco de algumas batidas na recepção, o barulho se distanciou, sobrando apenas o silêncio.

Needleman se levantou com as pernas bambas, segurando o abridor de cartas na mão. A orelha foi posicionada contra a porta.

Silêncio.

Após um minuto de espera, o médico gritou:

"Quem tá aí?".

Nenhuma resposta. Mais um minuto de espera, quando o som de uma sirene distante começou a se aproximar. Não havia sido ele o responsável pelo chamado, mas o invasor não tinha como saber.

"A polícia já está a caminho! Eles vão chegar a qualquer instante!"

Torceu para que o invasor não pagasse para ver se o blefe era real. O barulho de sirene chegou ao ápice, então começou a se distanciar. Needleman esperou mais um minuto antes de lançar a próxima carta:

"Eu tô armado!".

Ninguém gostava de encarar uma arma. Depois de mais uns instantes de silêncio, o homem acreditou estar sozinho de novo. Auxiliado pelas anfetaminas, abriu a porta para dar uma espiada. O carpete estava cheio de tábuas quebradas e uma cadeira caída. Ao abrir a porta um pouco mais, viu mais sinais de destruição. Ninguém estava por perto.

Seriam necessários uns seis passos para fora da sala a fim de ter uma boa visão do corredor. Para a própria surpresa, as pernas começaram a avançar. Prestando muita atenção no caminho à frente, ele não notou Belial grudado no teto logo acima da porta do consultório.

Ao se aproximar da porta do corredor, percebeu que ela já não estava mais no lugar. A porta de segurança fora amassada por completo e arrancada das dobradiças de algum jeito — só podia ser por um pé de cabra — e agora estava jogada de lado.

O caminho estava livre caso quisesse fugir em disparada, no entanto o invasor poderia estar no corredor, à espera da saída dele. Assim que fosse embora, alguém chamaria a polícia por causa da invasão, e os policiais poderiam investigar aquela história a fundo. Não havia evidência alguma que pudesse ligá-lo ao caso dos irmãos Bradley, porém não faltavam drogas ilegais no consultório. Seria necessário levar o estoque de cocaína junto.

Quando Needleman se virou, Belial já não estava mais acima da porta.

O médico voltou para a sala e trancou a porta. Guardou o frasco de droga, o espelho e o canudo no bolso quando notou algo errado: a luz da sala de exames estava apagada. Quando saiu de lá, havia deixado as luzes acesas.

A razão gritou para que saísse correndo, mas dar ouvidos à razão nunca foi o forte dele. A curiosidade estava embebida em um banho químico, levando-o a se aproximar da porta e tatear no escuro em busca do interruptor.

Quando as luzes voltaram, Belial surgiu, grudado na parede acima do interruptor. Needleman ficou cara a cara com a criatura que parecia desafiar as leis da gravidade. A última vez que vira aquela coisa havia sido em 1972, anos antes daquele rosto deformado ganhar os traços de maturidade agora presentes. Havia um reconhecimento perverso naqueles olhos.

Os três médicos tinham convicção de que Belial estava morto. O próprio Needleman havia fechado o saco de lixo com aquele bolo ensanguentado de carne morta e retorcida. Mal sabiam o quão enganados estavam. Será que não havia um médico competente entre os três?

O mais assustador em Belial era a inteligência animalesca que parecia queimar naqueles olhos. Aquele era um olhar de reconhecimento condenador. Olhos que prometiam sofrimento, o tipo de dor infligida ao desmembrar alguém por completo. Agora, a morte de Pillsbury fazia muito mais sentido.

Needleman gritou de pavor, o que soou como música para Belial. As agulhas daquele homem também arrancaram gritos dele e de Duane no passado.

A mão de Belial agarrou o rosto de Needleman, derrubando os óculos. O abridor de cartas caiu. Com a outra mão, Belial segurou a cabeça dele, enfiando as garras na nuca do homem. Não havia como Needleman arrancá-lo dali sem acabar arrancando a própria cabeça junto.

Trôpego, o médico tentava se locomover com Belial grudado nele. Enxergava apenas o rosto daquele... *tumor* tomado de fúria. Esquecera de que o gêmeo deformado possuía certidão de nascimento e nome próprio. Para ele, não passava de um câncer mirim.

O homem continuou berrando, mas Belial também podia gritar. Em resposta, soltou um rugido, encobrindo qualquer outro barulho. A voz continha uma década de ódio reprimido. Será que agora o médico entenderia o recado? Aquele era o preço a pagar pelo (anti)profissionalismo xexelento.

Needleman cambaleou para trás e bateu na janela, chegando perto de quebrá-la. Belial cravou as garras fundo no rosto dele, abrindo três cortes profundos da testa ao queixo. O médico sentiu os lábios se rasgarem, assim como pedaços de carne sendo arrancados das gengivas e sangue escorrendo de ambos os olhos.

Enquanto Belial dilacerava o médico no segundo andar, Duane andava de um lado para o outro pelo beco escuro atrás do prédio. Os movimentos aleatórios e bruscos imitavam os do irmão. Aquelas emoções e reflexos não pertenciam mais a ele.

A mesma reação ocorreu na noite da última sexta-feira do lado de fora da casa de Pillsbury, enquanto Belial dava fim ao médico lá dentro. Enquanto o irmão triturava os ossos do doutor, Duane descontava a raiva nos galhos e arbustos das árvores próximas.

Quando Pillsbury morreu, os gêmeos tiveram um orgasmo-sanguinário ao mesmo tempo.

De volta ao consultório médico, Needleman era jogado contra a parede. A cabeça e a garganta estavam em frangalhos. Sem forças para reagir, o corpo escorregou até o chão, e ele se sentiu como uma bolota de carne desfiada. O único desejo era de que Belial o destroçasse logo, pois o ato daria um fim a dor.

No entanto, o gêmeo não tinha planos de deixá-lo escapar assim tão fácil.

A camisa do médico foi rasgada na altura da barriga. As garras de Belial abriram a carne até os dedos encostarem nas vísceras. Um pedaço do intestino foi fisgado pelas garras e retirado, sendo exposto bem na frente do rosto horrorizado de Needleman. Com um rugido, Belial despedaçou o órgão digestório. Uma pasta viscosa e marrom, antes um café da manhã, espirrou no rosto do médico. O odor era o mesmo de um cano de esgoto estourado — igual ao que havia no consultório. Belial enfiou o que sobrara das tripas na boca de Needleman, fazendo-o tomar o mesmo café da manhã pela segunda vez. Incapaz de engolir, a pasta escorria da boca como papinha de bebê.

Belial começou a analisar o ambiente, enquanto o médico arfava em busca de ar e jorrava sangue em profusão. Não precisou de muito tempo para localizar a gaveta repleta de agulhas.

Needleman os espetara com agulhas sem a menor dó dez anos atrás.

Uma dúzia das maiores seringas foi tirada da gaveta e destampada. O punho enorme de Belial conseguia segurar todas com facilidade. Depois, cravou as agulhas em Needleman, por toda a extensão da barriga, sem parar. Uma centena de perfurações, adentrando o mais fundo possível.

Enquanto Belial continuava a enfiar as agulhas no médico, Duane socava a parede de tijolos do lado de fora, chegando a ferir a mão.

As agulhas transformaram o abdômen do médico em uma massa dilacerada. Enfiando a mão dentro de Needleman outra vez, Belial partiu a coluna do homem ao meio. Em seguida, não foi difícil rasgar a vítima em dois pedaços: os músculos se romperam igual macarrão cozido demais.

E Belial adorava macarrão.

Após a morte de Needleman, Belial notou um pequeno recipiente caído no chão, que deveria estar no bolso do jaleco. O gêmeo desenroscou a tampa e deu uma fungada curiosa no conteúdo. Os pensamentos ficaram turvos, e os olhos reviraram em frenesi. As veias começaram a pulsar mais rápido. A língua comprida saiu da boca para lamber as narinas encobertas de pó branco.

A cocaína não era a responsável pela alteração seguinte no corpo dele. Aquilo já ocorria há mais de um ano, sempre que as emoções saíam de controle. Os olhos inchavam nas órbitas e ganhavam um brilho vermelho intenso, como se fossem faróis de um carro.

Belial começava a desenvolver a capacidade da bioluminescência através do olhar. Um segredo que manteria apenas para si, pois o irmão não precisava saber de tudo.

Médicos como Needleman o chamavam de gêmeo parasita, uma aberração que precisava ser eliminada. Aquele tipo de gente não se permitia enxergar a aberração como um ser humano, mas como alguém inferior. Quem lhes dera a permissão de determinar qual gêmeo era o parasita? O rótulo sempre vai para o menor, o mais feio, o ser incompreendido em razão da aparência assustadora e da incapacidade de se comunicar com clareza.

Nunca houve alguém disposto a pôr a teoria à prova.

Aqueles tais "especialistas" nunca perceberam que era ele o gêmeo inteligente, o que fazia as coisas acontecerem. Duane não passava de uma marionete humana, levado para lá e para cá conforme os caprichos do irmão. Todo aquele plano homicida fora arquitetado por Belial, uma missão que os levou até uma cidade desconhecida para executar uma vingança bem elaborada. A vida de Duane era dedicada a atender as vontades do irmão. E Belial sabia que estava em desenvolvimento cada vez maior: a inteligência e o corpo evoluíam de formas que nenhum cientista jamais vira antes. Ele ainda progredia, e ninguém no mundo testemunhara alguém tão próspero.

Por isso a humanidade queria acabar com Belial.

Ele observou o recipiente na mão e soube que o conteúdo era um entorpecente ilícito de alto risco. Ele salpicou um pouco sobre a macarronada que se tornara Needleman como se fosse queijo parmesão. Assim, a polícia acreditaria que o caso não passou de uma compra ilegal de entorpecentes com um péssimo resultado.

Belial fechou a tampa do frasco. O primeiro contato com aquele estimulante do sistema nervoso central foi muito satisfatório, e ele decidiu guardar o resto para depois. Quem sabe não usaria durante o encontro com a dra. Kutter?

O recipiente foi parar no ânus para que Duane não soubesse. Certinho como era, o irmão desaprovaria qualquer envolvimento com drogas.

O serviço em Needleman estava feito, mas a missão ainda não terminara. Precisava encontrar o caderno de endereços do médico. Todas as gavetas foram vasculhadas e Belial revirou tudo que podia. Apesar de não haver caderno algum, encontrou um Rolodex em cima da mesa, ao lado da orquídea morta. O objeto não ficaria para trás. Desprovido de bolsos ou do cesto, não foi difícil perceber que o Rolodex não caberia na bunda.

Belial escalou até a janela, deixando enormes marcas de sangue pelo chão e pela parede. Depois de abrir a janela, jogou o objeto para fora.

Duane estava sentado no chão áspero do beco, encostado nos tijolos, tentando se acalmar após a tremedeira do orgasmo-sanguinário. Ao menos, o problema já estava resolvido, algo que traria certo alívio depois. O Rolodex bateu nos tijolos e quicou, e ele levou um susto enorme. Em pé, aguardou a chegada do irmão. Menos de um minuto depois, Belial desceu pela escada de incêndio e aterrissou em cima de uma lixeira.

Dividi o inútil em dois.

"Ótimo. Algum desse sangue aí é seu?"

É só molho bolonhesa de macarrão.

Duane tirou o gêmeo de cima da lixeira e o colocou no cesto. Belial reparou no punho machucado e ensanguentado do irmão.

O que aconteceu?

"Deixei a raiva extravasar. Achou o caderno de endereços?"

Só um Rolodex.

Apesar da frustração, não poderia culpar Belial. Se Needleman tinha apenas um Rolodex, precisariam se contentar. Após colocar o objeto junto ao irmão dentro do cesto, os dois escaparam beco afora, apenas com os ratos como testemunhas.

●   ●   ●

Ainda precisariam parar durante o trajeto de volta para o Hotel Broslin. A apenas uma quadra de casa — quando já começavam a enxergar o hotel —, Duane se enfiou em uma cabine telefônica e fechou a porta atrás de si. O espaço era tão apertado que ele mal cabia espremido com o cesto junto aos pés. A mão com restos de sangue segurava o telefone.

Decidiu aproveitar que Sharon havia terminado o expediente para cumprir a promessa que fizera de ligar ainda naquela noite. Ela estaria em casa? O telefone foi atendido no primeiro toque.

"Alô?", disse Sharon.

Só quando ouviu a voz dela Duane percebeu que não fazia ideia de como conversar com uma garota. Para piorar, o irmão estava na cabine também. Será que Belial conseguiria ouvi-la do outro lado da linha?

"Oi, posso falar com a Sharon?"

"Está falando com ela, Duane. Fico tão feliz que você me ligou!"

"Claro, eu também. Como foi seu dia?" O trânsito na rua dificultava a ligação. Uma verdadeira sinfonia de motores, buzinas e sirenes.

"Ainda bem que já acabou. O doutor estava um porre hoje."

"Sinto muito." Sendo o último dia de vida de Needleman, o homem tinha todo o direito do mundo de estar um porre. Por isso, Duane não lamentava. Contudo, o próximo pensamento trouxe um peso de culpa: com a morte do médico, Sharon ficaria desempregada. Aquilo era culpa exclusiva dele.

A pausa subsequente foi desconfortável, e Sharon percebeu que o gato havia comido a língua do rapaz tímido ao telefone.

"Quer me encontrar amanhã?", perguntou Sharon. "A gente pode ir pra um dos lugares que comentamos ontem."

"Sim, claro."

"Perfeito! Pra onde você quer ir?"

Para ser honesto, Duane não fazia ideia. Não era fácil se concentrar naquela garota tão meiga enquanto uma onda de raiva ainda pulsava dentro dele.

"Não sei. O que você sugere?"

Uma sirene de polícia ensurdecedora passou perto, levando-o a esperar para seguir a conversa.

"Onde você está?", questionou a garota.

"Numa cabine telefônica, aqui na frente do meu hotel."

"Hmm, que tal você pensar um pouquinho e me ligar de novo amanhã por volta de meio-dia? Te passo meu endereço e a gente sai junto daqui."

"Tá bom, ótima ideia. Vou te ligar meio-dia."

"Maravilha!"

"Boa noite, Sharon."

"Boa noite, Duane."

Ao desligar o telefone, Duane sentiu um misto de emoções. Apesar do fascínio pela beleza e energia contagiante de Sharon, seria impossível não se preocupar em trazer problemas para a vida da garota. No entanto, já era tarde demais. Graças a ele, ela estava sem emprego. Além disso, saírem juntos significava manter certo vínculo com o homem envolvido na morte do chefe dela.

Por fim, havia a pergunta mais delicada de todas: um encontro seria algo justo com o irmão? Quando o assunto era sair com garotas, Duane preferia não levar Belial.

Pela primeira vez, Belial parecia um fardo a ser carregado. Sentiu-se culpado pela situação.

Saindo da cabine, rumaram para uma birosca para comprar uma caixa de curativos para a mão machucada.

A última parada foi para comprar o jantar. Ao contrário da refeição desastrosa da noite passada, haviam decidido que só comeriam depois de terminar o serviço. Matar alguém dava uma fome daquelas, e Belial estava faminto.

Acabaram voltando para a lanchonete de sempre. Belial se manteve impassível quanto ao jantar.

Vamos comer macarronada.

10

Quando chegaram ao Hotel Broslin, o pote com quase um quilo e meio de macarrão com almôndegas se mostrou a desculpa perfeita para justificar os ferimentos na mão de Duane. Tanto Gus quanto o Professor interromperam a conversa no instante em que viram o punho ensanguentado.

"É molho bolonhesa", explicou Duane.

"Parece o monte Everest de macarrão", comentou Gus.

Duane disparou escada acima antes que fizessem mais perguntas. Ainda pôde ouvir o Professor dizer às costas dele:

"Esse daí bate até sangrar".

Após retornarem ao quarto sete, Duane deixou o cesto e o jantar sobre a cômoda. Questionou-se qual seria a preferência de Belial: começar pelo banho ou pela comida.

Comida.

Ele estendeu uma toalha no chão e retirou do cesto o gêmeo ainda sujo de sangue, acomodando-o sobre a toalha. Duane tirou um garfo da mochila e empurrou o jantar na direção de Belial. Antes de entregar o garfo, fez uma pausa abrupta.

"Não é um dos seus brinquedinhos."

Eu sei.

E o traseiro de Belial já estava ocupado. Seria melhor o irmão continuar alheio ao fato.

Sem o menor apetite, Duane tirou a tampa do pote para que o gêmeo pudesse se alimentar. Apesar da fome mais cedo, sentia o estômago embrulhado agora. Não conseguia entender como o irmão conseguia devorar a comida, ainda mais coberto com o sangue do serviço sujo.

Enquanto Belial comia, Duane cuidou da mão machucada na pia do banheiro. Ao despejar água oxigenada sobre os ferimentos, soltou um gemido de dor. Dentro do cesto, Belial também fez uma careta, deixando uma almôndega cair da boca.

Depois da refeição, Duane deu banho no irmão e limpou o cesto mais uma vez. Não poderia restar qualquer evidência de Needleman, nem mesmo uma gota de sangue.

Após a exaustiva visita ao médico, ambos necessitavam de uma longa noite de sono; no entanto, descanso estava fora de questão. Belial deveria ter apagado ao terminar o jantar, porém, nunca estivera tão elétrico.

A pequena quantidade de cocaína inalada teria logo perdido o efeito em um adulto comum. No entanto, a dose efêmera foi suficiente para deixá-lo ligadão a noite inteira. Procurou evitar conversas com o irmão para não dar pistas sobre o próprio estado. Se utilizasse com moderação, o que restara no frasco seria suficiente para umas vinte noites, ou até mais, caso usasse uma dose por noite.

Com a agitação do gêmeo, dormir não era tarefa fácil para Duane. O estômago roncava alto, ecoando o arrependimento de ter recusado o jantar, embora a ideia de comer ainda parecesse insuportável. Os nós dos dedos latejavam sem parar, e ele se deu conta de que deveria ter comprado um analgésico junto dos curativos.

Belial passou boa parte da noite no parapeito da janela, admirando as luzes vibrantes da cidade com cada vez mais vontade de explorá-la. Em certo momento, viu Gus sair do prédio com um poodle branco na coleira. Observou a cadela balançar o traseiro felpudo por alguns minutos antes de ser levada de volta para dentro. O vento conduziu o aroma da urina quente do beco até as narinas apuradas dele.

O sentimento era de satisfação e paz interna. Naquela noite, haviam feito uma boa ação ao eliminar a existência de Needleman, um indivíduo que só trouxera dor e lamento para a raça humana. "Deixai vir a mim as crianças, pois a elas pertence o reino do sofrimento" parecia ser a crença profissional dele.

Os ouvidos de Belial captavam todos os sons do prédio. O Hotel Broslin ficava mais movimentado à noite do que de dia. O movimento pelos corredores aumentava, vozes surgiam aqui e ali, além do som constante das molas das camas rangendo. A atenção dele estava voltada em especial para o quarto cinco, onde Casey — com suas belas curvas — morava. Entre uma e duas da manhã, o clima por lá era de pura diversão, aos sons de *ploc-ploc* com gemidos ao fundo. Depois disso, a porta do quarto se abriu para ser fechada em seguida. Antes das duas em ponto, a mulher estava sozinha.

O som do chuveiro sendo ligado naquele quarto chegou aos ouvidos dele.

Duane roncava alto, um indício de estar imerso em sono profundo. Belial decidiu sair para explorar. Com as ventosas das mãos, escalou a janela aberta e atravessou a parede externa do prédio até alcançar a escada de incêndio do apartamento de Casey. As persianas do banheiro estavam entreabertas, e o vidro embaçado pelo vapor desfocava o interior. Ajeitando-se para enxergar melhor, espiou por uma pequena fresta da janela.

A cortina do chuveiro estava fechada, mas a silhueta curvilínea de Casey se destacava enquanto a mulher se ensaboava. Quando a água parou de cair e a cortina foi aberta, Belial vislumbrou o corpo à mostra. Sem dúvida, aqueles eram os maiores e mais suculentos melões que já vira na vida.

O membro dele pulou para fora e acertou os tijolos externos. Os espinhos brotaram do tentáculo fálico, deixando arranhões na parede pelo roçar lascivo. Após se secar, Casey seguiu para a sala, onde as cortinas estavam fechadas.

Aquela foi a estreia de Belial no papel de voyeur. E não seria a última atuação dele.

● ● ● ●

Na manhã de quarta-feira, os irmãos estavam à beira da exaustão. Duane acordou tarde de novo, depois das onze, e foi como se não houvesse descansado. Despertara com uma inquietação familiar — a mesma sensação incômoda que o havia atormentado no sábado e persistira pelo resto do dia.

Assim como os orgasmos-prazerosos de Duane reverberavam em Belial depois, a onda residual do orgasmo-sanguinário, reflexo da fúria do irmão, o deixava mergulhado em um sentimento melancólico. Com sorte, aquele clima opressivo desapareceria até o dia seguinte.

Se havia algo de bom em tudo aquilo, era saber que precisariam repetir o processo apenas mais uma vez. Só faltava mais uma morte.

Belial passara a noite inteira vagando, mapeando na mente as janelas que espiou. Enquanto Duane lutava para afastar o sono, o irmão desmaiava de cansaço. Duane imaginou que a ação de ontem havia drenado ainda mais as energias do gêmeo, alheio ao passeio xereta e consumo de drogas durante a madrugada.

A mão direita de Duane latejava por conta dos socos na noite passada. Ao tirar as bandagens, sentiu alívio ao ver que o sangramento havia cessado e os machucados já começavam a cicatrizar. Uma nova camada de bandagens foi aplicada.

Depois de tomar banho, percebeu que não tinha roupas limpas para vestir. Na mochila, só havia espaço para duas camisas, meias, cueca e uma calça extra, além dos itens de higiene. Se o plano envolvia passar uma semana inteira ali, seria preciso comprar mais roupas, além de mais toalhas. Belial vinha fazendo muita sujeira nos últimos dias, e logo teria mais. Não demoraria muito até precisarem encontrar uma lavanderia e dar um jeito nas manchas de sangue e sêmen. Como aqueles irmãos eram travessos.

"Vou ter que sair pra comprar umas roupas e algumas coisas pra gente, mas não vou demorar", avisou Duane, olhando para o cesto, sem ter certeza de que Belial estivesse acordado.

O rapaz saiu apressado e correu até a cabine telefônica na esquina mais próxima. Ele tentou manter a promessa de ligar para Sharon ao meio-dia fora de sua mente, torcendo para Belial não descobrir o estratagema para um encontro diurno. Ainda assim, se perguntava por quanto tempo poderia ficar fora antes de o irmão perder a paciência.

Deixar Belial sozinho sempre trazia riscos. Era impossível prever o que passava pela mente dele ou como ele agiria. Era como deixar uma criança ou um animal de estimação em casa sem um adulto por perto. O que seria quebrado? Acabariam fugindo sem serem notados?

O simples ato de marcar um encontro era um peso enorme para a consciência.

Por mais que quisesse ver Sharon e conhecê-la melhor, Duane não se sentia no clima naquele dia. Os sentimentos ruins da noite passada ainda pairavam no ar, deixando-o em um humor soturno. Além disso, as mãos estavam todas enfaixadas, seria impossível explicar aquilo sem uma mentira. Nos últimos tempos, mentir tinha se tornado um hábito, e Duane descobria cada vez mais como era bom naquilo. A aparência inofensiva fazia as pessoas confiarem nele sem questionar muito.

Dentro da cabine telefônica, colocou uma moeda no aparelho e discou o número de Sharon. A chamada tomou um rumo inesperado quanto ao tempo até ser atendida, embora não fosse uma surpresa.

Sharon pegou o telefone após o quarto toque, mas a voz saiu entrecortada por soluços de choro.

"Alô?"

"Sharon? É o Duane. Tá tudo bem?"

"Nossa, por Deus, Duane. Aconteceu uma coisa terrível."

"Ah, não. O que aconteceu?"

Havia uma suspeita do que viria a seguir.

"Passei a manhã toda falando com a polícia."

"A polícia?", repetiu Duane, alarmado.

"Mataram o dr. Needleman. O corpo foi encontrado essa madrugada no consultório."

"Eles não acusaram você de..."

"Ah, não. Claro que não. Alguém destruiu a porta. Precisava ser uma pessoa muito forte pra isso. Mesmo assim, foi horrível. Ainda estou tremendo."

"Sinto muito. Vocês eram próximos?"

"Não mesmo. Eu nem era muito chegada ao homem, mas minha nossa, Duane. Por que alguém faria algo tão monstruoso assim?"

"Não se preocupa. Deve ter sido só um assalto e nada a ver com você. Tenho certeza de que você não corre perigo."

Ele acreditava mesmo no que dizia, sem perceber que estava iludindo a garota e a si próprio.

Um silêncio desconfortável se instalou entre eles. Quando Sharon voltou a falar, a voz era carregada de desculpas.

"Eu estou me sentindo um caco. Acho que não estou bem para sair hoje. Me desculpa."

Duane se sentiu aliviado, pois qualquer desculpa para adiar o encontro era bem-vinda.

"Não se sinta mal. Eu entendo perfeitamente."

"Entende mesmo? Fico mais tranquila. Ainda quero te ver, Duane, mas vou precisar de uns dias pra me recuperar e correr atrás de outro emprego."

"Ah, claro", concordou Duane, sentindo uma nova onda de culpa.

"Você ainda vai estar por aqui no fim de semana?", perguntou ela.

"Vou, sim. Quer que a gente se fale até lá?"

"Sim. Por que você não me liga no sábado? Domingo é Páscoa, então acho que sábado é melhor."

"Combinado. Sábado parece uma ótima." Havia se esquecido por completo da Páscoa. Faltavam quatro dias para o domingo, e não poderia deixar a caça aos ovos de Páscoa passar batida.

"Tudo bem. Espero que tenha um bom dia, Duane. A gente se fala no sábado."

"Se cuida, Sharon."

Ele desligou o telefone, ciente de que talvez não conseguisse cumprir a promessa de retornar no sábado. Se descobrissem o endereço da dra. Kutter naquele dia e a visitassem no dia seguinte, seria muito provável que na sexta-feira estariam fugindo de Nova York. O fato de pagarem uma hospedagem por uma semana não os obrigava a ficar até o final.

Precisavam viver um dia por vez. Ainda assim, Duane fez uma promessa para si mesmo: se ainda estivessem na cidade no sábado, ligaria para Sharon e marcaria o primeiro encontro da vida.

Com fome, Duane entrou na primeira lanchonete de esquina que encontrou e pediu um café da manhã atrasado: sanduíche de bacon com ovos. De barriga cheia, fez uma parada no brechó mais próximo e comprou três camisas, meias, cueca e duas calças. Carregar tudo de volta para Glens Falls seria complicado, então nem se apegou às roupas, pois logo seriam descartadas. Ainda assim, não conseguiria fugir da lavanderia por muito mais tempo.

A última parada foi na birosca mais próxima do hotel, onde comprou um galão de água, uma garrafa de suco de frutas, alguns rolos de papel-toalha e um copo com a estampa "Eu amo Nova York" na lateral. Até quando conseguiriam ficar ali sem uma caixa térmica dentro do quarto? A resposta não tardaria para chegar. Por mais que sentisse vontade de se acomodar e abastecer a despensa improvisada para um tempo mais longo, ainda era cedo demais.

Ao chegar ao quarto, Duane verificou se Belial ainda dormia antes de avisar sobre o retorno. Os olhos do irmão estavam fechados, e a respiração era lenta e pesada.

No entanto, o sono de Belial não passava de encenação. Um minuto após a entrada de Duane, o gêmeo se moveu no cesto.

Bom dia.

"Boa tarde, Bela Adormecida."

Duane serviu um copo de suco para si e entregou o resto da garrafa para Belial, que adorava tanto a bebida a ponto de tomar direto do recipiente com vontade.

A única missão do dia era encontrar o endereço da dra. Kutter para que pudessem se consultar com a médica no dia seguinte. Duane se sentou na cama com o Rolodex e começou a folhear as páginas.

Não havia Kutter alguma na seção da letra K, mas ele não desistiria com tanta facilidade. Após vasculhar todos os cartões, voltou para o começo e passou um por um com mais cuidado e atenção. O resultado foi o mesmo. Depois de verificar pela terceira vez, olhou o verso de todos os cartões, que estavam em branco. O contato do dr. Julius Pillsbury também não estava lá.

Se Needleman ainda tivesse o número de Kutter, só poderia estar escondido em outro lugar. Talvez dentro de uma agenda pessoal que passou despercebida.

"Não tem o telefone da dra. Kutter", informou Duane, compartilhando a frustação com Belial. O gêmeo não queria ser um estorvo na missão, porém a busca na noite anterior se mostrou infrutífera. Talvez o médico nem tivesse uma agenda.

O Rolodex voltou para a cômoda, onde Duane pegou as listas telefônicas. Mais uma vez, passou pelos contatos tanto da lista residencial quanto da comercial, na expectativa de que antes estivesse desatento e agora conseguisse encontrar o telefone da médica. Se fosse o caso, o número passou despercebido de novo.

Depois de três horas de busca incessante e várias páginas viradas, os olhos começaram a arder e não havia uma posição confortável para ficar sentado na cama. Irritado, fechou a lista telefônica com uma batida forte.

"Não consigo ler mais uma página sequer."

Vamos dar uma volta.

"Leu a minha mente."

A gente tem um milhão de opções nesse lugar.

"Até mais se duvidar."

Os dois foram para as ruas em busca de aventura. Primeiro, decidiram assistir a um filme. A quantidade de cinemas na 42nd Street, entre a 7th e a 8th Avenue, era tão grande que seria impossível ver tudo o que gostariam em um único dia. Havia um cinema específico para cada gênero, e muitos mais exibindo filmes de sexo e de horror, que imperavam naquela área.

"Cenas Chocantes! Sexo Explícito! Perversidade Extrema!"

Quando Duane parou em frente à marquise do cinema Liberty, souberam na hora que aquele seria o lugar certo. O filme *Zombie Holocaust* estava em exibição em sessão dupla com *O Incrível Show de Torturas*. O letreiro prometia: "Cuidado! Contém cenas de aberrações canibais!" e "Ação frenética e perturbadora!"

Parece divertido.

Belial se enxergava como uma aberração, do tipo *Super Freak* — título de sua música predileta de Rick James. Aquele termo, *freak* (ou aberração), fora abraçado como um apelido carinhoso há tempos. Se não podia negar a própria natureza, por que não ostentar o título com orgulho? O letreiro com "aberrações canibais" parecia conversar diretamente com ele. Em todos os anos como aberração, nunca havia experimentado o canibalismo. Será que estava deixando de aproveitar algum tipo de prazer proibido?

Duane comprou o ingresso com direito às duas sessões. Assim que entrou na sala de exibição, foi recebido com uma cena grotesca de cirurgia em close na tela grande. O corpo se contraiu por instinto. O cheiro do local parecia uma mistura de suor rançoso, pipoca velha e urina azeda. O caminho até a poltrona foi marcado pelo chão pegajoso, fazendo a sola dos sapatos grudarem e desgrudarem como se andassem por fita adesiva.

Os filmes cumpriam com o prometido. Vários trechos exibiam várias cenas de canibalismo extremo, assim como nudez explícita. Mulheres eram despidas antes de serem torturadas, assassinadas e devoradas. O público vibrava com o caos sangrento na tela — cada cena de violência era celebrada com gritos e aplausos, igual a um gol do time de coração em final de campeonato.

Durante a exibição de *Zombie Holocaust*, os pensamentos de Duane vagavam para os verdadeiros médicos carniceiros que os trouxeram até aquela cidade. Assim como no filme, os algozes também teriam um fim sangrento.

O Incrível Show de Torturas também foi uma surpresa pelo tom exagerado e cômico. Ao contrário dos clássicos de Hollywood que Duane conhecia, o cinema podia trazer uma ousadia jamais imaginada. Frequentar as salas da 42nd Street trazia essa magia inédita.

Com as energias recarregadas, ao sair do cinema foram recepcionados por uma bela noite e por letreiros brilhantes em marquises com promessas imorais. Em busca de mais aventuras proibidas, rumaram em direção à 49th Street. Uma boate de *striptease* chamada Oásis da Fantasia garantia "Dançarinas totalmente nuas" e "Cabines interativas". Duane não fazia ideia do que seria uma cabine interativa, mas entrou mesmo assim, atraído pela curiosidade. A dançarina na vitrine com um biquíni minúsculo também teve participação para atiçar a vontade dele, chamando todos os pedestres com o dedo indicador e com os movimentos sensuais do quadril.

No interior do Oásis da Fantasia, a atendente informou que seriam necessárias notas de um dólar e moedas para as cabines. Duane trocou uma nota de vinte por cinco dólares em moedas e quinze notas de um. Em seguida, foi guiado por um corredor sinuoso repleto de portas.

Ele entrou em uma cabine vazia e fechou a porta atrás de si.

O cesto foi parar no chão, enquanto se acomodava na única cadeira disponível no espaço apertado, do tamanho de um armário. À frente, uma janela fechada operava apenas após o pagamento em moedas. Ao inserir a primeira moeda, a divisória subiu, revelando o tal Oásis.

Três dançarinas nuas estavam dispostas no centro de uma sala cercada por espelhos e luzes. As mulheres dançavam, rebolavam e acariciavam os próprios corpos para os olhares fixos dos clientes nas cabines ao redor. Durante um minuto inteiro, Duane ficou boquiaberto, observando toda a extensão daquelas curvas que não detinham uma peça de roupa sequer. Então a divisória desceu, tapando a visão.

Cinco moedas foram depositadas a fim de assegurar um tempo maior de apreciação. Foi quando percebeu uma abertura inferior na parede, onde notas de um dólar possibilitavam o "acesso interativo": uma divisória que permitia tocar nas dançarinas, caso elas estivessem ao alcance, por tempo limitado.

Uma ruiva deslumbrante se virou na direção de Duane, encarando-o com um olhar de puro desejo. Ingênuo como era, o rapaz acreditou haver algum interesse real nele, e não no dinheiro dentro do bolso dele.

Não consigo enxergar.

"Segura aí."

Duane inseriu uma nota de um dólar, e a divisória inferior deslizou para baixo. Do cesto no chão, Belial conseguia ver o corpo da dançarina, dos joelhos ao pescoço, enquanto caminhava cheia de erotismo em direção à janela.

Ao se aproximar, a mulher não desviou o olhar nem por um segundo, lambendo os lábios e acariciando os próprios seios. Quando percebeu que o ruivo era natural, tanto nos cabelos de cima quanto nos de baixo, Duane ficou ainda mais excitado.

A dançarina parou bem diante da janela. Nunca os irmãos Bradley estiveram tão próximos de uma mulher pelada. A divisória interativa voltou a se fechar, após o cronômetro de um minuto terminar.

Mais!

Duane logo desdobrou outra nota de um dólar e a inseriu na máquina. Assim que a nota foi sugada, a tampa do cesto se abriu, e Belial emergiu igual a um boneco tarado de uma caixinha de surpresas à manivela.

A mulher reparou no jovem nervoso do outro lado do vidro, porém, ao olhar para baixo, notou a mão monstruosa saindo da passagem interativa em direção a ela. Quando as ventosas que cobriam a palma roçaram no instrumento de trabalho dela, a dançarina recuou aos gritos. Com uma vergonha repentina, ela cobriu os seios e a virilha, trombando com outra dançarina e derrubando-a, fazendo a mulher cair nas mãos de um cliente.

A mão deformada se retraiu, e o rosto que surgiu no buraco interativo a fez gritar ainda mais alto.

Duane empurrou o irmão de volta para o cesto. Ele sabia que aquela confusão era culpa dele. Não tivera tempo de colocar uma nova tranca no cesto, o que permitia a Belial sair quando bem entendesse — ou sempre que perdesse o autocontrole.

"Mas que droga, Belial. Você não pode encostar nas dançarinas."

Posso, sim, vão achar que é você.

"Tá, sei disso... mas não dá pra assustar as mulheres desse jeito." Duane saiu às pressas da cabine do Oásis da Fantasia, antes que algum segurança ou funcionário resolvesse segui-los.

"Pronto, agora não dá mais pra voltar lá."

Algo longe de ser um problema, considerando que tinham à disposição o maior mercado sexual do país para se deleitarem.

•   •   •

Antes de retornarem ao hotel, fizeram mais três paradas. A primeira foi no Show World Center, um empório erótico de três andares com diversos brinquedos sexuais. Uma das paredes era dedicada apenas a consolos e vibradores, de todos os formatos, tamanhos e cores.

Com o cesto à frente, Duane caminhou devagar pela parede. Em certo momento, recebeu a instrução aguardada.

Ali. Na terceira prateleira de baixo.

O brinquedo de borracha indicado tinha dezoito centímetros e engrossava no meio. Também era o mais rosa de todos, uma coloração forte demais para parecer com qualquer tom de pele.

Belial amava a cor rosa.

Duane fez a compra. Adquirir brinquedos sexuais para o irmão era algo comum para ele.

A segunda parada foi em uma loja de ferramentas, onde compraram um novo trinco, um cadeado e uma chave de fenda.

A última parada ocorreu no Fatia de Ouro, a primeira pizzaria da viagem. O pedido foi de três pizzas gigantes de calabresa.

Quando retornaram à recepção do hotel, Duane deu de cara com Gus, o Professor e Lou Sacana — os Três Patetas de Nova York. O rapaz acenou para o grupo com a cabeça e subiu as escadas sem abrir a boca.

"Me dá um pedaço aí!", gritou Lou Sacana, sempre buscando uma oportunidade para tirar vantagem de alguém.

O que é seu tá guardado, pensou Belial para si, pois não queria atrapalhar a concentração de Duane.

A expressão de Gus carregava a dúvida mais óbvia de todas: "Como aquele garoto magrela conseguia comer tanto?". Será que o rapaz alimentava um bichinho de estimação... talvez um leão?

De volta ao quarto sete, Duane devorou três fatias generosas, o que correspondia a um quarto da pizza nova-iorquina. Todo o resto ficou para Belial.

O gêmeo amava pizza de calabresa.

Depois de comerem, Duane aparafusou o novo trinco no cesto de Belial, mas achou melhor deixá-lo destrancado por aquela noite.

"Prontinho. Um trinco novo em folha", informou, orgulhoso de si.

O rapaz imitou o hábito do irmão de ir dormir logo após o jantar. Já Belial desejava ficar acordado até tarde. E, assim que o rapaz começou a roncar, o gêmeo provou a segunda dose de cocaína da vida. O frasco estava escondido entre o colchão e o estrado da cama, longe dos olhos de Duane. A bunda não poderia servir de esconderijo para sempre.

Não demorou para o pênis ficar excitado, ainda mais com a lembrança da mulher pelada ao próprio alcance mais cedo. A dançarina esteve tão perto que dava para sentir o cheiro dela. Fora de controle, Belial decidiu experimentar o consolo novo e começou a folhear as páginas da *Cara Gozada*. No entanto, acabou empolgado demais naquela noite.

No fim das contas, Duane mal conseguiu dormir. O barulho da cômoda balançando o manteve acordado a noite inteira.

11

Duane acordou na quinta-feira com um novo plano em mente.

"A gente precisa voltar e procurar por uma agenda antes que façam uma limpeza completa no consultório do Needleman."

Já procurei por isso.

"Eu sei, mas a gente pode olhar juntos."

Bem capaz que não tenha nada.

"Eu sei, mas vale o risco. Não dá pra voltar para casa até darmos um jeito na Kutter."

A gente vai encontrar essa mulher.

Duane queria ter a mesma confiança do irmão. E se nunca a encontrassem? E se a médica já tivesse morrido na última década? Seria um misto de alívio com decepção. Se fosse o caso, torcia para que tivesse sido uma morte muito sofrida.

Só pensava no impacto positivo que aqueles três assassinatos trariam ao mundo.

Em vez de aguardar até a noite para sair quando tudo estivesse escuro, decidiram partir logo. Cada minuto que passava diminuía as chances de os pertences de Needleman ainda estarem no lugar. E eles não tinham a menor ideia de onde o médico morava, ao contrário de Pillsbury.

Assim como na primeira consulta, chegaram ao consultório pouco depois do meio-dia. Se houvesse algum carro de polícia estacionado perto do prédio, Duane teria visto, o que não ocorreu. Antes de entrarem na recepção, ele destrancou o cadeado do cesto. Dessa vez, nenhum indivíduo dormia na escadaria — ainda bem, pois Duane poderia amarelar se encontrasse alguém. Os dois subiram a escada sem serem notados.

O segundo andar estava vazio. O rapaz avançou com cuidado pelo corredor, preparado caso alguma porta se abrisse e arruinasse os planos. Nada aconteceu. Encontraram a porta do consultório do dr. Needleman exatamente como Belial a deixara. O batente da porta estava com um X de fitas amarelas com a inscrição "Cena de Crime". Uma delas havia se soltado de um lado, balançando na vertical, com espaço suficiente para que Duane passasse encolhido com o cesto.

A recepção ainda estava um caos, com a porta arrebentada escorada contra a parede interna. Nada parecia ter sido removido dali até então.

Foi quando Duane entrou no consultório de Needleman que as coisas desandaram de vez.

O tenente Ronnie Conrad era investigador da Unidade de Combate ao Crime Organizado e às Gangues da polícia de Nova York desde o começo dos anos 1970, tendo enfrentado uma década marcada por níveis extremos de violência na cidade. Em apenas dois anos da nova década, o homem já podia afirmar, sem sombra de dúvidas, que viviam em tempos ainda mais difíceis.

Aquele caso era um exemplo perfeito.

Conrad lidara com diversos assassinatos de grande repercussão e execuções típicas de gangues. Em geral, os casos envolviam tiros, gargantas degoladas e corpos incinerados. Mas aquela morte fugia por completo do habitual.

A violência no assassinato de Needleman era diferente de tudo que havia testemunhado até então. Talvez fosse preciso chamar o controle de animais, pois o homem parecia ter sido dilacerado por um urso-pardo. Nem mesmo um urso seria capaz das atrocidades presentes ali.

Em certo momento, forçaram Needleman a engolir as próprias entranhas. Aquele tipo de atitude não poderia ser um acidente, e havia a possibilidade de carregar algum simbolismo. Além disso, encontrou indícios do uso de uma dúzia de agulhas grandes. Os demais ferimentos davam a impressão de que o médico fora despedaçado por um mamífero de grande porte com garras enormes. A porta de entrada apresentava marcas que confirmavam a hipótese. As lacerações na porta e no corpo de Needleman eram idênticas às deixadas por garras em árvores florestais.

Na juventude, o tenente adquiriu certo conhecimento sobre ursos, já que o pai dele havia atuado como guarda-florestal nas Montanhas Apalaches. O patriarca levava o trabalho e os perigos da natureza tão a sério que não parava de falar a respeito, sempre mostrando ao filho nas florestas as marcas deixadas por garras. Apesar disso, nunca chegou a ver um único urso em toda a vida.

Talvez a escolha de carreira na cidade mais movimentada do país fosse, de certa forma, um espelho da do pai, já que ambos enfrentavam criaturas perigosas e letais nos respectivos territórios. *Da selva natural para a selva de pedra*, pensou, embora nem os Apalaches ou Nova York fossem tecnicamente selvas.

A morte naquele consultório era tão grotesca que poderia entrar para o livro dos recordes. O tenente tinha propriedade para tal afirmação, pois andava reunindo vários estudos de caso com esse propósito. Em breve, finalizaria o próprio livro sobre os assassinatos da máfia mais macabros de Nova York — o que explicava por que havia se enfiado na investigação do homicídio de um médico de quinta categoria. Havia uma história ali, e ele suspeitava se tratar de uma das mais sinistras.

Talvez a máfia não tivesse nenhum envolvimento naquele caso. Já havia feito o dever de casa e não encontrou nenhum elo entre Needleman e as cinco maiores famílias do crime que controlavam a cidade: Gambino, Bonanno, Genovese, Lucchese e Colombo. Agora, no consultório do médico, buscava pistas que pudessem lançar alguma luz sobre aquele caos todo.

Além disso, queria solucionar o caso antes que os federais assumissem. Nunca havia visto um consultório médico tão parecido com um chiqueiro, e precisou remexer em tudo à procura de pistas — ainda mais se fosse uma agenda ou um Rolodex com os contatos de Needleman.

Conrad ergueu os olhos do monte de tralha atrás da mesa e encontrou um jovem magricela parado na porta do consultório. O rapaz segurava um grande cesto de vime e tinha uma expressão de surpresa estampada no rosto. O tenente se endireitou.

"Você faz parte da minha equipe de limpeza?", interrogou ele.

"É... claro", respondeu o jovem rapaz.

"Isso daí na sua mão é o material de limpeza?", prosseguiu o tenente, indicando o cesto com um movimento de cabeça.

"É... é meu material de limpeza."

Ele está armado.

Duane notou a arma no coldre do homem. Era um policial.

"Eu não tenho uma equipe de limpeza", informou Conrad, notando o rosto do jovem ficar pálido. Nesse instante, o garoto com o cesto se virou e saiu correndo.

"Parado aí! Isso é uma ordem!"

O tenente tentou persegui-lo. Ao chegar à recepção do consultório, o rapaz já havia sumido, deixando para trás a fita policial pendurada no batente. O homem atravessou as tiras de fita remanescentes enquanto corria para o corredor.

À esquerda, tudo vazio. Ao olhar para a direita, viu a porta da escada dos fundos se fechar. O tenente correu até lá e entrou na escadaria.

O jovem com o cesto estava parado ali, esperando com toda a calma. Talvez a consciência houvesse decidido cooperar com a lei, afinal.

A tampa do cesto se abriu, e alguma *coisa* surgiu dali. Conrad pôde ver as mãos enormes com garrafas afiadas.

Então esse é o meu urso, pensou consigo.

A explicação para a história bizarra que vinha tentando encontrar estava naquela bolota de carne deformada e furiosa. Quando os olhos dele se cruzaram com os da criatura, percebeu se tratar de um ser com uma inteligência cruel. Nesse instante, o tenente soube que estava fodido e na merda.

A criatura saltou para fora do cesto, avançando direto para o rosto dele, enquanto as garras se cravavam na parte de trás da cabeça. O homem tentou agarrá-lo e puxá-lo para longe, mas o monstro tinha uma pegada muito forte — além de letal, temia ele.

Ao buscar a arma, descobriu que o coldre estava vazio. Não teve tempo para perceber o jovem pegando a pistola dele, que agora estava apontada em sua direção.

Duane não tinha a menor intenção de atirar. Um disparo dentro do prédio só chamaria ainda mais a atenção do que os gritos do sujeito na escadaria. Além disso, nunca havia usado uma arma na vida e não podia arriscar alvejar o irmão por acidente.

A fúria desenfreada de Belial desencadeou outro orgasmo-sanguinário em Duane, levando-o a derrubar a arma no chão. O rapaz se virou para a parede, pronto para desferir um soco, porém, ao notar os curativos nos dedos, hesitou no último instante. A agressividade precisava ser canalizada de algum jeito, então socou o próprio estômago com o outro punho, curvando-se de dor em seguida.

Belial esmagou o crânio do policial com as mãos. O grito do homem foi interrompido quando a garganta ficou obstruída. Sangue começou a escorrer da boca, do nariz e dos olhos. Belial começou a torcer a cabeça com força até completar uma volta, então girou um pouco mais. A pele do pescoço foi rasgando, e a cabeça acabou separada do corpo.

Belial jogou a cabeça longe, que rodou até o pé da escada. Quando abandonou o torso decapitado, as mãos do tenente ainda se moviam, tentando em vão alcançar a cabeça perdida.

Duane tentou escapar do chafariz de sangue que jorrava do pescoço decepado, no entanto vários esguichos mancharam a jaqueta e a camisa dele. Quando o corpo por fim caiu, deslizou alguns degraus antes de ficar preso na escada.

A morte de Conrad daria um belo capítulo para o livro dele sobre assassinatos macabros, mas o tenente nunca saberia.

"Sinto muito que você teve que fazer isso", afirmou Duane para o irmão.

A gente não tinha escolha.

Duane sabia que Belial tinha razão. Enquanto o maior risco para ele era perder a liberdade, o gêmeo poderia perder a própria vida. Muitos adorariam acabar com a existência dele: aquele pequeno ser, deformado e louco, como se fosse um mutante em uma missão de assassinatos violentos.

O próximo passo exigiria uma força que Duane nem sabia se possuía. No caso dos médicos, os corpos foram deixados no local onde morreram. Não havia necessidade de escondê-los. Contudo, com o cadáver do detetive, seria preciso sujar as próprias mãos.

Com muito cuidado, Duane desceu os degraus cobertos de sangue, passando por cima do policial e agarrando-o pelo tornozelo para arrastá-lo até o térreo. Cabeça e pescoço foram reunidos ao pé da escada.

Duane abriu a porta e espiou o beco para garantir que estava limpo. Ao encontrar um tijolo no chão, o chutou para manter a porta aberta. Arrastou o corpo até a lixeira, levantou a tampa e jogou o cadáver lá dentro. Durante o processo, a jaqueta ficou ainda mais manchada de sangue, e algumas gotas caíram na calça.

Depois de voltar apressado para o prédio, saiu de novo para o beco, segurando a cabeça decepada do policial pelos cabelos. O nojo era tamanho que os olhos semicerrados mal enxergavam a cena. Assim que jogou a cabeça na lixeira, o corpo inteiro foi tomado por um arrepio de refluxo.

Uma terceira viagem foi necessária para se livrar da arma do homem. Embora fossem assassinos, nenhum dos dois queria qualquer envolvimento com armas de fogo. De qualquer forma, o dedo de Belial nem caberia no gatilho. A pistola foi descartada junto ao cadáver.

A tampa da lixeira desceu com todo o cuidado do mundo. Havia dúzias de janelas com vista para o beco, então seria impossível saber quantas pessoas poderiam servir como testemunhas para o crime de ocultação de cadáver. Duane correu de volta para dentro e fechou a porta.

As paredes e os degraus da escadaria estavam lambuzados de sangue; limpar aquela bagunça estava fora de questão. Quando chegou ao segundo andar, viu que Belial retornara para dentro do cesto, fechando a tampa sobre si, pronto para o caso de mais alguém aparecer.

"A gente tem que ir."

Vamos dar uma olhada primeiro.

Com o policial fora do caminho e ninguém de olho naquela confusão, Duane percebeu que o irmão estava certo. Se queriam encontrar a dra. Kutter, precisavam correr o risco.

"Tá bom, vamos nessa."

Ao abrir a porta para o corredor, verificaram que ainda estavam sozinhos. Duane apressou-se de volta ao consultório, passando pela fita policial caída. Desta vez, trabalhariam juntos para cobrir mais terreno. Dentro da sala de Needleman, o cesto foi aberto.

"Você procura por aqui enquanto eu dou uma olhada na recepção." Tarefas divididas, agora poderiam cobrir o dobro do terreno. Ainda assim, a busca se mostrou infrutífera. Não encontraram agenda ou informação alguma sobre a dra. Kutter. Após quinze minutos de busca que mais pareceram uma eternidade, Duane voltou à sala do médico.

"Encontrou alguma coisa?"

Nada.

"Não tem nada aqui. Melhor a gente ir embora."

Duane colocou Belial de volta ao cesto, e os dois deixaram o prédio pela escadaria dos fundos, que agora mais parecia uma piscina de sangue.

Ninguém viu Duane entrar ou sair do edifício naquele dia. Antes de sair, virou a jaqueta do avesso, deixando a camisa ainda mais suja, mas servindo para disfarçar a maior parte do sangue. Quanto às evidências restantes, alguns cúmplices involuntários acabaram surgindo mais tarde.

Hugo Berilo, o zelador, era um imigrante ilegal da Guatemala. Quando encontrou a escadaria ensanguentada, a última opção foi chamar a polícia ou avisar o dono do prédio. Sem corpo ou vítima, não havia o que reportar. O sangue poderia ser limpo por ele — e não seria a primeira vez.

A escadaria foi esfregada por inteiro, um serviço que exigiu uma hora extra de trabalho naquela noite. Até aí, não havia o menor problema, pois o zelador gostava de receber o valor adicional. Quando jogou o lixo na lixeira, a escuridão ajudou a ocultar o corpo sobre o qual os sacos caíram.

Logo no início da manhã seguinte, o caminhão de lixo esvaziou a lixeira, levando todos os resíduos — humanos e não humanos. O fim do policial aconteceu no compactador do caminhão. A cabeça e o corpo foram pressionados com tanta força que acabaram unidos outra vez.

Visto que o tenente Ronnie Conrad não contara a ninguém sobre a investigação naquele dia, não havia pistas que o ligassem ao antigo consultório do dr. Needleman. O corpo dele nunca foi encontrado, tornando-se apenas mais um dos incontáveis casos arquivados da cidade. Mais um pobre coitado a desaparecer da face da Terra. Levando em consideração o trabalho contra o crime organizado, todos presumiram que a máfia fora responsável pelo sumiço — algo comum na rotina daqueles que o conheciam.

Mas que bela ideia idiota, pensou Duane ao refletir um pouco sobre o próprio plano. Deveria ter confiado em Belial quando ele lhe avisou que não havia agenda. Para fugirem, foi preciso matar um inocente.

Seria um restante de dia pesado, lidando com toda a raiva que os consumia e uma dose adicional de culpa — ao menos, para Duane. Se Belial sentia remorso ou não pelo assassinato de alguém sem culpa, não cabia a ele dizer. Melhor nem saber.

Não havia o menor arrependimento em Belial pela morte do policial. O estrago que uma arma de fogo poderia causar era tremendo. Ele fez o que precisava ser feito para garantir a própria proteção e a do irmão. Matar não passou de uma necessidade.

Voltaram para o hotel sem mais problemas, o que não significava que chegaram despercebidos. Doris acenou com a cabeça para Duane e resmungou de trás do balcão como de costume, a forma habitual de cumprimento. O jovem respondeu com um aceno rápido, carregando na expressão um ar de culpa, conforme apressava o passo para subir as escadas.

Embora houvesse visto Duane por apenas um instante, Doris notou alguns detalhes intrigantes. A jaqueta estava virada do avesso. Havia gotas recentes de algo vermelho na calça, que, aos olhos da mulher, parecia sangue. E, claro, tinha aquele cesto misterioso que o rapaz carregava para todos os lados, como se fosse uma extensão do próprio corpo. Os detalhes foram acrescentados à lista mental que Doris mantinha sobre o hóspede do quarto sete no terceiro andar.

Depois de se limparem, Duane lavou o cesto. No entanto, ainda havia algumas evidências para cuidar; as roupas precisavam ir para a lavanderia. Apesar do forte cheiro de naftalina, vestiu as peças de segunda mão que comprara no dia anterior, colocando o resto na mochila com as toalhas sujas.

Localizada na 47th Street, a Lavanderia Saúde era a mais próxima do hotel, a apenas dez minutos a pé. Ao atravessar a porta, Duane percebeu que era a primeira vez dele naquele tipo de comércio. Em casa, sempre usara a área de serviço para lavar as roupas, sem o auxílio de ninguém. Belial não usava roupas, e as garras rasgariam qualquer peça que tentasse segurar. Naquele dia, o irmão estava ali apenas para fazer companhia.

O rapaz escolheu uma máquina disponível ao lado de uma senhora judia, que murmurava alguma coisa em iídiche para si mesma. Ela arrastava um cesto de roupa suja pela enorme fileira de máquinas, ocupando quatro ao mesmo tempo. Tinha a coluna tão torta que só conseguia se locomover encurvada para a frente, igual a um corcunda.

Ela também é uma aberração.

Se Belial estava certo ou não, Duane não saberia afirmar. A idosa acabou sendo útil, servindo de modelo para que aprendesse a comprar sabão em pó e a usar a máquina de lavar.

Quem sabe ela não tenha uma irmã gêmea no cesto?

Depois de colocar toda a roupa na máquina, Duane foi até uma caixa de jornais na rua e comprou a edição do dia. O cesto o acompanhou por todo o trajeto, sem a menor chance de alguém tentar surrupiá-lo, nem por um minuto.

O rapaz se sentou em uma cadeira vazia na lavanderia e começou a folhear o jornal. Próximo ao fim da seção de notícias locais, encontrou a manchete que buscava:

"Corpo de médico assassinado é encontrado em Manhattan".

A matéria ocupava apenas um quarto de coluna e pouco tinha a oferecer de relevante, além do fato de que o dr. Harold Needleman fora encontrado morto em seu consultório. A principal suspeita era de um caso de homicídio, e a polícia aceitava qualquer informação importante através dos canais de comunicação. Havia uma declaração do tenente Ronnie Conrad com a suspeita de uma possível ligação com o crime organizado. Duane dobrou o jornal, guardando-o na mochila para que Belial pudesse dar uma olhada depois.

Pegaram o jantar mais cedo na lanchonete do outro lado da rua. Nenhum dos dois estava com muita fome, então compraram apenas uma dúzia de hambúrgueres. Enquanto comiam no quarto do hotel, ouviram uma espécie de ruído no carpete. Algo havia sido empurrado por baixo da porta. Duane limpou os dedos gordurosos na colcha da cama e se levantou para ver o que era.

Uma revista havia sido empurrada pela soleira da porta, que logo foi encontrada por Duane. O título da revista era *Chuva de Porra*. Cada milímetro do corpo da modelo na capa estava encoberto por esperma pingando. As orelhas nas páginas indicavam que o material parecia já ter sido usado.

"Quem será que deixou isso aqui..."

O Professor.

O palpite de Belial era certeiro. A forma de andar de alguém era tão reconhecível para o gêmeo quanto a voz da pessoa.

Apesar de não ter solicitado, Duane folheou a revista pornô e ficou empolgado em apreciar o material mais tarde, colocando-a sobre a cômoda. O Professor tinha um gosto refinado para literatura.

Exausto pelo assassinato do dia, Duane foi para a cama cedo. Belial estava animado demais para dormir.

No meio da noite, o rapaz acordou excitado e curioso com a revista com que fora presenteado mais cedo. Ficou aliviado ao perceber que o irmão não zanzava pelo chão, além de ter fechado a tampa do cesto. Aquela era a placa dele de *Não Perturbe*.

Duane se levantou da cama, fazendo-a ranger, apesar dos esforços para ser o mais silencioso possível. Ao atravessar o cômodo, o chão também rangeu. Belial se manteve quieto.

De volta à cama, abriu a revista, abaixou a cueca e começou os trabalhos, tentando ao máximo não respirar muito alto ou lustrar a peça com muita força para não acordar o irmão.

Não havia motivos para se preocupar, pois Belial não estava no cesto.

Enquanto Duane dormia, o gêmeo escalou a janela e saiu para espiar outros quartos. Ao perceber que Casey não estava em casa, subiu até o quarto de Diana no andar de cima. Não era muito fácil espiar pela janela de um quarto compartilhado por três pessoas sem ser notado. Naquela noite, entretanto, Diana estava sozinha, as outras haviam saído para passear.

Os melões de Diana não eram tão suculentos quanto os de Casey ou Sharon, mas davam para o gasto. No momento em que espiava pela persiana, o tentáculo surgiu, seguido dos espinhos.

Enquanto Duane continuava a sovar a baguete no quarto, louco para incluir um pouco da própria garoa viscosa àquela Chuva de Porra, Belial roçava a ferramenta espinhosa contra os tijolos do prédio.

Os irmãos atingiram o clímax ao mesmo tempo.

12

A sexta-feira foi mais um dia nebuloso para Duane, que sofria as consequências de outra ressaca pós-assassinato. Dessa vez, havia sangue nas próprias mãos. Ele e o irmão dividiam a responsabilidade pelo homicídio. Tirar uma vida era exaustivo, e assim deveria ser. Afinal, se não fosse, o mundo estaria repleto de matanças por todos os lados.

Faltava apenas mais uma morte, então poderiam voltar às vidinhas de sempre como os bons rapazes que sempre foram.

O dia prometia ser entediante. Até o momento, estivera procurando a dra. Kutter em alguma clínica particular que levasse o nome dela, porém, ela poderia ser apenas mais uma profissional perdida na multidão de médicos nos grandes hospitais da cidade.

A lista telefônica comercial se provou útil mais uma vez para organizar uma relação de hospitais e clínicas para investigar. O sol forte lá fora transformava o quarto em um forno abafado, mas Duane permaneceu concentrado na pesquisa, sem reclamar.

Belial fervia de raiva e de calor. Acabar com os dois primeiros médicos fora tão satisfatório, tão necessário, que a demora em encontrar Kutter o frustrava. A ânsia por justiça era maior do que a vontade de macarronada com almôndegas.

Enfim saíram no meio da tarde e rumaram para a cabine telefônica, passando na birosca para comprar um refrigerante de lata e trocar cinco dólares por moedas. Acabaram trocando o forno do quarto de hotel por uma cabine de banho-maria ainda mais desconfortável.

Duane ligou de hospital em hospital da lista, sempre perguntando se alguma dra. Kutter — com K, não C — trabalhava lá. Após alguns minutos de espera, ouvia a mesma resposta repetidas vezes, de que não havia nenhuma médica com aquele nome na equipe. Um atendente mencionou um médico, com a letra C. Mas a carniceira particular dele era uma mulher, disso ele se lembrava com absoluta clareza.

É impossível esquecer de seus torturadores.

Algumas pessoas perdiam a paciência na fila fora da cabine, gritando várias vezes para que ele saísse logo com o cesto. Horas depois, quando por fim contatou todos os hospitais na lista, o refrigerante já havia acabado, a boca estava seca e uma dor de cabeça lhe martelava o crânio. Para piorar a situação, não havia a menor pista sobre a dra. Kutter para compensar todo o sufoco.

"Vamos encerrar por hoje."

Tô com sede.

"Eu também."

Os dois pararam na birosca no caminho de volta para pegar outro galão de água e um suco de frutas. O caixa ofereceu bebida alcoólica, mas ele recusou. Duane evitara o álcool de forma ferrenha durante toda a vida, não querendo ficar fora de si enquanto cuidava do irmão. Era arriscado demais. Se ficasse embriagado, o gêmeo também ficaria? Nunca havia testado a teoria, mas talvez a testasse em breve.

Além do mais, estavam na cidade perfeita para descobrir novas experiências.

Eles não conseguiam ficar no quarto por muito tempo, ainda mais em uma sexta-feira à noite. Decidiram assistir a uma sessão dupla mais tradicional no Empire Theatre, um cinema do tipo respeitável — sim, ainda existia esse tipo de comércio por ali. A sessão dupla da noite consistia nos filmes *Porky's — A Casa do Amor e do Riso* e *A Little Sex*, duas comédias adultas de Hollywood.

Porky's era a pura diversão desbocada, com diversas mulheres pagando peitinho, e Duane pôde ver Belial tão feliz quanto criança em loja de doce. Já o segundo filme era, no melhor dos cenários, apenas razoável. Apesar do título já informar que havia *Little* na quantidade de sexo, não imaginou que seria tão pouco assim. Depois dos últimos filmes, o apetite de ambos por entretenimento mais provocativo só aumentava. Por mais que esses dois filmes fossem considerados ousados em Glens Falls, no contexto de Nova York, eram incrivelmente comportados. Por que tanta decência quando se podia liberar geral?

O cinema hollywoodiano estava perdendo força se comparado aos atuais filmes pornográficos e independentes de outros países. O dinheiro gasto ali seria um investimento muito melhor no The Liberty. As produções milionárias não se comparavam aos filmes B.

Após as sessões de cinema, pararam na lanchonete de sempre durante o caminho de volta. Talvez instigado pela cena do bilau em *Porky's*, Belial sentiu vontade de comer cachorro-quente. Pediram 22 cachorros-quentes simples, apenas a salsicha e o pão, conforme a preferência de Belial, pois para ele molhos amargavam o sabor natural e estragavam tudo. Por consequência, Duane também passou a preferir o cachorro-quente simples, e comeu dois no quarto do hotel. O gosto dos irmãos não era apenas parecido, era idêntico.

Naquela noite, Duane teve dificuldade para dormir dividido entre o silêncio desconfortável no quarto e o barulho incessante lá fora. O zumbido da placa de néon parecia mais alto a cada dia, ou talvez a própria paciência estivesse no fim. Se fossem mesmo ficar mais uma semana — algo que parecia provável após falharem em encontrar a dra Kutter —, ele precisaria arrumar um rádio ou uma televisão de segunda mão. Em casa, costumava dormir assistindo à TV e agora começava a sentir falta do barulho noturno para cochilar.

Assim que Duane pegou no sono, Belial saiu do cesto. Seguindo até a cama, enfiou a mão com cuidado embaixo do colchão para retirar o compartimento secreto. Dentro do banheiro, mandou uma carreirinha de cocaína nariz adentro, tomando cuidado para o irmão não perceber. Em seguida, guardou outra vez o frasco debaixo do colchão.

Belial foi até o parapeito da janela, onde ficou observando a cidade cheia de vida à noite, com a vontade de sair e explorar mais a variedade de cinemas, clubes de *striptease* e *sex shops*. Tinha um apreço especial pelo Cine Pussycat, superando até mesmo o de Duane. Pouco importava os pingolins sendo surrados por todos os cantos, porque o sexo na tela grande era colossal. Se ao menos pudesse escalar aquele telão e dar uma lambida em um daqueles melões gigantescos...

Belial escutava com atenção os sons dos quartos preferidos daquele lado do prédio. Casey estava animada, conversando com um homem de voz grave chamado Zorro. Várias gargalhadas explodiam com frequência de lá. No andar de cima, Diana havia saído com a turma para aproveitar a noite.

Pela primeira vez, escalou a parede até o telhado. O local não tinha nada de interessante, apenas dutos de ar e merda de pombo. O ponto positivo foi encontrar uma vista ainda mais impressionante da cidade. Belial deu a volta completa no telhado para absorver cada detalhe da paisagem urbana, sentindo-se como King Kong no topo do Empire State — outro de sua galeria de "monstros" incompreendidos. Com sorte, o destino dele não seria a mesma queda trágica que o pobre macaco gigante sofreu.

Belial explorou as janelas do prédio de frente para o beco. A maioria dos quartos estava às escuras, o que não era surpreendente. Afinal, era uma sexta-feira à noite na cidade — quem gostaria de ficar preso em um hotel caindo aos pedaços?

A janela de um dos quartos estava com as cortinas levantadas cerca de um palmo. Ao espiar um pouco, encontrou Josephine, a mulher excêntrica que adorava inventar histórias. O vestido dela valorizava o decote generoso. Toda vez que a mulher se inclinava, os peitos balançavam para a frente e para trás como um pêndulo, aumentando ainda mais o tesão de Belial e chamando seu Malaquias para dar um olá.

Quando Josephine se virou para a janela, uma expressão de pavor se instaurou no rosto dela.

Um par de olhos a espiava por debaixo da cortina.

Belial também congelou de susto. Os dois se encararam por um instante. Em um reflexo automático, o pênis ereto se retraiu para dentro do corpo como se fosse uma mola.

Josephine correu para a janela, puxando a cortina para cima de vez.

O espião não estava mais lá.

"Eu vi você!", berrou ela, abrindo a janela e colocando a cabeça para fora. Não havia ninguém à vista na escada de incêndio. Olhando para cima, em direção aos degraus superiores, também não encontrou nada.

Belial já havia subido para o telhado um segundo antes de ser descoberto, quando ouviu Josephine falando sozinha com o vazio da noite: "Volta aqui!".

Ele aguardou até ouvir o som da janela sendo fechada antes de espiar pela lateral do prédio. Não viu Josephine inclinada ou tentando subir a escada para encontrá-lo. Da próxima vez, precisaria ser mais cuidadoso ao espiá-la. Não seria a última vez que veria aqueles pêndulos balançando dentro do quarto.

Uma movimentação no beco chamou a atenção. Gus estava passeando com um poodle. Havia algo naquele pequeno cachorro branco e peludo que o fascinava. Belial observou enquanto o animal se agachava duas vezes para fazer xixi. Quando caminhava, aquele bumbum felpudo balançava pra lá e pra cá... pra lá e pra cá...

A droga na corrente sanguínea dificultava o controle dos impulsos sexuais. Ele tinha clara noção de que perder o autocontrole poderia resultar em um desastre. Como poderia prever o efeito daquele narcótico estimulante com uma biologia tão peculiar como a dele? Na cabeça de Belial, a voz de Rick James começou a cantar — *Super Freak... Super Freak...*

O pênis saltou para fora outra vez, mais ávido do que nunca.

A programação de sábado dependia do telefonema para Sharon. Duane avisou para Belial que sairia para fazer compras, e não era mentira, mas a ligação se manteve em segredo. Se a garota aceitasse sair, talvez precisasse ficar fora até mais tarde e inventaria uma desculpa para o irmão ao retornar.

Dentro da cabine telefônica de esquina, o rapaz discou o número de Sharon. Ao contrário da última vez, ela não estava chorando quando atendeu, o que foi um alívio.

"Alô."

"Oi, Sharon. É o Duane."

"Duane! Fico feliz que você ligou." O rapaz sorriu ao perceber que o entusiasmo na voz era sincero. Pela primeira vez, Duane se sentiu especial por uma garota estar feliz com a ligação dele. "Achei que você já tinha saído da cidade."

"Que nada, ainda tô por aqui. Pelo menos por mais alguns dias."

"Ótimo! Mas afinal... o que você tá fazendo em Nova York?"

"Visitando um parente."

"Ah, que maravilha. Que parente?"

"Meu irmão", respondeu, arrependendo-se no mesmo instante. A meia-verdade escapou antes que pudesse pensar melhor. Agora, precisava mudar de assunto.

"A investigação do Needleman teve algum avanço?" Por mais que desejasse evitar o assunto, Duane também estava ansioso para saber se a polícia tinha qualquer pista ou suspeito.

"Não que eu saiba. A polícia só comentou comigo que iria atrás da lista de pacientes daquele dia para fazer algumas perguntas."

Aquela era uma notícia preocupante, mas não inesperada. O que aconteceria quando tentassem ligar para Duane Smith e descobrissem que o número de telefone e o endereço eram falsos? Chegariam a entrar em contato com Sharon outra vez para perguntar se ela se recordava do paciente?

Naquele instante, sentiu uma vontade enorme de desligar e nunca mais falar com a moça, cortando o último vínculo que o ligava ao dr. Needleman. No entanto, ao contrário dos médicos que não viam problema de sair operando outros por aí, ele não poderia apenas cortá-la da própria vida. Ele gostou dela de verdade. E, para ser bem honesto, Duane queria continuar colado na moça.

"Como tá indo a busca por emprego?", perguntou, mudando de assunto outra vez e torcendo por boas notícias.

"Tudo certo. Bem, mais ou menos certo. Arrumei um trabalho temporário através de uma agência de empregos para a próxima semana, mas é só meio período pela manhã. A remuneração não é grande coisa, ainda mais depois de ter perdido dois dias na semana passada. Nem sei como vou pagar o aluguel do mês que vem."

"Sinto muito", lamentou Duane, com desgosto. Parte das dificuldades da garota era por culpa dele. Talvez devesse ajudá-la com algumas contas, já que tinha responsabilidade naquilo.

"Mas tenho outra coisa engatilhada", acrescentou ela, animada. "Promete que não vai rir da minha cara?"

"Prometo", afirmou Duane, torcendo para não descumprir a promessa.

"Tenho uma banda. A gente deu uma pausa, mas depois de perder o emprego, tô pensando em reunir a galera de novo."

"Nossa, uma banda? Que incrível. Você toca qual instrumento?"

"Minha garganta! Sou a vocalista."

Duane ficou impressionado. Não havia o menor motivo para dar risada.

"Qual o nome da banda?"

Um silêncio do outro lado da linha prenunciou a resposta de Sharon: "Tretas e Tetas".

Duane quase soltou uma gargalhada, mas conseguiu segurá-la a tempo.

"Sério? Uau. Qual estilo de música vocês tocam?"

"A gente é uma banda de punk rock. Você gosta de música punk?", perguntou.

"Humm, claro", respondeu Duane, sem nem ter certeza do que se tratava a música punk. Já ouvira alguma coisa sobre bandas como Sex Pistols e Ramones, mas não se lembrava de escutar uma música desses grupos no rádio. A televisão sempre retratava os punks como a nova geração de Hells Angels.

Duane teve dificuldade de imaginar a recepcionista bonita e comportada andando com gente como Johnny Rotten, ou cantando em uma banda com gente que usava alfinetes como piercing de nariz.

"Vamos fazer um show na próxima sexta-feira, no Palladium. Tudo bem que nossa banda é só uma das três que vão abrir o evento, mas ainda assim, é o Palladium! Um amigo conseguiu colocar a gente de última hora. Se você ainda estiver pela cidade e quiser ir, posso te colocar na lista de convidados."

"Mas é claro, se eu ainda estiver por aqui. Seria bem legal."

"Excelente."

Agora, era a vez de Duane dar o primeiro passo.

"Você tá a fim de fazer algo hoje?"

"Ah, eu estaria, sim, Duane, mas preciso ensaiar com o pessoal, e devemos ir até tarde. A banda tá meio enferrujada, precisamos voltar à ativa. Mas o que você acha de amanhã? Sei que é a Páscoa, mas se você não tiver nenhum plano..."

Embora já tivesse planejado algo especial para o domingo de Páscoa, daria um jeito de encontrar tempo para a garota.

"Claro, seria uma maravilha."

"Fantástico! Por que você não passa aqui em casa por volta de meio-dia?"

"Tudo bem por mim."

"Então anota meu endereço. Tem papel e caneta?"

Duane pegou a caneta e o pedaço de papel que trouxera por aquele exato motivo.

"Sim, pode falar."

Depois de anotar o endereço, ouviu a explicação de que para chegar lá pegaria a mesma linha de metrô do antigo consultório de Needleman. O apartamento ficava algumas estações à frente.

"Mal posso esperar por amanhã", anunciou a garota, animada.

"A-hã, eu também! Te vejo amanhã."

"Tchauzinho, Duane."

"Tchau."

Quando desligou o telefone, estava com um sorriso de orelha a orelha por ter o primeiro encontro. E com uma garota. No dia de amanhã. Só de pensar, o coração batia mais forte. O irmão perceberia quando Duane voltasse para casa? Por enquanto, não tinha a menor intenção de compartilhar o compromisso com Belial. Sentia um pouco de culpa, mas o entusiasmo sufocava qualquer consciência pesada.

Nos malabares da vida, não seria fácil equilibrar os planos de Páscoa com Belial e o encontro com Sharon. Com sorte, não decepcionaria ninguém e nem quebraria algum ovo.

●　　●　　●

Duane não era o único com um sorriso ao desligar o telefone. Sharon também estava radiante — e por que não estaria? Depois de uma semana estressante, algo especial havia acontecido: um encontro marcado, o primeiro depois de meses.

Já fazia alguns anos desde o último relacionamento, e a decisão de permanecer solteira era intencional. Perto do fim de seus vinte anos, queria encontrar o próprio caminho antes de adicionar um homem na equação. Os encontros, que costumavam ser frequentes, diminuíram de uma frequência mensal para apenas dois no último ano. Todavia, isso não a incomodava. Pelo contrário, a independência era mais do que bem-vinda.

Quanto ao tipo ideal de cara, não havia um exato. Talvez ainda não houvesse encontrado um tipo predileto. Embora passasse boa parte do tempo em bares punks, costumava evitar os rockeiros do gênero. Podiam até ser bonitinhos, mas eram muito problemáticos. Bastava olhar para Sid Vicious, do Sex Pistols, e Darby Crash, do The Germs, que perderam o rumo e se destruíram nos últimos anos. Nem a pau que ela seria a namorada de alguém assim.

Como vocalista e líder de uma banda de punk rock — Tretas e Tetas, nome que ela mesma havia criado —, Sharon costumava escrever letras e cantar com tanta ferocidade que os homens se assustavam. Não tinha papas na língua. *Bocuda demais*, ouvira certa vez — melhor do que bocuda de menos. Quanto aos homens mais normais, fora do mundo do rock, era comum o clima azedar no instante em que tirava a peruca loira, revelando o cabelo curto, espetado e tingido de verde.

Apesar de nunca ter lançado um *single* ou álbum, Tretas e Tetas detinha uma forte reputação no cenário musical. Após um ano e meio tocando por aí, a instabilidade de shows esporádicos se tornou tão desgastante que Sharon deu uma pausa na banda para tentar um emprego normal.

Com o fim do trabalho estável, a garota voltou a depender de shows ao vivo para obter renda. Foi só então que percebeu o quanto era respeitada — bastou um telefonema para garantir um lugar de destaque no Palladium. Após o hiato, podiam muito bem chamar a apresentação de um retorno da banda aos palcos.

Desde que começara a trabalhar para o dr. Needleman, Sharon havia se afastado das casas de show e focado em manter uma rotina normal. A intenção não era viver assim para sempre e, nos últimos dois meses, viu o consultório começar a desmoronar quando o doutor decidiu tirar folga nas quartas-feiras. O salário dela mal dava para pagar o aluguel do apartamento.

A recepcionista foi cortada do emprego quando o chefe foi cortado ao meio. Os poucos detalhes que ouviu sobre o caso eram tão horríveis que achou melhor fingir que não haviam acontecido, antes que se enraizassem e apodrecessem como um fungo em sua mente.

O encontro com Duane viria a calhar para se distrair um pouco. Tudo aconteceu de forma inesperada. O consultório do dr. Needleman era o último lugar onde imaginaria encontrar um cara legal e atraente. A maioria dos homens que frequentava aquele ambiente tinha cabelos grisalhos e problemas de incontinência — ao menos, era o que o cheiro forte indicava. O fato de Duane Bradley ter aparecido nos últimos dias de trabalho foi uma sorte grande.

Era difícil identificar o que a fazia gostar tanto do rapaz. Talvez fosse a forma como dava risada de suas piadas, ou a ausência de um comportamento arrogante, igual à maioria dos jovens da cidade. Ou, quem sabe, fosse a inocência encantadora, como se fosse um estranho no ninho. Em muitos aspectos, o jovem era o oposto da versão dela que gritava ao microfone no frenesi da metrópole.

Sharon não se iludia, sabia que aquilo não passaria de um rolo passageiro. Ainda assim, não havia problema em um pouco de diversão, ainda mais após tantos meses de sossego. Não era o tipo de situação que a faria ir atrás do rapaz até Glens Falls. Nem mesmo um sexo incrível seria capaz de convencê-la disso. Contudo, se o jovem tímido dançasse conforme a música, quem sabe ela não abriria o cesto para os ovos de Páscoa dele.

Foi quando percebeu que, por mais estranho que fosse, nunca recebeu resposta à pergunta casual que fez na sala de espera.

O que tinha dentro daquele cesto?

● ● ●

Duane fez duas paradas no caminho de volta para o hotel. A primeira foi em um supermercado sofisticado, já que a busca não era por um item disponível em qualquer birosca. A segunda foi na casa de penhores mais próxima. O objeto que carregou até o hotel era ainda mais pesado do que aquele que estava acostumado a carregar.

Ao entrar no quarto, Duane colocou uma grande caixa do outro lado da cama, longe do cesto, torcendo para que Belial não estivesse de olho. Em seguida, levou a sacola de compras até a cômoda.

"Tá com sede?", perguntou ao irmão.

Quero suco.

"Seu desejo é uma ordem."

Duane tirou a garrafa de suco da sacola de compras, deixando a de água para mais tarde. Encheu um copo para si, depois abriu a tampa do cesto e entregou a embalagem para Belial. Após esvaziar o copo em tempo recorde, o rapaz anunciou:

"Já volto. Vou atrás de um cooler pra gente".

Vai demorar mais uma semana?

"Talvez. Vê se tira um cochilo hoje. A gente vai ficar acordado até tarde da noite."

A empreitada noturna daquela vez não envolveria assassinato, mas sim um musical.

Por volta de 23h30 Duane parou em frente ao Waverly Theatre com o cesto e entrou na fila. O público ali não se parecia em nada com qualquer outro que já tivesse visto. A maioria estava vestida em um estilo extravagante de *rock star*, os homens usavam tanta maquiagem quanto as mulheres. Havia boás repletos de plumas, meias de renda preta e óculos escuros à noite. Sentiu-se um peixe fora d'água e desejou estar com uma jaqueta de couro para se misturar à multidão.

Quando um indivíduo excêntrico de gênero indeterminado passou por ele e perguntou "Você é Virgem?", Duane logo respondeu que não, embora a mentira estivesse estampada na cara dele.

Do outro lado da entrada, os artistas do show, em trajes extravagantes e provocativos, formavam fila. Havia um mordomo corcunda, e Duane se perguntou se aquele era o tal Rocky Horror. Também havia uma deusa glamorosa e esbelta em um traje de lantejoulas com shorts e um chapéu que lembrava o de Diana no corredor. Ele não percebeu que era a própria Diana, agora com uma peruca de cabelo curto, porém a garota o reconheceu de imediato por causa do cesto misterioso.

O segurança na porta, encarregado de inspecionar bolsas, acabou por dizer as palavras que Duane tanto temia ouvir.

"Preciso dar uma olhada no cesto."

"Ah, são só umas roupas."

"Que bom. Ainda preciso dar uma olhada no cesto."

Diana apareceu ao lado do segurança e inclinou o chapéu para cumprimentá-lo.

"Pode deixar, Steve. Ele tá comigo e trouxe alguns adereços", explicou Diana, referindo-se ao cesto.

"Tudo bem, Columbia. Podem passar", respondeu Steve, usando o nome de palco da moça, enquanto se afastava para deixar Duane entrar furando a fila. Duane demorou um instante para perceber que aquela personagem era a vizinha dele. Ela parecia uma verdadeira dançarina burlesca.

"Obrigado, Diana. Quer dizer, Columbia."

"Se não quiser passar vergonha no palco, nem mencione que você é Virgem."

"Ah, obrigado."

Ela abriu a porta para ele.

"Divirta-se", exclamou ela enquanto o jovem entrava. Depois, voltou para recepcionar os demais convidados. Havia um ar cerimonial naquele ambiente todo, o que aumentou ainda mais a ansiedade de Duane.

Sentado no meio da plateia mais selvagem que já vira, Duane assistiu espantado ao desenrolar do espetáculo.

O show começou com o sacrifício virginal.

Os espectadores de primeira viagem, os tais "Virgens", foram levados de forma voluntária ao palco para serem submetidos a um joguinho picante de iniciação, semelhante a um rito de passagem, que incluía tirar parte das roupas e apalpar desconhecidos, inclusive pessoas do mesmo gênero. As interações entre pessoas do mesmo sexo eram as mais ovacionadas.

Duane sentiu-se grato pelo aviso de Diana. Ser apalpado sob os holofotes por estranhos, diante de uma plateia inteira, seria o fim do mundo. E se acabasse ficando excitado ali?

Quando as luzes se apagaram, a tela foi banhada por um tom carmesim, mas nada que envolvesse sangue. O vermelho pertencia a um par de lábios gigantes que começaram a cantar.

O título do filme, pingando sangue, foi saudado com aplausos ensurdecedores da plateia, e Duane se juntou ao coro. Após a música-tema sobre filmes B de monstros, começaram as interações, e a plateia respondia à tela com um fluxo contínuo de palavras de baixo calão ensaiadas.

Mais surpreendentes do que as falas decoradas eram os adereços que as pessoas traziam. Em diversos momentos, objetos como arroz, torradas, papel higiênico e luvas de borracha eram lançados ao ar, caindo por todos os lados ao redor de Duane. Alguns grãos de arroz caíram no cesto através das frestas do vime trançado. Uma fatia de torrada pousou bem em cima do tampo.

Quero torrada.

Duane pegou a fatia junto de outras duas que estavam aos pés, destrancou o cesto e as jogou lá dentro. A plateia estava tão envolvida com o filme que ninguém ouviu o som de mordidas.

O elenco policromático apareceu diante da tela, imitando com precisão as ações dos personagens correspondentes no filme. Lá estava a vizinha como Columbia, e Duane foi quem mais aplaudiu quando a garota sapateou, girando até cair de forma coreografada ao som da música sobre um desvio no tempo. De dentro do cesto, Belial saudou a performance.

Os irmãos haviam se infiltrado em um filme ritualístico, em que a plateia também participava. Ficou claro o motivo de ser uma obra tão atrativa. O filme abordava certa curiosidade sexual que Duane ainda precisaria de tempo para compreender. Até aquela noite, não tinha noção do que seria um transexual. Será que todos os transexuais eram criaturas exóticas de outro planeta?

Eu quero morar aqui.

O castelo de arquitetura gótica no filme parecia mais um paraíso para Belial, um refúgio na ficção científica para desajustados com o senso de moda mais incrível do mundo. O filme glorificava as "aberrações", e isso o enchia de esperança. Ele acreditou que também havia beleza na própria aparência.

Duane considerou o castelo e o Hotel Broslin muito parecidos, ambos ofereciam um lar feliz para adoráveis desajustados com devassidões.

Durante os créditos finais, Duane colocou o cesto no chão, vestiu a jaqueta e observou a multidão animada sair a passos lentos. Deixara o cesto destrancado e, sem perceber, a tampa foi levantada o suficiente para que Belial agarrasse dois itens do chão e os puxasse para dentro do cesto.

"Noite longa?", perguntou Gus, enquanto Duane se arrastava pela recepção pouco antes das três da manhã.

"É. Fui ver uma sessão à meia-noite."

Gus notou os grãos de arroz presos no cabelo de Duane.

"Deixa eu adivinhar... *Rocky Horror*?", chutou Gus, acertando em cheio.

"Como você sabia?", perguntou de volta.

O Professor, sentado no banco habitual, entrou na conversa.

"A Diana não fica incrível como Columbia?"

"Sim, pode ter certeza."

"Gostou do filme?", perguntou o Professor.

"Ah, sim, bem diferente."

Lou Sacana se intrometeu, falando de forma arrastada.

"Eu sei o que você foi assistir. Mil e Um Boquetes, não é!? Um filme pornô!"

Duane ficou sem palavras.

"Para de ficar enchendo o saco do garoto, Lou", Gus protestou, em defesa de Duane.

"Mas ele já esvaziou o próprio saco!", respondeu Lou Sacana, rindo.

A conversa na recepção era muito similar aos gritos e comentários durante *The Rocky Horror Picture Show*. Havia obscenidades o tempo todo.

"Uhum, bem, tá na minha hora de ir pra cama. Boa noite", avisou Duane, subindo as escadas em seguida. Voltar para o quarto foi um alívio. A loucura da noite o deixara exausto. Mal sabia ele que ainda estava prestes a presenciar a cena mais subversiva até o momento.

Duane colocou o cesto sobre a cômoda e começou a se despir, louco para lavar o suor do corpo e tirar os grãos de arroz do cabelo.

"Preciso de um banho."

Enquanto se lavava, Belial saiu do cesto, carregando os dois itens que havia roubado e começando a se preparar. O filme e o elenco despertaram um desejo íntimo de ter um momento sob os holofotes. Mais do que se sentir compreendido, aquela obra o inspirou a experimentar um visual novo e ousado, utilizando os itens que encontrara.

Pouco depois que o chuveiro foi desligado, Duane saiu do banheiro com uma toalha enrolada na cintura.

Prepare-se para calafrios de anteci... pação.

O cesto estava tombado para o lado. Belial deslizou para fora, fazendo uma entrada dramática, citando *Rocky Horror Picture Show*, vestido como seu personagem favorito do filme musical — o Doutor Frank-N-Furter. A cabeça estava adornada com um par de calcinhas pretas de renda sem fundo, os braços saíam pelos buracos rasgados das pernas. A boca exibia um batom vermelho vibrante, aplicado de forma desordenada, enquanto os dentes tortos carregavam manchas borradas sutis. Ele desfilava de um lado para o outro sobre a cômoda, cantando para o irmão.

Sou um doce travesti da Transylvania Trans.

Duane aplaudiu, encantado.

"Mas que maravilha! Não sonhe apenas. Conquiste", disse Duane em referência ao filme.

Vestido com as roupas íntimas de seda, igual a Frank-N-Furter, Belial se sentia bonito de verdade.

Como vai você? Vejo que já conheceu meu fiel mordomo e faz-tudo.

Dali em diante, Belial cantou cada verso da música em perfeita harmonia. A habilidade de memorizar o que ouvia era impressionante.

Contudo, também era uma maldição, pois nunca esquecia das coisas ruins.

Depois que Duane limpou o batom do rosto do irmão, Belial desmaiou de cansaço e foi colocado de volta ao cesto. Por mais exausto que estivesse, Duane ainda não podia dormir. Havia um trabalho secreto a ser feito.

13

De todas as manhãs do ano, a de Páscoa era uma das prediletas de Belial. Assim como o Natal, era um dia de acordar com presentes deixados por criaturas mágicas durante a noite.

Ele já tinha idade suficiente para não acreditar mais no Papai Noel e no Coelhinho da Páscoa. No entanto, a vida ficava mais divertida com essas crenças, então por que não entrar na brincadeira e participar dos costumes que o deixavam feliz?

Quando Belial saiu do cesto, Duane fez o anúncio entusiasmado:

"Tá na hora da caça aos ovos!".

A caça aos ovos de Páscoa era uma tradição que adoravam desde a infância. O pai deles sempre zombava da brincadeira e ridicularizava o quanto se divertiam, mas o homem era contra qualquer coisa que os irmãos quisessem fazer — ainda mais se fosse algo que os deixasse contentes.

Tia Beth era a responsável por desempenhar o papel de Coelhinho da Páscoa, escondendo os ovos pelo quintal de quatro mil metros quadrados. Durante as poucas ocasiões em que o pai esteve fora na data, a caça aos ovos ocorreu dentro da mansão, tornando o evento ainda mais divertido e criativo, pois as possibilidades de esconderijo para os ovos eram ainda maiores.

Duane deixava Belial à frente da busca. Sempre que avistava um ovo, o irmão começava a balançar os braços de empolgação. Tia Beth compartilhava a alegria do sobrinho, sorrindo orgulhosa ao ver os garotos felizes. Às vezes, a mulher ria com gosto — o som mais maravilhoso do mundo para os ouvidos. Ninguém mais gargalhava com tanta leveza perto deles.

Mesmo após a separação dos irmãos, as caças aos ovos continuaram. A maioria das crianças deixava de lado a tradição depois dos 10 anos. Contudo, como Belial nunca perdeu o entusiasmo, mantiveram o costume durante a adolescência e a vida adulta. Não havia motivo para abandonar algo tão especial por causa da opinião dos outros. Afinal, já eram rejeitados pela sociedade, por que não se divertir como achassem melhor?

Os ovos de tia Beth não eram decorados com apenas uma cor. Alguns tinham duas ou três, e a maioria continha imagens pintadas à mão, como flores, pássaros e coelhos. Apesar de as mãos dela tremerem de forma incontrolável com frequência, a mulher demonstrava um talento incrível ao pintar os ovos.

Cada ovo era uma verdadeira obra de arte, e os meninos admiravam um por um antes de colocá-los no cesto. Duane os girava devagar para que os dois pudessem admirar com apreço — ou, no caso de Belial, emitir sons estranhos parecidos com grunhidos.

Se o ovo estivesse em fácil alcance, Duane se inclinava para que o irmão pudesse pegá-lo. As mãos de Belial eram fortes, às vezes até demais, resultando em vários brinquedos quebrados durante a infância. Todavia, quando se tratava dos ovos de Páscoa, ele demonstrava um cuidado extremo. Alguns ovos acabavam rachando, mas não havia problema, pois todos eram descascados ao final da caçada. A consciência sempre o alertava sobre os perigos de comer as cascas de ovos, uma lição aprendida à base de experiência própria.

Tia Beth não se encontrava mais entre eles, e os dois estavam longe de casa nesta Páscoa, mas não perderiam a caça aos ovos. Enquanto Belial dormia, Duane escondeu pelo quarto uma dúzia de ovos pintados, incluindo até o banheiro, com um ovo atrás do vaso e outro na saboneteira do chuveiro. O rapaz havia comprado um pequeno cesto de Páscoa, forrado com grama de plástico para colocar os ovos encontrados.

Belial adorou os novos ovos. A decoração de cada um continha redemoinhos psicodélicos e cores vibrantes, como nunca havia visto. Ele sabia que a pintura não tinha sido obra de Duane. A habilidade do irmão com a tinta se restringia ao básico. Apesar de se divertirem na busca pelos ovos, era impossível não sentir falta de tia Beth e desejar que a risada alegre dela estivesse com eles outra vez para animá-los.

Belial notou que o irmão estava apressado durante a caça, como se tivesse algo mais para fazer. Era estranho, mas Duane parecia distante e pensativo.

Quando encontraram o 11º ovo, Duane avisou que o Coelhinho não havia deixado nenhum outro. Os dois se apressaram para descascar os ovos. Após terminarem o último, Belial o colocou na boca e mastigou apressado.

"Tenho uma surpresinha pra você."

Eu gosto de surpresas.

"Fecha os olhos e só abre quando eu falar."

Belial pegou outro ovo cozido da cesta, virou-se sobre a cômoda e o engoliu.

Duane trouxe a caixa de papelão pesada que escondera no quarto no dia anterior e colocou-a sobre a cama. As abas superiores foram abertas, permitindo retirar uma televisão em preto e branco de vinte polegadas. A TV foi colocada sobre a cômoda ao lado do cesto.

"Pode olhar. Tchã-dã."

Belial deu meia-volta e soltou um arroto, desacostumado a comer tão cedo.

Finalmente.

"Não é uma maravilha, hein? A gente pode deixar a TV pro próximo hóspede quando voltarmos pra Glens Falls. Ela foi uma pechincha."

Enquanto ligava o aparelho, mexendo nas duas antenas em busca de um canal estável, Duane compartilhou os planos para o dia:

"Já que vamos ficar mais uma semana, preciso comprar umas coisas. Também vou dar uma passada no Centro de Informações Turísticas na Times Square e ver se consigo alguma informação sobre a médica sumida. Acho que vai ser um tédio lá, então pensei que você se divertiria mais por aqui com a televisão".

Belial ouviu o irmão calado, e outro ovo descascado foi parar na boca dele.

O primeiro canal com imagem decente transmitia um culto cristão ao vivo, algo comum levando em consideração a data. Duane continuou trocando os canais, pois ambos não se importavam com igrejas. Deus havia falhado com os dois, submetendo-os a uma vida de tortura, solidão e exílio. Os irmãos sabiam muito bem que esse tal cristianismo cheio de amor ao próximo não passava de uma ilusão.

O canal seguinte passava um programa de auditório.

"Agora, sim." Duane abriu a mochila e pegou o jornal adquirido na lavanderia, espalhando-o sobre a cama. Em seguida, pegou cinco notas de um dólar e duas de cinquenta do maço de dinheiro e as enfiou no bolso, deixando o restante em cima da cômoda.

"Olha, não faço ideia de quanto tempo vai levar, mas se você cansar da TV, também deixei o jornal em cima da cama, tá bom? A gente se vê mais tarde."

Duane saiu pela porta, trancando-a com pressa. Os ouvidos de Belial captaram os passos do irmão correndo pelo corredor e descendo as escadas.

O rapaz nunca havia saído com tanta rapidez. Duane escondia algo, alguma coisa que não quis compartilhar. A sensação de abandono o deixou mal, ainda mais na manhã de Páscoa, um dia que sempre fora reservado para família.

Apesar de estar feliz por dispor de uma televisão, o programa de auditório não lhe chamava a menor atenção. Programas de auditório e séries policiais eram coisa do irmão, enquanto Belial preferia as séries de comédia mais ousadas como *Um é Pouco, Dois é Bom e Três é Demais* e *Benny Hill*, ou qualquer outra série com melões à mostra e boas risadas de doer a barriga. Ao tentar mudar de canal, o botão quebrou na mão dele, deixando a televisão presa em um canal cheio de chuvisco e som distorcido.

Depois de comer o último ovo cozido, Belial voltou para o cesto. Mesmo se pudesse lidar com a TV, já tinha perdido o interesse. Precisava processar o que havia acontecido. Fechou a tampa do cesto, pois era mais fácil se concentrar no escuro, onde se sentia mais confortável — o único lugar comparável à segurança de estar ao lado do irmão.

Desde a chegada a Nova York, Belial esteve mais disposto a dar mais liberdade para Duane explorar e viver as próprias experiências. Só que agora a distância entre os dois crescia de forma exponencial, e o comportamento suspeito do rapaz naquela manhã o deixou nervoso. Não havia dúvidas de que estava por fora de alguma coisa secreta.

E iria descobrir o quê (ou quem) estava causando essa divisão entre os irmãos. Nada podia ameaçar o vínculo dos dois.

Com toda a concentração, Belial tentou entrar na mente de Duane.

O rapaz subiu as escadas do metrô para a 18th Street em passos rápidos. Ciente de estar alguns minutos atrasado, as pernas aceleram ainda mais o passo. O apartamento de Sharon ficava mais próximo do metrô do que ele imaginara, cerca de meia quadra. O sobrado era bonito, nada parecido com o lugar em ruínas onde estava hospedado com Belial.

A porta de entrada estava destrancada, então entrou e subiu correndo as escadas até a porta da casa de Sharon no segundo andar. O coração acelerado o impediu de ouvir o barulho das três batidas que deu na porta.

A porta abriu-se de repente, e lá estava a garota de seus sonhos. Longe do trabalho e das roupas sociais, Sharon ficava ainda mais deslumbrante. A ex-secretária vestia uma blusa branca e uma longa saia vinho e calçava botas marrons de salto baixo. A maquiagem estava impecável, com os lábios brilhando em um tom avermelhado intenso.

Comparado a ela, Duane se sentiu um completo desleixado.

A animação estampada no rosto de Sharon era contagiante.

"Olá!"

"Oi, Sharon."

A garota não via nada demais no fato de o rapaz vir buscá-la em casa para um primeiro encontro, mas somente ao final do dia haveria um convite para entrar. Se Duane passasse no teste, então as portas do paraíso seriam abertas para o rapaz mais tarde.

Sharon saiu, trancando a porta atrás de si.

"Então, qual lugar você gostaria de ir primeiro?"

"Que tal a Estátua da Liberdade?"

"Claro, é um ponto turístico obrigatório."

No decorrer das duas horas seguintes, Sharon tomou a dianteira, levando-o até o metrô e à baía do Porto de Nova York em direção à Ilha da Liberdade. Durante o trajeto, contava curiosidades sobre a cidade que tanto amava. Duane conseguiu interagir apenas em poucas ocasiões, mas não havia problema nisso. A voz dela era muito agradável ao narrar histórias fascinantes sobre a vida por lá.

As muitas experiências de Sharon o fizeram perceber o quão pouco ele havia aproveitado da vida. Não tinha nenhuma história interessante para contar. Nunca visitara algum lugar interessante.

Até agora.

Após chegarem à Estátua da Liberdade, subiram os 162 degraus até o topo da cabeça coroada. Duane sabia que aquilo não seria possível se estivesse com o cesto pesado de sempre. Na verdade, qualquer bagagem daquele tamanho nem seria permitida. Não ter a necessidade de levar aquele peso consigo era libertador. A sensação era de se livrar de um fardo — que não poderia ser medido em quilos.

Sem o cesto, podia segurar a mão da garota. Claro, ela que precisou tomar a iniciativa ante a timidez do rapaz.

Em certo momento, quando estavam juntos no meio da multidão, os olhares foram desviados da paisagem e se encontraram. Duane achou que poderia ser o momento ideal para beijá-la, mas outros turistas chegaram e a coragem foi embora.

O irmão ainda não tentara contatá-lo, perguntando onde estava, algo que trouxe um grande alívio. Qualquer pensamento sobre Belial foi apagado da mente. Havia o temor de que pensar no gêmeo pudesse conectar a mente de ambos. A única pessoa digna de atenção naquele momento era a jovem que o guiava por Nova York.

Sharon caiu na gargalhada quando saíram da base da Estátua da Liberdade e caminharam pela grama em direção à beira do rio. Quando chegaram a uma fileira de bancos com vista para o Hudson, ela se sentou.

"Preciso tirar essas botas. Meus pés estão me matando."

Depois de tirar as botas, as mãos começaram a massagear os pés.

"Não é sempre que se faz uma programação dessas", afirmou. "Hoje foi um dia perfeito para isso. Na verdade, é muito raro eu vir até aqui. Foi minha segunda vez. Quando se mora em Nova York, você nunca tem tempo para visitar os pontos turísticos."

Sharon calçou as botas de novo.

"Bem, agora já escalamos a Dama da Liberdade. Qual o próximo destino? Quer conhecer o World Trade Center?"

"Não com seus pés machucados desse jeito. Olha só, não fica brava comigo, mas eu nem queria passear pela cidade. Aceitei seu convite só pra ter uma desculpa para te ver."

O sorriso no rosto da garota ficou ainda maior.

"Você não ficou brava?", perguntou.

"Brava?", perguntou Sharon, rindo. "Achei que você estava levando o passeio tão a sério, que a única forma de te impedir de continuar seria partir para a agressão."

"Já eu achei que você queria..."

Sharon o interrompeu de forma carinhosa.

"Seu bobinho!" A garota fechou o zíper das botas e ficou de pé. "Eu fiz o mesmo que você. Só sugeri que a gente passeasse pela cidade para passarmos um tempo juntos."

Os dois trocaram um olhar intenso de paixão.

"Sério?"

Sharon não conseguia acreditar na falta de confiança de um rapaz tão charmoso. Isso a deixava maluca, mas de um jeito positivo.

"Eu conheço um monte de caras, Duane, mas você é realmente único. Me surpreende você não ter uma namorada lá no interior."

"Bem, eu sou de ficar mais na minha. Não tenho amigos por lá."

"A sua espécie está em extinção, Duane."

Sharon se inclinou e deu um selinho no rapaz.

Não houve dúvidas de que Duane deveria estar com uma cara de bobo estampada no rosto por ganhar o primeiro beijo de uma garota. Foi apenas por um breve instante, mas o suficiente para mexer com ele, como um choque agradável que começava nos lábios e percorria todo o corpo.

Duane se sentiu o cara mais sortudo da face da Terra. A Estátua da Liberdade de um lado do porto, as torres de Manhattan do outro, e o sol brilhando bem acima. E bem ali, na frente dele, aquela visão deslumbrante, encarando-o com olhares de desejo.

Naquele momento, no meio da vastidão daquela cidade, eles eram as únicas pessoas no mundo todo.

Nem mesmo Belial existia.

Nenhum pensamento sobre o irmão lhe ocorreu quando se aproximou da acompanhante para retribuir o beijo. Dessa vez, quando os lábios se encontraram, permaneceram colados.

Dentro do cesto, Belial fervia, e o calor nada tinha a ver com a alta temperatura do ambiente. Pouco tempo depois da saída de Duane, o quarto já estava sufocante de tão abafado, então ele escalou para fora do cesto a fim de abrir as duas janelas, algo que não ajudou muito na ventilação.

O frasco com cocaína foi retirado da cama, e Belial voltou para a escuridão do cesto. Uma vez que Duane estava por aí fazendo coisas às escondidas, também se achou no direito de agir no sigilo. Embora fosse apenas meio-dia, deu uma boa cheirada em uma carreirinha. Os olhos vibraram, as mãos se fecharam e uma onda repleta de química invadiu o organismo dele.

Mesmo com o corpo a mil por hora, Belial permaneceu parado no escuro, tentando localizar o irmão. A distância entre os dois tornara-se imensa. Talvez fosse algo a acontecer mais cedo ou mais tarde, uma vez que é inevitável irmãos discordarem em algum momento. Até hoje, haviam sido mais do que próximos; por mais da metade de suas vidas, eram praticamente um só.

Havia a possibilidade de Duane precisar de espaço para descobrir novas experiências por conta própria. No entanto, aquilo não era justo com Belial, pois ele não podia sair para desbravar o mundo, pelo menos não à luz do dia. E até para isso o irmão era necessário. E o que poderia ser tão especial para ele abandoná-lo em pleno feriado familiar? A saída de última hora o pegou de surpresa. Desde quando Duane planejava esse compromisso?

A vontade de chamar o irmão para voltar logo para casa era grande, mas Belial não queria encher o saco. Ainda assim, não havia chance de não encher o saco. Por que Duane podia se aventurar por aí e deixá-lo com uma TV e um jornal como se fosse uma criança?

Duane mentira sobre os planos para o dia, estava na cara. Se de fato existisse esse tal centro de informações na Times Square, os dois teriam passado lá muito tempo antes. Também havia indícios da mentira na forma como Duane conversara, acelerando o papo como se quisesse se ver livre o mais rápido possível das próprias lorotas.

Seja lá como decidisse agir, não poderia afastar o irmão ou ser exigente demais, pois isso atrapalharia a convivência pacífica e equilibrada dos dois. Verdade seja dita, era Belial quem mais dependia do outro. Dependia de Duane para ajudá-lo com comida, moradia, proteção e locomoção. Em resumo, para sobreviver. Antes, podia contar com duas pessoas para protegê-lo, mas tia Beth não estava mais entre eles. A perda parecia doer ainda mais naquele dia, ele sentia uma saudade enorme da risada dela.

Quanto tempo seria possível sobreviver no mundo sem o auxílio do irmão? Acabaria vivendo como um selvagem em uma floresta ou em alguma caverna por aí, caçando animais para comer e revirando latas de lixo em busca de sobras. Só de imaginar, um nó se formava na garganta ante a triste visão.

E se Duane fosse atropelado por um táxi desgovernado ou morresse no fogo cruzado de uma guerra da máfia? E se nunca mais voltasse para buscá-lo? Então surgiu uma ideia ainda pior: e se aquela distância toda fosse um indicativo de que o irmão estava embarcando em um ônibus da Greyhound para uma viagem apenas de ida, ansiando fugir e nunca mais voltar?

Belial tinha sérios problemas com abandono. A droga no corpo piorava tudo, e a mente imaginava todos os cenários trágicos possíveis. Aquela viagem não seria tão agradável quanto as das noitadas de diversão, espreitando os vizinhos. Nem mesmo um sexo selvagem com o consolo tranquilizaria os nervos à flor da pele. A paranoia ficava cada vez maior. O som de chuvisco na TV fora de sintonia se tornou mais e mais irritante.

Foi quando alguma coisa o acertou em cheio no fundo da mente, uma imagem rápida do irmão pensando sobre ele. Então a conexão foi perdida, igual àquela cabine de voyeurismo que se fechava para bloquear a vista.

Em seguida veio o choque, similar à eletricidade passando pelos lábios. A sensação era empolgante, um tipo de estímulo físico, mas também superficial, como um choque estático genérico e mais fraco, dolorido e vazio.

Duane estava beijando uma garota... Sharon. A mesma moça que os dois gostaram tanto. Ele havia mentido para fugir na Páscoa em busca de um rala e rola, guardando o segredo. Não havia outra possibilidade, e ele sabia disso. Como alguém poderia ser tão burro? Duane achou mesmo que Belial não sentiria a intensidade das reações físicas?

O mínimo que Duane deveria ter feito era levá-lo consigo para Belial espiar pelo cesto.

A raiva começou a ferver devagar, quase atingindo o ponto de ebulição.

O choque nos lábios retornou e, dessa vez, permaneceu por mais tempo, indicando que Duane deveria estar no meio de uns amassos.

Ora, se o irmão tinha o direito de se aventurar em segredo, então Belial também poderia. Abriu o frasco e, pela primeira vez, mandou uma segunda dose da droga em um só dia. No instante seguinte, a onda de euforia começou a bater, e o atingiu como um tsunami catastrófico.

Após subir a trilha do pó por duas vezes, Belial perdeu as estribeiras. A tampa do cesto quase explodiu enquanto ele surgia em completo delírio. Um berro selvagem explodiu dos pulmões, tão feroz que seria rapaz de ruir até os alicerces do prédio. A cidade inteira poderia tremer ante aquele rugido. O som foi tão alto que o irmão o ouviria, onde quer que estivesse.

"AAAAAAAAHHHHHHGGGGGG..."

SEU MENTIROSO!

Duane não apenas ouviu o grito; ele o sentiu na própria pele. O barulho e a intensidade da invasão mental foram tão fortes que uma onda de choque percorreu o cérebro. O rapaz se levantou de repente, interrompendo o beijo intenso com Sharon. A expressão dela era de puro espanto.

O grito de Belial parou por um instante para que ele recuperasse o fôlego, apenas para soltar outro ainda mais ensurdecedor.

"AAAAAAAAHHHHHHGGGGGG!"

QUERIA BRINCAR DE ESCONDE-ESCONDE!? EU TE ACHEI!

A voz de Belial percorreu toda a mente de Duane como se fosse uma britadeira dentro do crânio. A dor era lancinante e, se continuasse por mais tempo, Duane achava que teria uma hemorragia cerebral. Ele agarrou os dois lados da cabeça, como se pudesse conter uma explosão interna.

O espanto de Sharon deu espaço para a preocupação. Duane nem sequer ouviu o próprio nome sendo chamado e as perguntas se ele estava bem.

Quando o segundo grito parou, Belial agarrou e empurrou a televisão para fora da cômoda. O desejo era destruir a TV da mesma forma que o irmão acabara com a confiança entre eles. O aparelho caiu no chão com um baque seco, e a imagem distorcida desapareceu da tela, a caixa idiota estava completamente arruinada.

Agora que sabia ter a atenção do irmão, Belial podia dizer o que precisava, gritando outra vez:

VOCÊ TÁ COM ELA!

Os olhos de Duane se arregalaram ao perceber que o irmão sabia de tudo — não apenas o motivo da saída secreta, mas também com quem estava. Isso significava que Belial estava completamente dentro da cabeça dele, capaz de ler os pensamentos ou enxergar através dos olhos dele. A distância física não havia diminuído a conexão entre os dois; na verdade, havia apenas intensificado. A sensação era de que a cabeça iria partir ao meio e o irmão surgiria no crânio rachado.

O peso da culpa tomou conta de Duane, pois percebeu o quanto o gêmeo se sentiu traído. Sentiu-se um completo lixo. Arrependeu-se muito do encontro secreto. Como pôde agir com tanta insensibilidade?

E LOGO NA PÁSCOA!

Belial arrancou o abajur da cômoda e o jogou, terminando de destruir a tela da televisão com a lâmpada.

Segurando a própria cabeça para não perder o equilíbrio, Duane por fim ouviu outra voz — Sharon tentava dizer algo:

"O que foi? O que tá acontecendo!?"

"Por Deus! Tem algo errado!"

"Dá pra ver. O que posso fazer? Tenho uma aspirina aqui comigo."

"Não vai resolver! Eu fodi com tudo. Não devia ter vindo."

"Por quê?", suplicou Sharon. "Fala comigo."

Duane largou a cabeça, esperando mais uma invasão mental lancinante a qualquer momento.

"Tô com um problema! Tenho que voltar!"

Duane virou-se em direção à balsa e saiu cambaleando.

"Calma, Duane! Você precisa de mim pra voltar. Também tenho que sair dessa ilha!"

Sharon pensou que ele enfrentava algum problema grave de saúde, talvez uma enxaqueca extrema ou o início de um ataque epilético. Não ousaria deixar o rapaz sozinho até ter certeza de que estivesse de volta em segurança. Lá se ia a chance de tornar o encontro mais íntimo no apartamento.

De volta ao quarto sete, Belial se ergueu do cesto e saltou para o carpete com um impacto poderoso, alto o suficiente para Scott, o inquilino de baixo, ouvir em alto e bom som. Enquanto o rapaz trabalhava no quarto como *copywriter*, o uniforme dele consistia apenas em uma cueca e um roupão. O barulho acima interrompeu a concentração dele.

Belial levantou os braços e os admirou, ao mesmo tempo em que fechava as mãos e flexionava os músculos. Talvez fosse um efeito colateral da droga, distorcendo a percepção da realidade, mas os braços nunca pareceram tão grandes e fortes. O sangue correndo nas veias fazia as varizes pulsarem.

Eu sou o Super Freak, pensou Belial antes de rugir.

Toda aquela energia precisava ser canalizada de alguma forma. Com a traição sentida, a força estava prestes a se tornar uma potência destrutiva. A única vontade era quebrar a porra toda. Ainda bem que ninguém estava por perto, pois nada seria mais satisfatório do que o som de ossos partidos.

Com o rugido ecoando por todos os andares, a maioria dos moradores do Hotel Broslin podia ouvir aquela confusão. Casey não estava por perto, ocupada demais atendendo um cliente. No quarto oito, Lou Sacana havia apagado em cima da cama com as mesmas roupas da noite anterior, até mesmo os sapatos. Apesar de o barulho atrapalhar o sono, não era suficiente para acordá-lo.

No quarto seis, Josephine interrompeu a costura de uma nova saia assim que o barulho começou. Parecia algum tipo de animal, talvez um macaco ou um urso. Se fosse o caso, a criatura poderia arrombar a porta e causar um caos no corredor sem muita dificuldade.

A mulher abriu a porta e espiou ambos os lados do corredor. Ao ouvir o som aterrador outra vez, decidiu virar à esquerda e sair andando. A princípio, acreditou que poderia ser do quarto de Lou Sacana, pois aquele cara roubaria qualquer coisa de valor, até mesmo um bicho do zoológico.

Outro rugido gutural a interrompeu. O barulho vinha do quarto sete, onde o sujeito novo e bonitinho estava hospedado com aquele cesto enorme — o mesmo cara com quem ela vinha fantasiando a semana toda. Será que havia um marsupial ou um chimpanzé dentro do cesto? Ao se aproximar do quarto, colocou o ouvido próximo ao número sete de cor dourada.

Dentro do quarto, Belial se arrastou até a cadeira de madeira, segurou-a por uma perna e a arremessou do outro lado do cômodo. O objeto bateu na parede com força, derrubando um quadro barato. Cadeira e quadro quebraram com o impacto.

Assustada, Josephine deu um passo para trás.

Quebrar móveis não era tão satisfatório quanto gostaria, mas a fúria de Belial precisava de algum escape. Ele gostava de ouvir o som das coisas sendo despedaçadas, fosse de mobília ou de corpos humanos.

Em seguida, puxou a gaveta da cômoda ao lado e a lançou como se fosse um disco de *frisbee* pelo quarto. A gaveta bateu na mesa de cabeceira, derrubando o abajur no chão. Todas as partes da gaveta se desfizeram com a batida.

Os reforços começaram a surgir no corredor, liderados pelo *sous chef* Mark. Micah, seu filho adulto, vinha logo atrás.

"Mas que porra é essa?", questionou Micah, com medo. A mentalidade, idêntica à de um garoto de 8 anos, ainda o levava a acreditar em bichos-papões debaixo da cama — e tinha certeza de que um deles estava às soltas no quarto sete.

"Parece algum tipo de animal", respondeu Mark.

"Cara, vai lá dar uma olhada", pediu Micah, claramente planejando ficar para trás.

Armado com os próprios punhos, Enrique chegou logo em seguida.

"Seja lá o que for, tá destruindo tudo", informou Mark.

"Você não trouxe a frigideira", Micah avisou o pai.

"Acho que vamos precisar de uma rede!"

"De onde tá vindo?", questionou Enrique.

"Daqui!", gritou Josephine, apontando para a porta do quarto sete. "Aqui dentro!"

A mente de Belial remoía a traição igual a um compactador de lixo, concentrando-se nos restos de mentiras deixados pelo irmão. Duane dissera que iria ao Centro de Informações Turísticas na Times Square procurar por pistas sobre a dra. Kutter. Esse lugar sequer existia? O rapaz havia misturado uma mentira com o fato de estarem atrás de Kutter, acreditando que assim a história seria mais plausível, sem levantar suspeitas.

Com os pensamentos voltados para a médica, Belial se arrastou até a mochila de Duane, empurrando a televisão quebrada do caminho. Ao retirar a pasta manchada de sangue com os prontuários médicos, pôde sentir o cheiro da morte de Pillsbury impregnado nas páginas. O desejo era sentir o aroma do sangue de Kutter, no entanto, em vez de ajudá--lo na tarefa, o irmão estava por aí correndo atrás de um rabo de saia.

Após abrir a pasta, as páginas saíram voando, acompanhadas de um rugido estrondoso.

No apartamento abaixo, Scott, cometendo mais um dos infinitos erros de digitação, abandonou a máquina de escrever. De roupão e chinelo, saiu bufando pelo corredor, com o cabelo todo espetado sem ver um pente há dias. Batendo os pés até a escada, gritou a plenos pulmões: "Mas que porra tá rolando aí em cima?".

Os rugidos e a baderna prosseguiram. Aos resmungos, Scott desceu as escadas decidido a fazer uma reclamação formal com o gerente.

Gus dera o dia de folga para Doris aproveitar o feriado, enquanto ele mesmo cobria o terceiro turno seguido. De tempos em tempos, fechava o balcão para dar uma escapadinha ao banheiro ou para levar Fi-Fi para passear — cujas patas estavam pintadas em diferentes cores vibrantes para parecerem ovos de Páscoa.

Scott chegou com uma expressão irritada.

"Tô tentando escrever, mas o cara do quarto de cima tá indo à loucura!", reclamou.

Gus sabia que se tratava de Duane Bradley. Esperava que aquela confusão não o obrigasse a despejar o rapaz. Será que errado em seu julgamento desde o começo? Se fosse o caso, a habilidade de ler as pessoas começava a enferrujar.

Então se lembrou de que Duane saíra apressado algumas horas atrás, e não o vira retornar.

Quem estaria no quarto de Duane Bradley?

Gus pegou a chave mestra da parede antes de fechar o balcão para investigar, seguido por Scott.

Belial ouviu o desfile de passos nos outros andares. A comoção estava atraindo uma plateia, algo que poderia ser perigoso, porém a fúria ainda não fora aplacada.

Se iriam passar por cima dele, precisavam saber que ele sabia revidar. Belial agarrou um dos pés da cama e levantou a extremidade sem dificuldade, batendo-a várias vezes no chão para imitar o som da multidão em marcha. Foi quando viu algo inesperado: uma profusão de cores.

Havia um ovo de Páscoa pintado embaixo da cama.

Belial pegou o ovo com admiração e raiva. Os ovos de Páscoa sempre foram uma fonte de alegria, mas, naquele dia, era um símbolo da traição. Ciente da instrução do irmão para descascar o ovo antes de consumi-lo, enfiou o ovo inteiro na boca e o mastigou em desafio. A casca rasgou a língua e as gengivas dele.

No quarto oito, Lou Sacana por fim foi despertado pela confusão no corredor, percebendo que aquilo não se tratava de um delírio pós-bebedeira como suspeitara. Colocou-se de pé com as pernas trêmulas e tomou um gole de uísque de uma garrafa na cômoda antes de cambalear para o corredor, decidido a se juntar à comoção.

Gus enfrentava certa dificuldade para subir as escadas, enquanto refletia se trazer o taco de beisebol fora uma boa ideia. O Professor saiu do quarto no segundo andar e se juntou ao gerente nos degraus remanescentes.

O alvoroço soava igual a um *rock star* destruindo o próprio quarto de hotel em uma noite de farra, e não seria o primeiro do Hotel Broslin. Certa vez, Dee Dee Ramone se hospedara lá e, com a cabeça mergulhada nas drogas, conseguiu arrancar uma reclamação de cada hóspede do prédio. Gus ficou tão irritado que precisou resistir à tentação de arrebentar aquele baderneiro com o taco. Dee Dee quebrou todos os móveis do quarto, mas a mobília precisava ser trocada de qualquer jeito, e Gus conseguiu que o empresário da banda pagasse a conta.

No fim do corredor, um grupo considerável de pessoas se formava. Um dos inquilinos tinha trazido uma vassoura, pelo visto para espantar algum animal pequeno.

"Passa isso pra cá", ordenou Mark, arrancando a vassoura das mãos da pessoa, enquanto assumia o papel de líder da matilha.

Rhonda estava armada com o rolo de massa predileto. O "equipamento" tinha ganhado o título com mérito, já que, não muito tempo atrás, foi responsável por afugentar o Assassino da Times Square escada abaixo.

Quando Gus chegou, encontrou o corredor lotado de moradores agitados. Ficou satisfeito com a atitude do grupo, mas irritado por estarem bloqueando o caminho.

"Vamos lá, me deixem passar", gritou, enquanto abria caminho. "Saiam da minha frente."

Os hóspedes recuaram para trás de Gus, que avançou apressado até onde Josephine o esperava na porta do quarto sete. Todos se amontoaram ao redor dele.

"Dá pra dar uma licencinha?"

Mesmo em meio a um frenesi patrocinado pela cocaína, Belial sabia que estava prestes a ser descoberto. Seria possível enfrentar a multidão inteira e acabar com a raça de todos? Sob o efeito do entorpecente, acreditava que sim, mas a atitude desencadearia uma busca colossal para colocar Duane atrás das grades. Por mais irritado que estivesse com o irmão, o instinto de sobrevivência falou mais alto, e a reação precisava ser rápida. Além disso, havia certo apreço por aquelas pessoas. Ali, ele era aceito, de certa forma.

A porta foi golpeada com força, e então Gus gritou:

"Abre essa porta! Olha só! Eu já tô entrando!".

Com uma rapidez inédita, Belial escalou de volta à cômoda e pulou dentro do cesto. Com um último grito, o gêmeo se escondeu e fechou a tampa.

Gus girou a chave mestra na fechadura e abriu a porta, preparado para enfrentar o que quer que estivesse ali. No entanto, à primeira vista, não havia uma alma viva no quarto. O lugar estava completamente destruído — uma televisão quebrada, cadeira destruída, gavetas espalhadas, abajur derrubado e páginas soltas por toda parte.

Com cautela, Gus entrou no quarto, seguido por Lou Sacana, que ignorou o pedido do gerente para ficar longe.

"Não tem ninguém aqui", informou Gus, depois de conferir o banheiro.

"Tem algum bicho aí?", perguntou Mark da porta, segurando a vassoura, pronto para afastar qualquer criatura disposta a avançar em direção a ele. Poderia ser o maior rato que a cidade já vira, ou talvez um jacaré fugitivo dos esgotos. O homem já tinha visto filmes sobre esses perigos nos cinemas da 42nd Street. Uma vez, até encontrou um furão selvagem solto no interior de um cinema por lá.

"Também não encontrei nenhum animal", respondeu Gus.

"Talvez foi o Coelhinho da Páscoa", Micah arriscou o palpite.

"Só se ele estivesse com o vírus da raiva", acrescentou Mark.

Josephine deu um passo comedido quarto adentro, enquanto os outros espiavam pela porta.

"O que tá acontecendo aqui?", perguntou a mulher.

"Sei lá. Parece que soltaram a porra de uma bomba", respondeu Gus.

Conforme inspecionavam o quarto, ninguém tocou em nada, embora fosse impossível não pisar em algumas das páginas espalhadas pelo chão. Gus reparou em uma página com imagens de deformidades médicas bizarras. Apesar de estranho, aquilo não era da conta dele.

"Cadê o garoto?", questionou Lou Sacana.

"Saiu de manhã."

"Bem, ninguém mais entrou, fiquei de plantão desde que começaram a destruir tudo", afirmou Josephine. "O culpado tem que estar aqui, a menos que tenha usado a janela para escapar, o que não faz o menor sentido."

Gus reparou na janela aberta e achou que era a explicação mais provável para a entrada e a fuga. Mas qual seria o propósito de tanta baderna? Duane seria o alvo ou apenas uma vítima do acaso?

Sem que ninguém pedisse, Lou Sacana se abaixou e ficou de quatro para espiar debaixo da cama. Não havia ninguém escondido lá, nem qualquer objeto de valor que pudesse encontrar.

Restava um último lugar para Gus verificar: o pequeno armário. Preparando-se para o combate, a porta foi aberta. No interior, viu apenas dois cabides vazios.

Os olhos oportunistas de Lou Sacana pousaram sobre a cômoda. O cesto de vime não chamou a atenção, mas o rolo grosso de dinheiro ao lado, sim. Era a maior bolada que já vira em toda a vida de alcoólatra, logo ali, à vista de todos.

Autocontrole nunca foi o forte dele. Embora conhecesse a regra sagrada de Gus, caminhou em direção à cômoda para pegar o dinheiro antes que alguém o fizesse.

A mão de Gus pousou no ombro dele, e o gerente balançou a cabeça para os lados. Não havia necessidade de dizer algo. O homem girou Lou Sacana em direção à porta e o encaminhou para a saída.

"Seja lá o que fosse, já foi pro inferno", Gus avisou os outros.

"Tem certeza?", perguntou Josephine.

"Sim. Agora, pessoal, vamos lá, todo mundo pra fora."

O gerente conduziu todos para o corredor e deu uma última olhada no quarto destruído. A tentação de abrir o cesto para descobrir o que Duane poderia estar escondendo — e garantir que não havia nenhum animal ali dentro — era enorme. Entretanto, sabia que não podia ser visto vasculhando os pertences de um hóspede. O preço a pagar seria a desconfiança de todos os moradores.

O silêncio tomou conta do quarto.

Gus fechou a porta e trancou com a chave mestra. Mal saiu e já foi bombardeado por uma série de perguntas e cochichos.

"Acabou a festa. Não quero ver ninguém se aglomerando pelos corredores. Vamos lá, todo mundo de volta pro quarto, não tem mais nada para ver aqui."

Apesar das reclamações, os hóspedes começaram a se dispersar. Todos seguiam tensos, pois a sensação de que algo perigoso ainda estava no hotel pairava no ar.

"Não dá pra entender", resmungou Josephine.

Mark e Micah, após devolver a vassoura ao dono, subiram juntos as escadas.

"Será que o bicho entrou nas paredes?", perguntou Micah, nervoso. Mark colocou uma das mãos no ombro do filho, preocupado de que estivesse certo.

"Vamos deixar uma vassoura à mão por garantia", tranquilizou o pai.

Gus percebeu Lou Sacana rondando pelo corredor.

"Você não vai descer?", interrogou o gerente.

"Acho que vou dar uma deitada", respondeu Lou Sacana. Gus não acreditou muito, então esperou até vê-lo dobrar a esquina, voltando para o apartamento.

Na escada, Gus encontrou Scott, cujo cabelo parecia tão caótico quanto a situação recente.

"Essa bagunça acabou com a minha concentração", reclamou Scott. "Tô tentando trabalhar um pouco por aqui."

"Já tá tudo quieto. Se acontecer de novo, pode acreditar que vou ouvir."

Gus e Scott desceram, deixando o local vazio por apenas três segundos.

Tempo suficiente para Lou Sacana espiar da esquina. Depois de garantir que o corredor estava livre, avançou e se agachou diante da porta do quarto sete.

Do bolso da camisa, puxou um pedaço de arame torto — uma ferramenta de trabalho. Sempre utilizava aquele arame, menos dentro do hotel. A política de Gus sobre furtos no perímetro era clara, além de bem supervisionada, e Lou Sacana sempre a respeitou.

Até agora.

Foram necessários poucos segundos para a fechadura emitir um clique.

Abriu a porta e adentrou o quarto em silêncio. Enquanto havia um medo compartilhado sobre toda aquela destruição, ele não dava a mínima para o perigo. O medo não tinha efeito sobre o homem, pois lhe faltava o instinto de autopreservação. A porta ficou entreaberta, caso precisasse sair correndo.

Seja lá quem tivesse invadido ali antes, era um péssimo ladrão deixando todo aquele dinheiro para trás. Se tivesse a chance, até agradeceria ao baderneiro por ter destruído o quarto e cedido a oportunidade de trabalho.

Aquela bolada em cima da cômoda seria a solução para todos os problemas dele. Após pegar o maço de notas, começou a contá-las, dando uma pausa ao chegar aos seiscentos dólares. A sensação era de ter ganhado na loteria do Coelhinho da Páscoa.

Com o bolo de dinheiro firme em mãos, a busca prosseguiu pelo quarto, na fé de ainda haver mais coisas de valor por lá. A porta da gaveta foi aberta, exibindo roupas de um lado e um consolo do outro. Não encontrou nada que valesse a pena no meio das roupas.

Antes de sair correndo com o dinheiro, decidiu que queria dar uma olhada no cesto. Lou Sacana presumiu que o objeto estaria repleto de garrafas de bebida — seria o paraíso na Terra.

Não havia trinco na tampa, que logo foi aberta. Dentro do cesto, não foram garrafas o que o homem encontrou.

Rugindo antes do bote, Belial saltou do cesto, e as garras dele cravaram fundo na cabeça de Lou Sacana.

Em choque, o homem deixou as notas de dinheiro caírem no chão. Na tentativa de arrancar a coisa grudada do rosto, gritou e tropeçou em pânico, incapaz de ver qualquer coisa além de uma massa disforme com uma face monstruosa. Os dois rodopiaram quarto afora, passando pela porta aberta e parando no corredor.

Confiando no instinto e na memória muscular, Lou Sacana conseguiu cambalear em direção ao próprio apartamento. Assim que entraram, a porta foi batida com força, enquanto a luta prosseguia.

Gus ainda recuperava o fôlego de tanto subir e descer as escadas. Agora, uma nova onda de barulho surgia dos andares superiores, mas desta vez era pior. Era o amigo que gritava de horror e agonia. Após retomar a chave mestra, levantou o balcão para subir as escadas o mais rápido possível. Por mais que tentasse, não foi veloz o suficiente.

Belial e Lou Sacana sentiam o hálito um do outro conforme gritavam cara a cara. Belial ficou enojado com o bafo azedo de birita, então pulou para trás do bêbado, agarrando-o pelo pescoço. Dessa posição, as garras tinham acesso total ao rosto da vítima, e ele não perdeu tempo. Começou a estraçalhar a pele como se fosse um moedor de carne na potência máxima. O sangue acabou espalhado por todos os lados.

Na balsa de volta para Manhattan, Duane foi tomado por um choque momentâneo. Sentado ao lado de Sharon em um banco do deque, a cabeça dele foi para trás como se estivesse tomada por um acesso de raiva. Tentando puxar o ar para dentro dos pulmões, ele percebeu estar no meio de um orgasmo-sanguinário.

Aquilo só poderia significar uma coisa: Belial estava matando de novo.

Duane se inclinou para a frente, agarrando com força o corrimão do deque. A força nos dedos era tanta que teve medo de quebrá-los.

"Duane, tá tudo bem?", perguntou Sharon, apesar de a resposta ser aparente.

Foi necessário empregar toda a força de vontade para se manter agarrado ao corrimão, pois Duane sabia que, se soltasse, correria o risco de socar Sharon ou estrangular a primeira pessoa que encontrasse. Isso o levaria direto para a prisão, e nunca mais encontraria Belial.

Sharon colocou a mão no ombro dele em um gesto de preocupação.

"Fica longe! Acho que vou vomitar e não quero te sujar!"

A garota deu um passo para trás. Nenhum outro passageiro deu muita bola, achando que não passava de um enjoo marítimo.

No quarto oito, Lou Sacana cambaleava para trás, lutando para se livrar da criatura agarrada à cabeça dele. Quanto mais tentava, maior ficava a pressão no crânio.

Uma das garras desceu rasgando o rosto do homem por cima do olho direito. O corte profundo dividiu o globo ocular ao meio, fazendo parecer que olhava para dois lados ao mesmo tempo. Sangue jorrou por cima do olho esquerdo, levando-o a uma cegueira temporária que o impediu de ver a orelha ser arrancada da cabeça e jogada no chão.

Entre os gritos de desespero, sentiu a garra cortante penetrar a boca e rasgar até atravessar a bochecha. A força do golpe rasgou a carne dos lábios, deixando a parte inferior do rosto pendendo como uma máscara grotesca.

Com a vista ensanguentada, Lou Sacana correu de uma parede à outra, acertando em cheio um pôster com duas mulheres nuas. Quando o corpo escorregou até o chão, deixou uma marca sangrenta sugestiva nas virilhas das irmãs Mary e Madeline Collinson, as primeiras gêmeas na capa da *Playboy*.

A criatura rugia de puro êxtase assassino ao destruir o resto da cabeça de Lou Sacana no chão.

Engasgando-se com o próprio sangue e lutando entre golfadas de ar, o ladrão sabia ser o único culpado pela situação. Havia escolhido a pessoa errada para roubar, tentado enganar o trouxa que não devia e, principalmente, aberto o pior cesto do mundo.

Belial ouviu o barulho de mais pessoas se reunindo na porta do lado de fora. Com um movimento rápido, passou as garras pela garganta de Lou, abrindo a jugular e acelerando a viagem sem volta do bêbado para o além.

Gus subia ofegante as escadas para o terceiro andar com o Professor e Scott na cola.

"É o Lou!", gritou o Professor, preocupado.

Quando Gus chegou ao terceiro andar, encontrou Josephine andando de um lado para o outro no corredor, tão inquieta que parecia prestes a urinar nas calças.

"Por favor, vai logo! Não sei o que tá acontecendo!", exclamou a mulher.

Em completo pavor, Rhonda apontava para o corredor ao lado. Gus notou o fiel rolo de massa na mão dela. Ao menos um alívio, visto que ele mesmo havia esquecido de pegar uma arma.

Ao chegar à porta, os gritos aterrorizantes que vinham do quarto oito haviam cessado, deixando-o ainda mais preocupado. Sem perder tempo batendo ou anunciando a presença, girou a maçaneta e entrou com passos firmes.

O que encontrou ali o fez parar no mesmo instante. Josephine, Scott, o Professor e Rhonda chegaram logo atrás, espiando por cima do ombro dele. Ninguém teve coragem de dar mais um passo. Josephine deixou escapar um grito de puro horror. Rhonda não conseguiu conter a torrente de berros.

Lou Sacana parecia esmagado contra a pia na tradicional posição de bêbado. Sangue vazava por diversos ferimentos ao longo da camisa amarela. O rosto se transformara em uma massa disforme de tiras de carne humana, os olhos sem vida encaravam com uma expressão de incredulidade.

Gus sentiu um aperto no peito ao ver o estado do velho amigo. Naquele momento, não conseguiu enxergar ali Lou Sacana. Era apenas Lou O'Donovan.

Os gritos incessantes de Rhonda estavam a ponto de fazê-lo enfiar o rolo de massa goela abaixo dela apenas para ter um pouco de silêncio. No entanto, se berrar a plenos pulmões era uma forma de lidar com aquilo, não seria ele a impedi-la. Ele temia perder outros inquilinos por conta do assassinato brutal em seu hotel.

Seja lá o que houvesse invadido o quarto sete, também arrumou um jeito de ir para o quarto oito. Gus já não acreditava se tratar de um animal ou algum tipo de Coelho da Páscoa maligno com garras enormes. Parecia ser o trabalho de um maníaco, tirando proveito das escadas de incêndio em busca de uma janela aberta com uma vítima para ser mutilada. O dia estava quente, mas seria preciso pedir para que todos os hóspedes mantivessem as janelas trancadas até o assassino buscar outro local de trabalho.

A suspeita se confirmou ao notar o rastro de sangue que ia do corpo de Lou passando pela parede até a janela aberta.

"Meu Deus", murmurou Josephine, com a voz embargada.

Gus cruzou o quarto apressado e bateu a janela com força para trancá-la em seguida.

"Todo mundo de volta para os quartos! E tranquem as janelas. Agora!"

14

Pouco foi dito por Duane ou Sharon no caminho de volta ao Hotel Broslin, mas não por falta de tentativa da garota. Todas as perguntas dela foram ignoradas, mas não importava. Ela iria acompanhá-lo até o quarto dele de toda forma. Só então ela iria abandonar o encontro mais desastroso da vida sem olhar para trás.

Por mais que não pudesse sentir raiva do rapaz em meio a um colapso nervoso, também não era nada fácil ignorar o sentimento de rejeição.

A perseguição começava a deixá-la suada e desconfortável, e Duane continuava a ganhar mais distância.

"Duane, não dá pra esperar um minuto?", gritou ela, atrás.

"Não! Para de me seguir!"

"O que foi? Eu só quero ajudar."

Duane acelerou o passo ao virar à esquerda na 8th Avenue com a 49th Street. Foi quando parou de supetão.

Havia uma ambulância e uma viatura policial paradas em frente ao Hotel Broslin, a poucos metros de distância. O giroflex vermelho da ambulância estacionada de costas para a calçada girava sem parar.

Exatamente aquilo que mais temia. Uma multidão de hóspedes se aglomerava na frente do hotel, como se todo o prédio tivesse sido evacuado. O orgasmo-sanguinário na balsa foi causado por mais um homicídio de Belial. A única dúvida agora era quem teria sido a vítima. Fosse quem fosse, a maior esperança era de que nenhum mal tivesse recaído sobre Casey.

Uma coisa que Duane sabia sobre Belial: o irmão nunca mataria a menos que fosse absolutamente necessário. Era mais provável que, fosse lá quem fosse o morto, tivesse recebido o que merecia.

"Eu sabia!"

"É aqui que você tá morando?", perguntou Sharon, mas Duane saiu em disparada sem responder.

A multidão agitada só deixava a atmosfera de evacuação de emergência mais evidente. Duane sentiu um alívio ao ver Casey entre os moradores. As manchas borradas de rímel eram a prova de que os olhos haviam derramado lágrimas.

"O que aconteceu?", questionou Duane, com urgência.

Tomada pelo luto, Casey agarrou os braços dele.

"Alguém matou o Lou Sacana, o rosto dele foi dilacerado. Acabaram de levar o corpo. A polícia tá interrogando todo mundo, e ninguém pode voltar agora pros quartos."

Enquanto Josephine corria até eles, Sharon permaneceu alguns passos atrás, ouvindo tudo com um horror crescente.

"Foi horrível!", choramingou Josephine. "Eu vi tudo! A pele do Lou estava toda rasgada! Tinha sangue por todo lado!"

Se o cadáver era de Lou Sacana, então provavelmente foi uma tentativa de arrombamento. No entanto, isso não diminuía a preocupação de Duane, pois a polícia estava no hotel com o irmão. O rapaz ficou com medo de que outro orgasmo-sanguinário despontasse a qualquer instante.

Será que Belial matara dentro do quarto? Os pertences dele estariam ensopados com o sangue de Lou Sacana? E como o irmão estaria? Desde o assassinato, não tivera mais notícias em sua mente.

"Preciso ver o que tá acontecendo!"

Duane se afastou do grupo e entrou na recepção abarrotada de gente, incluindo Gus, o Professor, além de Diana e as colegas de quarto, que se vestiam durante o dia com a mesma ousadia dos figurinos do filme. Assim que o rapaz tentou passar, Gus o agarrou pelo braço.

"Meu amigo tá morto! Onde você se meteu!?", gritou Gus, aproveitando uma oportunidade para deixar as emoções reprimidas escapulirem, como sempre. Era possível ver um brilho nos olhos marejados, à beira das lágrimas.

Sharon se espremeu para passar pela porta, mas nunca que a garota entraria sem ser convidada. O fato de haver uma ameaça mortal à solta não a assustava. Afinal de contas, estava acostumada a viver em Nova York.

"Duane! Me deixa ir com você."

Ele se livrou de Gus, deu meia-volta e agarrou os ombros de Sharon.

"Você não pode entrar aqui!"

"Eu já ouvi o que aconteceu! E não tenho medo."

"Ele matou o Lou! Não quero que te mate também."

Antes que pudesse reagir, Duane a empurrou para fora, convencido de que estava protegendo-a. Ignorando o resto das pessoas, foi se acotovelando até a escada.

No segundo andar, o detetive à paisana Jerome Clark interrogava Scott enquanto o parceiro, o detetive Lander Abernathy, vestindo um sobretudo, investigava o elevador de monta-cargas ao final do corredor. O detetive Clark fechou o bloco de anotações com as duas mãos.

"Pode ser que eu volte para continuar nosso interrogatório", informou o detetive Clark para Scott, uma das principais testemunhas dos crimes nos quartos sete e oito.

Scott soltou um sorriso malicioso, abrindo o roupão o suficiente para revelar uma lingerie de renda por baixo.

"Se você gostar de lingerie, pode me revistar à vontade, seu policial."

O olhar de resposta do detetive indicava que sim, ele gostava.

"Assim eu vou ter que te prender para uma revista completa."

Scott deu uma piscadinha.

"Minha porta vai estar aberta."

"Não é uma ideia muito inteligente com um assassino à solta, meu jovem", retrucou o policial.

"Pode me chamar de Docinho", respondeu Scott, com uma voz sedutora.

A atenção do detetive se voltou para o rapaz subindo apressado em direção ao terceiro andar.

Duane subia tão rápido as escadas que nem ouviu a ordem do detetive para parar. Após encontrar o corredor do terceiro andar vazio, correu até porta e não perdeu tempo colocando a chave na fechadura.

"Ei! Calma aí, rapaz!", gritou o detetive Clark do final do corredor.

Duane congelou na frente da porta. Quando o detetive se aproximou a passos lentos, o primeiro pensamento foi: *É isso aí, fim da linha.* O pior cenário possível sempre foi ser preso pela polícia e descobrirem o irmão. Ambos seriam presos, separados, testados como cobaias e informados de que não tinham mais controle sobre as próprias vidas.

E tudo isso por causa de um encontro secreto com uma garota.

Ao falar com o detetive por cima do ombro, esforçou-se ao máximo para evitar contato visual e não mostrar a culpa estampada no rosto.

"Você mora aqui?", questionou o homem.

"Sim."

"Qual seu nome?"

"Duane Bradley."

"Há quanto tempo você saiu, Duane?"

"Saí de manhã cedo."

"Você tem algum animal de estimação? Guardou algum bicho no quarto?"

"Não, nenhum. Por quê?"

"Um dos seus vizinhos, o sr. Louis O'Donovan, foi assassinado algumas horas atrás, e estamos interrogando todo mundo no prédio. Se importa se a gente entrar pra dar uma olhada?"

Duane olhou para o corredor e viu outro detetive de sobretudo vindo em direção a ele com toda a calma do mundo.

"Não", respondeu.

O detetive Clark notou a hesitação na mão de Duane para girar a chave na fechadura. Sem esperar, o homem colocou a mão sobre a do rapaz e completou ele mesmo o serviço.

A porta do quarto sete se abriu.

O detetive foi na frente, tirando a chance de Duane impedir a entrada dele. O jovem o seguiu, e logo depois veio o detetive Abernathy.

O estado do quarto assustou Duane, com móveis quebrados e páginas dos registros médicos roubados espalhadas pelo chão. A pasta que guardava esses documentos tinha respingos de DNA — uma prova remanescente do primeiro assassinato. Será que haviam encontrado a pasta, documentando-a como parte das evidências?

Ao olhar para o cesto, viu que a tampa estava fechada. Já o cadeado não estava no lugar. O nervosismo fazia as mãos tremerem, e Duane torceu para que ninguém reparasse. Em vez disso, os olhares curiosos dos detetives rondavam pelo quarto em busca de algo suspeito.

"Duane, pouco antes do assassinato, alguns moradores afirmaram ter ouvido barulhos vindos deste quarto, como se alguém estivesse fora de controle. Alguma ideia de quem ou o que poderia ser?"

"Não. Não sei. Eu estava fora."

"Consegue pensar em alguém que tenha alguma rixa com você? Alguém que poderia estar te perseguindo? Você e aquele Lou tiveram algum desentendimento?"

"Não, não conheço ninguém na cidade, estou só de visita."

O detetive apontou para a televisão quebrada e a luminária no chão.

"Consegue me explicar o que aconteceu aqui?"

"Já tinham me avisado que o Lou Sacana andava espiando meu quarto, olhando pelo buraco da fechadura. Todo mundo sabe que ele era um ladrão."

"E você consegue reparar se algo sumiu?"

Só o meu irmão, pensou.

"Acho que não."

Pelo canto do olho, Duane percebeu que alguém havia parado no batente da porta. Era Gus, prestando muita atenção àquela conversa.

"E você não tem nenhum animal de estimação? Nada de cachorro ou algo do tipo?", perguntou o detetive.

"Não", respondeu Duane, lançando um olhar nervoso para o cesto, arrependendo-se do gesto logo em seguida. O detetive Clark seguiu o olhar.

"O que tem dentro do cesto?", questionou o homem.

Duane ficou sem palavras, imaginando o caos prestes a acontecer caso o detetive decidisse abrir a tampa. Será que o irmão conseguiria lidar com os dois detetives e com Gus ao mesmo tempo? Muito provável que sim.

A verdadeira pergunta a ser feita era se ele conseguiria lidar com três orgasmos-sanguinários simultâneos sem matar alguém. Será que Duane acabaria se matando? Poderia resistir à vontade de rasgar a própria pele do rosto, arrancar os olhos das órbitas ou bater com a cabeça contra a parede até o crânio ceder e miolos voarem por toda parte?

A mão do detetive Clark deslizou pela tampa do cesto, chegando até o fecho destrancado, para então levantar a tampa.

O cesto estava vazio.

"Nada", respondeu Duane atrasado, enquanto os olhos vagavam pelo quarto em busca do irmão. Quando viu a janela aberta, se perguntou se Belial não poderia estar vagando pela cidade.

"Duane, de onde você é?"

"Do interior, Glens Falls."

O detetive Abernathy anotava algo no bloco, e Duane tinha certeza de que era o veredito de culpado. O homem fechou o caderninho, acendeu a luz do banheiro e entrou. A cortina do chuveiro estava fechada.

Duane engoliu em seco ao ouvir o som da cortina sendo puxada. O corpo ficou tenso com a expectativa de outro orgasmo-sanguinário, que não veio.

O detetive Clark olhou para o chão, em frente à cômoda.

"Você sempre deixa o dinheiro espalhado assim?"

O rapaz seguiu o olhar do detetive e viu o maço de notas no chão. Clark juntou o dinheiro para ele.

"Ah, deve ter caído da cômoda."

"E você ficou fora o dia todo?", perguntou o detetive Clark, pela segunda vez.

"Desde a manhã."

"E estava sozinho, ou..."

"Acompanhado. Era um encontro." O que era verdade, mas e se os detetives interrogassem Sharon e perguntassem sobre o encontro? Os dois sabiam ter sido um completo desastre. O rapaz dera um verdadeiro show de loucura em público.

O homem entregou em mãos o bolo de dinheiro.

"Você conseguiria comprovar onde esteve e com quem?"

"Claro."

O detetive Abernathy saiu do banheiro e foi até o armário logo atrás dele. Duane resistiu ao impulso ansioso de olhar para trás, preparando-se para um possível orgasmo-sanguinário enquanto a porta do armário era aberta. Nada.

"Por quanto tempo você vai ficar por aqui?", perguntou o detetive Clark.

"Alguns dias."

"Tudo bem para você se eu precisar voltar para dar uma investigada?"

"Claro."

Os detetives pareciam prestes a sair, mas havia uma pergunta que precisava ser feita. Dessa vez, por Duane.

"Posso perguntar se o Lou faleceu aqui?"

"Não, foi no quarto oito."

Gus e o detetive Abernathy saíram do quarto.

"Certo, sr. Bradley, muito obrigado. Se lembrar de algo que possa nos ajudar, ficaremos gratos em receber seu contato."

O detetive Clark retirou um cartão de visita do bolso interno do paletó e o entregou a Duane.

"Certo, pode deixar."

Depois de dar uma última inspecionada no quarto, o detetive saiu e fechou a porta atrás de si.

Duane correu para trancá-la e, em seguida, virou-se para o quarto, imaginando que Belial estaria lá fora, na escada de incêndio. Levantou as persianas para espiar pela janela, mas o irmão não estava lá.

O rapaz se voltou para o cômodo. Se Lou Sacana fora morto no próprio quarto ao final do corredor, então Belial poderia estar solto pelo Hotel Broslin.

"Droga, onde você se meteu?"

O ranger de uma tampa de privada sendo aberta o fez dar meia-volta. Belial terminava de abrir a tampa.

Duane correu para o banheiro, sentindo um alívio. O gêmeo estava todo contorcido e desconfortável, com o corpo retorcido até o limite para caber dentro da privada.

"Você ficou maluco!? A gente quase foi preso por sua causa!", acusou Duane.

Ele que invadiu. Isso tudo é culpa sua.

"Não, não e não. Não joga a culpa disso pra cima de mim. Eu não achei que o cara iria invadir nosso quarto."

Você nem ficou em casa comigo, logo na Páscoa. Pra onde você foi?

"O quê? Pera aí, só um minuto."

Você mentiu! Para o seu próprio irmão! Por quê?

Duane não tinha mais argumentos para se defender. Belial estava certo. No que ele estava pensando? Como pôde deixar a cabeça de baixo tomar as decisões?

"Tá certo. Tudo bem."

Você foi ver ELA! Eu também queria!

Duane encostou-se na parede e deslizou até o chão, cheio de culpa. Não havia nada que pudesse esconder do irmão; agora, tinha certeza disso. Por mais que tentasse mentir para si, não poderia fazer a mesma coisa com o gêmeo. Um dos maiores medos dele se tornava realidade. Após dividirem o mesmo corpo por mais da metade da vida, a carne de um sentiria qualquer traição do outro.

"Tá bom, tá bom. Sim, eu fui ver uma garota."

Sharon. Aquela no consultório do dr. Needleman.

"Sim, a secretária."

Então vai, admite que mentiu pra mim!

"Sim, eu menti. Sinto muito."

E você nem foi atrás do endereço da médica.

"Não, eu não fui atrás das informações da dra. Kutter."

Por que mentiu pra mim?

"Eu sabia que, se te contasse, você ficaria irritado."

Eu também queria ver a garota. Dava pra ter me levado junto.

Duane não sabia o que responder. Nem lhe ocorreu que Belial também poderia ter uma quedinha por Sharon. E por que não? Os dois eram as metades de um mesmo ser.

O rapaz pegou uma toalha e se aproximou do irmão.

"Vem, segura minha mão."

Após tirar o gêmeo da privada com um puxão firme, colocou Belial sobre a tampa para secar. Foi possível sentir o pulso dele batendo mais rápido que o normal.

"Seu coração tá a mil por hora. Você ficou com medo?"

Não. Só... bravo.

Belial estava mentindo, só não sabia dizer se Duane podia perceber. Seria possível esconder para sempre o uso de entorpecentes? Haveria nele alguma barreira mental de proteção que o irmão não tinha? Pela primeira vez na vida, um suor frio escorreu da testa dele. Dava para perceber ou parecia apenas água da privada?

O que vocês fizeram juntos?

"Não fizemos nada. Ela só me mostrou um pouco da cidade. Nada mais."

Para onde vocês foram?

"A Estátua da Liberdade."

Eu queria ver a Estátua da Liberdade.

Cada pergunta apenas aumentava a culpa em Duane. Foi um ato egoísta, sair por aí em busca do prazer pessoal à custa do irmão.

Você chegou a tocar nela?

"Não, a gente nem..."

Mentira! Deu pra sentir!

"Tá bom. Ela me beijou, e eu beijei de volta."

Você vai me trocar por ela. Igual fez hoje. Na Páscoa. Sempre foi um dia de passar em família.

Duane odiava ver o irmão chateado daquele jeito, e ele tinha todo o direito do mundo. Dentre todas as possibilidades, sair de fininho logo naquele dia foi egoísmo da parte dele. Após enrolar a toalha em Belial e o levantar da privada, os braços envolveram o corpo do irmão.

"Eu não vou te trocar. Só queria um tempo pra mim."

Então você pode tomar ar fresco e visitar os pontos turísticos enquanto eu fico mofando nesse quarto abafado? Você nem sequer deixou uma janela aberta.

Duane percebeu que o irmão estava tentando dar uma de coitadinho. Já não era bastante tudo que vinha fazendo? Cada segundo do dia precisava ser dedicado a Belial?

"Olha, eu te ajudei até aqui, não? Matar o Pillsbury foi ideia sua. Você que quis vir pra Nova York para pegar os outros."

Você disse que tinha amado a ideia. Falou que eu podia contar com você.

"Sei disso, calma. Espera eu terminar."

Você não quer ficar aqui comigo.

"Não foi isso que eu disse! Eu..."

Você tinha dito que eles mereciam.

"Mas é claro. Todos eles merecem. Só tô dizendo que tudo isso foi ideia sua, cada parte do plano."

Você consegue andar. Eu não.

"Mas eu te ajudei, não? Nunca iria te abandonar, não depois de tudo que a gente passou. Você sabe disso."

Eu sabia disso, até você destruir a minha confiança hoje.

"Tô falando a verdade. Depois de tudo que enfrentamos, sempre vamos estar juntos."

Duane abraçou o irmão com força, e os braços de Belial se apertaram ao redor do pescoço do irmão. No silêncio que se seguiu, ambos não conseguiam evitar a dúvida. Será que as palavras de Duane eram sinceras? Se fora capaz de enganar e fugir para um encontro, poderia fazer mais vezes?

Belial estava com um cheiro de perfume estragado — talvez Colônia de Privada para Aberrações.

"Você tá precisando de um banho."

Uma batida na porta o assustou, fazendo-o se levantar do chão em um pulo.

"Fica para depois", sussurrou Duane, enquanto levava Belial de volta para o cesto e fechava a tampa.

O medo era de que os detetives tivessem retornado. O alívio de encontrar Gus à porta não foi tão grande quanto imaginara. O gerente segurava dois itens de limpeza.

"Quer uma vassoura e pá para dar um jeito na bagunça?"

"Sim, obrigado."

Gus entregou os objetos para Duane.

"Se importa se eu entrar?"

"Claro que não, o lugar é seu", informou Duane, saindo do caminho para liberar a passagem.

"Olha, Duane. Eu gosto de você como hóspede. Quero que sua estadia aqui seja agradável, sinto muito que isso tenha acontecido logo no seu quarto."

"Obrigado."

"Você contou tudo que sabia pros policiais?"

"Uhum, eu realmente não sabia de nada. Passei a manhã toda fora."

"Olha pra mim. Sei que sou o gerente desse lugar, mas tô longe de ser um policial. Pode me contar qualquer coisa. Não vou pegar no seu pé."

"Obrigado por isso."

"Uma boa parcela do pessoal daqui está fugindo de algum problema, senão nem viriam pra cá. Você está fugindo de algum problema? Porque, se estiver, posso te ajudar."

"Não, até onde sei, não tem ninguém atrás de mim." A oferta sincera de Gus o deixou tocado. Mentir só piorava a situação.

"Quando você chegou, falou pra uma mulher que *ele* matou o Lou e não queria que ela morresse também. Quem seria esse cara?"

"Só ouvi da Casey que alguém tinha matado o Lou. Você acha que foi uma mulher a assassina?"

"Acho que não."

"Então só presumi que foi um cara mesmo e chamei de ele."

Gus levou um momento para processar a informação.

"Se você tiver algum animal de estimação, não precisa esconder. Eu também tenho uma cachorrinha."

"De verdade, não tenho nenhum bicho."

Gus olhou para o cesto na cômoda, agora fechado e com um cadeado. Até poucos minutos, quando o detetive abriu a tampa, o objeto estava vazio.

"Você deixou uma janela aberta quando saiu?"

"Sim, acabei deixando."

"Então mantenha ela fechada e trancada. Acho que foi assim que o assassino entrou."

"Obrigado. Sinto muito pelo que aconteceu com seu amigo."

"Nem sei se eu gostava do sujeito, mas ele era como família. Você acaba se acostumando com a presença da pessoa."

Duane acreditava que Gus tinha um coração bom, além de ser muito mais gentil do que aparentava. Com sorte, os dias restantes no Hotel Broslin não trariam mais problemas ou dor para alguém tão legal quanto aquele homem.

"Posso pagar pela cômoda", sugeriu Duane, puxando o maço de dinheiro do bolso.

Gus balançou a cabeça para recusar a oferta.

"Não esquenta, eu já precisava trocar de qualquer forma."

"Pode deixar que vou deixar tudo limpo."

"Eu só gostaria que isso não acontecesse com você durante sua estadia em nossa cidade maravilhosa."

"Ouvi alguém chamar de Cidade do Medo."

"Pode contar com a gente se o problema retornar. Não tenha medo de me pedir o que for."

Gus deu uns tapinhas nas costas de Duane e se voltou para a porta.

"Mais uma coisa", avisou Duane, fazendo o gerente se virar. "Posso pagar por mais uma semana agora?"

Sharon saiu abismada do Hotel Broslin. Estava preocupada com Duane, que parecia ter escolhido o hotel mais mortal de Manhattan como estadia. O local conseguia ser mais decante do que as moradias de Chelsea, um bairro amaldiçoado onde tivera mais noites de insônia do que gostaria.

Duane parecia sofrer de alguma condição debilitante que ela desconhecia. A forma como o corpo dele reagiu na Ilha da Liberdade a fez pensar na possibilidade de enxaqueca crônica ou epilepsia. Embora Sharon trabalhasse em um consultório médico, não era enfermeira, então não poderia fazer uma avaliação real sobre o estado do rapaz.

Também seria totalmente plausível que Duane não batesse bem da cabeça. Ao começar a se soltar, deixando cair as barreiras da timidez para depois beijá-la com mais fervor, pode ter perdido o controle.

Seria ele algum tipo de fanático religioso atravessando um surto de culpa? Para Sharon, religião não passava de um delírio coletivo com cobras falantes, gente andando sobre a água e anjos justiceiros. As canções dela eram repletas de críticas para as organizações religiosas. Uma das músicas mais famosas da Tretas e Tetas era "Cristo Passivo". Em geral, os punks não eram bem-vindos nas igrejas, e os cristãos não eram tão amorosos e receptivos como a mídia gostava de pintá-los. Esse grupo veria o cabelo verde espetado, começaria a chamá-la de bruxa e a queimaria em uma fogueira.

No entanto, aquele encontro havia se mostrado ainda mais bizarro que qualquer julgamento religioso. Quando Duane surtou, ficou repetindo que algo estava errado e que precisava voltar. A impressão era de que o rapaz sabia sobre o assassinato no hotel enquanto ocorria. Parecia algum tipo de poder psíquico, mas isso seria ainda mais absurdo do que acreditar na religião.

E ela já não sabia mais no que acreditar.

Por mais decepcionante que fosse, a verdade era que ela havia ido a algo parecido com um encontro às cegas, e tudo acabou em um completo desastre. As aparências tentadoras também podiam ser enganosas às vezes. Antes Sharon tinha uma atração natural por *bad boys* — o tipo mais comum na cena punk. No entanto, o cara certinho e tímido acabou por se revelar o mais maluco de todos. A garota não levava sorte mesmo.

Então por que não conseguia apenas tirá-lo da cabeça?

Os devaneios sobre Duane quase a fizeram atravessar a rua com o sinal vermelho. Uma buzina quase explodiu os tímpanos dela quando um ônibus passou a um centímetro de distância, fazendo-a pular para trás, ofegante.

Estava mais do que na hora de apagar a existência daquele cara — tchauzinho, Duane Bradley de Glens Falls. Os sentimentos negativos daquele encontro desastroso ainda reverberariam por alguns dias, mas a frustração se transformaria em algo útil. O próximo ensaio da banda serviria para expurgar tudo de ruim. E, para a ocasião, Tretas e Tetas já tinha a música perfeita: "Pau Brocha Pra Toda Obra".

Após a saída de Gus, Duane levou o irmão até o chuveiro para um banho. Foi só então que percebeu um filete de sangue escorrendo pelo canto da boca dele.

"Você tá sangrando. Abre a boca."

Belial reclamou, enquanto o irmão dava uma conferida. O rosto do jovem fez uma careta ao ver um pedaço pontudo de casca de ovo, com cores vibrantes, cravado na gengiva. A boca estava repleta de lacerações.

"Como isso aconteceu? Eu descasquei os ovos pra você."

Mas esqueceu um debaixo da cama. Você disse que eu tinha encontrado todos.

"Mas não é novidade que a casca precisa ser tirada primeiro."

Eu sei, mas estava muito bravo. Você queria sair tão rápido que nem prestou atenção.

Duane balançou a cabeça, desapontado consigo mesmo.

"Me desculpa. Agora, fica parado."

Com cuidado, colocou a mão na boca de Belial e puxou o pedaço de casca de ovo. O corte na gengiva começou a sangrar ainda mais.

"Vou precisar comprar um antisséptico bucal pra você. E, pelo jeito, outra televisão, já que vamos ficar mais uma semana. O que aconteceu com a TV?"

Eu quebrei. Sinto muito.

Depois de dar banho em Belial, Duane saiu para fazer compras e ficou surpreso ao ver as lojas funcionando normalmente. Em Glens Falls, tudo fechava no feriado de Páscoa. Talvez a pequena comunidade supersticiosa temesse que um Jesus morto-vivo ressuscitasse para puni-los por não fecharem as portas no dia da ressurreição.

A segunda televisão comprada em uma loja de penhores tinha uma recepção melhor do que a primeira. Duane deixou Belial escolher a programação e fingiu interesse em cada opção. Por dentro, não deixava de pensar em Sharon, no quão horrível fora com ela e se algum dia ainda a veria ou teria chance de se explicar. Teria ele a coragem necessária para olhá-la nos olhos após tamanha vergonha?

Graças aos diversos cortes na boca de Belial, o jantar precisou ser algo macio e sem tempero. A refeição daquela noite de Páscoa foi uma dúzia de cachorros-quentes simples. Não chegava nem perto do banquete que tia Beth costumava preparar, mas nenhum dos dois reclamou. Ambos estavam aproveitando um dia de folga no feriado.

Ainda abatidos pela matança, foram dormir cedo. Ambos permaneceram inquietos à noite, graças às reclamações estomacais do intestino de Belial. Em certo momento, Belial foi ao banheiro e começou a gemer tão alto que Duane levantou de preocupação para ver o que estava acontecendo. Quando olhou no vaso da descarga, compreendeu a origem do sofrimento.

Os dejetos estavam misturados a uma piscina de sangue com cascas de ovo coloridas. Com ainda mais culpa, Duane se arrastou de volta para a cama.

15

A segunda-feira deveria ser mais um dia normal na busca imprevisível pela dra. Kutter, porém Duane tinha outros planos.

"Vamos sair pra explorar a cidade. Só nós dois. A gente pode visitar alguns pontos turísticos juntos."

Certo.

"Você que manda. Qual lugar gostaria de ver primeiro?"

Após um instante de ponderação, Belial anunciou:

World Trade Center.

O gêmeo sabia que o irmão tentava compensá-lo por tê-lo abandonado no dia anterior. A consciência de Duane permanecia pesada. Belial estivera animado para ver a Estátua da Liberdade, mas, como Duane já havia feito isso sozinho, não teria mais graça alguma. O tédio acabaria transformando a presença do outro em um fardo.

"Tudo certo para sairmos hoje? Como estão os machucados?"

Bem melhores.

"Abre bem a boca."

Belial abriu a boca para uma nova inspeção. A pior ferida de todas não passava de um leve corte na gengiva, que soltou um filete de sangue quando a casca de ovo foi retirada. Por milagre, a boca estava muito melhor. No entanto, não fora apenas a boca a ter ferimentos.

"E como tá o seu bumbum?"

Bom-bom.

"Mesmo?"

Vai querer conferir meu cu também? Quer que eu abra bem?

"Não, vou acreditar em você."

Após 107 andares no World Trade Center, conseguiram chegar ao mirante do arranha-céu. Todos os lados eram rodeados por janelas que iam do chão ao teto, oferecendo a vista mais majestosa de toda a cidade — e a mais vertiginosa. De longe, aquela era a maior altura em que já tinham estado, e o momento trouxe um sentimento de conquista. Duas aberrações juntas no topo do mundo.

Para Belial, os prédios abaixo pareciam brinquedos. Ao se aproximar no cesto, imaginou como seria brincar com eles. A mente criou um cenário em que tinha o mesmo tamanho do Godzilla, esmagando construções com as próprias mãos.

"E se a gente caísse daqui?", perguntou Duane, e o cesto foi derrubado de leve, como se fosse deixá-lo cair. E começou a rir.

Desgraçado.

Duane abriu um sorriso travesso.

Não demorou para o tédio tomar conta, e eles optaram por descer. Para nenhum dos dois a experiência pareceu tão reconciliadora quanto deveria ter sido. E Duane se perguntou se não seria ele o responsável por tudo aquilo. A confiança de ambos foi destruída por culpa dele. Com sorte, a estadia na Grande Maçã não perderia o sabor por conta disso.

Belial não estava com vontade de vagar pelo sol nem de visitar mais pontos turísticos. Um cinema escuro e com ar-condicionado parecia muito mais convidativo para os irmãos. Depois da semana que tiveram, estavam esgotados. Matar era uma tarefa exaustiva, então filmes de terror estavam fora de cogitação. E nenhum dos dois estava com o menor ânimo para risadas.

Talvez fosse o nome espalhafatoso do lugar, os pôsteres chamativos iluminando as vitrines, ou uma combinação de tudo. O fato é que pensaram a mesma coisa ao mesmo tempo.

Aqui.

Aqui.

E atravessaram a cortina de miçangas para entrar no Calabouço Noturno.

As luzes piscando e a placa de néon com XXX faziam o lugar parecer um cassino do pecado. Ao contrário do Cine Pussycat, não era um cinema com tela grande, também não havia *strippers* ou cabines interativas.

Apenas fitas de VHS para aluguel e cabines de exibição prévia, "Cabines da Amizade", como indicava uma das placas.

Um balcão de vidro ao lado do caixa estava repleto de pequenos frascos com limpador de cabeçote de vídeo, com nomes curiosos como Jato! e Molhadinho. Duane não fazia ideia de que esses aparelhos sujavam com tanta facilidade para precisar de tanta limpeza assim.

"Para entrar nas cabines, você vai precisar das fichas", informou o atendente.

"Ah, tá bom."

"Quantas?"

Duane tirou uma nota de vinte dólares do bolso.

"Não precisa do troco."

O atendente sacou vinte fichas e as colocou sobre o balcão. Os dois bolsos de Duane ficaram lotados. Os corredores com portas das cabines eram bem mais escuros, iluminados apenas por faixas finas de luz vermelha no chão. No primeiro, um letreiro de néon rosa dizia *Covil do Sexo*, enquanto o outro exibia *Câmara Molhada* com letras de LED.

As portas abertas indicavam cabines vagas. Gemidos de filmes pornográficos surgiam das portas fechadas. Homens andavam de um lado para o outro, de cabeça baixa, mãos nos bolsos e trocando olhares furtivos entre si. Muitos fumavam cigarros, deixando o ambiente envolto em uma névoa abafada. De vez em quando, dois caras — a clientela era apenas masculina — entravam juntos em uma das cabines livres.

Duane entrou na primeira cabine vaga e fechou a porta. Lá dentro, encontrou uma trava, que fez questão de usar, sem o menor interesse em fazer novas "amizades". Já tinha um amigo dentro do cesto. O cheiro no interior da cabine parecia uma mistura repulsiva de suor, água sanitária e algum produto químico tóxico, que poderia muito bem ser aquele limpador de cabeçote vendido na entrada.

Havia dois lugares dentro do espaço compacto. O primeiro era um banco de madeira preso à parede lateral. O outro não passava de uma cadeira dura de plástico em frente à tela da televisão. O visor estava desligado, mas uma pequena luz na parede indicava o local para inserir as fichas — cada uma dava direito a três minutos de diversão.

Duane colocou o cesto no banco de trás e o abriu, tirando Belial de dentro e posicionando-o em cima da tampa fechada. Depois, se sentou na cadeira da frente e inseriu uma ficha na máquina.

A televisão ligou em uma cena frenética de penetração em close.

Ao lado, viu o botão que permitia alternar entre 24 canais de vídeo. Aquela rede televisiva parecia conter todos os atos sexuais possíveis. Duane verificou um por um: sexo vaginal, anal, espanhola, um padre mijando em uma freira e até gente amarrada. Um dos canais mostrava um lenhador barbudo esbaldando-se em um traseiro peludo, e ele fez questão de pular o mais rápido possível.

Belial estava adorando a programação. Nada o empolgava mais do que ver corpos suados chocando-se e pele deslizando sobre pele. Os olhos estavam arregalados em puro êxtase. Os canais de televisão comuns não continham tanto entretenimento.

Com o coração acelerado, o amiguinho tentacular deu as caras, e a bunda começou a se contrair. Uma pena não ter trazido o novo brinquedo para se divertir. Hipnotizado com o conteúdo na tela, nem percebeu o buraco circular na parede logo atrás.

Através do buraco de *gloryhole*,[*] alguém observava Belial, enxergando apenas o ânus piscando, semelhante ao de qualquer outra pessoa.

A pulsação de Duane também estava acelerada. Ele logo abriu o zíper para ficar mais livre e se masturbar com uma das mãos, enquanto a outra trocava de canal.

Em geral, Belial tinha uma atenção aguçada com o ambiente ao redor. No entanto, nem percebeu um pênis ereto passando pelo buraco na porta. Os olhos abriram ainda mais quando algo o cutucou atrás. Parecia... exatamente como o brinquedo novo.

E Belial adorava brinquedos.

Revirando os olhos com prazer, o traseiro quicou de volta no objeto misterioso, enquanto o pornô continuava na tela. O tentáculo começou a pulsar de tesão.

---

[*] Abertura feita em uma parede ou divisória (geralmente em locais como banheiros públicos ou clubes privados) que permite interações sexuais anônimas entre as partes envolvidas.

Quando Duane olhou para trás, ficou chocado ao ver o irmão sendo penetrado por um estranho. Contudo, se aquilo agradava a Belial, não seria ele a negar um dos poucos prazeres sexuais que o gêmeo poderia experienciar.

No instante em que a tela ficou preta, o rapaz colocou mais três fichas na máquina. Continuou navegando pelos canais de sexo até encontrar uma vaqueira peituda cavalgando um cowboy.

Deixa nesse.

Duane parou no canal, também animado com aquele velho oeste sexual.

Belial avistou uma garrafinha em uma prateleira próxima — um frasco aberto de limpador de cabeçote Jato! Após abrir o produto, baforou o conteúdo com vontade. Os olhos rolaram nas órbitas. A cavalgada em cima daquele garanhão bem-dotado ficou ainda mais intensa. O irmão estava ocupado demais descascando a banana para perceber a atividade recreativa com drogas.

Hai-ho Silver, força total!

Em bizarra sincronia, os gêmeos atingiram o clímax ao mesmo tempo, mas apenas Duane deixou o chão melecado.

Lamentou por não ter um pouco de papel higiênico consigo. E não foi o único a deixar sujeira. Ao se levantar, desejou ter limpado o assento primeiro, pois conseguia sentir uma mancha fria e pegajosa escorrendo na parte de trás da calça. Estava mais do que na hora de visitar a lavanderia.

Duane colocou Belial de volta ao cesto, alheio ao fato de que o irmão estava contrabandeando a embalagem de Jato! no próprio traseiro para uso posterior.

Pela segunda vez, não houve necessidade de se preocupar com a lambança, porque Walter Lambe-Leite daria uma passada no estabelecimento mais tarde.

Com os bolsos repletos de fichas, Duane partiu, sabendo que ainda retornariam.

•   •   •

Quando chegaram em casa, tomaram um banho e se sentaram para ver TV. Depois de cansarem dos programas de comédia e de auditório, colocaram em um canal de notícias. Não viram matéria alguma sobre o assassinato no Hotel Broslin no dia anterior. Talvez o lugar fosse tão decadente que nem valesse a pena falar a respeito.

Uma notícia anunciava o surto de uma nova doença, algo como um câncer sexualmente transmissível e sem cura. A matéria deixou Duane arrepiado pelo comportamento imprudente de Belial no parque de diversões adulto. E se o gêmeo pegasse alguma IST ou essa nova doença misteriosa? Seria impossível levá-lo a uma clínica para tomar penicilina.

Na hora do jantar, surgiu um pequeno atrito entre eles.

"O que você tá a fim de comer hoje?"

Lasanha.

"Sério?"

Você não gosta?

"Gosto, mas achei que você tinha dificuldade com a digestão. Lasanha tem tempero forte."

E daí?

"Bem, sua barriga fica rugindo, e depois seus peidos viram gás lacrimogêneo."

Não posso nem comer o que quero? Vai me impedir de peidar também?

"Você pode peidar à vontade. Então vai ser lasanha mesmo."

Pouco depois, os dois estavam em frente ao balcão da lanchonete habitual.

"Eu gostaria de três pratos de lasanha para viagem."

Pede Ziti ao forno.

"Desculpa. Você pode trocar para três pratos de Ziti ao forno?", perguntou Duane ao cozinheiro.

Com linguiça picante.

"Com linguiça picante."

"Fechado", respondeu o cozinheiro.

Duane achou que a mudança repentina de Belial era apenas para provocá-lo. O irmão estava decidido a presenteá-lo com uma boa dose de peidos à bolonhesa a noite toda. A culpa persistente corroía a mente, convencendo-o de que aquele castigo era nada menos do que merecido.

215

Jantaram em silêncio enquanto assistiam a uma série com Tom Hanks sobre dois amigos morando em um hotel. Apesar da temática do programa televisivo, não havia o menor vestígio de amizade dentro daquele quarto. A necessidade de ficarem sozinhos era tão avassaladora que sequer perceberam compartilhar o mesmo desejo.

Duane reservara o dia para passar com o irmão, porém o dia havia chegado ao fim e a noite já havia caído.

"Preciso dar uma saída. Tomar um ar ou sei lá."

Pode me contar se for um encontro.

"Não é um encontro. Só preciso andar um pouco."

Finalmente, pensou Belial. As atividades noturnas requisitavam um ambiente discreto e sem supervisão. Quanto mais tempo Duane ficasse fora, melhor.

Uma carreirinha de cocaína foi o pontapé inicial para a festa de Belial. Os olhos precisavam ver mais *muié* pelada. Era muito mais divertido observá-las ao vivo e de perto no *habitat* natural.

Estava na vez dele de se aventurar escondido.

Casey se arrumava para passear na cidade à noite, e as persianas do quarto dela estavam fechadas, assim como as janelas. Pelo som dos preparativos, parecia que ela estava quase pronta para sair. Em certo momento, deixou o quarto. Os melões suculentos seriam saboreados em outra ocasião.

Diana e as colegas de quarto também não estavam em casa, então Belial atravessou o telhado até os fundos do prédio. Josephine parecia estar em casa. Após a morte de Lou e o aviso de Gus sobre manter as janelas trancadas, nada mais natural que a mulher levasse a sério o conselho. No entanto, as persianas não estavam fechadas o suficiente para impedir uma espiadinha.

Belial se posicionou no parapeito da escada de incêndio e observou Josephine por um bom tempo. A hóspede era uma figura e tanto, rodopiando pelo quarto como se estivesse dançando com um parceiro imaginário.

De repente, o estômago deixou escapar um grunhido voraz, resultado do Zito ao forno com linguiça picante.

O barulho chamou a atenção de Josephine para a janela. A postura dela mudou de repente, como se houvesse notado alguma presença. Belial se jogou para baixo, fora do campo de visão, esperando a janela abrir como na última vez. Nada aconteceu. Após um minuto escondido, começou a ouvir o som de gemidos e arfadas. Foi preciso escalar a parede para espiar outra vez.

As persianas estavam ainda mais abertas. Josephine estava deitada na cama de frente para a janela. O vestido e as roupas íntimas foram jogados no chão. As pernas estavam escancaradas, enquanto a mão dava um show de prazer individual para o observador de plantão. O corpo da mulher se contorcia todo, arqueando em puro êxtase.

O tentáculo de Belial pulou para fora, seguido dos espinhos, em um choque direto contra a parede de tijolos. A performance durou mais de uma hora, até Josephine começar a roncar pesado com a mão entre as pernas.

A pergunta seria o que fazer em seguida, uma vez que Duane não dera indícios de ter retornado. Apesar de não acreditar que o irmão saísse para se encontrar com Sharon de novo — a culpa ainda pesava demais para isso —, gostaria de saber qual tipo de dor de cabeça o rapaz estaria arranjando. As consequências seriam catastróficas se acabasse preso ou assaltado.

Curiosamente, conectar-se à mente de Duane estava mais difícil que o normal. O caminho parecia turvo e nublado, como se não houvesse destino para os pensamentos. A única dúvida era se a dificuldade era por vontade de Duane ou não.

Após sair do hotel, Duane vagou pela 8th Avenue sem rumo. Não conseguia parar de pensar em Sharon, certo de que nunca mais a veria. A vergonha nunca o permitiria entrar em contato, mesmo por telefone.

Por mais egoísta que fosse, não conseguia deixar de lado a mágoa com o irmão. Não deveria ser uma surpresa. A maioria dos irmãos entrava em conflito ao longo do tempo por algum interesse amoroso. Duane tinha fé que os dois eram próximos demais para isso, mas a realidade mostrava o contrário.

Sem perceber, se viu no ponto de partida da jornada naquela cidade: a Autoridade Portuária de Nova York, na 8th Avenue. Uma voz intrusiva lhe dissera que era possível sumir, bastava comprar uma passagem só de ida para qualquer lugar e começar uma vida nova sozinho. O remorso foi instantâneo. A simples ideia de abandonar o irmão o fez se sentir pior do que nunca.

Apesar de nunca ter bebido, Duane sentiu vontade de afogar as mágoas dentro de um copo. Se tantos cantores falavam a respeito, talvez desse certo. Para a sorte dele, havia álcool disponível a uma rua de distância, no Bar Fim da Linha. Mas que nome, hein?

Ao entrar, ficou surpreso ao ver o lugar lotado em plena segunda-feira, sem se dar conta de que aquilo era costume em qualquer dia da semana. O bar abrigava gente de todas as cores e tipos, em especial cafetões, prostitutas, traficantes, roqueiros, motoqueiros e viciados. A trilha sonora abrangia uma mistura curiosa de discoteca com *hard rock*. Havia uma presença significativa de membros da comunidade *queer*, incluindo homens vestidos de mulher — algo que se tornou comum para ele depois de *The Rocky Horror Picture Show*.

Aquele era o paraíso para os desajustados, um grupo do qual Duane fazia parte.

Pediu duas cervejas. Embora bebesse devagar, não conseguiu impedir a embriaguez. O álcool parecia intensificar as emoções. A cabeça foi recaindo aos poucos por cima do balcão. Agora, todas aquelas músicas tristes sobre bebida faziam mais sentido.

Depois de uma hora, Casey entrou no mesmo bar para dar início à noite. Talvez encerrasse o passeio em uma discoteca alternativa da cidade mais tarde, mas não sem antes encontrar alguns amigos e mostrar o *look* mais recente.

Casey tinha uma aura tão brilhante que todos os olhares se voltaram para ela. O vestido *kimono* rosa de seda com bijuterias continha um decote que favorecia o biquíni com lantejoulas por baixo. O chapéu cheio de brilhantes a transformava em um completo farol ambulante.

A mulher conhecia os funcionários e boa parte da clientela. Logo à frente do balcão, estava sentado um jovem de físico impecável, com uma camiseta vermelha justa que destacava os músculos tonificados. Os olhos do rapaz pareciam perdidos nos próprios pensamentos.

"E aí, Jerry!", cumprimentou Casey, animada.

"Oi, Casey!", respondeu Jerry com entusiasmo. "Querida, você tá um arraso."

"Eu sei", respondeu ela, dando uma piscadinha. Jerry Butler era um recém-chegado à cidade de Nova York, e Casey o havia acolhido desde o momento em que se conheceram por intermédio de Zorro. O primeiro conselho foi não escolher Zorro como cafetão. O rapaz era bom demais e merecia algo melhor.

Jerry tinha tanto carisma e talento autêntico, que o destino dele só poderia ser o topo do estrelato. Algumas pessoas eram agraciadas com um brilho a mais, e era seu caso. Casey o encorajava a buscar trabalhos como modelo e a fazer testes para papéis, incluindo na indústria do cinema adulto. Era possível imaginar o rapaz migrando para o cinema tradicional, quem sabe em uma continuação de *Rocky — Um Lutador*. Recebia cada vez mais testes e retornos de agências, e era uma questão de tempo até o nome dele aparecer em um letreiro iluminado de algum cinema da 42nd Street.

Casey colocou uma das mãos no ombro de Jerry e ele a cumprimentou com um selinho.

"A gente se fala depois, beleza?"

"Pode deixar, Casey."

A multidão se abria como se a mulher fosse da realeza. Nem mesmo Cher desencadearia tamanha comoção se entrasse naquele bar. A mulher fez pose, jogou charme e degustou cada elogio recebido. Se aquele bar era o Fim da Linha, Casey era o Ponto Final.

O lugar emanava uma energia maravilhosa, exceto pelo rapaz cabisbaixo, sentado ao fim do balcão. Foi uma surpresa descobrir que era Duane. Vê-lo tão tristonho acabou com a alegria dela.

Se havia alguém que poderia melhorar os ânimos, essa pessoa era ela própria. Havia um assento vago ao lado, e pela primeira vez o cesto de vime não estava por perto.

"Como é que você veio parar aqui?", perguntou Casey, tentando puxar conversa com Duane. "Espera aí. Não me conta. Foi o primeiro bar que você encontrou, não?" O sorriso travesso ao final era uma demonstração sutil de acolhimento.

Quando ele percebeu quem estava falando, o humor deu uma guinada. Anestesiado pelo álcool, as emoções fugiam do controle, podendo mudar a qualquer instante. Casey era um ímã de alegria, e Duane agarrou-se ao sentimento.

"Oi, Casey", Duane riu, meio embriagado, enquanto a mulher se sentava ao lado dele. Era impossível ignorar as latas de cerveja e um copo meio cheio de alguma bebida em cima do balcão.

"Olha só, você deve tá pra lá de Bagdá! O que andou bebendo aí, neném?"

"Fluido de isqueiro", respondeu Duane, com cara de desgosto.

"Eu tenho que reconhecer, garotão. Você tá tirando o maior proveito mesmo de Nova York. Primeiro o Broslin, agora isso aqui. Tem vindo com muita frequência?"

"Eu nem bebo."

"Tá na cara. Me diz, sofrendo muito com o que aconteceu ontem?"

"Esse é o menor dos problemas", confessou Duane. "Minha cabeça tá uma bagunça."

Casey percebeu que o rapaz estava para baixo, e a vontade era ganhar a confiança de Duane. Além de satisfazer desejos, a mulher era uma solucionadora de problemas nata. Havia um lado maternal inerente disponível para todos.

"E agora tem essa garota. Nem sei mais o que pensar."

"Aquela que você mandou embora ontem?"

"É."

"Do meu ponto de vista, pareceu um pouco exagerado, não?" A garota pareceu meio assustada após ouvir sobre o assassinato de Lou Sacana, mas ninguém ficou tão histérico quanto Duane.

"Só que eu não podia deixar ela entrar! Não com... nunca quis expulsar a garota, mas ela não podia entrar. Argh, eu sei lá. Isso nem faz mais sentido. Me perdi todo no que estava falando."

"Deixa eu te falar. Por que a gente não pega uma mesa lá no fundo? Tô precisando de uma dose cavalar de birita e você me parece uma companhia agradável. Bora lá."

Casey pegou Duane pelo braço e o conduziu pelo bar, passando pela mesa de sinuca e pelas máquinas de fliperama frenéticas. Após escolherem uma mesa afastada, a moça chamou o garçom. Ela não começou com algo leve. No entanto, o colega café com leite teve direito a uma cerveja, um copo d'água e um alerta para pegar leve na bebida.

Alguns shots depois, Casey estava tontinha e contando histórias sobre as aventuras dela na cidade que, assim como ela, eram hilárias. Pelo menos, a energia dela começava a contagiar o colega melancólico. Para isso que serviam os amigos.

Dado o estilo de vida e a cidade onde escolheu viver, os causos eram repletos de audácia.

"Então eu enchi a boca com pasta de dente e comecei a correr, gritando 'Raiva!'. O cara deu um pulo e saiu com a bunda de fora pelo meio do trânsito!"

Os dois caíram em uma gargalhada histérica. Casey notou ser o centro das atenções, então resolveu mudar o foco da conversa.

"Agora, me fala de você. Qual seu trabalho lá em Glens Falls?"

"Sou um organizador."

"Então te pagam para arrumar os lugares?"

"Não, eu organizo cartas. Trabalho separando correspondência no correio."

Até então, a única ocupação dele havia sido organizar correspondências em uma cidade do interior. O trabalho foi escolhido por conveniência, pois o correio ficava a menos de meio quilômetro de casa. Dava para ir a pé e cumprir um turno de quatro horas, enquanto Belial ficava em casa. Só de imaginar um emprego assim em uma cidade como Nova York um calafrio lhe percorria a espinha.

"Você é carteiro?"

"Tá mais pra garoto da correspondência."

O comentário fez os dois caírem na risada.

"Mas que loucura. Tem uma coisa que eu tô louca pra te perguntar."

Casey assumiu um ar de mistério, olhando ao redor para garantir que ninguém estivesse ouvindo. Duane se inclinou para mais perto.

"O que tem dentro daquele cesto?"

A mesma pergunta que fizera na primeira vez em que entrou no quarto dele. Naquela ocasião, havia mudado de assunto, mas agora ele estava mais solto.

"Meu irmão."

"Seu irmão!"

Os dois caíram na gargalhada, batendo nos joelhos com tantas risadas. Casey imaginou uma versão em miniatura de Duane, pequena o suficiente para caber no cesto.

"Por acaso, ele é um anão?"

"Não, nós somos gêmeos! Gêmeos siameses!"

Casey explodiu em risos.

"Engraçado, você não parece…", Duane e Casey completaram juntos a piada: "oriental!"

As risadas só aumentaram, e Casey começou a pensar que o garoto tinha futuro como comediante.

"E aí, encolheram ele ou o quê?"

"Que nada, ele nasceu deformado", Duane explicou entre risadas, porém, Casey não achou tanta graça. "Uma aberração! Parece mais um polvo esmagado." E então caiu em outra leva de gargalhadas.

"Meu querido, você é bem estranho."

Agora que Duane abrira a torneira da vida para uma amiga, não podia mais conter o fluxo de informações. Tudo o que passou, todos os segredos e mágoas reprimidas começaram a vazar em um desabafo movido a álcool.

"Nossa mãe morreu dando à luz. Ele nasceu grudado no meu lado direito. A gente precisou viver escondido, sem poder ir pra escola ou qualquer outro lugar. Um segredo de família. Todo mundo odiava a gente, menos a nossa tia. Sabe, ele prefere o escuro. Não gosta de ser visto. Às vezes, nem por mim. Não sei por quê. Não tenho vergonha dele. Era uma parte de mim. E quer saber o que mais?"

Casey não fazia ideia do que viria a seguir, mas já esperava algo estranho. O que ouviu foi ainda mais bizarro.

"Ele consegue falar comigo. Aqui em cima." Duane colocou o dedo na têmpora. "Não com palavras, parece mais um sussurro na minha cabeça. Às vezes, parece que o infeliz não fecha a matraca por várias horas. Antes, eu também conseguia conversar com ele assim. Mas só quando a gente estava conectado. Nossa tia dizia que era nosso vínculo especial. Só que desde que fomos separados, não consigo mais. Mas ele ainda consegue. Na verdade, tá até melhor agora. Ele sempre sabe o que tô pensando."

Casey começava a repensar se Duane poderia mesmo ser um comediante. O comportamento estava mais parecido com o daquele lunático que escreveu *Carrie, a Estranha*. Sua imaginação era distorcida da mesma forma.

A garota se deu conta de que pouco sabia sobre ele ou o lugar de origem dele — além de ser no interior. O rapaz poderia ser fugitivo de um hospício, levando todos os pertences dentro de um cesto em direção ao Hotel Broslin. Faria sentido, pois o lugar bem que parecia um sanatório improvisado.

"Duane, você tá me deixando assustada."

O rapaz estava tão imerso no desabafo que nem prestou atenção.

"Não queriam que ele sobrevivesse, mas meu irmão enganou todo mundo. Em vez de morrer, ele só ficou mais forte. Você não faz ideia de como era, ninguém podia saber. Tem alguma coisa errada com a gente, com os dois. Nem sei quem é o pior. Meu Deus."

Duane desabou para a frente, batendo a cabeça na mesa em desespero e derrubando a lata de cerveja vazia.

"Duane? Duane?", chamou Casey, colocando a mão nas costas dele em um gesto protetor. Era o primeiro porre do garoto, e alguém precisava tomar conta dele. Caso contrário, acabaria machucado ou se aproveitariam da situação. Ela decidiu acompanhá-lo até que estivesse de volta ao hotel, em segurança.

Apesar de estar claro que Duane tinha alguns parafusos a menos, Casey não sentiu medo. Em momento algum levou a sério aquela história toda. Um gêmeo dentro do cesto? Só podia ser loucura, nada além disso.

Com tanto álcool no corpo, algumas barragens de Duane acabaram por ceder. Talvez fosse inevitável. Exceto pelo irmão e pela tia, nunca teve um amigo de verdade com quem pudesse se abrir. Por mais gentis que fossem, nenhum colega de trabalho se aproximou de verdade. Nenhuma amizade sincera.

Casey fora tão receptiva ao aceitá-lo de braços abertos no hotel. Aquela mulher incrível de uma cidade grande, diferente de qualquer outra que já conhecera, conseguiu fazê-lo sentir-se em casa. Se aquilo era de fato uma amizade real, Duane percebeu o quanto vinha perdendo ao longo do tempo. Se não estivesse tão à vontade com ela, jamais teria aberto o coração daquela forma.

Embora não se arrependesse de contar a própria história, reviver tantas lembranças trouxe velhos pesadelos à tona. O passado era repleto de dor por conta dos bisturis e da ausência de anestesia. Enquanto desabafava em uma mesa do Bar Fim da Linha, todas as memórias começaram a retornar.

Não havia oração que pudesse ajudá-lo naquele momento. A fé não servia de nada para aberrações como Duane.

16

Para Jacob Bradley, o pecado estava em toda parte, e expor o fato para o mundo era uma missão divina. As pregações dele na igreja presbiteriana eram as mais escandalosas de toda a história da chamada Cidade Santa — nesse caso, Charleston, na Carolina do Sul.

Se alguém lhe perguntasse o motivo de ter sido forçado a ir embora, Jacob afirmaria que a Cidade Profana, conhecida pela tolerância e diversidade religiosa, havia caído nas garras da era moderna. A ideia de que o exílio foi motivado por princípios moralistas era em parte verdadeira.

A Cidade Santa não aceitou muito bem Jacob Bradley tomar a própria irmã, Beatrice, em casamento, achando um ultraje a fé do homem ter o incesto como uma das bases.

Jacob e a esposa migraram para o Norte, pulando de uma paróquia comunitária a outra em pequenos povoados ao longo de diferentes estados. Beatrice engravidou várias vezes, mas nenhuma gestação foi adiante. Algumas perdas se provaram benéficas, uma vez que encontraram sinais evidentes de graves anomalias na formação dos fetos.

Acabaram parando em Glens Falls, Nova York, onde havia uma comunidade carente de Deus para acolhê-los de braços abertos. Bastou manter o passado familiar em segredo e logo conseguiram comprar uma das mansões mais imponentes da cidade por uma pechincha, favorecidos por um mercado imobiliário mais acessível.

Uma nova igreja foi erguida e inaugurada. O Ministério da Fé Eterna se tornou uma das mais frequentadas em Glens Falls. Em menos de uma década, o templo era o mais popular de todo o condado. O norte do estado de Nova York abrigava uma população significativa de moralistas tradicionais, e a congregação mantinha um grupo secreto que enxergava a endogamia como bênção divina.

Além do sucesso, Glens Falls trouxe fertilidade para a família Bradley. Um garoto sobreviveu à gestação e nasceu em perfeitas condições. O nome dele era Richard. Diversas foram as tentativas de conceber uma noiva e irmã para o filho, mas nenhuma bem-sucedida.

Após três abortos, a última gravidez precisou ser interrompida de última hora ao descobrirem que o feto não tinha cabeça, e Beatrice foi alertada sobre a fatalidade de novas tentativas. O útero comprometido e propenso a novas infecções piorou de estado ao conceber um torso sem cabeça nada fácil de ser removido. Ainda assim, ela não desistiu. Engravidou outra vez e sofreu uma morte previsível.

Nunca chegaram a descobrir sobre o feto ainda vivo que nasceu no túmulo, emergindo de um cadáver, dentro de uma sepultura da qual jamais escaparia.

A perda da esposa não abalou o espírito de Jacob, apenas intensificou o discurso fanático de fé moralista, infectando ainda mais os seguidores. A seita atraía em especial aqueles com ódio contra o mundo moderno e que ansiavam pelo dia do Juízo Final. O grupo seria capaz de assar marshmallows sobre a fogueira da humanidade, deleitando-se com o espetáculo de chamas, certos de que eram eles os escolhidos.

Talvez a incessante devoção aos bons costumes tenha encurtado os dias dele, pois o admirável Jacob Bradley sucumbiu atrás do púlpito, vítima de um derrame fulminante, aos 69 anos. Graças a Deus, o falecimento não ocorreu durante um culto, ao menos, não um aberto ao público. O pastor foi encontrado sem as roupas, um detalhe deixado de lado nos relatórios da perícia.

Richard assumiu o império da Fé Eterna, como o pai o havia preparado desde sempre. Ávido para sair da sombra paterna o quanto antes, o rapaz trouxe uma era de prosperidade ainda maior para o ministério. Um dos motivos para tanto fascínio era Mary, a esposa jovem e atraente (dessa vez, sem parentesco). O foco mudou de endogamia para poligamia, e mais cinco esposas/irmãs entraram em jogo. A igreja se tornou a mais frequentada em três condados diferentes, e os canais locais passaram a transmitir os cultos de domingo pela manhã no programa *Hora da Fé Eterna*.

A sorte do Ministério da Fé Eterna durou até 13 de março de 1960, dia em que o Diabo veio ao mundo. Richard teve um filho, ou filhos — como costumavam corrigi-lo. Nada mais justo, pois o inimigo atende por vários nomes, incluindo Legião.

O médico da família, dr. Pillsbury, e um dos mais fiéis à igreja, foi o responsável por aquele parto trágico, que custou a vida de Mary. A igreja poderia suportar a perda da mãe ou um feto natimorto, porém o bebê sobreviveu, dilacerando a mãe de dentro para fora com garras enormes até vir ao mundo.

O pai e o bando de fiéis o consideravam uma aberração. Poucos chegaram a visitar o recém-nascido, mas a fofoca se espalhou como fogo no palheiro, incendiando as estruturas de um império sagrado que perdurava por décadas.

Em questão de semanas, a casa perdeu a maioria dos visitantes. As esposas/irmãs debandaram em menos de um mês após o velório de Mary. Nenhuma queria arriscar ter o útero dilacerado por um monstro como aquele.

Seis mulheres foram embora, contudo, a mansão ganhou uma nova moradora. Beth, a irmã de Mary, foi a única a não manifestar medo ou repulsa em relação à descendência da família. Ninguém mais na congregação demonstrou o lado caridoso do cristianismo, enxergando os meninos por aquilo que de fato eram.

Um milagre do Deus criador.

Richard mal podia olhar para os próprios filhos. O simples vislumbre fazia os dentes rangerem e despertava um desejo de estrangular os dois. Na verdade, só o mais velho poderia ser enforcado, uma vez que o tumor mutante nem possuía pescoço. Os filhos eram um lembrete constante da incapacidade dele como marido e dos genes falhos. Os gêmeos também o lembravam da incapacidade da própria fé, que lhe abandonara por completo.

A mudança de Beth para cuidar dos bebês foi bem-vinda enquanto ele tentava salvar o império sagrado. Depois que o funeral foi televisionado, *A Hora da Fé Eterna* saiu do ar e, em menos de seis meses, o templo foi fechado e vendido por uma barganha para uma igreja episcopal.

Desde o momento em que os meninos se agarraram à vida, em meio a uma gritaria e muito sangue, o pai fez questão de desprezá-los. Mesmo na primeira fase da infância, podiam sentir o veneno na voz repleta de ódio do pai. Cada comentário horrível do homem ficava gravado na mente de ambos.

Seria impossível esquecer o acesso de fúria testemunhado após o funeral da mãe. Ambos estavam acomodados no berço, com apenas uma fralda e um cobertor fino. Precisariam de roupas feitas à mão, pois as lojas de vestuário não forneciam peças com espaço para duas cabeças e quatro braços.

Muito antes de um cesto de vime, os irmãos já se escondiam do pai, das madrastas e de Pillsbury. Todos no funeral trajavam vestes escuras, excerto por Beth, que deixou de comparecer à despedida da irmã para cuidar das crianças. A mulher usava um vestido azul-claro, uma cor que acalmava os pequeninos.

Apesar das tentativas do dr. Pillsbury, Richard se manteve inconsolável.

"Não, não e não! Pelo amor de Deus, não. Quero aquela coisa longe da minha casa!", esbravejava.

"Mas é o seu filho", informava Pillsbury, incapaz de reconhecê-los como dois indivíduos.

"Não quero saber. Minha esposa que deveria estar viva em vez daquilo."

Os gêmeos se encolheram no berço. Assim como qualquer recém--nascido, só desejavam um pouco de amor.

Richard agarrou os braços do médico com raiva.

"Como você permitiu esse nascimento? Por que não os matou antes que minha esposa fosse assassinada?"

As outras esposas recuaram, chorando por trás dos véus. Depois de testemunharem o monstro no berço, todas compartilhavam a repulsa do pai.

O dedo de Richard se ergueu de forma dramática, e o tom de voz se tornou o mesmo usado no púlpito.

"E então, depois de saber do falecimento da minha esposa, ainda me dizem que meu filho é uma massa deformada de carne, e que preciso dar dois nomes pra essa coisa. Um para a criança e outro para o monstro, como se fossem dois meninos e não uma aberração da natureza!"

Os bebês ouviram a palavra *aberração* tantas vezes que acreditavam ser o nome deles.

Richard avançou em direção ao berço com os punhos cerrados, mas o dr. Pillsbury o agarrou por trás antes que o homem cometesse infanticídio.

"Essa coisa matou a própria mãe! Quer um nome pra isso? Que tal assassino? Ou homicida? Anomalia está bom?"

Os bebês começaram a chorar. Tia Beth se aproximou do berço, pegou uma manta azul-clara e os envolveu com carinho. O cuidado surtiu efeito calmante nos dois. Dotados de um instinto nato de sobrevivência, apenas ao lado dela conseguiam encontrar algum conforto.

"Bem, então eu dei dois nomes como pediram. O garoto, o normal, vai se chamar Duane. Enquanto aquela coisa inútil, aquele demônio maldito, vai ser Belial."

As esposas perderam o ar ao ouvir o nome do Diabo, enquanto tia Beth acariciava os bebês com ternura. A mão desproporcional de Belial envolveu os dedos de Beth com uma delicadeza única, e a mulher soube que ele nunca seria capaz de lhe fazer mal.

A mansão possuía uma casa de hóspedes com dois andares nos fundos, que Richard adotou como nova moradia. Permanecer na mesma casa sem Mary era doloroso demais. A presença do filho — pois nunca os reconheceria como dois indivíduos diferentes — despertava o mais profundo nojo, tornando impossível a tarefa de topar com o garoto sem soltar um comentário degradante. Aquela criança nunca receberia a bênção dele, e ele nunca compartilharia o pão com ele.

Isolado na casa dos fundos, adquiriu um vício no álcool que desandou em pouco tempo. Como esperado, o ávido pastor se tornou um ávido alcoólico.

Com tia Beth, Duane e Belial, a mansão era enorme para os três, algo que Beth considerava uma bênção. A mulher transformou o local em um lar repleto de aprendizado e amor. Aquele era o propósito dela neste mundo e, apesar de ter custado a vida da irmã, ela agradecia a Deus todos os dias pela oportunidade de cuidar dos irmãos, nunca enxergando-os como monstros. O amor daqueles meninos encheu o coração dela de alegria pela primeira vez em toda a vida.

No entanto, ninguém sabia haver um motivo secreto para tamanha afinidade com os meninos. Beth nascera com uma gêmea, porém a irmã que nasceria logo depois dela não sobreviveu ao parto, morrendo estrangulada com o cordão umbilical. Existia um motivo para os gêmeos siameses caírem aos cuidados dela. Os dois nasceram em meio à tribulação, mas haviam sobrevivido e possuíam personalidades diferentes. Quando recebia um abraço, eram quatro braços amorosos ao redor dela, e a sensação dos três batimentos cardíacos juntos era a mais poderosa de todas.

Após uma carreira como professora do ensino fundamental, Beth era qualificada para ensinar os meninos. Uma vez que nenhuma escola os aceitava, nem mesmo aquelas voltadas para crianças com deficiências, seria de suma importância que as aulas fossem particulares, dentro do lar. Desde cedo, os bebês ouviam diversas histórias antes de dormir, desenvolvendo cada vez mais o gosto pelo aprendizado.

Na maior parte do tempo, não saíam de casa, aprendendo assim a evitar olhares, comentários, gritos de susto, gente correndo e crianças chorando sempre que se aventuravam em público. Nada de passeios no shopping, tardes no parquinho ou visitas ao zoológico. Se precisassem de atendimento médico, era o dr. Pillsbury quem os atendia em domicílio.

Entretanto, era inevitável o contato com intrometidos, igual ao dia em que a assistente social prestou uma visita quando os gêmeos ainda tinham 6 anos. Logo de cara, Beth não gostou da moça à porta, pressentindo algo de ruim por trás daquele sorriso enorme. A prancheta em mãos mais parecia uma arma perigosa. Bastavam algumas anotações com a caneta, e a mulher poderia causar danos irreparáveis e até levar para longe seus anjinhos preciosos — fosse por ignorância ou por pura maldade.

"Tudo bem se eu entrar?", perguntou a mulher que se apresentou como Sarah Weathers. Beth odiou o tom de voz meloso de quem fala com uma criança. Mais pegajoso do que a voz era o cabelo impecável da mulher, com um penteado estilo abajur.

"Se você quiser, fique à vontade", respondeu Beth, dando passagem. Antes de atravessar o limiar da casa sorrindo, Sarah ajustou os óculos de armação dourada.

"O garoto está com quantos anos, 6?"

"Você quer dizer garotos. São dois."

"Garotos", repetiu Sarah com desgosto, enquanto rabiscava algo no papel preso à prancheta.

"Eles estão na sala dos brinquedos. Pode me seguir."

Beth guiou Sarah até as escadas.

"E há quanto tempo você cuida do menino?", continuou Sarah.

"Meninos", corrigiu Beth, torcendo para a mulher tomar nota. "Desde o nascimento, desde que minha irmã morreu."

"Entendi. Como tia, tenho certeza que você acredita estar fazendo o melhor."

No segundo andar, Beth mostrou o caminho até a sala dos brinquedos ao final do corredor.

"Recebi uma cópia do seu diploma de professora, assim como o relatório do conselho escolar. Mesmo assim, é o estado que fala mais alto, então preciso dar uma olhada no garoto com meus próprios olhos antes de trocarmos as aulas particulares pelo ensino tradicional numa escola. Eu mesma tenho um filho que estuda no Colégio Municipal de Glens Falls."

Eu tô pouco me lixando para o seu filho, minha senhora, Beth teve vontade de dizer. O comentário pareceu uma alfinetada, como se o filho de Sarah fosse melhor por frequentar uma escola.

"Garotos", corrigiu Beth outra vez.

"Olha só...", começou Sarah, usando um tom de reprovação que os pais usam com os filhos. Beth parou em frente à porta fechada do quarto, e a assistente virou em direção a ela. "Posso fazer uma pergunta sincera? Não dava pra terem feito uma cirurgia?"

E, a partir dali, Beth teve certeza de que havia algo de ruim na mulher. Aquela assistente social idiota e cruel não tinha o menor direito de dar um diagnóstico que talvez fosse fatal para as crianças, nem fornecer orientações preconceituosas.

"Não é tão simples assim. Os gêmeos são inteligentes e estão indo muito bem."

Beth deu uma leve batida na porta para alertar os meninos antes de abri-la.

"Qual o nome do seu filho, sra. Weathers?"

"Charlie", respondeu Sarah, surpresa com a pergunta.

"Bonito nome."

Beth abriu a porta da sala de brinquedos. Os irmãos estavam sentados no chão, empilhando blocos de montar com letras do alfabeto. Quando perceberam a visita na porta, Duane ficou de pé, exercitando um cumprimento educado que aprendera muito bem. Poucas eram as circunstâncias em que um estranho podia entrar na casa.

"Bem-vinda, senhora", disse o garoto.

A camisa do rapaz estava modificada no lado direito, com um enorme rasgo por onde Belial aparecia. Além de professora, Beth era uma exímia costureira, capaz de ajustar as roupas dos meninos para que as aberturas nas laterais fossem reforçadas do jeito mais confortável possível.

Belial abriu a boca para dizer *Olá* para a visitante, mas o único som que conseguiu emitir foi um grunhido abafado. Em vez de insistir, contentou-se em acenar com a mão.

A expressão de horror estampada no rosto da assistente não poderia ser mais genuína. Beth tentou lançar um olhar de repreensão, embora não estivesse surpresa com a insensibilidade na reação da mulher, ignorando os sentimentos dos garotos.

Desconcertado com a expressão da mulher, Duane voltou a se sentar no chão. Belial mexeu os blocos com letras para formar a palavra OLÁ.

A careta no rosto da sra. Weathers piorou ainda mais. Beth chegou a acreditar que a mandíbula da mulher se desprenderia do rosto e cairia no chão.

"O que você acharia do Duane e do Belial sentados na poltrona ao lado do Charlie no ônibus escolar? Eles não seriam ótimos amigos? Quem sabe seu filho não convida os meninos para uma noite do pijama?"

A assistente ergueu o braço para jogar a prancheta nos irmãos.

Beth se adiantou e agarrou o pulso da sra. Weathers antes que tivesse chance. A assistente social se virou e vomitou ali mesmo. Beth largou o braço da mulher e colocou a mão nas costas dela, empurrando-a em direção ao corredor.

"Melhor a gente descer."

Beth levou a mulher até a cozinha e lhe entregou uma toalha.

"Pode se limpar."

Ainda ofegante, a sra. Weathers limpou o resto de café da manhã da blusa.

"Você entra na minha casa e tenta prejudicar crianças inocentes. Acho que Jesus não aprovaria. Isso poderia custar o seu emprego."

A assistente estava sem palavras.

"Acho que nós duas concordamos. O ensino particular em casa é muito melhor para meus meninos, não é mesmo?"

"Sim", tentou dizer a mulher.

"Chegou sua hora de sair. Você deixou os garotos muito, mas muito chateados. Melhor nunca mais voltar aqui."

A sra. Weathers havia se preparado para encontrar um menino — ou dois, conforme insistira Beth. No entanto, parecia que arranjaram a visita social para uma monstruosidade. Enquanto isso, no andar superior, os garotos desabavam em lágrimas.

Em um ímpeto de frustração, Belial socou para longe os blocos com a palavra OLÁ. Com novas letras, o gêmeo escreveu TRISTE no chão.

Logo após o Ano-Novo de 1972, Richard voltou a passar mais tempo dentro da mansão. Todos faziam o possível para evitá-lo, pois o comportamento agressivo de alcoólico tendia a piorar à noite. Na presença do pai, Duane evitava contato visual e sempre usava "senhor" ao final das respostas.

Beth e os meninos mantiveram um pé atrás, atentos aos indícios daquela mudança de comportamento.

No começo de fevereiro, sofreram mais uma tragédia familiar, quando Cindy, a outra irmã de Beth, morreu de ataque cardíaco. Beth se programou para comparecer ao funeral em Athens, na Geórgia, entre os dias 15 e 17 de fevereiro. Seriam as primeiras noites dela fora da mansão desde o nascimento dos meninos, doze anos antes. Assim como a tia, os gêmeos ficaram apreensivos com a distância. No entanto, Richard garantiu que daria conta de cuidar deles por dois dias, chegando até a sugerir pedirem pizza para não precisar ficar na cozinha ou comer com os garotos.

Depois de um último abraço apertado nos meninos, Beth partiu para o funeral da irmã. Uma decisão que se tornaria o maior arrependimento da vida dela.

Na primeira noite, Richard pediu uma pizza e a deixou na porta dos meninos, além de guardanapos, pratos descartáveis e um engradado de refrigerantes. O pai se manteve ausente durante o dia todo, o que foi um alívio. Sabendo que o homem amaldiçoava a existência deles, aquela relação nunca conheceria algo parecido com amor.

A ausência de uma tranca na porta deixou Duane ainda mais preocupado de que Richard fosse atrás de ambos para machucá-los. Depois de ouvirem tantas vezes que não mereciam estar vivos, dormir seria uma tarefa complicada.

Duane acordou dez e pouco da noite, ouvindo várias vozes no andar inferior, uma mulher e alguns homens.

Acorda. Tem alguém aqui, pensou Duane.

Eu ouvi a chegada deles.

Vamos ver o que tá acontecendo.

Vestindo apenas os pijamas recosturados, os dois saíram da cama. A porta foi aberta com cuidado, e os irmãos andaram pé ante pé pelo corredor. Quando se aproximaram das escadas, esconderam-se para discernir os acontecimentos. Foi possível identificar as vozes de quatro adultos, duas familiares.

"Os hospitais disseram que não", informava o pai. "Também tentei nas cidades vizinhas, mas ninguém aceitou prosseguir com a cirurgia. Por isso chamei os senhores aqui."

"Mas precisamos compreender bem o risco envolvido", respondeu a voz de Pillsbury. "Os hospitais recusaram por um bom motivo. Não existe motivo para a cirurgia, já que os garotos não têm nada de errado. A remoção do tecido que une os irmãos pode não afetar Duane, mas não tem como saber o que pode acontecer com o outro."

Uma voz desconhecida se pronunciou, soando igual a um profissional da saúde.

"Sem raio X ou exames, as hipóteses e resultados são infinitos", explicou o dr. Needleman. Nem sabemos como estão conectados. Sair cortando os dois pode ser uma sentença de morte."

"Eu prefiro ele morto!", declarou o pai com uma convicção cruel, fazendo os meninos recuarem de medo. "Que tipo de vida aquela coisa vai levar desse jeito? Ele não merece continuar respirando."

"A gente não vai matar seu filho para você", afirmou o dr. Pillsbury.

Os irmãos ficaram apavorados. A morte de Belial não era apenas um possível efeito colateral daquele experimento cirúrgico. Era o objetivo principal.

A gente tá ferrado.

Eles estão aproveitando que a tia Beth não tá aqui.

"Filho?! Só o Duane é meu filho! Não aquela outra coisa!"

O garoto envolveu o irmão com o braço direito, segurando bem firme como se não estivessem unidos um ao outro. A simples ideia de uma separação era assustadora. O emocional e o físico de ambos não parecia pronto para sobreviver a algo assim.

"A única coisa que eu peço é para permitirem que Duane possa ter uma vida normal", prosseguiu o pai. "Não essa vida de aberração de circo, preso para sempre a um monstro horrível. O outro é uma causa perdida. Ao menos meu filho ainda pode ser poupado."

Ele é o monstro horrível.

Eu sei. Precisamos fugir daqui.

Com o circo.

A próxima voz pertencia à mulher desconhecida.

"Tá óbvio que ele tem razão. O garoto merece uma chance de uma vida normal", opinou a dra. Kutter.

"Mas se a gente chegar cortando...", começou Pillsbury, antes de ser interrompido pela mulher.

"Nenhum osso ou órgão é compartilhado, apenas pele e músculo. Não consigo enxergar nenhum mal para Duane com a cirurgia. Na pior das hipóteses, o garoto vai crescer com uma cicatriz enorme."

Ela nem conhece o nível da nossa conexão.

Nenhum deles faz ideia.

"E o outro? E se aquela coisa morrer?", perguntou Pillsbury.

Eu sou uma pessoa, não uma coisa.

"Doutor, eu nem sei se aquilo é um ser humano", respondeu Kutter.

"Parece mais o Pillsbury Dough Boy", brincou o dr. Pillsbury, arrancando risadas dos outros.

"Se estiver disposto a não nos processar independente do resultado, não vejo motivos para não continuarmos", ponderou Kutter.

"Processar pelo quê?", rebateu o pai. "Tecnicamente, nada disso está acontecendo. Eu pago dois mil dólares para cada um agora se vocês aceitarem, então cada um segue seu caminho sem nunca mais falar sobre o assunto."

"Acho que estamos cometendo um grande erro", protestou Pillsbury. "A gente tá colocando a carroça na frente dos bois. Precisamos de tempo para refletir e debater sobre o caso."

"Não temos tanto tempo", retrucou o pai. "Tem que ser agora, enquanto minha cunhada não tá aqui."

"Eu topo. O dinheiro vai ser útil. A grana mais fácil que já recebi por algumas injeções", disse Needleman, de prontidão.

"Não sei, algo não me parece certo", hesitou Pillsbury.

"Bem, se fosse seu filho, você teria toda a certeza do mundo."

"Tá bom, tá bom", cedeu o médico.

"Eu quero prosseguir com a cirurgia", confirmou Kutter.

"Se a coisa morrer, o garoto vai criar um ódio mortal da gente", atestou Pillsbury.

"E daí? A gente não convive com ele. É grana na mão, não vamos nem precisar enviar a conta. Além do mais, conheço sua história. Você tem uma acusação de assédio para se preocupar, não?"

"Não tem por que trazer isso à tona", respondeu o doutor, irritado.

"Onde tá o garoto?", perguntou a dra. Kutter.

"Dormindo no andar de cima", respondeu o pai.

Os gêmeos correram de volta para o quarto e fecharam a porta. Havia uma cômoda enorme encostada na parede. Reunindo toda a força, Duane levou um bom tempo para empurrar o móvel até a porta. Com pouco tempo de sobra, não poderiam pegar roupas, meias e cuecas.

Os dois correram até a janela. A queda seria em direção aos arbustos cheios de espinhos, mas parecia um destino muito melhor. Duane abriu a janela, enquanto os adultos faziam força contra a cômoda no corredor.

A tela da janela foi empurrada para fora e caiu nos arbustos. O garoto colocou uma perna para fora, mas a cintura dele foi agarrada por braços fortes, que o puxaram de volta para dentro.

Richard segurou os filhos pelo torso, mas não foi fácil aguentar duas pernas chutando e quatro braços se debatendo.

"Não, Deus, não! Socorro! Alguém me ajuda!", gritou Duane.

Eles vão me matar!

"Cacete, pare de se debater! Fique quieto!", esbravejou o pai.

Duane não obedeceu.

"Agarrem as pernas!", ordenou Richard, e Pillsbury segurou as pernas inquietas.

Belial tentava arranhar os homens, mas os braços dele não os alcançavam. Logo reconheceu o médico como o responsável pelo parto deles.

"A gente só vai te levar pra sala de jantar, garoto. Agora, vê se para um pouco!", afirmou Richard, deixando de lado parte do plano letal.

Guiados pelo pai, os irmãos foram carregados até o andar inferior, sem entender o que estava acontecendo.

Desculpa, Belial. Eu sinto muito.

Eu não quero morrer.

Sem você, não vou sobreviver.

Quando chegaram ao cômodo, ficaram apavorados com a transformação do ambiente. Uma lona plástica branca forrava a mesa de jantar, enquanto folhas de plástico cobriam as paredes. A bagunça ali seria sangrenta — e à custa do sangue *deles*.

"Eu te prometo, garoto. Não vai doer nadinha", mentiu o pai, sem pudores. O homem esperava que a cirurgia doesse horrores. Mesmo após a separação forçada, a sede de vingança pela morte da esposa nunca seria saciada.

Graças a dois refletores, a sala de jantar estava bastante iluminada. Os meninos avistaram um cilindro de oxigênio e uma bandeja repleta de seringas, bisturis e serras para ossos. Dois médicos desconhecidos, vestidos com aventais cirúrgicos azuis, luvas de plástico e máscaras faciais, se preparavam para a operação. Havia um homem e uma mulher. A mulher era a mais assustadora, pois ela parecia ansiosa para operá-los.

"Fica quieto, Duane!", ordenou Richard, jogando-os contra a mesa com auxílio do dr. Pillsbury. "A gente só quer te ajudar."

Os irmãos viram as sombras dos médicos mascarados vir em direção a eles. Um segurava um bisturi; o outro, uma seringa enorme com a maior agulha que já haviam visto.

Eu te amo, maninho.

Eu também te amo. Tô com medo.

Eu também tô. Aguenta firme.

"Você tem que segurar com força", gritou Richard para o dr. Pillsbury.

"Prendam os braços", mandou a dra. Kutter. Pillsbury segurou as pernas de Duane, enquanto Richard agarrava os braços. Apesar de imobilizados, os meninos não estavam amarrados e gritavam por socorro.

Uma agulha foi forçada até perfurar a têmpora de Belial, tão funda que chegou a fincar no cérebro. A dor excruciante o fez agitar os braços. Duane podia sentir um reflexo da dor lancinante na própria cabeça, levando-o a berrar com o irmão.

O dr. Needleman injetou o conteúdo na seringa e, em seguida, retirou a agulha. Em cima da mesa improvisada de operação, os meninos estremeceram por completo.

A quantidade de anestésico deveria surtir resultado imediato, colocando os dois para dormir. Em vez disso, o efeito foi contrário. A agitação ficou ainda pior e os gritos aumentaram. Needleman se sentiu em um pesadelo, com duas vozes ainda mais potentes ecoando diversos berros.

"Se ele ficar se mexendo, isso não vai dar certo", reclamou o médico, reabastecendo a seringa com mais anestésico.

Duane esticou a cabeça para ver o irmão, temendo desmaiar e não o encontrar ali quando acordasse.

A têmpora de Belial foi perfurada de novo, e mais sedativo foi injetado no cérebro dele. A sensação da agulha foi ainda mais agonizante. Em vez de desmaiar, os gêmeos lutaram e gritaram com mais ímpeto.

Dr. Needleman não conseguia acreditar na falta de resultado da anestesia no rapaz. Para não irritar o pai, havia decidido antes inserir o sedativo na cabeça daquela coisa no lugar da de Duane.

Talvez o problema fosse o próprio anestésico, comprado havia pouco tempo por um preço mais baixo no submundo das drogas farmacêuticas. O garoto servia de cobaia para o lote mais recente, que poderia estar adulterado.

O médico preparou uma terceira dose.

"Olha, eu dou conta aqui. Segura firme aí", tentava tranquilizar Needleman.

A dra. Kutter, com um sorriso no rosto, observava o homem lutando para sedar os garotos. O rugido bestial e a resistência contínua só podiam indicar que os gêmeos não eram humanos. A conclusão aumentou mais o desejo da médica de sair cortando os dois.

Dr. Needleman perfurou a têmpora de Belial uma terceira vez. Por fim, o choque fez Duane desmaiar. Enquanto a terceira dose do líquido misterioso invadia o cérebro, os olhos de Belial retorceram e se depararam com o irmão inconsciente. O grito que tentou soltar começou a surgir, mas logo perdeu força, e os dois se juntaram no sono.

Uma máscara de oxigênio foi posicionada no rosto de Duane. Não havia uma para Belial. Ao mesmo tempo, Kutter começava a desabotoar a camisa do pijama, revelando uma paisagem de pele disforme.

Semiconscientes ante o pavor do choque, os irmãos Bradley não receberam mais anestesia para o que se sucederia. Na primeira incisão, descobriram que o sedativo causou apenas uma paralisia corporal aterradora. Não havia nada que pudessem fazer para impedir o sofrimento.

O bisturi da médica cortou uma artéria, e um jato generoso de sangue espirrou no rosto dela. Em vez de enojá-la, o líquido lhe trouxe júbilo. Nada a alegrava mais do que a satisfação de matar aquele monstro.

Duane ergueu a cabeça da mesa e soltou um grito de cortar a alma, antes de apagar outra vez.

O tecido frontal que o ligava a Belial foi cortado por Kutter. Mais sangue espirrou no avental cirúrgico da médica. Quando desceu o bisturi para fazer a segunda incisão profunda, os instrumentos cirúrgicos foram banhados de sangue. Richard e o dr. Pillsbury, que não usavam roupas apropriadas para a operação, tiveram as vestes encharcadas de sangue.

Com a abertura ainda maior entre os irmãos, a dra. Kutter pegou uma pinça e começou a mexer na ferida. Assim que localizou as veias e artérias principais, começou a costurá-las em favor de Duane. Para o outro, não houve qualquer tentativa de sutura. O sangue de Belial jorrava.

A doutora trocou o bisturi por outro maior em cima da bandeja e começou a cortar o entorno do gêmeo. Com uma área maior de acesso, as incisões se tornaram mais e mais profundas, atravessando cartilagem e tecido aos sons de estalos e carne sendo rompida.

"Segura essa coisa", pediu para Richard e para o dr. Pillsbury, que seguraram Belial com relutância, temendo que a criatura recobrasse os sentidos e usasse as garras enormes para cortar as gargantas deles.

Para ela, a operação não diferia de uma cirurgia rotineira para tirar uma verruga ou um pedaço inútil de carne sobressalente. Assim como em tais procedimentos, a serra óssea nem precisou ser utilizada.

"Vamos puxar devagar e com firmeza", avisou dra. Kutter para os dois homens. Ambos seguraram Belial, enquanto os últimos tecidos de conexão entre os dois foram dilacerados, emitindo um som repugnante ao serem separados, como carne molhada despencando no chão.

De repente, os olhos de Belial se abriram, fazendo Richard se engasgar e o dr. Pillsbury soltar um gritinho. Ao mesmo tempo, os olhos de Duane abriram de supetão, mas logo rolaram para cima e o garoto desmaiou de novo, com a lateral do torso sangrando sem parar. Os olhos de Belial estavam vidrados e nem piscavam.

"Tem algo errado. Não tem batimento cardíaco. Não consigo encontrar o pulso!", gritou Pillsbury com urgência, segurando o punho de Belial.

"O garoto está estável", afirmou Needleman.

"A coisa morreu?", perguntou Richard, tentando conter o entusiasmo. O homem se inclinou a poucos centímetros da boca de Belial, verificando se havia algum sinal de respiração saindo entre os dentes tortos. Pelo visto, nenhuma corrente de ar.

"Sem batimentos, sem respiração e sem vida!", anunciou Richard com pura alegria. "Aleluia!"

Mesmo paralisados, Duane e Belial ouviram cada palavra. Os dois jamais esqueceriam de cada uma delas.

$\bullet \qquad \bullet \qquad \bullet$

Duane.

O relógio marcava três e meia da madrugada quando o garoto recobrou a consciência. Antes mesmo de acordar, havia uma ardência na lateral do corpo, como se algo queimasse ali. Se não fosse a quantidade cavalar de anestésico, seria impossível dormir com tanta dor. O sedativo apenas levou mais tempo para fazer efeito do que os doutores estavam dispostos a esperar.

Com a lembrança fresca de ser imobilizado por um grupo de médicos, Duane se sentou na cama, e uma onda de agonia irradiou à direita do corpo. Os cobertores caíram no chão, expondo uma profusão de bandagens embebidas em sangue, presas ao redor do abdômen e do pescoço, com maior concentração no lado direito do torso. Ao olhar para baixo, viu a cena mais aterradora de toda a vida.

O irmão gêmeo não estava mais ao lado dele. Belial fora amputado.

O que haveria interrompido um sono tão profundo pós-anestésico? A sensação era de ouvir um chamado. Tudo não passou de um sonho?

Duane.

Belial! Cadê você?

Nenhuma resposta. Podia ouvir o irmão em alto e bom som na cabeça, porém temia que o oposto não acontecesse.

"Belial, é você mesmo?", perguntou Duane, em voz baixa, preocupado em atrair o pai para o quarto.

Preciso de ajuda. Nos fundos da casa.

Duane sentiu medo de o pai aparecer.

Não faça barulho. Ele já desmaiou de bêbado.

"Tô indo."

Duane fez uma careta ao sair da cama. Cada passo trazia uma dor excruciante, contudo o mais importante era encontrar o irmão perdido. Por Belial, poderia caminhar por cima de brasa ardente.

Locomover-se sem o gêmeo ao lado era estranho, como se a falta de um peso extra o desequilibrasse. A ausência do irmão e a nova postura faziam-no se sentir uma aberração. Qual o intuito de ser normal quando poderia ser muito mais ao lado do irmão? Juntos, os dois eram *extraordinários.*

Após descer as escadas com cuidado extremo, foi preciso uma dose extra de coragem para entrar na sala de jantar que, felizmente, não estava mais forrada com plástico. Como seria possível fazer qualquer refeição àquela mesa outra vez?

Quando chegou à cozinha, abriu a porta dos fundos sem fazer barulho e saiu descalço na noite fria. O ar gelado fornecia um alívio temporário para a dor abrasadora no corpo. O caminho na lateral da casa em direção à garagem externa era pavimentado de rochas.

Havia três latas de lixo de metal alinhadas ao longo da parede da garagem. Um saco de lixo preto, amarrado no topo, estava jogado à frente das latas.

Eu tô aqui.

O saco de lixo se mexeu, indicando a presença de algo vivo no interior. A mão ensanguentada de Belial surgiu de um rasgo no plástico preto.

Duane correu até lá e segurou a mão de Belial.

"Você sobreviveu."

Por pouco.

"Consegue me ouvir? Na sua cabeça?"

Não. Tá tudo quieto.

"Ainda consigo te ouvir."

Eles cortaram o nosso vínculo de comunicação. Eu só posso te ouvir quando você falar em voz alta.

Duane rasgou o lado do saco de lixo para poder ver o rosto do irmão. O aspecto frágil e vulnerável era assustador. Pálido como um fantasma devido à perda de sangue, Belial mal conseguia manter os olhos abertos.

"E esse sangue na sua mão? Também te machucaram aí?"

Não é meu. Um coiote veio atrás de mim, mas acabou saindo com uma perna quebrada.

"Vou te levar de volta pra dentro."

Duane pegou o irmão no colo, mantendo o saco de lixo ao redor para não deixar um rastro de sangue. Belial não tinha ataduras; a pele estava completamente exposta. Apesar de todo o sofrimento enfrentado pelos irmãos, a reaproximação trouxe certo conforto por estarem um nos braços do outro.

E vivos.

Duane passou o dia seguinte de cama. O pai trouxe uma aspirina e canja de galinha enlatada, insossa pela quantidade insuficiente de água quente. Embora pudesse finalmente dizer que tinha um filho normal, Richard ficou o tempo todo calado. O máximo que Duane disse foi: "Tá doendo", pois precisava informar o sofrimento causado pela amputação. Na maioria das ocasiões em que o pai entrou para checá-lo, o menino fingiu estar dormindo.

Belial avisava toda vez que ouvia o barulho dos passos do pai no corredor.

O armário do quarto serviu como esconderijo. Sempre que Duane se levantava para usar o banheiro, trazia uma toalha limpa escondida para proteger o irmão.

Para a surpresa deles, o ferimento de Belial cicatrizou tão rápido que ao final do dia nem deixava mais manchas de sangue para trás. Duane afrouxou o próprio curativo e trocou algumas bandagens sozinho. Descobriu que também se recuperava depressa. Preferiu não informar ao pai, pois era melhor que ele continuasse a acreditar que o filho estava fraco e debilitado.

Separados pela primeira vez, os irmãos permaneciam unidos por uma missão de vingança. Nada mais justo que o pai sentisse na pele o mesmo que experienciaram na noite passada: a sensação de perder uma parte importante de si mesmo.

Richard havia bebido até cair na suíte principal por volta das nove da noite. Desde o começo do dia, Belial esteve acompanhando o tilintar de garrafas vazias no andar inferior.

Tá na hora.

Quando Richard desmaiava de bêbado, apagava de verdade. Seria fácil demais entrar no quarto e cravar uma faca no pescoço, mas não seria o correto. Naquela noite, colocaram em prática o versículo bíblico que falava *olho por olho*, ou melhor, *terminação nervosa por terminação nervosa*.

Os gêmeos rumaram para o porão espaçoso. Uma tentativa de reforma chegou a ser iniciada ali, mas foi logo abandonada para todo o sempre. Em uma das paredes, havia todo tipo de equipamento de construção largado às traças. Belial estivera lá antes e lembrava a localização de cada item. A missão daquela noite exigiria a utilização de boa parte daquele equipamento.

Duane sempre considerou Belial o mais inteligente — a mente por trás de tudo; no entanto, o garoto presenciou naquela noite algo que o deixou maravilhado. A genialidade do irmão talvez nunca fosse compreendida pela maioria e, talvez, fosse melhor assim, mas ele só podia chamar de milagrosas as maquinações do gêmeo. Não havia ninguém no mundo capaz de construir o que Belial montou em apenas duas horas. Tudo o que precisou fazer foi buscar alguns dos itens para o irmão e observá-lo pôr as mãos na massa.

Era surpreendente a energia e a agilidade de Belial, tão pouco tempo após uma cirurgia tão traumática. Sempre que precisavam usar a serra ou o martelo, Duane ficava preocupado de o pai aparecer, porém Belial garantiu que o homem estava embriagado demais para acordar. Os ouvidos captariam qualquer aproximação, então não havia motivos para se preocupar com uma visita inesperada.

Belial escolhera um nome especial para o trabalho daquela noite: O Show Cirúrgico.

Quando tudo ficou pronto, Duane conectou o cabo de energia à tomada. Belial foi para o outro lado do porão e começou a martelar com força contra a parede que ficava logo abaixo do quarto de Richard.

Na suíte principal, o pai foi arrancado à força do sono, trazido de volta à realidade por um martelar pesado no andar abaixo. A princípio, acreditou não passar de algo da cabeça, uma vez que as ressacas com enxaquecas eram comuns após a bebedeira. Ajeitando-se na cama irritado, o homem buscou compreender a situação.

"Duane?"

O martelar ritmado não parou. Richard escorregou para fora da cama, colocou uma calça de pijama e saiu cambaleando corredor afora. O som de martelo foi substituído por uma serra de mão cortando madeira.

Quando chegou em frente ao quarto de Duane, abriu a porta sem bater. A cama estava vazia com os cobertores revirados. Após um dia inteiro abatido pós-cirurgia, o homem se perguntou como era possível o filho já estar tão bem a ponto de brincar de carpinteiro. Seja lá como fosse, haveria um belo castigo por acordá-lo no meio da noite. Talvez o garoto estivesse pedindo por uma cintada fervorosa no machucado.

Descendo pelas escadas, o barulho de serra de mão deu lugar a uma serra elétrica. O som vinha dos fundos da casa, atrás da porta ao final do corredor que levava ao porão. Richard colocou o ouvido na porta, escutando apenas a serra elétrica. Sem aviso, entrou.

As luzes estavam acesas, mas ele não enxergou ninguém do alto da escada. Ao descer as escadas de madeira para o porão, o barulho de serra elétrica desapareceu, abrindo espaço para o som de uma tábua de madeira batendo no chão.

"Duane? Pelo amor de Deus, moleque. Se for você aí embaixo, é melhor me responder logo!"

Não houve resposta. Depois de tanto barulho, restou apenas um silêncio provocador.

Richard desceu os últimos degraus com cuidado, já que as escadas de madeira estavam repletas de farpas por conta do descuido. Quando chegou ao chão frio de pedra, o choque da temperatura o despertou ainda mais.

Construído com tijolos e sem a presença de um aquecedor, o porão mais parecia uma geladeira, e Richard se arrependeu por não ter colocado uma camiseta e um par de meias. De algum lugar à esquerda, ouviu um barulho similar a uma serra. Ao se virar, reparou no som de metal vindo da direção oposta.

O homem se virou para a direita, pois acreditava ser a mão direita de Deus.

Um caminho repleto de caixas, ferramentas de jardim e móveis antigos descortinava diante dele. A maior parte do espaço servia para abrigar os restos da igreja fracassada, incluindo um púlpito imponente e vários crucifixos enormes. Hoje, esses vestígios sagrados serviam de lar para uma congregação de roedores.

Os passos lentos chegaram a um doloroso fim quando pisou descalço sobre um prego de sete centímetros no chão.

"Filho da puta!"

O solo de pedra à frente estava cheio de pregos espalhados, exigindo atenção em cada passo. Depois vieram pilhas de serragem, tábuas de madeira e uma serra manual. Aquela era a tal oficina de carpintaria improvisada, mas onde estava o filho, o carpinteiro rebelde?

Ele seguiu o som da serra elétrica até uma alcova no final do corredor. Assim que se aproximou, ficou paralisado.

O que viu diante de si parecia impossível de ser compreendido, e não era efeito do álcool. Ninguém na face da Terra jamais testemunhara algo parecido.

Havia uma rampa íngreme de madeira construída no porão. Um carrinho de mão da Red Ryder estava no topo, inclinado em uma rampa para baixo. Dentro do brinquedo infantil, um emaranhado de maquinários ameaçadores pulsava com vida. No centro, uma serra circular com dois metros de diâmetro girava tão rápido que mais parecia um borrão. Em cada lado da serra, tridentes se projetavam para a frente, acompanhados de facões, garfos de jardinagem e até algumas pás de jardim levantadas em braços mecânicos. O design era tão absurdo, como se fosse um pesadelo, e a estrutura era tão incoerente que parecia saída de uma nave alienígena.

No entanto, o homem ficou chocado de verdade com o acontecimento seguinte. Duane e Belial surgiram ao mesmo tempo de cada lado da rampa. Os dois sorriam em perfeita simetria.

Apesar de uma mente repleta de crenças religiosas, Richard permaneceu paralisado de medo. Aquela máquina não fazia parte de nave alienígena, mas sim das profundezas do inferno, um projeto encabeçado pelo próprio demônio.

Com uma rapidez assustadora, o carrinho desceu pela rampa. Richard estava perplexo demais para fazer qualquer coisa além de gritar. Os tridentes cravaram-se nos braços dele, prendendo-o contra a parede de tijolos. Em segundos, a serra giratória gigante o cortou de cima a baixo, passando pela cabeça, coração, umbigo e saco escrotal. Os gritos foram logo engolidos pelo som úmido e agonizante da lâmina girando.

Quando a máquina de amputação recuou sobre uma mola, o corpo de Richard desabou no chão em duas metades idênticas. Separado ao meio, os órgãos e o cérebro começaram vazar para fora do corpo, como se a carne fosse uma casca de noz aberta para revelar o interior.

Duane desconectou o aparelho da tomada, e o barulho da serra cessou, deixando apenas o som de pingos ecoando pelo espaço frio. Os irmãos desceram pela lateral da rampa. Belial arrancou um pino metálico da lateral da máquina e se afastou. A estrutura começou a tremer, desmontando-se em dezenas de pedaços, formando uma poça de aço ensanguentado no chão. O Show Cirúrgico havia terminado.

Agora, ele também perdeu a outra metade.

Tia Beth voltou no início da tarde do dia seguinte. Ao encontrar Duane deitado, envolto em bandagens ensanguentadas e sem o irmão ao lado, um grito quase escapou da garganta. O arrependimento por ter ido ao funeral e deixado os meninos à mercê do pai a atingiu como um golpe, uma culpa que carregaria para sempre. Como poderia conviver consigo mesma se Belial não estivesse mais vivo?

Duane ficou contente com o retorno da tia, mas acabou desabando em uma crise de choro, capaz de dizer apenas duas palavras:

"O porão".

Beth desceu as escadas do porão pronta para o pior, temendo encontrar os restos mortais do irmão gêmeo. Em vez disso, encontrou o patriarca da família, cortado ao meio.

A cena era horrível, mas o homem sempre lhe despertara o ódio. Não havia dúvidas de que fora ele o responsável pela separação dos dois. Aquele fim grotesco era mais do que merecido.

A ausência de Belial naquele banho de sangue do porão deu a Beth um fio de esperança. Ele poderia estar vivo. Tão debilitado como estava, parecia impossível que Duane fosse capaz de tudo aquilo sozinho.

Duas ligações precisariam ser feitas. A primeira seria para a polícia, a fim de relatar a morte na casa. Depois, ligaria para o dr. Pillsbury, certa de que o médico participara da cirurgia. O chapéu dele ainda estava no cabideiro, esquecido.

Ao atender, o doutor tentou negar qualquer envolvimento no caso quando ouviu que precisaria confessar para a polícia, mas Beth não deu espaço para desculpas.

"Você esqueceu uma coisa aqui", disse ela, deixando em aberto o que seria. Talvez o homem ficasse com medo de que fosse um bisturi ensanguentado.

"Você traumatizou o menino para o resto da vida. Não ouse aparecer perto dele nunca mais. Fui clara?"

"Eu respondo apenas ao pai dele, o responsável legal por..."

"O pai do Duane tá morto", interrompeu Beth e desligou o telefone, deixando o homem cagado de medo.

Pillsbury acabou por confessar os atos à polícia, com a justificativa de que era necessário para salvar a vida do garoto. Em nenhum momento mencionou os outros dois médicos envolvidos.

Era quase de manhã quando a polícia saiu da casa. Beth foi até o quarto de Duane, pedindo permissão antes de abrir a porta.

O garoto não estava na cama. O armário estava entreaberto, emitindo um som baixo que chamou a atenção dela.

"Duane? Tá tudo bem agora. A polícia já foi embora, todos foram. O dr. Pillsbury avisou que fez uma cirurgia de emergência no seu irmão, mas ele não resistiu e foi retirado para salvar você. Quanto ao seu pai, estão suspeitando de algum tipo de acidente terrível. Até ouvi alguém falando sobre suicídio."

Beth omitiu o fato de que nem mesmo a polícia se importava com a morte de Richard para investigá-la melhor. Após o nascimento daquela aberração e a queda do império sagrado, a comunidade queria apenas distância do homem. O legado dele havia se tornado um segredo obscuro compartilhado por toda a cidadezinha. Sem a presença do filho bizarro e do ex-pastor, os moradores estavam prontos para apagá-los da memória. Ao final, a morte estranha foi registrada como acidental.

Beth se aproximou do móvel e ficou de joelhos.

"Não vou perguntar o que aconteceu de verdade. Sei que você e seu irmão viveram um inferno. Todos acreditaram na morte do Belial, e vamos deixar desse jeito. Melhor e mais seguro para ele. Vocês não precisam mais se esconder. Eu tô aqui pra cuidar de vocês, dos dois."

Beth abriu os braços e a porta do armário foi aberta. Duane saiu de dentro com o irmão nos braços e caminhou em linha reta até o abraço acolhedor.

"Eu amo vocês, meus meninos. Nunca mais vou deixá-los."

"Eu também te amo", respondeu Duane.

Eu te amo.

Levou uma semana para os irmãos se recuperarem, um tempo impressionante. Quando as últimas feridas de Belial cicatrizaram por completo, descobriram que ele havia desenvolvido ventosas na parte inferior do corpo. Essas mudanças não apenas ajudaram na mobilidade, mas pareciam também uma forma particular de evolução para auxiliá-lo a se tornar menos dependente.

No segundo dia após o retorno, Beth se livrou da mesa retangular na sala de jantar. O móvel foi substituído por uma mesa redonda, e Belial ganhou um enorme cesto de vime, que logo se tornaria um refúgio e o meio de locomoção predileto.

O psicológico dos meninos precisaria de bem mais tempo para se recuperar, enfrentando uma separação após uma vida inteira unidos. Beth mostrou diversos casos documentados de gêmeos siameses e conjugados que foram separados com sucesso. Apenas dois anos antes, a história de Anna e Barbara Rozycki, as primeiras gêmeas siamesas separadas com êxito no Reino Unido, havia ganhado muito destaque.

Ninguém perguntou para Duane e Belial se desejavam se separar. A resposta teria sido não. Duane nunca enxergou o irmão como um peso. Para ambos, viver separados era como perder uma parte essencial, como se sofressem de uma espécie de síndrome do membro fantasma. No caso deles, seria a síndrome do gêmeo fantasma.

A remoção de Belial não alterou em nada a vida do irmão. O garoto estava habituado a fugir dos outros por conta do medo e repulsa que causava. Apesar de poder desfrutar do mundo agora, não via graça sem o gêmeo ao lado. Se Belial precisava permanecer escondido, então Duane ficaria ao lado dele, pois não queria o sentimento de solidão em um mundo que não os admitia por perto.

Para a sorte de ambos, a mansão onde moravam tinha terreno de sobra nos fundos. Na tia, encontraram a figura de uma mãe que os amava de todo o coração. Duane permaneceu estudando em casa, acompanhado de Belial, que demonstrava um intelecto cada vez mais avançado.

A maioria dos livros teológicos que abarrotavam a biblioteca foi substituída por clássicos da literatura e obras históricas, todos escolhidos a dedo por Beth. Embora tivessem uma televisão, a tia limitava o tempo de tela para focarem na leitura durante o dia.

Toda noite, antes de dormir, a tia iniciava o ritual de ler para os meninos na sala, muitas vezes ao som reconfortante do crepitar da lareira. Cada livro tinha relevância particular, trazendo lições de vida valiosas. Belial nunca se esqueceria da noite em que ouviu o ato três, cena dois, de *A Tempestade*, de Shakespeare. Caliban, uma criatura deformada que fora escravizada após tentar violentar a filha de Próspero, falava de um jeito tão humanizado, tentando consolar um visitante em sua ilha.

Duane estava sentado no chão com uma fortaleza de almofadas ao redor, em frente à poltrona da tia Beth. Belial permanecia envolto em um cobertor em cima do colo dela.

"'Temes algo?'

'Não, monstro, eu não.'

'Não tenhas medo. Esta ilha está cheia de ruídos,

Sons e doces ares que trazem prazer e não ferem.

Às vezes, mil instrumentos estridentes

sussurram em meus ouvidos; às vezes vozes,

Que, mesmo se acordo após um longo sono,

Levam-me a dormir de novo e, nos sonhos,

Creio ver as nuvens abrindo-se cheias de riquezas

Prontas para cair sobre mim, e, ao acordar,

Choro na ânsia por um sonho novo.'"

A beleza poética arrancou lágrimas de Belial. Graças à tia Beth e a Duane, o gêmeo tinha a oportunidade de viver, sonhar e amar.

Ao longo de dez anos, os três viveram um conto de fadas particular no próprio castelo. Ainda precisavam viver em reclusão, mas a cidadezinha logo se esqueceu das aberrações locais.

As datas comemorativas eram especiais. A fachada da casa nunca viu um pisca-pisca de Natal ou uma abóbora de Halloween, mas o interior se transformava em um parque temático, cheio de luzes e uma árvore de Natal gigantesca — Belial adorava se pendurar nos galhos —, enquanto, para o Halloween, havia um labirinto de abóboras e esqueletos assustadores.

Na Páscoa, faziam a famosa caça aos ovos, e no Dia de Ação de Graças, tia Beth assava um peru de doze quilos. Duane e tia Beth dividiam um quilo, e o restante ficava para Belial.

A única mudança chegou quando Duane completou 18 anos. Como homem, precisava aprender o valor e a responsabilidade de um emprego fixo. A vaga de meio turno como organizador de correspondências no correio de Glens Falls, a apenas algumas quadras de casa, foi perfeita. Apesar de o Aston Martin DB5 do pai estar em nome dele, preferia ir a pé para o trabalho.

Assim como nos contos de fadas que ouviam na infância, também houve um período tenebroso na história dos dois. Ao final de janeiro de 1982, tia Beth faleceu de forma inesperada aos 77 anos enquanto dormia, vítima de um ataque cardíaco — assim como a irmã. Os garotos sofreram um luto intenso, mas encontraram conforto um no outro, assim como nas recordações dela. Beth recebeu uma bela lápide no cemitério de Glens Falls, e Duane levava Belial para visitá-la toda semana.

No início de março, os dois jovens não aguentavam mais, sentindo um grande ímpeto de sair do interior pela primeira vez e explorar outros lugares. Ao mesmo tempo, a raiva de Belial contra os médicos só aumentava, e um plano de vingança começou a tomar forma. Duane caiu de cabeça na ideia. A mágoa e a sede de justiça eram compartilhadas por ambos.

Uma inesperada ajuda financeira chegou para dar um empurrãozinho na missão. Duane herdou as economias de toda a vida de tia Beth, somando mais de vinte mil dólares. No entanto, nem precisaram tocar nesse dinheiro, já que havia uma quantia escondida em um cofre secreto para emergências com mais de cinco mil dólares em espécie. Enquanto o plano estivesse em andamento, seria arriscado usar a conta bancária, assim como o Aston Martin.

Poucas semanas depois, os irmãos estavam a bordo de um ônibus Greyhound com destino a Nova York, onde Duane experimentaria o primeiro porre da vida no Bar Fim da Linha. Para a sorte dele, havia encontrado uma nova família pronta para ajudá-lo quando a fase não fosse das melhores.

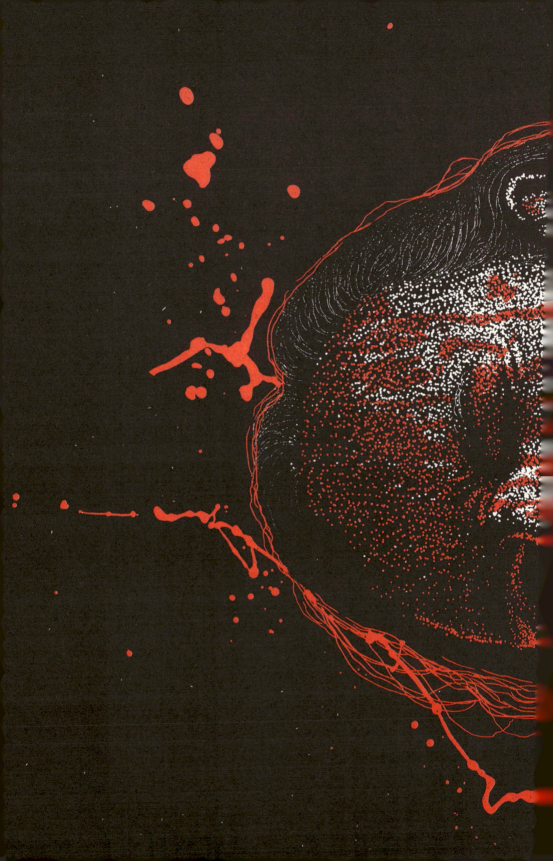

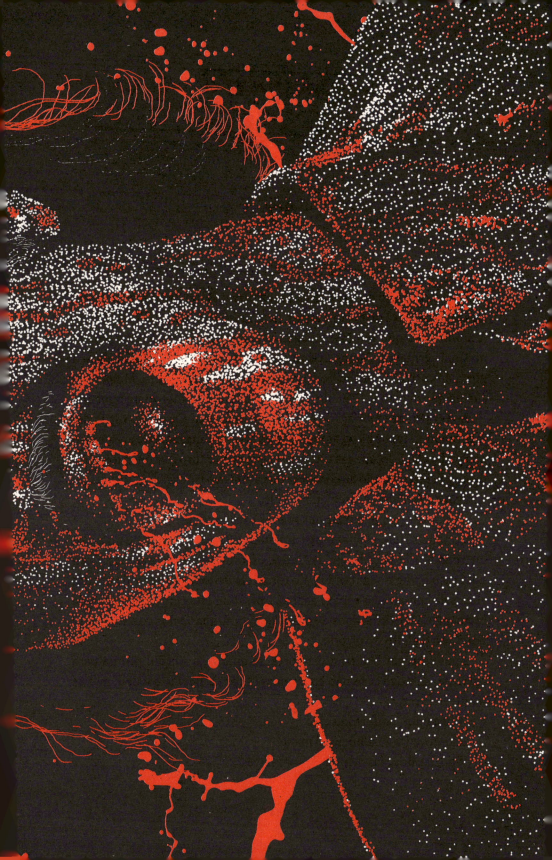

17

Embora o caminho do Bar Fim da Linha para o Hotel Broslin fosse curto, Duane não estava disposto a andar, nem mesmo com o auxílio de Casey. A mulher chamou um táxi e pagou pela corrida. Durante uma parada no sinal vermelho, Duane avisou que não se sentia bem, então abriu a porta do carro e vomitou por um longo período na sarjeta. Melhor assim do que dentro do veículo, considerou Casey. O motorista também.

Ao ver Duane embriagado e sendo carregado por Casey, Gus ficou desapontado. O rapaz havia acabado de atravessar uma maré de azar, então não podia culpá-lo, apenas torcer para que não se tornasse um hábito. Ao menos, ficou tranquilo ao constatar que a amiga o trouxera em segurança.

"Você é um anjo, Casey", disse Gus.

"A gente tem que cuidar dos nossos", respondeu.

Conduzir Duane pelas escadas não foi tarefa fácil. Mais de uma vez, ele se inclinou para longe de Casey, escorando-se nas paredes. Com um braço firme o segurando pelo torso, ela evitou uma série de quedas cheias de hematomas escada abaixo. Apesar de estar um pouco alterada também, Casey tinha anos de prática em caminhar pelos corredores do hotel sob o efeito do álcool.

Após carregar Duane até a porta do quarto, o soltou, pronta para agarrá-lo de novo caso não conseguisse ficar de pé. Ele oscilou, mas se manteve firme.

"Chegamos", informou ela.

"Lar doce lar", balbuciou Duane.

"Sim, lar doce lar. Me passa sua chave."

"Não, não. Eu consigo. Tá tudo bem."

Apesar de não acreditar, respeitou a escolha.

"Tem certeza?"

"Absoluta."

Duane enfiou a mão no bolso e puxou a chave. Após algumas tentativas, conseguiu encaixá-la na fechadura.

Belial foi pego de surpresa ao ouvir o som da porta sendo destrancada. Não havia captado os passos do irmão pelo prédio como de costume. A fala arrastada deixou claro o estado de embriaguez, o que explicava tanto o andar irregular quanto a dificuldade para acessar a mente dele. O álcool parecia transformar os pensamentos em um pântano impenetrável.

Belial havia acabado de dar outra baforada no limpador de cabeçote e guardá-lo debaixo do colchão. O potencializador mental — que na verdade era um detonador mental — estava batendo como uma onda forte quando as vozes no corredor surgiram. Casey estava com Duane. No instante em que a fechadura foi aberta, as drogas já estavam fora de vista, mas não Belial.

Sabia que o cesto, do outro lado do cômodo, estava fora de cogitação. Precisaria arrumar outra saída.

A porta do quarto sete foi aberta. Tranquilizada, Casey deu um passo para trás.

"Não esquece de trancar a porta", complementou ela, seguindo para o próprio quarto. Com a chave já na fechadura, ela olhou para trás e viu Duane parado no batente, desmaiado e prestes a cair no chão.

Casey voltou correndo e passou o braço do rapaz por cima dos ombros. Duane manteve os olhos fechados, enquanto a mulher se esforçava para levá-lo para dentro. Ocupados demais, nem perceberam Belial agarrado à parede acima da porta aberta.

Depois de arrastar Duane até a cama, o largou sobre o colchão. O braço dele ainda estava preso nos ombros dela e ela acabou indo junto. Foi preciso rir. De todas as vezes que já fora jogada na cama por um cara, aquela era sem dúvida a mais absurda. Com esforço, conseguiu se desvencilhar e ficar de pé. Levantou as pernas dele para colocá-las na cama, mas deixou os sapatos. Se quisesse tirá-los, que fizesse sozinho.

Quando se voltou para a porta, Belial não estava mais lá. Embora ansiosa para seguir para o próprio quarto, os olhos foram atraídos pelo cesto em cima da cômoda. A história cheia de detalhes que Duane lhe contou no bar veio à mente — um relato grotesco de gelar a espinha. A narrativa era ridícula demais para alguém acreditar. Então por que ela continuava a encarar o cesto com tanto receio?

Os pés mudaram de rumo, conduzindo-a em direção à cômoda. Casey sabia ser um absurdo, Duane não teria um miniprojeto de irmão escondido dentro do cesto. E desde quando ela adquirira o hábito de mexer nas coisas de um amigo?

Para com isso, garota. Você tá agindo como uma idiota.

Ao parar em frente à cômoda, viu uma pasta fechada ao lado do cesto que parecia ter sangue seco na capa.

Não é da minha conta. Tanto a pasta quanto o cesto.

Contra o próprio bom senso, Casey encostou no cesto. A tampa continha um fecho, mas não estava preso. Virou para olhar Duane na cama, e ele estava completamente apagado, inclusive roncando alto.

Não faz isso. Para de agir como uma vadia ridícula!

O álcool, porém, falou mais alto.

Casey abriu a tampa do cesto, mas estava vazio. Ela soltou um longo suspiro, sem perceber que segurava a respiração. Não havia um gêmeo deformado lá dentro, porque aquilo não passava de uma história maluca. Muito provável que a pasta ensanguentada contivesse o manuscrito de um livro que Duane estava escrevendo. O cesto servia para carregar a máquina de escrever, que devia estar por ali em algum lugar. O rapaz poderia até fazer frente ao tal do Stephen King, pois a imaginação dele era, sem dúvida, perturbadora.

Duane nunca poderia descobrir que bisbilhotaram as coisas dele, algo que Casey jurou nunca mais fazer. Após garantir que o cesto estava tapado, fechou a porta do quarto sete e deixou o amigo descansar tranquilo.

Ela havia deixado a porta do próprio quarto aberta, com tudo escuro lá dentro. Tateando com o braço, a luz do cômodo foi acesa para garantir que ninguém havia entrado. Dentro do quarto, a porta foi fechada e a chave girou duas vezes na fechadura.

O ambiente fora transformado em um estiloso apartamento de Manhattan. Casey trouxera os próprios móveis, incluindo duas cômodas longas para guardar a vasta coleção de roupas e produtos de beleza. Os topos das cômodas estavam ocupados por estojos de maquiagem e perucas sobre cabeças de isopor.

O modesto armário do quarto era pequeno demais para armazenar todos os figurinos, então Casey adicionara um suporte extra de roupas ao lado da cama. Ganchos presos às paredes exibiam chapéus extravagantes e a estola de plumas roxa.

Parecia que explodiram uma bomba de cores vibrantes no quarto, tornando-o parecido com um camarim da Broadway. O clima alegre era amplificado por rostinhos sorridentes espalhados por toda parte, como nas cabeças de isopor e nas paredes. Uma almofada redonda com carinha sorridente descansava na cama, enquanto um relógio no mesmo estilo marcava 2h30 da manhã. Aquele era o refúgio de Casey, um lugar de felicidade.

Ela tirou os saltos e os alinhou junto à fileira de sapatos ao lado da porta. A roupa que havia escolhido para ir à discoteca não chegou nem perto de uma pista de dança naquela noite, e o visual deslumbrante passou batido no fundo do Bar Fim da Linha. No caminho até o banheiro, tirou o vestido *kimono* e o jogou de lado.

Depois de acender a luz, Casey entrou vestindo apenas o sutiã brilhante e uma calcinha vermelha. Prateleiras extras, fixadas nas paredes, guardavam a extensa coleção de produtos de beleza. A mulher tirou o sutiã, pendurando-o em um cabide vazio, e pegou a roupa de dormir pendurada no suporte da toalha. Deslizou o tecido macio de algodão, cobrindo a calcinha enquanto ele contornava cada curva do corpo. A camiseta curta era amarela com uma estampa de carinha sorridente no meio.

Bêbada como estava, acreditou que desmaiaria assim que encostasse a cabeça no travesseiro. Se desse sorte, não teria nenhum pesadelo com a história bizarra de Duane. Então, ela foi se deitar em sua cama sempre cheia de almofadas e cobertores.

Havia uma última peça de roupa para se livrar antes de, enfim, descansar. Casey puxou a calcinha para baixo, permitindo que o pau de 25 centímetros pudesse respirar, seguido pela bela boceta abaixo dele. O sono era melhor sem restrições nas partes íntimas. A calcinha foi jogada sobre as cobertas, e a luz do abajur ao lado da cama, desligada.

Ela subiu na cama, amontoou alguns travesseiros para apoiar a cabeça e fechou os olhos cansados.

Bem devagar, o travesseiro com a carinha sorridente começou a se mover, empurrado pelas garras de Belial, que estava escondido no amontoado de almofadas. Ele estava hipnotizado pela suculência daqueles melões. Incapaz de resistir, uma das mãos se aproximou, ansiando por uma apalpada.

Quando Belial estava prestes a tocar em Casey, o estômago emitiu um grunhido agitado, um presentinho do jantar apimentado de antes.

Os olhos de Casey se abriram de repente, alarmados. Virando a cabeça, deu de cara com Belial, que lhe lançou um sorriso malicioso, lambendo os lábios enquanto as mãos abriam e fechavam. Para o gêmeo, aquela era uma pose galanteadora.

A mulher se sentou e deu um berro. Em resposta, Belial fez um biquinho.

Casey nunca se considerou histérica, e sim alguém que sempre conseguiu se virar sozinha. O grito parou, e um soco certeiro foi desferido no rosto de Belial. O gêmeo rolou para trás entre as almofadas, deixando o ânus enrugado à mostra. Em protesto, a barriga grunhiu outra vez e ele deixou escapar um pum prolongado direto no rosto de Casey.

Casey se engasgou e cobriu o nariz enquanto pulava para fora da cama. Nesse momento, uma espécie de acessório emergiu da criatura, desenrolando devagar da base. Parecia um tentáculo vermelho, que continuava a se esticar como se um mágico puxasse lenços infinitos da boca. O tentáculo parou a poucos centímetros dos seios dela, contraindo-se para cima e para baixo.

Ela desconfiou de que o tentáculo fosse um pênis, considerando a forma como pulsava de excitação. Detentora de um pau enorme, Casey também apreciava membros avantajados, porém aquele treco tinha mais de um metro de tamanho. Espinhos afiados romperam do tentáculo e começaram a se eriçar.

Apavorada, Casey recuou até a parede, onde o colar de plumas roxas estava pendurado. Arrancando-o do gancho, o jogou na direção da coisa em cima da cama.

Belial agarrou o acessório, enrolou-o em torno de si e começou a rebolar.
Olha só para mim!

Casey saiu em disparada do quarto, batendo a porta e segurando a maçaneta com força.

"Socorro! Socorro!"

Os gritos chamaram a atenção de Chico, que apareceu no final do corredor vestindo apenas uma cueca apertada. Logo atrás vinha Enrique, também de roupa íntima, com uma regata jogada às pressas sobre o corpo. Os berros não cessaram e continuariam até que um exército fosse convocado. Talvez, nem isso detivesse a gritaria.

Os moradores começaram a se amontoar no corredor para prestar ajuda, incluindo Diana, Matt, Micah e Rhonda, que não usava nada por cima do sutiã e empunhava agora dois rolos de massa. De camisola e robe, Josephine chegou correndo e logo envolveu a amiga em um abraço protetor, afastando-a da porta no meio da histeria.

"Tem alguma coisa no meu quarto!", gritou Casey.

Enrique e Chico ficaram de vigias à porta. Matt não conseguia desviar o olhar das curvas de Casey, valorizadas pelo pijama justo, quando percebeu, em um rápido vislumbre, a ponta do pauzão na aba da camisola. Os olhos quase saltaram das órbitas, e o interesse por Casey só aumentou.

Do andar de baixo, Scott e o Professor observavam tudo da escadaria.

"Sai da frente!", berrava Gus, tentando subir as escadas com o taco de beisebol. Os dois homens o seguiram. Em apenas dois dias, já era a terceira confusão no hotel. O gerente ficou preocupado com a reação de pavor de Casey, pois a mulher era osso duro de roer.

"Não sei o que era! Mas alguma coisa tentou me atacar!", ouviu Casey dizendo.

Quando chegou ao terceiro andar, encontrou a multidão em frente ao quarto da mulher. Primeiro, o alvoroço no quarto sete. Depois, o assassinato no oito e, agora, mais essa no quarto cinco. Pela primeira vez, Gus começou a pensar se alguma entidade no Hotel Broslin estaria em deslocamento pelas paredes, como se um rato monstruoso se locomovesse escondido.

Casey viu Gus se aproximar e suplicou.

"No meu quarto! Tá na cama!"

Os hóspedes abriram caminho para Gus chegar ao quarto.

"Todo mundo pra trás!", o gerente gritou antes de entrar no cômodo, torcendo para encontrar um rato mutante com a boca na botija. A porta foi batida atrás de si para impedir a fuga de qualquer animal selvagem.

Gus deu uma boa olhada no quarto vazio, acreditando ter perdido o desgraçado de vista outra vez. Não havia dúvidas de que um invasor entrara ali, provavelmente o mesmo que deu fim a Lou Sacana. A janela estava escancarada, enquanto as cortinas de chiffon balançavam com a brisa suave.

Embora acreditasse que o invasor tivesse escapado, Gus fez uma inspeção minuciosa. Revirou os travesseiros e os cobertores amontoados na cama, onde Casey afirmara que a coisa estava. Entre os lençóis, encontrou o colar de plumas. Depois, verificou debaixo da cama, dentro do armário e até atrás da cortina do chuveiro. Convencido de que o quarto estava vazio, fechou a janela e voltou para a porta.

Os moradores se amontoaram, tentando espiar o que havia lá dentro, mas Gus fechou a porta atrás de si quando saiu.

"Já foi embora, Casey. Tá tudo certo."

"Eu... eu não quero voltar pra lá hoje."

"Tudo bem, tudo bem. Você não precisa. Pode ficar lá embaixo na minha casa. Vou estar do lado de fora na porta. Vai ficar tudo bem."

Casey soltou Josephine e se agarrou nos braços de Gus, que gesticulou para os outros irem embora.

"Seja lá o que fosse, já foi embora. Voltem para os quartos e se certifiquem de que as janelas estão trancadas. A gente precisa manter essa aberração longe. Vamos lá."

Ainda abalados, os hóspedes voltaram para os quartos, cientes de que não seria uma noite fácil de sono. Uma gritaria assustadora, pânico e até assassinato assombraram o hotel nos últimos dias. Todos estavam com os nervos à flor da pele.

Gus acompanhou Casey até o andar de baixo, levando-a para trás do balcão da recepção. Em seguida, destrancou a porta do apartamento e a convidou para entrar.

Era a primeira vez que Casey via o apartamento de Gus, surpreendendo-se com a limpeza e a decoração do local, muito diferentes da bagunça que esperava. A amplitude do lugar a impressionou, e a fez reconsiderar a ideia que tinha sobre o prédio, descobrindo ali um pequeno oásis escondido.

"Você poderia dar uma baita festona aqui, Gus", comentou Casey, maravilhada.

"Não sou muito festeiro."

Fi-fi correu em direção a Casey e pulou na perna dela com um latido agudo. Ainda tomada pelo pânico, Casey soltou um grito.

"Tá tudo certo, é só a Fi-fi, minha poodle de guarda. Ninguém passa por ela, assim como ninguém passa por mim. Você tá segura aqui."

Casey se sentou no sofá, e Fi-Fi subiu ao lado, enchendo-a de beijinhos lambidos. O ato despertou a gratidão da mulher.

Gus trouxe um roupão limpo, um cobertor e um travesseiro, deixando tudo em cima do sofá.

"Pra você. Pode ficar no meu quarto ou no sofá."

"Obrigada, Gus."

"Só uma pergunta. A coisa parecia algum animal?"

"Não sei o que era aquela coisa, mas tinha um rosto. Um rosto bem fodido."

"Preciso voltar e trancar seu quarto. Quer que eu pegue alguma coisa?"

"Não, tá ótimo assim."

"Certo. Vê se descansa um pouco."

Ao retornar para o quarto cinco no terceiro andar, Gus encontrou escadas e corredores vazios. O gerente abriu a porta e deu uma última olhada no local, também vazio. Após fechar a porta, decidiu trancá-la, pensando que poderia abrir na manhã seguinte para Casey com a chave mestra.

Antes de descer, deu uma olhada na porta do quarto sete. Duane parecia ter dormido durante toda a confusão. Gus torcia para que a janela dele estivesse fechada.

Na verdade, a janela estava aberta, o que permitiu a Belial se arrastar de volta para o cômodo, mas não de mãos vazias. Ao passar perto do irmão, sentiu o bafo de álcool.

Somente quando voltou ao cesto, parou para observar a peça em mãos. A estola de plumas de Casey era linda e, por um momento, Belial se perguntou se poderia roubá-la, talvez escondendo dentro da bunda. No entanto, ficou com pena de levar o acessório de moda mais fabuloso do local. Ainda assim, quando viu a calcinha vermelha, não conseguiu resistir.

Esticou o tecido da calcinha e deu uma boa cheirada, seguido de uma lambida. A noite havia avançado e, de longe, aquele era o dia com mais aventuras sexuais de toda a vida dele. O que não impediu o bilau de dar as caras outra vez, tão ávido como de costume. Belial estava se tornando o maníaco do cesto.

Duane não acordou até o começo da tarde. Agora, sabia a sensação de uma ressaca — algo parecido com ser atropelado por um caminhão de estrume. Depois de ir cambaleando até o banheiro, deu a maior mijada da vida. A mais ardida também, eliminando todo o álcool ácido do corpo.

A situação e o enjoo ensinaram uma importante lição sobre beber: o torpor momentâneo não compensava os efeitos colaterais. Mal podia lembrar como voltara para casa, aumentando ainda mais a preocupação.

Após escovar os dentes, o que nada alterou o gosto ruim na boca, saiu do banheiro. A tampa do cesto estava aberta.

"Bom dia. Quero dizer, boa tarde."

Boa tarde.

Belial escalou o cesto e ficou em cima da cômoda. Sem perceber, uma calcinha vermelha veio junto, prendendo-se na borda do cesto.

"Quando você pegou isso daí?"

O irmão notou a peça de roupa pendurada no cesto, e as bochechas assumiram um tom avermelhado de culpa.

Ontem à noite.

"De quem?"

Casey.

"Onde você pegou?"

No quarto dela.

Duane não podia acreditar que Belial agira com tanta irresponsabilidade ao sair de fininho para roubar algo. Igual à Pascoa, a culpa era dele por deixá-lo sozinho.

Até aquele instante, não havia percebido como o irmão ansiava por ser independente. Será que havia adquirido o hábito de sair de casa em Glens Falls, durante o horário de expediente dele? Belial acabaria fugindo quando a porta estivesse aberta, similar a um cachorro ou gato que vai embora e nunca mais retorna?

Enquanto Duane refletia sobre ser abandonado, Belial se preocupava se o irmão descobriria o fato de que fora visto por Casey. Talvez não tivesse tanto controle sobre si quanto imaginara. Teria o direito de criticar o rapaz por encher a cara quando ele mesmo passou a noite toda se drogando?

"Belial, a gente não pode fazer isso. Você sabe muito bem. Não é certo invadir o quarto de um amigo para roubar algo dele."

Eu não tava lá para roubar.

"Mas saiu com algo que não era seu", respondeu Duane, apontando para a calcinha. "Você chegou a pensar em devolver?"

Acho que não.

"Deve ser mais seguro não devolver. Se quiser sair de novo, é só me avisar. A gente sai junto e encontra algo pra fazer. É muito arriscado você ficar saindo sozinho."

Sinto muito por roubar a Casey. Não vai se repetir.

"Obrigado."

Quais os planos para hoje?

"Eu só quero ficar na cama, mas é melhor a gente ir até a lavanderia. Vamos atrás da Kutter amanhã."

De repente, Belial pulou para o chão e correu para o banheiro.

Culpa do Ziti ao forno!

Roubar estava longe de ser o único arrependimento da noite anterior. Nunca mais se vingaria do irmão com comida. Mesmo com a porta do banheiro fechada, Duane conseguiu ouvir os grunhidos da barriga de Belial e o som aterrador do tolete irrompendo do corpo.

Que sufoco!

Duane abriu um sorriso discreto.

Meia hora depois, após Belial tomar um bom banho, Duane desceu as escadas, carregando o cesto e uma mochila cheia de roupas sujas. Gus e Doris estavam atrás do balcão da recepção.

"Noite longa, hein?", perguntou Gus.

"Nem me fale. Preciso ir à lavanderia."

"Você ouviu a confusão de ontem à noite?"

"Que confusão?"

"A gritaria da Casey." Duane percebeu Gus observando-o. "Ela encontrou alguma coisa no quarto."

Merda, pensou Belial sozinho dentro do cesto.

"Ela tá bem?", perguntou Duane com preocupação genuína.

"Sim, só assustada."

"O que aconteceu?"

"Não sei. Talvez ela estivesse tendo um sonho ruim. Me surpreende a barulheira toda não ter te acordado."

"Bebi tanto ontem à noite, que desmaiei na cama. Não tô com a menor vontade de repetir o episódio. Nem lembro como voltei pra cá."

"Você teve uma forcinha da Casey."

"Onde ela tá agora?"

"Dormindo no meu quarto."

"Depois preciso agradecer."

E, assim, Duane se apressou para ir embora, aliviado por escapar daquele interrogatório. A sensação era de que o gerente podia enxergar dentro da cabeça dele com a mesma facilidade de Belial.

Doris balançou a cabeça para os lados.

"Todos os últimos problemas começaram depois que ele chegou."

"Não acho que o garoto tenha culpa por isso, ou pela morte do Lou."

"Não foi isso que eu disse, mas os problemas começaram depois que ele chegou."

Gus não tinha como rebater o fato, torcendo para que ela estivesse enganada sobre Duane. Talvez fosse ele quem estivesse enganando a si próprio após ter gostado tanto do garoto.

•   •   •

Na calçada, Duane repreendeu o irmão:

"Você não me disse que a Casey tinha te visto."

Foi só por um segundo. A mulher achou que tava sonhando.

"Você queria que ela te visse?"

Não.

"Parece que você deu um baita susto nela. Casey é nossa amiga."

Era mesmo? Belial se perguntou. Casey era amiga de Duane, o irmão nunca chegou a apresentá-lo. Ele continuava um segredo, escondido dos olhos alheios.

Duane nunca entenderia por completo a sensação de continuar sendo o gêmeo recôndito. Durante momentos de intimidade, se as mulheres vissem o rosto de Duane, gemeriam e implorariam por mais. Se alguma visse o rosto de Belial em um momento assim, as únicas reações seriam gritos e tentativas de fuga, igual à *stripper* na cabine interativa do Oásis da Fantasia. A própria incapacidade de satisfazer uma mulher sexualmente despertava um ressentimento em relação ao irmão.

Por enquanto, Belial optou por não expressar aqueles sentimentos.

Cerca de duas horas depois, os irmãos retornaram com as roupas lavadas. Doris estava sozinha atrás do balcão. Duane acenou com a cabeça, um gesto que a mulher nem se deu ao trabalho de retribuir.

Com a roupa limpa guardada, estava na hora de bater à porta de Casey para uma rápida visita. O cesto ficou para trás, mas a porta do quarto permaneceu aberta para o gêmeo escutar.

"Quem tá aí?", gritou Casey.

"É o Duane."

Houve um barulho de trancas sendo destravadas antes de a porta se abrir. Casey apareceu e deu uma olhada em Duane de cima a baixo.

"Parece que você já tá bem melhor", iniciou ela.

"Uhum, acho que o sono me fez bem. Queria te agradecer por me trazer em segurança pra cá ontem. Nem me lembro como voltei, ou de muita coisa que aconteceu. Tô morrendo de vergonha."

"Tá tudo certo. Ainda bem que você tava comigo na primeira vez que encheu a cara."

"Me contaram do susto de ontem à noite."

"Alguma coisa me atacou na cama, ou alguém. Não sei."

"Fico feliz que você tá bem."

"É... eu reagi e dei um socão de volta."

Isso é verdade.

"Duane, deixa eu te perguntar. Aquela história de ontem, era só uma história inventada, não é?" Casey cruzou os braços, como se sentisse um calafrio.

A expressão de Duane indicava uma clara confusão.

"Que história?"

"Aquela sobre o seu irmão, aquele que precisava ficar dentro do cesto, o gêmeo siamês. Era tudo invenção, certo?"

Duane não acreditou que havia despejado a história da própria vida em Casey, pois nunca compartilhara aquilo com alguém. Agora, igual a Belial, ele se tocava de como havia pisado feio na bola. Cada um à própria maneira, os dois se expuseram para a mesma pessoa na noite anterior.

Ambos desejavam ser vistos, ainda mais por alguém do sexo feminino. Por quanto tempo mais conseguiriam se manter escondidos do mundo?

"Ah, é claro, é só uma história que eu inventei pra um livro."

Casey parecia aliviada.

"Foi o que pensei. Também vi a pasta com algumas folhas perdidas."

"É o primeiro rascunho. Você quer ler?", perguntou Duane, apesar de não ter algo para apresentar.

"Não, obrigada. A história era bem assustadora, e eu acabo sonhando com esse tipo de coisa."

"De novo, desculpa por ficar bêbado e encher seu saco com minhas histórias."

"Relaxa, garoto, mas não acho uma boa ideia transformar isso em um hábito ou ir sozinho para o Bar Fim da Linha. Me avisa se quiser companhia."

"Pode deixar. Tenha um bom dia, Casey."

"Tchau, tchau", despediu-se ela, sorrindo, antes de fechar a porta.

A conversa com Duane trouxe certo alívio. O desconfiômetro para mentiras era aguçado, e ela acreditou no teatrinho do rapaz. Ainda assim, passou a chave duas vezes para tranchar a porta e conferiu os trincos de ambas as janelas. Não correria mais nenhum risco naquele lugar.

Ela não tinha de fato acreditado naquele conto da carochinha de Duane, dizia para si mesma. Quanto àquela coisa que encontrara na cama na noite anterior, não poderia ser um gêmeo que escapuliu de algum cesto. Conforme o tempo passava, a crença de que havia visto o rosto do capeta aumentava.

"Acho que o clima com ela ficou mais tranquilo. Desculpa por contar o nosso segredo. Não vai acontecer de novo."

Você tava bêbado.

"Também não vai acontecer de novo. Prometo."

Belial ouviu passos familiares vindo pela escada.

Temos visita.

"Quem?"

O Professor.

Assim que Duane se posicionou atrás da porta, uma revista pornográfica foi empurrada pela soleira. A capa trazia uma bunda com o cu bem aberto e pingando sêmen. O nome em letras garrafais no topo era *Depósito de Porra.*

O Professor ficou surpreso quando Duane abriu a porta. O Papai Noel de quinta categoria do hotel havia sido flagrado.

"Oi", falou o acadêmico. "Achei que você poderia gostar do material, agora que já terminei a minha leitura."

"Acho que vou, sim. Obrigado."

"Detesto ter que jogar fora minhas revistas, elas são uma fonte de tanto prazer."

"São mesmo. Gostei de todas até agora."

O nervosismo do Professor desapareceu ante a apreciação de Duane.

"Mas que maravilha. Diga-me, meu jovem, você é um naturista?"

Duane não sabia exatamente o que era um naturista, mas presumiu ser algo relacionado à apreciação da natureza ou algum tipo de escolha alimentar, igual aos vegetarianos. Talvez fosse uma mistura dos dois. Parecia um termo inofensivo. Quem não apreciava a natureza?

"Você sabe o que é um naturista?", questionou o Professor.

"Uhum. Eu sou um naturista", assumiu Duane, tentando parecer descolado.

"Deslumbrante! O que você acha de me fazer companhia para uma refeição naturista?"

Aceita, vai. Quanto mais simpatia sua, melhor.

Duane gostou da ideia, temendo por toda suspeita levantada pelos vizinhos nos últimos dias. Cair nas graças do Professor seria tão bom quanto estar de boa com Gus.

"Claro, acho que vai ser uma boa."

"O que me diz de hoje à noite?"

"Tô livre."

"Ótimo. Encontre-me no quarto às sete horas."

"Obrigado. Até mais tarde."

O rapaz fechou a porta e jogou a revista em cima da cômoda.

"Antes, vamos atrás do seu jantar."

Só não pega nada com pimenta.

Belial abriu a revista para dar uma olhada.

"Pode usar primeiro."

Às sete em ponto, Duane batia à porta do Professor. O homem abriu, trajando um robe e um sorriso de boas-vindas. Os pés estavam descalços.

O banquete do Professor era de tirar o fôlego. Embora pequena, a mesa para dois estava cercada de bandejas e recipientes repletos de pratos que exalavam um aroma intenso, picante e exótico. Duane nunca vira algo assim.

"Isso daí é uma refeição naturista?", perguntou o rapaz.

O Professor deu uma risadinha contida.

"Vamos degustar a gastronomia etíope hoje."

"O cheiro é muito bom." Duane nunca havia provado comida etíope, uma vez que nunca existira um restaurante etíope em Glens Falls.

"Isso daqui é uma refeição naturista", indicou o Professor, deixando o robe cair do corpo em seguida. O homem estava tão nu quanto o dia em que nasceu. "Mais natural, impossível", completou o Professor antes de se sentar. Duane percebeu duas toalhas em cima das cadeiras.

O jovem ficou surpreso que naturista não passava de nudista, envergonhado por tamanha ingenuidade. Contudo, a fome e o compromisso de jantar com o amigo falaram mais alto. Se a norma de vestimenta para a ocasião era a nudez, ele estava disposto a seguir as regras. Em apenas duas semanas, a vida havia mudado de forma drástica. Até o mês passado, nunca pisara em um vestiário ou trocara de roupa na frente de outros homens. Depois do curto período frequentando os comércios locais, um jantar nudista parecia um compromisso como qualquer outro.

A maior preocupação de Duane não era mostrar as partes íntimas, mas sim a cicatriz no torso. Poder superar essa vergonha foi o empurrãozinho necessário para criar coragem.

Duane tirou as roupas e se sentou de frente para o Professor. Em nenhum momento o anfitrião olhou com estranheza ou perguntou sobre as cicatrizes.

Então começou a explicar sobre os pratos etíopes que compunham o jantar, demonstrando como usar o *injera* como um tipo de pão para enrolar os alimentos, além dos temperos que davam sabor ao ensopado e outros detalhes que transformaram a refeição em uma experiência cultural. Entre uma explicação e outra, compartilhou histórias hilárias e absurdas da longa carreira como sexólogo em Nova York, arrancando risadas genuínas de Duane.

Antes que Duane se desse conta, duas horas haviam se passado, e ambos estavam de barriga cheia. Enquanto se vestiam, o Professor agradeceu a visita. Em momento algum fez qualquer investida ou proposta indecorosa. O jantar não passou de uma boa refeição entre dois amigos — que estavam pelados. Após sair, Duane torceu para que ainda fizessem outra refeição como aquela antes de ele ir embora da cidade.

No fim das contas, talvez Duane fosse mesmo um naturista.

18

Quarta-feira trouxe os irmãos de volta para a missão. Não podiam esperar mais para encontrar a dra. Kutter.

Duane retomou a tarefa de vasculhar as mais de duas mil páginas, repletas de letras miúdas, das listas telefônicas. Na busca, fez uma lista com todo tipo de clínica especializada, desde podólogos e oftalmologistas até proctologistas e ginecologistas. Após noventa minutos de pesquisa, caiu no sono em cima da cama.

Belial estava cada vez mais irritado com a demora para encontrar a médica, ansiando para acabarem logo com aquela tramoia sanguinolenta para seguirem com a vida. E se nunca a encontrassem, fosse em Nova York ou em qualquer outro lugar? Seriam obrigados a carregar o rancor até o túmulo?

Não podia culpar o irmão pela dificuldade. Quando conceberam o plano de vingança, as tarefas foram divididas. Duane seria o responsável por encontrar os médicos e carregar o cesto. Os assassinatos estariam a cargo de Belial. Parecia uma divisão de tarefas justa, porém, com a lentidão daquela busca, talvez fosse o momento de ele próprio intervir e ajudar mais. Talvez já houvesse passado da hora.

Sem perder tempo, Belial subiu na cama, abriu uma lista telefônica na primeira página e começou a ler cada entrada. Ao contrário de Duane, tinha um ritmo de leitura impressionante, e conseguia absorver as palavras com precisão e velocidade.

Uma hora depois, durante a pesquisa na letra V, página 1.021, Belial parou. A expressão ficou séria. Por um instante, os olhos chegaram a brilhar em um tom avermelhado. Parecia que o vermelho inundava mais e mais a vista. O sangue começou a ferver.

Belial pegou a caneta de Duane e começou a assinalar um anúncio. A caneta dava diversas voltas, circulando de novo e de novo. O sangue borbulhava dentro das veias pulsantes — dessa vez, sem precisar das drogas. Por si só, a fúria já era um estimulante potente. A respiração ficou mais pesada, igual a um touro bufando diante de uma capa vermelha.

Um estalo repentino tirou Duane do sono, sentindo uma onda de raiva atravessá-lo como uma corrente elétrica. Ao se sentar na cama, viu a caneta de plástico partida em duas partes nas garras de Belial. Ao lado, o catálogo telefônico estava aberto, com rabiscos furiosos destacando um anúncio específico e chamando sua atenção.

Achei a mulher.

Duane se inclinou sobre o catálogo telefônico para ler o anúncio da Clínica Kutter. O nome da médica estava bem realçado: Dra. Judith Kutter. Abaixo, constavam o endereço e o telefone do consultório. O *slogan* da clínica prometia um atendimento "Gentil e Humanizado".

O estabelecimento estava na letra V, pois era uma clínica veterinária.

Foi a vez de Duane perder as estribeiras.

"Ela é uma veterinária! A gente foi amputado por uma veterinária!"

Vamos mostrar pra ela o que é um tratamento gentil e humanizado.

O restante do dia foi dedicado a localizar a Clínica Kutter e ficar de olho nos arredores. O prédio parecia bem cuidado, contrastando completamente com a antiga clínica decadente de Needleman. Para melhorar, a entrada do consultório era de frente para a calçada, eliminando o incômodo de passar por porteiros ou seguranças.

Ao esperarem do lado de fora até o horário de fechamento, às sete da noite, não viram a dra. Kutter sair pela porta principal. Decidiram explorar os fundos do prédio, onde confirmaram a existência de um beco com outro acesso pelos fundos.

No dia seguinte, visitariam a clínica para uma consulta de emergência com a médica veterinária.

●　　●　　●

Duane e Belial retornaram às 9h30 da manhã, meia hora após a abertura da clínica.

Antes, o plano seria chegar perto da hora de fechar, para depois fugir na escuridão da noite. Entretanto, dormir se tornou um sonho distante enquanto remoíam toda a raiva de Kutter, a mais cruel dos três cirurgiões. Quanto antes dessem cabo da mulher, melhor, para que assim ninguém mais corresse o risco de cair nas garras dela — fosse um animal de estimação ou o irmão gêmeo de alguém.

Ela sabe de você.

Duane não fazia ideia de como o irmão poderia saber daquilo. Belial também não, mas achou importante compartilhar o fato. Após abrir a porta, entraram na recepção.

Atrás do balcão, uma jovem corpulenta, com cabelos longos e ruivos e rosto repleto de sardas, usava um uniforme de enfermeira. O crachá exibia o nome Liza. Ao notar o gesso no braço esquerdo da secretária, Duane torceu para que não tivesse sido um animal raivoso o culpado.

Liza anotou o nome falso fornecido e perguntou o motivo da consulta. Ele explicou que o gato dele havia brigado com algum animal na noite anterior e sofrido um corte profundo que precisava de atenção imediata. Duane recebeu um formulário de cadastro e foi orientado a aguardar.

Ele se sentou entre dois outros tutores: à esquerda, um homem acompanhado de um cão enorme — um misto de Golden Retriever com Pastor Alemão —, e à direita uma mulher com um gato rajado em uma caixa de transporte. O cachorro começou a farejar em direção ao cesto no colo de Duane. A audição apurada detectava a presença de algo ali dentro, mas o traço olfativo não reconheceu o que era. A confusão o fez farejar com mais insistência.

Belial respondeu com um rosnado grave, baixo o suficiente para que apenas o cão percebesse. No mesmo instante, o animal recuou assustado.

Uma porta lateral da sala de espera se abriu, revelando outra enfermeira. Assim como Liza, era uma mulher robusta, com longos cabelos ruivos e sardas no rosto.

"Sr. White?", chamou a mulher.

Duane olhou para a enfermeira à porta e depois para a secretária atrás do balcão. As duas eram gêmeas idênticas. Pelo que sabia de Kutter e a opinião dela sobre gestações múltiplas, ficou impressionado com o fato de a mulher empregar gêmeas.

Será que ela também separou as duas?

E igual à recepcionista, a enfermeira que o chamara também tinha o braço esquerdo engessado. Gêmeos realmente são um espécime curioso.

Duane seguiu a enfermeira pelo corredor. O crachá exibia o nome Lisa. O cachorro da recepção deu trabalho com a coleira, tentando seguir o cesto.

A enfermeira apontou para o final do corredor.

"É a última porta à esquerda."

"Obrigado."

Ela saiu do corredor, e Duane caminhou em direção à porta com entusiasmo crescente. Depois do encontro com o dr. Needleman, o medo de enfrentar outro médico havia desaparecido. No entanto, a advertência de Belial ecoava dentro da mente: *ela sabe de você.*

Duane abriu a porta e reconheceu a mulher de cabelos escuros concentrada na papelada sobre a mesa. Nunca havia sentido tanto desprezo por outra pessoa, exceto pelo pai naquela fatídica noite. Aquela mulher não passava de uma ferramenta da atrocidade encabeçada pelo patriarca da família.

A dra. Kutter ergueu os olhos do que estava fazendo e sorriu.

"Então, o que aconteceu com seu gato? Você escreveu que ele se machucou feio."

O som da voz dela reacendeu o trauma em cada célula do corpo. Não havia dúvida de que o irmão sentia o mesmo.

"Sim, na lateral do corpo."

A médica se levantou da cadeira.

"Certo. Vamos levá-lo para a sala ao lado."

A mulher apontou para a sala de avaliação clínica, e Duane foi na frente. Naquele momento, a doutora lembrou da ligação que recebera de Needleman. O homem havia comentado sobre um jovem chamado Duane Bradley carregando um cesto consigo, que deveria conter algum gravador. Um cesto igual ao que aquele jovem tinha em mãos.

Também havia lido a matéria sobre o assassinato do médico na semana anterior.

Antes de entrar na outra sala, a porta do consultório foi trancada.

Duane a seguiu até chegarem à sala de avaliação. Kutter abriu uma gaveta repleta de bisturis e começou a alinhá-los sobre a bandeja de cirurgia de aço inoxidável.

"Pode colocar o bicho em cima da maca."

Duane obedeceu.

"Vamos lá, deixa eu dar uma olhada."

Quando tentou se aproximar, Duane apoiou o braço na tampa do cesto.

"Só que não é um gato."

A doutora parou onde estava. "Achei que você tinha dito que…"

O rapaz a interrompeu.

"Antes de você ver, acho que devo explicar como ele se machucou. Um outro veterinário, o dr. Pillsbury, tentou fazer uma operação no interior do estado, mas não deu certo."

"Você disse dr. Pillsbury?"

Duane percebeu o olhar frio que a dra. Kutter lhe lançou, um olhar de quem tinha entendido muito bem a situação.

"Sim. Você o conhece?"

A dra. Kutter sorriu, sem demonstrar nem um pingo de intimidação.

"Ah, sim. Estou começando a entender."

Com confiança, a médica deu um passo à frente, parando ao lado da mesa onde o cesto estava.

"Você é o garoto que o Needleman tentou avisar. O tal Bradley. A aberração que a gente separou. Que surpresa agradável, depois de todo esse tempo."

O sorriso frio no rosto da mulher parecia revelar dentes tão afiados quanto os de um tubarão. Para Duane, aquilo era uma tentativa de provocação, e as bochechas dele arderam de raiva.

"Acredito que vir até mim deu um trabalhão. Você tá bem longe de casa. Mas pra quê tudo isso? Foi para me agradecer, não?"

"Te agradecer?!", exclamou Duane, incrédulo.

"Bem, afinal, não fui eu que te deixei normal?"

"Você fez aquilo pra matar meu irmão! Você é uma assassina de aluguel!"

"Ah, queridinho. Quanta hostilidade", desdenhou a mulher, com um deboche na voz que o enfureceu. Com um gesto brusco, Kutter empurrou o cesto na mesa, fazendo Duane pular de sobressalto.

"Escuta aqui, seu moleque abusado. Vou te dar dois segundos para dar o fora da minha clínica. Não vou deixar um pivete idiota com problemas mal resolvidos vir até aqui e me ameaçar. A menos que você tenha algo aí pra eu cortar também."

"Sua vadia."

"Ou talvez algo pra eu costurar de volta. Pena que aquela coisa morreu, senão eu colava ele de volta em você."

Duane se inclinou sobre o cesto, posicionando-o na direção do rosto dela.

"Leu a minha mente. Eu não poderia querer outra coisa."

Foi quando ele percebeu que aquilo não passava de uma armadilha. Ele nem tinha reparado na seringa com a longa agulha até ser tarde demais. Sentiu a picada perfurando fundo o pescoço, seguida pela pressão de um líquido estranho que se infiltrava pelo corpo dele.

Duane reagiu com um soco certeiro no rosto, derrubando-a para trás. Kutter soltou a seringa, e Duane cambaleou com a agulha pendendo no pescoço. Quando as costas acertaram a parede, a seringa balançou. Ele cerrou os dentes, segurou o cilindro e arrancou a agulha de uma vez com um grunhido, sentindo o líquido escorrer. Parte do conteúdo fora injetado no organismo dele.

A dra. Kutter não sabia ao certo quanto do tranquilizante de ursos havia conseguido aplicar. Não o suficiente, ou Duane já estaria no chão. Sentiu o gosto de sangue no lábio, resultado do soco inesperado. O garoto sangraria muito mais por isso, e a doutora já sabia por onde. Em vez de separá-lo de um gêmeo, amputaria a masculinidade dele.

Ao pegar o maior bisturi à vista na bandeja, investiu para a frente. Quando chegou perto do cesto, a tampa se abriu, revelando Belial lá dentro.

O gêmeo soltou um grito feroz, em um misto de raiva e velhas lembranças.

A dra. Kutter gritou de volta. A simples visão daquele troço que jurava ter matado a deixou apavorada. O ser não apenas sobrevivera, mas agora estava maior, mais forte, e a encarava com uma fúria acusatória.

Belial pulou para fora do cesto, impulsionado por uma dose secreta de cocaína.

Duas garras agarraram a mandíbula da médica, seguindo para a boca. O susto a fez derrubar o bisturi. Em seguida, tentou se desvencilhar da pegada, mas Belial não a deixaria ir. Com a outra mão, cravou as garras no peito da mulher, dilacerando a carne.

A potência do orgasmo-sanguinário compartilhada com o irmão fez Duane bater as costas contra a parede. Teve medo de se machucar ainda mais.

A dra. Kutter girava sem controle, tentando remover a mão de Belial da boca. Em um movimento desesperado, tentou alcançar outro bisturi, mas os dedos trêmulos derrubaram a bandeja no chão, espalhando os instrumentos cirúrgicos por toda parte.

Belial ficou excitado ao sentir a língua macia da médica se debatendo entre os dedos dele. A boca recebeu uma terceira garra, que entrou com facilidade após as bochechas se rasgarem e o maxilar ficar descolado.

A outra mão agarrou o pescoço de Kutter, enquanto a língua — tão afiada quanto os bisturis — era arrancada em golfadas de sangue pela raiz. Os gritos pareciam saídos de uma poça avermelhada.

Segurar aquela língua ainda se contorcendo deixou Belial morrendo de tesão. Ele esticou o braço e enfiou o órgão muscular o mais fundo que conseguiu na própria bunda. Belial soltou gargalhadas e gemidos conforme a língua de Kutter se debatia nas paredes do reto dele. Tomara que a mulher pudesse sentir o gosto.

A gritaria ecoou até a recepção. As gêmeas enfermeiras se olharam, alarmadas. Os tutores aguardando atendimento pegaram seus animais e correram pela porta. As duas funcionárias foram na direção oposta, entrando no corredor juntas.

Na sala de avaliação, Kutter mal podia acreditar que estava sendo cortada em pedaços por aquela mutação ambulante, a mesma que deixara para morrer dez anos antes. Mais do que a cirurgia ilegal, o erro foi não ter se certificado da morte da criatura. Agora, precisava reagir, então se voltou para a gaveta repleta de bisturis. Para o próprio horror, algo muito pior surgiu diante dos olhos.

O beijo grego da língua serelepe de Kutter deixou Belial excitado a ponto de trazer à tona o tentáculo, que chegou chicoteando o ar ao redor. O pavor estampado nos olhos de Kutter foi absoluto, mas tornou-se ainda mais intenso quando o apêndice grotesco se cobriu de dezenas de espinhos afiados e lancinantes.

Apesar de Kutter ser um monstro desumano, não deixava de ser uma mulher. Em êxtase sexual desenfreado, somado à sede por sangue, Belial decidiu possuí-la ali mesmo. A ponta do pênis farpado desceu, rasgando o tecido das calças de poliéster e da roupa íntima. A mulher teve total ciência no instante em que foi penetrada, soltando um berro úmido de dor e horror.

"Dra. Kutter? Você tá aí? Tá tudo bem?", chamavam as gêmeas do outro lado da porta, tentando abrir a maçaneta sem sucesso.

"Pega a chave!", gritou Lisa, fazendo Liza correr em disparada até a recepção.

A dor da penetração transformou os gritos da doutora em um gemido baixo. Os movimentos brutais de Belial, com o membro farpado, arrancaram o útero da mulher, que caíram no chão com o mesmo barulho de um pano molhado.

A veterinária fora castrada.

A morte de Kutter estava demorando tanto que Duane já não sabia por quanto mais tempo conseguiria se controlar. O efeito residual do sedativo no corpo fazia as articulações doerem, os músculos se tensionarem e o sangue engrossar como mel. Enquanto segurava a seringa, precisou lutar contra o impulso de empurrar a agulha contra si mesmo e cravá-la no próprio olho ou cérebro.

Kutter podia sentir o sangue esvaindo e soube que não sobreviveria à consulta com o ex-paciente sofrendo de ímpeto vingativo. Sem a feminilidade, não se importava mais de continuar respirando. Contudo, ainda poderia levar aquela mutação insana para o túmulo também. As pernas cambalearam até o armário de instrumentos cirúrgicos, e ela abriu a gaveta cheia de bisturis com dezenas de objetos cortantes à disposição.

A cabeça de Kutter foi puxada de volta quando Belial agarrou a orelha direita dela, mergulhando as garras ao redor e a arrancando. Uma pena que a orelha não se contorceu, ou ele também a teria enfiado no bumbum, assim como fez com a língua. Belial jogou todo o peso sobre o pescoço de Kutter, forçando o rosto dela contra a gaveta de bisturis. A veterinária lutou, mas a resistência logo cedeu, caindo de cara contra as lâminas. Belial repetiu o movimento, empurrando a cabeça na gaveta repetidas vezes.

Com a missão concluída, Belial se afastou de Kutter. A excitação desaparecera junto da fúria, e o tentáculo se recolheu para o bolso de carne. Sem o ímpeto assassino, Duane precisou de forças para sair da parede e largar a seringa. O sedativo transformava cada movimento em um esforço descomunal. Depois de colocar Belial de volta ao cesto, olhou para a janela dos fundos, sentindo um alívio imenso por encontrá-la aberta. Quando estavam chegando ao beco, ouviram passos apressados no corredor.

Liza retornara com as chaves, juntando-se a Lisa do outro lado. As duas destrancaram a porta, a empurraram e correram para dentro até alcançarem a sala. As irmãs pararam na entrada com expressões idênticas de choque.

O derradeiro grito de Judith Kutter também foi o mais longo e mais agonizante. Meia dúzia de bisturis perfuravam o rosto dela, cravando-se na mandíbula, bochechas, têmporas e testa. Alguns penetraram tão fundo que ficaram alojados no cérebro. Em uma reviravolta irônica, a última coisa que os olhos dela captaram foi o olhar de horror de duas gêmeas idênticas.

Quando soltou o último suspiro, o corpo tombou para a frente, levando as lâminas ainda mais fundo no rosto.

O caminho de volta para o hotel foi marcado pelo medo e pela exaustão. Sem ideia do que havia sido injetado no pescoço, Duane estava em pânico. Ir a um médico para descobrir estava fora de questão. O maior medo era desmaiar em plena rua ou dentro do metrô, deixando Belial vulnerável no meio de uma cidade hostil.

Por insistência de Duane, Belial não fechou a boca durante o trajeto, ajudando-o a manter o foco na missão de voltar para casa.

A gente conseguiu. Todos os médicos morreram. Falta só mais três quilômetros. Vira na próxima à esquerda.

Não havia como se perderem enquanto Belial os guiasse. Tinha a memória fotográfica de lugares percorridos tão precisa quanto a habilidade de leitura.

Qualquer um que passasse por perto acharia que Duane era um drogado à beira de uma overdose. Estava com a pele avermelhada e úmida, os olhos inchados com veias visíveis, além de sentir tremores por todo o corpo e sudorese descontrolada. E a suposição não estaria errada. Todavia, o jovem não era um drogado, apenas alguém que *fora* drogado. Em determinado momento, ao avistar um policial no quarteirão mais à frente, atravessaram a rua para evitá-lo.

Duane cruzou a recepção do Hotel Broslin apressado, sem nem cumprimentar Doris atrás do balcão. A mulher tomou nota mental das reações físicas, reconhecendo em cada detalhe os sinais de alguém sob forte efeito de entorpecentes.

De volta ao quarto sete, destrancou o cesto, tirou os sapatos com os pés, largou o casaco de qualquer jeito e foi direto ao banheiro. Depois de enxaguar o rosto na pia, usou água oxigenada para desinfetar a ferida no pescoço. Sem forças, acabou por desabar na cama ainda vestido, caindo em um sono profundo, chegando ao ponto de roncar.

Enquanto Duane dormia, Belial foi ao banheiro e removeu a língua arrancada do esconderijo no reto. Não compensava guardá-la, pois logo apodreceria, mas também não conseguiria jogar na descarga por conta do tamanho. A língua foi armazenada sob o colchão até a chegada da noite, quando a levou até o telhado e a descartou pela lateral que dava para o beco. O pedaço humano aterrissou atrás da caixa dos medidores de eletricidade do prédio.

Quando Duane acordou, duas horas e meia depois do desmaio, já se sentia renovado, ainda mais depois de tomar um banho revigorante.

Dessa vez, não houve a habitual ressaca pós-assassinato. Os irmãos sentiam um alívio sensacional com a morte dos monstros que arruinaram a infância deles. Ninguém mais cairia nas garras daqueles carniceiros desonestos, e gêmeos conjugados pelo mundo todo poderiam dormir sabendo que havia três ameaças a menos por aí.

Desde que concebera o plano de vingança, Belial assegurou para Duane que os dois levariam a melhor, e a promessa foi cumprida. O gêmeo tinha um dom estranho de saber algumas coisas, incluindo o desenrolar de eventos futuros. Mais uma vez, ele estava certo.

O fim da missão trouxe um novo dilema: nenhum dos dois queria sair de Nova York. Embora o mais sensato fosse fugir da cena dos crimes, ainda havia muito a explorar. Estavam completamente fascinados pela cidade. Pela primeira vez, compreendiam o que era o orgulho de pertencer a um lugar.

A televisão não se provou uma distração satisfatória. Ambos queriam sair para comemorar.

Acabaram voltando para uma das cabines da amizade no Calabouço Noturno. Enquanto Duane batia uma e passava de canal em canal, a próstata hipersensível de Belial era estimulada através do *gloryhole*, enquanto a mente curtia uma viagem patrocinada pela droga líquida que trouxera em segredo. O segundo pau desconhecido que o penetrava era tão grosso quanto uma latinha de cerveja e fazia uma curva acentuada para a direita. Embora estranho no início, o formato peculiar proporcionou uma sensação extra de prazer. Quem dera houvesse algum brinquedo para vender com ângulo similar.

O desfecho do dia foi marcado por uma situação embaraçosa. Quando Duane saiu com o cesto, a porta da cabine ao lado se abriu, deixando-o cara a cara com Gus. O momento de reconhecimento mútuo foi carregado de constrangimento. Depois de um aceno breve e tenso, ambos viraram e seguiram em direções opostas sem dizer uma palavra. Dentro do cesto, viajando acima das nuvens, Belial sequer percebeu quem era o dono do pau desconhecido que tanto havia apreciado.

19

Sexta-feira foi um dia especial para os irmãos celebrarem.

Acordaram sentindo-se vitoriosos. A missão estava concluída e, como recompensa, o mundo parecia um local menos tenebroso. Até a cicatriz doía menos. Talvez os dois pudessem começar a se sentir mais à vontade com eles mesmos.

Decidiram explorar a cidade e aproveitar outros pontos turísticos. Deram uma passada no Madison Square Garden e no Empire State Building, até visitaram o Zoológico do Central Park. Belial ficou encantado com os animais que viu, mas também sentiu uma melancolia ao perceber o confinamento. Para o gêmeo, humanos eram mais parecidos com as outras espécies do que imaginavam — a única diferença era que eles estavam do lado correto da cerca. A vida dele também fora em cativeiro, sendo o cesto uma gaiola portátil.

Em qualquer lugar em que estivessem, Duane notou várias pessoas com câmeras em mãos. As fotografias não exibiam apenas paisagens, mas também os próprios indivíduos posando nos pontos turísticos. Eram registros de família, algo que os irmãos nunca tiveram. Não dava para Belial simplesmente sair do cesto para uma foto ao lado dos animais, nem sequer seria possível revelar as fotos na loja mais próxima.

A falta de registros visuais dos dois juntos começou a incomodá-lo. Deus o livre, mas e se o irmão sumisse ou morresse amanhã? Não haveria uma foto de recordação? Só de pensar, já sentia medo. E se ambos fossem vítimas de algum acidente inimaginável — como um atropelamento de ônibus? O mundo apenas se esqueceria da existência dos lendários irmãos Bradley, cuja vida milagrosa derrubara um império sagrado? A ideia era insuportável. Afinal, não eram os dois dignos de deixar um legado quando partissem?

No caminho de volta para o hotel, fizeram uma parada na loja de variedades Woolworths, onde Duane comprou uma câmera Polaroid e dois cartuchos de filme. Depois passaram para buscar um jantar antecipado com vinte cheeseburguers.

No quarto andar do Hotel Broslin, havia uma porta destrancada que levava ao telhado, com o aviso Proibido o Acesso — Uso restrito para emergências. Duane decidiu levar Belial para um jantar ao ar livre quando fosse a hora do pôr do sol.

Com a Polaroid carregada, começaram a tirar fotos um do outro, além de algumas juntos. Uma delas deixou Duane emocionado: Belial se pendurava ao lado direito dele, com um braço em torno do pescoço, simulando como costumavam ficar antes da separação. Havia um sorriso no rosto de Belial. Na verdade, os dois sorriam.

Belial surpreendeu Duane quando mergulhou no cesto para uma rápida troca de figurino. Quando reapareceu, trajava toda a roupa de dr. Frank--N-Furter, com calcinhas abertas e batom vermelho. O irmão começou a encenação da música "Sweet Transvestite", com os imponentes arranha--céus ao fundo, iluminados pelos últimos raios do pôr do sol. Posando para a câmera, Belial sonhou com o dia em que levaria o número até a Broadway. Poderiam alcançar o status de celebridades do submundo? Talvez até serem recebidos no estúdio Factory, de Andy Warhol, como artistas de vanguarda?

Daquele dia em diante, fizeram um pacto de manter um registro mais detalhado de suas vidas. Entretanto, as fotos precisariam ser guardadas com cuidado. A ideia de montar um álbum de colagens secreto começou a tomar forma.

Após o jantar, Duane percebeu que ainda precisavam apagar alguns rastros. A pasta ensanguentada com os prontuários médicos deveria desaparecer, já que continha evidências comprometedoras e as assinaturas dos médicos mortos. Ainda assim, manteriam as certidões de nascimento. Os dois eram cidadãos legítimos, nascidos e criados nos Estados Unidos. Uma pena não poderem desfrutar da mesma liberdade que os conterrâneos.

As provas que os ligavam aos crimes foram transformadas em picadinho por ambos os irmãos. Depois, descartadas em uma série de lixeiras ao longo da 49th Street enquanto caminhavam em busca de aventura. A procura terminou quando se sentaram na primeira fileira de um show de sexo ao vivo.

No sábado, a dúvida do que fazer começou a pesar. Restavam apenas dois dias antes de precisarem pagar por mais uma semana de estadia. Com pouco menos de trezentos e cinquenta dólares restantes, poderiam ficar sem problema algum por mais uma semana antes de subirem em um ônibus para Glens Falls, onde poderiam voltar a se esconder na mansão gótica para uma vida de reclusão. Ou poderiam vender a casa e usar o dinheiro para se mudarem de vez para a cidade grande. Havia vantagens em deixar para trás o lugar onde sobreviveram a tamanha tragédia.

Em comparação com Glens Falls, quão cara seria uma moradia na cidade de Nova York? Eles desejavam uma nova mansão, ou seria melhor voltar para o Hotel Broslin? Precisavam colocar tudo na balança antes de tomarem uma decisão.

Naquele dia, porém, se contentariam em ficar no conforto de uma sala de cinema escura. Não havia filme de terror disponível que pudesse superar o banho de sangue que haviam presenciado nos últimos dias, então optaram por algo mais leve — ou assim acreditavam.

O primeiro filme foi *Fazendo Amor*, apesar de não ser a mesma forma de fazer amor dos filmes no Cine Pussycat. A trama girava em torno de um relacionamento escondido entre dois homens, o primeiro filme que viam a tratar sobre homoafetividade. Aqueles gays em nada pareciam com os monstros que a igreja e os conservadores diziam ser.

Já o segundo filme da sessão dupla foi *Parceiros da Noite*, que acabou se mostrando sangrento no fim das contas. A narrativa contava a história de um assassino em série que caçava homens gays pelas ruas da cidade — ruas que Duane reconhecia. A forma como os homossexuais eram tratados na história era revoltante; os "viados" recebiam o mesmo tratamento de aberrações. Os irmãos sentiram empatia pela comunidade marginalizada, perseguidos por autoridades e demonizados pela igreja.

No caminho de volta para o hotel, passaram pelo prédio com a inscrição 30 Rockefeller Plaza. Logo notaram uma fila começando a se formar para a transmissão ao vivo de *Saturday Night Live*. Apesar de costumarem assistir ao programa, os irmãos tinham em mente planos mais emocionantes.

Por volta das dez da noite, começaram a se preparar para a sessão da meia-noite de *The Rocky Horror Picture Show* no The Waverly. Embora Belial permanecesse escondido do público, não deixou de vestir as calcinhas sem fundos e passar batom. Duane surpreendeu o irmão com um presente que havia comprado antes em segredo: uma peruca cacheada para completar o visual do dr. Frank-N-Furter. Belial adorou o acessório, e Duane registrou o momento com várias fotos Polaroid.

O público do filme estava tão animado quanto na semana anterior, e a experiência foi ainda mais divertida agora que conheciam o andamento do show. Duane até participou em determinados momentos. Belial se contorcia dentro do cesto conforme as músicas, e o irmão lhe passou diversos pedaços de torrada que foram jogados ao chão.

Na saída do cinema, enquanto se misturavam à multidão, um homem em situação de rua se aproximou e, de forma inesperada, apalpou Duane entre as pernas. Com o toque invasivo deslizando pelo corpo, Duane deu um passo brusco para trás, quase derrubando o cesto. O movimento rápido foi suficiente para afastar o agressor, que sumiu na escuridão da noite.

Duane só voltou a lembrar da tentativa de assédio quando chegou em casa e descobriu ser mais grave do que imaginara. O agressor havia deslizado a mão até o bolso da frente, onde guardava as notas de dinheiro. Cada centavo foi levado embora.

Agora, os irmãos Bradley estavam presos em Nova York sem recursos para voltar para casa, sem o dinheiro para pagar o aluguel do quarto após segunda-feira e sem nada para comer.

A estadia na cidade estava prestes a se tornar uma aflição.

●　●　●

Os dois despertaram no domingo pela manhã com uma sensação de derrota. Se a sorte não mudasse logo, iriam para a cama naquela noite de barriga vazia e garganta seca.

Apesar de perderam todas as notas, ainda restavam quatro dólares e quarenta centavos em moedas — o troco da lavanderia e da cabine telefônica. Saíram em direção à birosca mais próxima, onde Duane comprou um galão de água e outra garrafa de suco para passarem o dia, o que consumiu dois dólares. Com sorte, encontrariam algum lugar que vendesse cachorro-quente por um dólar, restando um total de quarenta centavos para os dois.

Assim que o dinheiro acabasse, a única opção seria pegar carona para voltar ao norte do estado, por mais arriscado que fosse.

Ao voltarem ao andar do quarto, cruzaram com um latino musculoso com bigode de respeito saindo do quarto de Casey. Duane ignorou o homem, supondo ser mais um dos clientes da vizinha. Colocou o cesto no chão, junto das sacolas contendo os galões, e se preparou para destrancar a porta do quarto.

"Que pacote é esse aí?"

Duane virou-se para encarar o homem bombado. Belial reconheceu a voz, vinda do quarto de Casey.

O nome dele é Zorro.

"Só umas compras de mercado", respondeu Duane.

O homem deu uma risada.

"Não esse pacote. O pacote no meio das *suas* pernas."

Zorro agarrou a própria virilha nas calças de moletom e deu uma balançada com vontade.

"Ah, desculpa. Não curto caras."

"Nem eu. Tem um monstro aí com você, né? Dá pra ver daqui."

"Acho que sim", respondeu Duane, intimado com o tamanho do homem. Nunca havia visto músculos tão definidos em alguém. Ao redor do pescoço, correntes de ouro brilhavam junto a um medalhão dourado com a letra Z.

"Esse negócio aí pode te render uma grana alta. E eu posso intermediar isso."

A frase despertou o interesse de Duane. Ganhar dinheiro era a maior prioridade.

"Você é namorado da Casey?"

Antes de responder, Zorro deu uma risada breve.

"Quem me dera. Sou apenas o chefe dela."

Duane conseguiu ler nas entrelinhas.

"O cafetão dela", confirmou Zorro.

Duane ponderou se não seria essa a oportunidade para mudarem de sorte. No entanto, seria ele capaz de virar um garoto de programa? O rapaz ainda era virgem.

A gente precisa de dinheiro.

As palavras foram o empurrãozinho necessário.

"Você tá contratando?"

Zorro se aproximou.

"Depende do que você tem aí, posso ter o emprego perfeito. Vamos lá."

Duane olhou de um lado para o outro, certificando-se de que o corredor estava vazio, antes de abrir o zíper e colocar o amigo para fora.

Zorro ficou impressionado.

"Puta merda, bicho. Por que os magricelas sempre têm um pau grande? Eu tô na média, com dezessete centímetros, mas o meu é mais grosso que um punho, e duas vezes mais forte."

Zorro fechou a mão e deu um soco no ar. Os dois riram juntos, mas Duane se arrependeu quando recebeu uma cotovelada amigável nas costelas que quase as quebraram. O cafetão bombado não tinha ciência da própria força. Na verdade, com aquele físico que exibia sem qualquer pudor, era impossível que não soubesse.

Duane fechou o zíper.

"Vamos aos negócios, meu amigo."

Zorro fez um gesto indicando o quarto, e Duane assentiu, achando que conversar lá dentro seria melhor. O rapaz deixou o sócio entrar e trouxe a cesta com as sacolas, sem notar o Professor subindo as escadas quando fechava a porta.

Duane contou uma versão resumida dos fatos. Fora roubado e precisava de trabalho para ontem. Nunca havia considerado a ideia de ser garoto de programa, mas poderia dar uma chance, só até levantar dinheiro suficiente para pagar pelo quarto, por comida e por uma passagem de volta para casa. A única parte que deixou de fora foi o fato de ainda ser virgem. A quantidade de filmes adultos que assistira nas últimas duas semanas lhe ensinou o suficiente para saber onde ficavam os buracos e como as coisas funcionavam.

"Você só pega mulher ou joga nos dois times?"

"Ah, só mulher."

"Até um mágico com apenas um truque pode fazer uma grana."

Duane assentiu. Fazer uma grana era exatamente o que precisava.

"Bota pra fora de novo. Deixa duro agora."

Zorro puxou uma fita métrica flexível dobrada do bolso no moletom.

"Mede aí. Preciso do tamanho exato para te divulgar."

Duane teve de concordar. Foi até a cômoda e pegou a revista *Depósito de Porra*. Bastaram algumas bombadas vendo a revista para desencadear uma ereção.

Zorro entregou a fita para o jovem medir por conta própria.

"Vinte e três centímetros."

"Meu amigo, a gente vai fazer uma grana. E se você conseguir fazer isso na frente de outros caras, igual acabou de fazer comigo, posso te fazer ganhar ainda mais. Tem gay que adora uma performance hétero."

Duane não sabia o que significava performance hétero, mas, quanto mais dinheiro, melhor.

"Me encontra no Huevos Grandes Bar & Lanches toda noite entre as 18h e 20h, fica pertinho daqui. Não vai te faltar trabalho, e vamos conseguir essa passagem de volta. Ou talvez você fique por aqui e a gente faça mais grana juntos."

"Posso fazer uma pergunta? Por que você tá sendo tão generoso comigo?"

"A Casey se preocupa com você. Ela comentou sobre umas paradas estranhas que tão rolando no hotel. Em troca, você fica de olho nela pra mim. Aquela mulher é uma deusa."

Após um aperto de mãos tão forte que Duane achou ter trincado um osso, Zorro foi embora.

"No fim das contas, a gente pode ter algo pra comer hoje. Preciso agradecer a Casey depois."

Ela, sim, é uma amiga.

Era impressionante a rapidez com a qual o trabalho surgiu, logo quando mais precisavam. A ideia de ser um gigolô era estranha. Igual a muitos que mudavam para a cidade grande com um sonho, Duane podia se imaginar como um artista — um mágico sexual. Bastava manusear as bolas de malabares, balançar a varinha de condão por aí e *voilà*, uma pilha de dinheiro surgiria. Pura mágica. E poderia fazer as apresentações de hora em hora. Em vez do hotel Flamingo em Las Vegas, o endereço de artista seria nos cortiços e becos da 42nd Street.

Uma batida na porta trouxe Duane de volta, acreditando ser Zorro outra vez.

É o Professor.

Duane abriu a porta para o homem.

"Eu ouvi a sua conversa com Zorro no corredor."

"Você conhece o cara?"

"Todo mundo aqui conhece. Se tiver interesse, posso ter um servicinho para você, mas sem envolver o Zorro. Assim, não vai ser preciso dividir o dinheiro com ele. Quanto você tá precisando?"

Deveria cobrar o suficiente para uma passagem de volta ou para outra semana no hotel?

Outra semana.

"Cento e vinte e cinco para pagar minha hospedagem."

O Professor ofereceu cento e cinquenta dólares por trinta minutos de trabalho, assim sobraria dinheiro para comer algo depois. Aquela era uma oferta que Duane não poderia recusar. Tudo que precisou fazer foi dar uma relaxada no quarto do Professor, folhear revistas pornográficas e bater uma, enquanto o Professor fazia a mesma coisa ao lado dele. Não houve contato físico. Esse breve — e prazeroso — tempo foi suficiente para pagar por mais uma semana no Hotel Broslin. Dinheiro fácil (e pegajoso também).

Duane chegou ao Huevos Grandes Bar & Lanches e encontrou Zorro, o centro das atenções, em uma mesa com várias mulheres lindas ao redor. O novo chefe já tinha uma cliente engatilhada: uma viúva de meia--idade com um luxuoso apartamento na zona central. Zorro o alertou de que o encontro poderia ser longo, mas o pagamento valeria a pena.

A cliente queria um jovem galã para ouvir as histórias dela sobre os dias de glória na Broadway. Antes de se retirarem para o quarto, a mulher o serviu com vinho e um jantar elegante por mais de três horas. Quinze minutos depois, o assunto estava resolvido. Rala e rola, obrigado, senhora.

Duane não era mais virgem e ainda saiu com uma bolada de dinheiro no bolso.

O aluguel de mais uma semana foi pago na segunda-feira de manhã. Prometeram a si mesmos que depois voltariam para Glens Falls para cuidar da casa. O plano inicial era ficar menos de uma semana, e estavam prestes a completar três. A correspondência precisava ser conferida, além de regarem e cortarem a grama. Seria preocupante retornar e não ter mais o emprego nos correios. No entanto, seria uma perda tão grande assim quando ganhara mais dinheiro na primeira noite de programa do que em uma semana inteira separando correspondência?

Os irmãos se deixaram seduzir por um novo modo de vida no ritmo frenético da cidade grande. Durante o dia, saíam para o cinema — em geral, para sessões duplas. De vez em quando, passavam no Calabouço Noturno para Belial ter uma dose de diversão com os *gloryholes*. Belial sempre ficava de olho aberto para ver se encontrava novas embalagens de limpadores de cabeçote, uma vez que o irmão nunca aprovaria caso pedisse para comprar.

Duane atendia uma ou duas clientes por noite. Enquanto ele estava ausente, Belial pegava os entorpecentes do esconderijo secreto e saía para um dos passatempos favoritos dele: espiar por aí. Por mais que tivesse vontade, tomava cuidado para evitar a janela de Casey, determinado a não repetir o trauma do primeiro encontro. O orgulho ficou ferido por despertar tanto medo, e ele não gostaria de ouvir aqueles gritos outra vez.

No dia que dera de cara com Casey, o pênis havia pulado para fora. No instante em que o membro ficou enrijecido por completo, chegando a fazer os espinhos pulsarem, sentiu não ter mais controle da situação. Foi como se o órgão tivesse vida própria. O que mais o assustava era a possibilidade de machucá-la, como fizera com a dra. Kutter.

Espiar as janelas era divertido, mas Belial precisava de novos pontos de vista para se entreter. Graças à audição aprimorada, era possível captar sons de passos e vozes em andares diferentes, levando-o a crer que poderia se movimentar pelo prédio sem ser notado. Entretanto, havia um problema: sem a chave do quarto, precisaria deixar a porta destrancada toda vez que saísse.

Na primeira vez em que decidiu se aventurar, Belial encontrou o elevador de monta-cargas. A cabine tinha um sistema manual de roldanas que permitia operar o maquinário de dentro. A descoberta o deixou eufórico, pois agora poderia se deslocar entre os andares. No térreo, teve acesso a um corredor de funcionários próximo à sala de lixo, onde ficava o compactador, com uma saída para o beco nos fundos do prédio.

Certa vez, Belial abriu o elevador no segundo andar e viu uma pizza entregue há pouco em frente à porta de Scott. Ele não gostava muito do rapaz, ainda mais depois de toda aquela gritaria no dia em que surtara. Belial não sentiu um pingo de culpa ao pegar a caixa de pizza e trazê-la para o elevador, onde degustou cada fatia. Apesar de ser chamado de Docinho, Scott ficaria bem azedo quando percebesse.

Havia um apartamento maior no térreo, porém a única entrada ficava atrás do balcão na recepção. Sob constante vigilância, o lugar parecia uma fortaleza instransponível. Conseguia escutar o cachorro que Gus chamava de Fi-Fi através das paredes. Às vezes, a cadelinha latia ou choramingava por atenção, enquanto em outros momentos era possível ouvir o som das patas raspando no chão.

Belial tinha curiosidade de ver aquela bola de pelos abanando o rabo, mas também temia não conseguir se controlar.

De forma abrupta, os irmãos Bradley haviam passado de uma vida casta para uma realidade de constante atividade sexual. Mesmo assim, ainda sentiam um vazio interno. Os dois pensavam em Sharon todos os dias, a garota que desejavam acima de tudo.

No sábado seguinte, sentiram a melancolia do fim iminente da jornada. Na segunda-feira de manhã, entrariam no terminal rodoviário para comprar uma passagem só de ida para casa. De volta a Glens Falls, precisariam decidir se venderiam a mansão e retornariam para Nova York.

Belial sabia que enfrentaria crises de abstinência quando ficasse sem as drogas. Não havia como conseguir mais em Glens Falls. Também não encontraria outro *gloryhole* na cidade natal.

Mas o pior de tudo seria nunca mais assistir às sessões de *Rocky Horror Picture Show* à meia-noite.

A vida no interior parecia um saco agora. A selva de pedra pulsava de vivacidade. A hiperaglomeração de gente trazia riscos, mas a qualidade de vida fazia valer a pena.

Outro motivo para a resistência de Belial em retornar para casa era a crença de estar evoluindo em um ritmo acelerado no novo ambiente. Talvez fosse influência de tanta química ou, quem sabe, um simples efeito da idade adulta, mas sentia que passava por uma transformação extraordinária do corpo, da mente e das habilidades.

Os olhos brilhavam com maior frequência e intensidade. Os braços pareciam mais fortes. E o mais importante de tudo: acreditava ter o poder de influenciar outras pessoas com a mente. Tinha certeza de ter sido ele a convencer o irmão a vender o corpo, ficar mais tempo em Nova York e aceitar todo o plano de vingança. Belial tinha a sensação de que conseguia acessar a mente de Duane e moldar as vontades dele como bem entendesse.

O irmão gostava de trabalhar no ramo do sexo, mas se preocupava com os riscos. O maior medo era ser pego pela polícia. Se acabasse atrás das grades, o que seria de Belial? Como ele saberia o que havia acontecido? Os dias de garoto de programa precisariam chegar logo ao fim em prol de um trabalho registrado mais seguro e estável.

Além de todas as notícias sobre a nova doença que parecia afetar os mais promíscuos. Transar estava se tornando cada vez mais arriscado nesses tempos.

Naquela noite de sábado, os dois assistiram à sessão da meia-noite de *The Rocky Horror Picture Show* pela terceira vez. Enquanto esperavam na fila no lado de fora do The Waverly, um pôster colado a um poste chamou a atenção. Na próxima sexta-feira, Tretas e Tetas faria um show ao vivo no CBGB. Duane ficou contente ao ver que a garota garantira mais uma apresentação na famosa casa de shows. Não havia dúvidas de que Sharon tinha o talento e a força de vontade necessários para ir longe.

Os irmãos Bradley mal se concentraram durante o musical. Depois de saírem do teatro, voltaram para ver o pôster e tomaram uma decisão.

Estenderiam a estadia na cidade por mais uma semana a fim de verem o show de Sharon na próxima sexta-feira e, dessa vez, iriam vê-la juntos. Gus, Casey, o Professor e Zorro ficaram felizes com a prorrogação do retorno. Duane teve mais uma semana lucrativa, tanto que sairia da cidade com quase a mesma quantia da chegada.

"Seu pau tá fazendo sucesso", elogiou Zorro. "Sua clientela tá sempre retornando." Bastava verificar a quantidade de mulheres que se tornavam clientes assíduas, confirmou depois o Professor.

Na sexta-feira, os dois se depararam com um desafio inesperado: como entrariam no CBGB com o cesto sem que pedissem para inspecioná-lo? Duane disse ao segurança que estava levando o figurino de Sharon. Ao mesmo tempo, Belial concentrou os poderes mentais para que o homem permitisse a entrada. O plano funcionou sem a menor dificuldade.

Duane parecia um turista, destoando por completo da multidão de punks das mais diversas cores. De qualquer forma, no instante em que a atração principal subiu ao palco, ninguém mais prestou muita atenção nele ou no cesto. A banda Tretas e Tetas era um furacão elétrico.

Os gêmeos não estavam prontos para a descarga sônica que os atingiu, e se arrependeram de não terem trazido protetores auriculares. No entanto, a energia da banda era contagiante com toda a atitude sensual e os acordes potentes. O que mais chocou Duane foi a aparência de Sharon e o cabelo curto, espetado e tingido de verde. Ainda assim, a garota não deixava de ser incrivelmente atraente — talvez ainda mais do que antes.

O público respondia como um organismo vivo, pulando e se batendo conforme a música. Esses punks eram bem diferentes dos anarquistas malignos que a televisão insistia em retratar. Ao contrário: parecia uma multidão animada, apoiando a banda na missão de tornar o momento inesquecível.

As canções da Tretas e Tetas traziam letras ácidas, ousadas e cômicas, e Sharon tinha total controle do público. A vocalista apresentou a próxima música, intitulada "Banquete dos Ricos, Revolta dos Pobres". Após a explosão inicial marcada pela distorção intensa da guitarra, Sharon se jogou de cabeça na canção.

"Governo de bosta, decadência moral! A gente come carniça, eles têm um banquete real! Que comam brioches! Que comam brioches!"

A plateia acompanhou o refrão com entusiasmo, erguendo os punhos para cantar: "Que comam brioches!".

Belial pulava para cima e baixo dentro do cesto, influenciado pela agressividade da música. Aquilo era muito melhor do que as baladinhas água com açúcar do rádio. A euforia também era fruto da carreirinha de cocaína que havia usado em segredo antes de saírem.

Duane tentou se aproximar do palco, erguendo o cesto acima da cabeça enquanto pulava junto com a multidão. Lá de dentro, Belial usava toda a concentração para que Sharon os notasse e os desejasse. Os olhos dele avermelharam e começaram a brilhar.

No meio de outra canção, Sharon notou o rapaz com o cesto no meio da multidão, esquecendo a próxima parte da letra. Um sorriso de alegria surgiu no rosto dela, enquanto seguiu cantando diretamente para ele, deixando bem claro que o havia notado. A imagem do jovem deslocado, pulando para chamar a atenção, serviu para aumentar o interesse dela.

Assim como os irmãos Bradley não conseguiam tirá-la da cabeça, Sharon também não parou de pensar em Duane.

Ao final do show, o rapaz se aproximou do palco. Sharon se inclinou com um sorriso malicioso e disse:

"Espere por mim".

Esperaram do lado de fora, com os ouvidos zunindo após o show. Sharon ajudou o resto da banda a carregar os equipamentos para os fundos, então foi atrás de Duane.

"Tá a fim de dar uma volta?"

"Claro", respondeu Duane, antes de caminharem pelo bairro para colocar a conversa em dia. Começaram falando sobre o ritmo frenético de shows da banda, o que aliviou um pouco a culpa dele por ter causado o recente desemprego.

Duane manteve o trabalho atual em segredo, confessando apenas ter optado por estender as férias algumas semanas. Mais uma vez, não estava sendo honesto por completo com Sharon, mas o que poderia fazer?

A garota estava mais risonha do que de costume e, quando questionada por Duane do motivo, respondeu ser um efeito natural da maconha. A garota tirou um baseado do bolso e o acendeu. Duane ficou com medo de ser preso, mas não havia um policial por perto e ele era o único nervoso ali. Após ceder, deu duas tragadas. Como estava com as mãos ocupadas, ela levou o cigarro até a boca dele.

Deixa eu experimentar.

Duane soprou a fumaça na direção do cesto para o irmão fumar por tabela.

Após ele recusar uma terceira tragada, Sharon apagou o baseado na parede de tijolos próxima e o guardou de volta no bolso.

Pouco depois, Duane começou a achar graça de tudo. Não houve problema, pois Sharon gargalhava junto.

"A gente tá mais perto da sua casa do que da minha. Quer enrolar por mais um tempo?"

Duane tinha certeza de que sim, mas não sabia se Belial iria concordar.

Chama ela. Prometo que vou me comportar.

"Claro, vai ser legal."

"Não vai ter problema agora?", perguntou Sharon, lembrando do episódio em que foi barrada de entrar no hotel após segui-lo no domingo de Páscoa.

"Tá tudo bem agora. O assassino foi embora há muito tempo", mentiu Duane.

"Maravilha. Não sei o motivo, mas andei pensando em você desde a Páscoa. O dia acabou num desastre total, mas eu ainda queria te ver."

Duane ficou impressionado.

"Eu também me senti assim."

"Mas eu tenho um dedo podre para caras errados. Você é um cara errado, Duane?"

"Eu sou o cara certo", respondeu, tentando acreditar.

Quando chegaram ao Hotel Broslin, Gus e o Professor ficaram surpresos ao ver Duane entrar com uma acompanhante punk. Nenhum dos dois reconheceu Sharon como a loira do domingo de Páscoa. Os homens se cumprimentaram acenando com a cabeça, mas nada disseram enquanto Duane subia com a garota pelas escadas.

Gus não ia muito com a cara de gente punk, ao menos quando tentavam se hospedar ali, incapaz de esquecer a tragédia destrutiva deixada por Dee Dee Ramone anos atrás.

"O rapaz vai transar!", disse o Professor, animado. Sentiu uma alegria sincera por testemunhar o desabrochar do tímido Duane.

No terceiro andar, Duane abriu a porta do quarto e deixou Sharon entrar. O cesto foi colocado sobre a cômoda e, ao notar as revistas pornôs largadas ali, logo as jogou dentro de uma gaveta para esconder o material. Enquanto isso, ela observava o ambiente.

"Meu primeiro apê em Nova York era muito parecido com esse", falou a garota. Assim que Duane tirou a jaqueta, Sharon o puxou para um abraço, que logo evoluiu para um beijo intenso. Aquele contato físico era diferente de qualquer um que experimentara como garoto de programa, pois envolvia os próprios sentimentos.

Duane sabia que aquela pegação toda acabaria em sexo, porém o irmão estava no quarto. Será que Belial ficaria com ciúmes?

Pega ela. Vou ficar assistindo.

Era toda a aprovação de que precisava.

"Quero ficar com você, Duane", afirmou Sharon.

Ele compartilhava a mesma vontade, então a reclinou sobre a cama. Ao se deitar por cima, sentiu uma onda de calor pulsante. O pau também pulsava rígido dentro da calça jeans.

Sharon colocou os dois braços atrás da cabeça, dando acesso completo ao próprio corpo. Duane colocou a mão sobre um dos seios e o apertou. A garota reagiu ao toque fechando os olhos.

Dentro do cesto, Belial fechava e abria a mão esquerda em sincronia. Quase podia sentir a maciez daqueles melões na pele.

A percepção do gêmeo estava distorcida com tanta euforia e drogas no corpo, fazendo-o crer ser ele o responsável por atrair a garota até o quarto. Os olhos dele brilharam durante todo o show, banhando o interior do cesto com uma luz avermelhada. Sharon estava sob controle dele, ao menos era o que achava. Influenciado pelos delírios da autoconfiança, Belial pensou que se subisse na cama para apertar o outro seio, a garota o enxergaria como um gêmeo idêntico e se entregaria aos dois.

Duane colocou a mão direita no outro seio.

"Me possua, Duane."

E ele estava prestes a possuí-la.

No entanto, Belial ouviu outra coisa: *Me possua, Duane e Belial.* E se aprontou para possuí-la.

O som metálico do cadeado e do fecho quebrando ecoou pelo quarto no instante em que a tampa do cesto foi forçada até ceder. Belial emergiu com um rugido rouco de paixão.

Sharon virou a cabeça e pensou estar no meio de um pesadelo. Enquanto o choque lhe arrancava as palavras, as mãos de Duane se fecharam com força nos seios dela. Ele também enxergou a coisa saída do cesto, mas não sentiu medo. A reação foi de ódio, com lágrimas de frustração em vez de pavor.

"Deixa eu sair!", gritou Sharon, tentando ficar sentada. Duane largou os seios para segurá-la pelos braços, forçando o corpo contra a cama. "Duane, deixa eu sair! Eu quero sair, agora!"

Sharon não sabia se Duane a segurava de propósito ou se estava paralisado pelo choque. Os olhos se voltaram para o cesto mais uma vez. A criatura parou de rugir e agora parecia mandar beijos, com as mãos abrindo e fechando.

As lágrimas de decepção brotavam com intensidade cada vez maior. Em toda a vida, nunca estivera tão bravo com o irmão.

Você! Como você pôde! Duane gritou na mente de Belial, algo que não acontecia desde a separação.

Ela quer a gente.

Não, ela não quer a gente! Ela me quer!

Vai logo, tira a roupa dela.

Você tá estragando tudo! Tudo!

"Eu falei pra me deixar sair, Duane!", berrou Sharon, tentando se desvencilhar.

Os gritos por fim chamaram a atenção de Duane, que mudou de posição no mesmo instante para bloquear a visão. A garota continuava a se debater, tentando enxergar a criatura do cesto, que a deixou bem mais aterrorizada do que a ele.

Quando Duane se voltou para o irmão, viu o pênis espinhento surgindo. Então relembrou o que houve quando Belial usou o membro com a dra. Kutter.

Precisava tomar uma atitude drástica para garantir a segurança de Sharon. Desde que chegaram a Nova York, Belial parecia cada vez mais fora de controle.

Desde que começaram com a matança.

Duane pegou o cobertor da cama e o enrolou ao redor da cabeça de Sharon, tentando impedir que um visse o outro. Após levantá-la pela cintura, carregou a garota que chutava e se debatia até a porta. Qualquer um que visse a cena acreditaria se tratar de um sequestro, contudo a intenção era apenas salvar a garota.

"Para, Duane! Me coloca no chão!"

Assim que a porta foi escancarada, Duane empurrou Sharon para o corredor com coberta e tudo. Para o azar, acabou usando força demais, e a garota colidiu às cegas contra a parede.

Enquanto tirava o cobertor da cabeça para jogá-lo no chão, Sharon ouviu a porta batendo. Se o rapaz tentava salvá-la, por que não se salvou também?

A garota começou a socar a porta.

"Duane, abre essa porta! O que tá acontecendo aí dentro!? Qual o seu problema?"

A porta do quarto seis se abriu, e Josephine pôs a cabeça para fora em um misto de curiosidade e cautela.

Dentro do quarto, Duane fuzilava o irmão com o olhar.

Por que você tá fazendo isso comigo?

Eu que trouxe ela até aqui! Ela também é minha!

"Duane! Abre essa porta!", gritava Sharon do corredor.

"Vai embora!", berrou Duane em resposta, imerso em duas discussões simultâneas.

"Deixa eu entrar!"

"Não! Vai embora! Me deixa sozinho! Isso nunca vai dar certo! Nunca!", disse ao som das batidas constantes na porta.

Belial reclamou com um rugido.

Abre a porta! Deixa ela voltar!

Não! Não! Não! Fica quieto antes que a gente seja expulso!

Consigo te ouvir de novo, sem precisar falar. Estamos conectados de novo!

E quem disse que eu quero tá conectado com você!?

Aquilo partiu o coração de Belial, deixando-o boquiaberto enquanto encarava o irmão. Duane deu uma boa olhada de volta. As veias do gêmeo pulsavam na pele, e os olhos estavam vermelhos com as pupilas dilatadas.

Qual o seu problema? Você usou drogas? Tá na cara.

Só cocaína.

Foi a primeira vez?

Não.

Você tá estragando tudo! Quer que descubram a gente!?

Eu tô mais forte agora. Ela só veio até aqui por minha causa.

Ela veio por mim! A Sharon nem sabia da sua existência.

As batidas na porta cessaram.

Mas você pode ficar com mulheres todas as noites.

Você que me disse para aceitar o trabalho! É graças a mim que temos um teto, comida e uma forma de voltar pra casa. E você também tem seus momentos de diversão. Eu te levo pra lugares com gloryhole quase todos os dias.

Eu também quero pegar nos peitos da Sharon.

Você não pode e sabe muito bem disso! Você quer matar a garota, é isso?

Belial não tinha resposta, pois o irmão estava certo. Ele não apenas gostava de Sharon, estava apaixonado por ela. Como poderia conviver consigo mesmo se lhe fizesse qualquer mal?

A gente nunca mais vai poder ver a Sharon. Ficou claro?

Sim. Me perdoa por estragar tudo.

Duane escorregou de costas para a cômoda até o chão.

Sinto muito por dizer que não queria estar conectado com você. Você sabe que sempre vamos estar conectados.

Os dois queriam acreditar naquilo de todo o coração, mas ambos mantiveram um pé atrás.

"A gente vai embora amanhã", informou Duane em voz alta. Conversar mentalmente estava começando a deixá-lo com dor de cabeça.

Mas a gente pode ficar até segunda. E amanhã à noite tem o Rocky Horror Picture Show.

"Não temos outra opção. Graças a você, nosso segredo foi descoberto."

Arrasada além da conta, Sharon se afastou da porta do quarto sete e chutou o cobertor no chão. Acompanhar Duane até o quarto foi um erro enorme. O primeiro encontro foi um completo desastre. No entanto, o segundo conseguiu ser muito pior, deixando-a apavorada.

Após enfrentar todo o tipo de merda sinistra naquela cidade, não era qualquer coisa que a assustava. Na posição de líder de uma banda punk, os punhos estavam habituados a manter esquisitões bem longe. Entretanto, aquela fora a primeira noite cara a cara com uma criatura daquelas. A princípio, sabia ter surtado e sido expulsa à força, mas não estava histérica.

Sharon estava sentindo um misto de coração partido e de raiva consigo mesma por permitir outro cara errado na própria vida.

O fato de ter visto um mutante deformado dentro de um cesto não a chocava tanto assim. Era só mais uma das coisas absurdas que Nova York tinha a oferecer. Talvez fosse algum bebê dos esgotos que escapara de um bueiro.

Uma coisa era certa: Duane Bradley, de Glens Falls, não teria direito a um terceiro encontro. Sharon esperava que o rapaz e o monstro de estimação voltassem para o interior o quanto antes. Nova York seria um local mais seguro sem os dois por perto.

Josephine observava à distância enquanto a jovem punk, visivelmente abalada, se afastava da porta de Duane. Josephine segurou a parte de cima do roupão em um gesto dramático. Apesar dos gritos que ecoaram pelo corredor, a garota não parecia ferida. Pela primeira vez, decidiu não se intrometer e ficou quieta enquanto Sharon desaparecia pelo corredor.

Sharon desceu as escadas com pressa, passando pelo Professor e por Scott, que haviam saído dos quartos. O Professor ficou curioso com a confusão. Duane era o rapaz mais tranquilo e educado que conhecia. Era difícil imaginá-lo como o próximo Assassino da Times Square.

Quando a garota chegou à recepção, Gus a encarava de trás do balcão.

"Tudo certo por aí, moça?", perguntou o gerente.

"A-hã. Nunca mais volto aqui."

E, dessa forma, Sharon partiu do Hotel Broslin pela última vez. Havia feito uma promessa para si mesma e pretendia cumpri-la. A única diferença é que agora se arrependia por ter deixado Duane buscá-la na Páscoa. Ele sabia onde ela morava.

O rapaz saberia exatamente onde encontrá-la.

20

A briga com Belial deixou Duane exausto. Nunca havia falado coisas tão pesadas ou sentido tanta tristeza com relação ao irmão.

Não existia a mínima possibilidade de ambos dividirem o afeto de Sharon. O gêmeo precisaria dar a liberdade necessária para que Duane pudesse namorar. Caso contrário, não sabia como poderiam coexistir em paz.

Faltou tão pouco para que fizesse amor com a garota de seus sonhos, mas o encontro acabou com gritaria e medo. Nunca mais veria Sharon outra vez. Na verdade, precisaria fugir com Belial, pois o segredo familiar fora descoberto. Quanto tempo levaria até ela relacionar os irmãos ao assassinato do último empregador dela? Até mesmo a vida deles em Glens Falls havia sido exposta. Agora, precisariam se mudar para o mais longe possível por questões de segurança.

Isso sem falar das drogas! Desde quando Belial se tornara um viciado em cocaína, e como teve acesso ao entorpecente, para começo de conversa? Nenhum traficante os havia visitado, não que se lembrasse. Será que o irmão havia roubado durante as incursões pelos quartos alheios? E o pior de tudo: como não percebeu aquele vício crescer e ficar cada vez pior? Mas não podia se culpar, pois era assim que os viciados agiam, mantendo os hábitos escondidos com maestria.

Duane estava chateado para fazer qualquer coisa além de se jogar na cama e ter um momento de paz durante o sono. Chutou os sapatos para longe, mas nem se importou em tirar a roupa do corpo. Antes de meia-noite, deixou o cansaço vencer e adormeceu.

Belial tremia de raiva dentro do cesto. Depois de tanto esforço para levar Sharon até ali, usando a influência mental para atraí-la, o mínimo que esperava em troca era poder dividir a garota desejada por ambos, assim como dividiam tudo na vida. Duane pelo menos deveria ter lhe deixado apertar os melões dela enquanto trepava.

Todavia, o mais doloroso foi ouvir da boca de Duane que não queria mais manter a conexão entre os dois. E tudo isso por um rabo de saia!

A tampa do cesto se levantou alguns centímetros para Belial espiar o irmão. O ronco alto era um indicativo de sono profundo. Saltando para fora do cesto, aterrissou no chão.

Belial guardava muitos segredos. Duane já havia descoberto o vício em drogas, mas não fazia ideia da evolução dos poderes. Nunca vira o brilho avermelhado no olhar dele, como naquele momento, em que um clarão começou a surgir das órbitas, tão intenso quanto o letreiro néon do hotel. A luz que emanava de dentro do crânio fazia os olhos ficarem saltados.

Havia também as mudanças físicas, cada vez mais evidentes. Belial ergueu os braços, certo de que não apenas estavam mais musculosos, mas também mais longos. Cerrou as mãos e contraiu os braços, que logo poderiam superar os do Incrível Hulk em tamanho e força. *Belial esmaga!*

Duane dissera que iriam embora no dia seguinte, mas nem se preocupou com a opinião dele. Belial não queria partir, mas acabou concordando, sem esquecer que Nova York era a terra prometida. Depois de venderem a casa em Glens Falls, poderiam retornar e viver como moradores permanentes daquele caldeirão cultural, onde havia espaço até para aberrações como ele. Fazia sentido ir para longe das cenas dos crimes até que a poeira baixasse. Nesse ponto, precisava concordar com o irmão.

No entanto, se fossem mesmo embora no dia seguinte, ainda havia alguns assuntos inacabados. E um plano já começava a tomar forma.

O corpo mais forte parecia refletir também a mente mais aguçada, agora capaz de influenciar as pessoas sem que sequer percebessem. Durante toda a vida, Belial vinha manipulando o irmão, sem que Duane se desse conta. No íntimo, acreditava ter o mesmo poder de influência sobre outros. Foi assim que fizera Josephine dar aquele show masturbatório na janela, do mesmo jeito que atraiu Sharon para o quarto naquela noite.

Nem passou pela cabeça dele a possibilidade de estar equivocado, ou que a confiança estivesse inflamada pelas doses cada vez maiores de substâncias que andava inalando nas últimas semanas.

Belial se aproximou da cama, encarando o irmão no sono. No passado, aquele gêmeo era uma extensão física de si mesmo. Muitos anos se passaram desde a separação, mas a distância entre os dois só parecia crescer. Será que ainda voltariam a ser próximos de novo? Talvez sim. Ainda mais depois de ouvir a voz de Duane na cabeça naquela noite, algo que acreditava estar perdido para sempre. Ele atribuiu o raro momento de conexão à própria evolução rápida e sem precedentes.

Quem sabe estivesse em processo de transformação para algo muito mais evoluído do que o irmão — ou qualquer outro ser vivo. Talvez o distanciamento entre os dois fosse apenas parte do processo.

Belial usou a mente para garantir que Duane continuasse em um sono profundo, enquanto partia para uma missão. Os olhos brilharam no mesmo tom avermelhado de sempre, ao mesmo tempo em que tentava influenciar Duane a permanecer dormindo.

Estava na hora de colocar as habilidades à prova. Levantou a mão, deixando-a pairar sobre o rosto do irmão. Então, estalou alto os dedos deformados. Duane sequer reagiu.

Belial enfiou a mão debaixo do colchão e puxou o frasco de cocaína e o vidro de nitrito de amila — o limpador de cabeçote de vídeo. Uma dose foi o suficiente para deixá-lo no pique e confortável. Se tomasse uma segunda dose, igual ao dia de Páscoa, poderia ficar alucinado. Naquela ocasião, porém, a culpa foi toda de Duane, que despertou sua fúria ao traí-lo. Contudo, o que aconteceria se tomasse três doses de cocaína? Seria possível ampliar os poderes latentes da mente? Talvez até lhe desse clarividência ou um poder de persuasão ainda maior sobre os outros.

Então mandou mais duas carreirinhas para dentro. A mente disparou como se estivesse em uma montanha-russa, cheia de curvas e voltas.

Com tanta química no organismo, estava claro que a própria evolução seria alterada. Os efeitos colaterais seriam magníficos e cheios de mutações inesperadas. Assim como danos irreparáveis.

O frasco e o vidro seriam os companheiros daquela noite, então os dois foram enfiados no ânus. O cesto ficaria para trás.

Se na Páscoa Duane havia escapado para um encontro secreto com Sharon, agora era a vez dele.

Belial virou-se para a janela e os olhos brilharam em um vermelho intenso. O comum seria escalar a parede do quarto até o parapeito, porém, naquela noite, decidiu saltar direto do chão e atravessar a janela aberta. Do lado de fora, observou a cidade prestes a ser explorada.

Na própria mente, havia uma imagem clara de Sharon gemendo de prazer sob o corpo dele. Estava certo de que a cena não era uma fantasia, mas uma premonição de um acontecimento próximo. A visão atestava o interesse dela por ele. Quando os olhos dela o enxergassem, ela veria o irmão. Quando ela pedisse para ser possuída, não sentiria as mãos deformadas a apertar os seus melões.

Só havia um problema: não sabia onde Sharon morava, porque Duane a visitara em segredo. Se fosse encontrá-la, precisaria do auxílio do irmão como guia. O plano era invadir os sonhos dele, moldando o ambiente para uma atmosfera erótica. Assim, enquanto acreditaria estar em um encontro secreto, a fantasia guiaria os dois até Sharon.

A cidade de Nova York brilhava de forma convidativa.

Belial começou a cantar:

I'm king of the hill in the city that never sleeps.[*]

Mas tudo o que saiu foi um rugido alto e gutural: "AAAAAAARRRGGH!".

Enquanto isso, Duane dormia como uma pedra.

Belial saiu para a noitada, decidido a se dar bem com uma garota.

Duane se lembrava de como a noite havia iniciado, de forma tão romântica, indo ao primeiro show de punk rock. Mesmo sendo a pessoa mais deslocada, acabou saindo acompanhado da vocalista da banda. A partir daquele ponto, as lembranças começaram a ficar confusas.

---

[*] "Eu sou o rei do pedaço na cidade que nunca dorme." Canção *New York, New York,* cantada por Frank Sinatra com letra de Fred Ebb.

De algum jeito, os dois se separaram. A próxima coisa de que se recordava era acordar sozinho na cama do Hotel Broslin. Estava nu, algo raro, pois tinha o costume de dormir de cueca.

A única certeza era de que Sharon ainda o desejava e esperava por ele em casa. O trajeto de três quilômetros seria longe, mas ainda bem que o rapaz era jovem, forte e cheio de energia. Ir ao encontro parecia a coisa mais natural do mundo. Afinal, o propósito de todo homem era encontrar uma parceira.

No entanto, precisava ir logo, pois Sharon o esperava. Saiu correndo do quarto, sem perder tempo colocando roupas ou calçando os sapatos. Não precisaria de nada disso quando chegasse ao destino.

Em nenhum momento antes de sair Duane pensou no irmão. Naquela noite, existia apenas Duane e Sharon em toda a cidade. Os destinos e corpos estavam entrelaçados.

Passando em disparada pelo saguão do hotel, ouviu o incentivo de Gus atrás do balcão.

"Vai com tudo, campeão!"

Do banco na recepção, o Professor também o encorajou:

"Sebo nas canelas, meu naturista!".

E então Duane chegou às ruas de Nova York durante a noite. Curiosamente, tudo parecia deserto. Não havia pedestres ou carros, como se, só por aquela noite, a cidade de fato dormisse.

O ar fresco noturno acariciava a pele nua. Após uma semana abafada, agora parecia ser Duane a pegar fogo. O bilau enorme batia contra as coxas. Quanto mais andava, mais o pau crescia, apontando para a frente como uma bússola a guiá-lo na direção certa. A sensação de correr livre pelas ruas era maravilhosa, acompanhando o vapor que subia das grelhas de esgoto e dos bueiros.

De repente, surgiu alguém. Uma mulher atraente, vestindo uma camisola sensual, apareceu aplaudindo de uma janela no segundo andar. Uma torcedora daquele esporte sexual.

"Vai lá, gatão! Mostra pra ela do que você é capaz!"

• • •

Sammy estava perto de completar trinta anos como taxista em Nova York. O nome mudava de acordo com o local para onde levava os passageiros. Se o destino fosse Battery Park, se transformava em Sammy Sul. Indo para o Brooklyn? Sammy Leste seria o cara certo para dirigir até lá. Já os passageiros a caminho de Hell's Kitchen tinham a companhia de Sammy Oeste.

Naquela noite, Sammy Norte transportava alguns turistas até um hotel na parte alta da ilha de Manhattan. Falante por natureza, os passageiros dele sempre ganhavam um show particular, sem custo adicional. De vez em quando, o vasto conhecimento da cidade rendia gorjetas extras, então por que não aproveitar?

O ânimo de Sammy combinava muito bem com as ruas lá fora, repletas de barulho frenético e de luzes vibrantes.

"Já vi de tudo nessa cidade. Se vocês ficarem tempo suficiente também vão ver."

Vindos do Colorado, os recém-casados no banco de trás trocaram olhares resignados, percebendo que, querendo ou não, ouviriam um discurso de qualquer jeito.

"Algumas dessas pontes, olha, é melhor evitar. O presidente Carter manda vinte milhões pro Bronx, enquanto as pontes que dão acesso à cidade estão caindo aos pedaços! Vai por mim, qualquer dia desses as pontes Queensborough, Williamsburg e Manhattan vão acabar desabando! Vai ficar igual à West Side Highway. Não consertam e nem colocam abaixo. Só fica lá, derrubando pedaços de concreto na cabeça do povo!"

Falando em cabeças, Sammy viu uma atravessando a rua bem na frente do táxi.

O táxi freou de forma abrupta.

"Puta merda! Mas o que foi isso!?", gritou Sammy Norte.

"O que foi o quê?", perguntou o homem no banco de trás.

"Você não viu!? Passou correndo ali na rua. Nunca vi nada parecido. Olha ali!"

O casal olhou pela janela na direção indicada por Sammy. Eles viram um amontoado de carne disforme com um rosto correndo até desaparecer entre dois carros.

"Quase morri do coração."

Uma buzina soou detrás.

"Ah, vai se ferrar!", gritou o taxista, recebendo outra buzina em resposta. Então Sammy fez um sinal para o carro ultrapassá-lo pela lateral.

"Segue em frente, apressadinho! Enfia essa buzina no cu!", berrou Sammy da janela.

Assim que o carro passou, o motorista seguiu devagar. Quando passaram perto dos carros para onde aquela coisa fora, a mulher no banco a encontrou, olhando de volta em direção a ela, com olhos vermelhos brilhantes e dentes afiados.

"Ai, meu Deus! É uma cabeça ambulante! Ela sorriu pra mim!"

Belial sempre tinha um sorriso reservado para moças bonitas.

"De onde essa coisa veio?", perguntou o homem em lua de mel.

"Deve ser de New Jersey", respondeu Sammy, embora acreditasse que a resposta correta fosse de outro planeta.

O pé pisou fundo no acelerador.

O velho prédio decadente na 44th Street era opaco e sem vida, exceto por um ponto cheio de cores. No parapeito da janela do segundo andar, pertencente à senhora Catalina Perez, de 78 anos, havia uma fileira de vasos de flores coloridas, formando um arco-íris florido. O estrondo de uma lata de lixo caindo lá embaixo chamou a atenção da moradora.

Hector, marido dela, fora agraciado por Deus com um sono que nem mesmo a corneta mais barulhenta conseguiria interromper. Havia uma grande chance de o homem viver mais que a esposa por dormir tão bem.

"El perro", murmurou Catalina antes de se inclinar para fora da janela. Hector também conseguia dormir com a mulher buzinando no ouvido dele.

No térreo, havia um amontoado de latas de lixo, com uma delas tombada. Por certo, obra de um cachorro.

"Ei! Chispa daí, sai!"

Foi quando a criatura se revelou, levantando o rosto para encará-la, com um sorriso sinistro e olhos vermelhos brilhantes.

Catalina recuou da janela em puro desespero.

"Yaaaaah! Ay dios mio! Mira! Hector! Afuera! Hay algo allí! Mira! Mira!"

Hector continuava dormindo profundamente, alheio ao ataque histérico da esposa.

"El Diablo!"

Catalina havia visto a face do Demônio bem abaixo da própria janela. Religiosa como era, nutria uma devoção enorme por Deus. Por Ele, enfrentaria o Diabo, mesmo que fosse apenas com um tijolo. Era o mínimo que poderia fazer por seu Salvador.

Entre os vasos de flores no parapeito, havia uma fileira de tijolos soltos, colocados ali para evitar que o vento os derrubasse. Lá embaixo, outra lata de lixo caiu no chão, sendo logo inspecionada por aquele demônio deformado. A mulher pegou um dos tijolos e o lançou para baixo.

"Maldito diablo!"

O tijolo acertou Belial bem no topo da cabeça, abrindo um corte que começou a sangrar. Ao erguer os olhos, viu a idosa que tentara machucá-lo, combinando a fé condenatória com um tiro certeiro. Uma mulher movida por superstição e crueldade, do tipo que lideraria uma multidão raivosa com tochas e forquilhas em mãos.

Belial pegou o tijolo. Tinha os braços mais fortes de toda a cidade, e a precisão matemática tornava a mulher um alvo fácil. Com um arremesso único, jogou o tijolo de volta.

Hector mal começava a despertar quando ouviu um estalo úmido de estilhaços na janela. Ao se levantar, viu a esposa tropeçar para trás até cair sobre ele na cama. O homem gritou de puro terror ao olhar.

Um tijolo estava cravado bem no centro do rosto de Catalina. Metade do objeto havia atravessado o crânio e atingido o cérebro, que vazava pelas bordas do ferimento.

Duane teve um espasmo momentâneo durante o sono, sacudindo-se enquanto era tomado por um orgasmo-sanguinário noturno. O maxilar se contraiu de repente, e a língua foi mordida com tanta força que começou a sangrar.

Apesar do machucado, permanecia imerso em sono profundo. O sonho erótico que o dominava não soltaria as rédeas com tanta facilidade.

No mundo onírico, Duane também mordeu a língua, tropeçando em um buraco da calçada enquanto avançava nu pela noite.

Belial seguia rente a uma fileira de carros estacionados, e aproveitava as sombras para se esconder. Embora estivesse ansioso para chegar ao destino, foi tomado por uma urgente necessidade de urinar. Desviou para um beco escuro, parando atrás de uma caçamba para resolver o problema.

Um gato de rua notou o intruso e se esgueirou em silêncio para perto, tão furtivo que passou despercebido.

Quando Belial saiu de trás da caçamba, o gato já estava na saída do beco. Outros dois felinos se aproximaram, fechando o cerco. Os três começaram a andar de um lado para o outro, miando e exibindo as garras.

Os gatos de rua eram ferozes e territoriais. Aquela coisa disforme não era bem-vinda naquela zona demarcada.

Belial estava em desvantagem numérica, mas podia dar contar dos bichos com a ajuda do companheiro. O tentáculo fálico surgiu, coberto de espinhos que pulsavam em alerta, um aviso sexualmente nocivo.

Os felinos de rua não quiseram briga com a criatura estranha. Guiados por um instinto de autopreservação, acabaram salvos por se dispersarem beco afora.

Quando os espinhos e o tentáculo voltaram ao normal, Belial saiu do beco e voltou para as ruas de Nova York em busca de mais aventuras.

A limusine parada na rua deserta, sob a West Side Highway, estava com os faróis e o motor desligados. Quando o carro parou de balançar, uma jovem prostituta, conhecida na área como Candy, saiu apressada para se agachar junto ao meio-fio e se aliviar. A calcinha havia ficado no banco de trás, então só precisou levantar a saia curta.

A rua estava tão vazia que o barulho mais alto era o da urina no asfalto. De repente, Candy ouviu uma respiração pesada vindo de trás e olhou assustada por cima do ombro.

A poucos passos de distância, Belial a encarava com um olhar voraz. O sorriso malicioso deixava à mostra os dentes afiados. Por um breve momento, vislumbrou o que havia sob a saia da mulher, mas segurou o impulso de possuí-la. Guardava-se para Sharon, a mulher que amava de verdade. Ainda assim, não via problema de apertar aqueles melões suculentos.

Com um grito agudo, Candy disparou de volta para a porta da limusine e mergulhou para dentro. O executivo japonês da JVC, que contratara os serviços dela por uma hora, ficou confuso quando Candy pulou desesperada no colo dele.

"Mas o que foi?"

Belial surgiu na janela, agarrando-se ao vidro com as mãos de ventosas. Ele lambia o vidro com uma língua desproporcional enquanto os olhos brilhavam em um tom avermelhado.

Dessa vez, foi o executivo que gritou. Candy não esperou para descobrir se aquela coisa pretendia entrar e pegar uma carona. Sem pensar, abriu a porta do outro lado e saltou para a rua. Ao começar a correr pelo asfalto, um dos saltos quebrou e a mulher sofreu uma queda feia, ralando os dois joelhos. No chão, virou de costas para olhar para trás.

Belial estava em cima da limusine. No instante em que pulou para a rua, o motorista saiu acelerado, deixando Candy para trás.

Antes de se levantar e sair correndo, a mulher arrancou os dois saltos e os jogou contra a criatura.

Logo adiante, os faróis de um carro dobraram a esquina na direção dela. Candy correu pelo meio da pista, acenando com os braços. As luzes no topo do veículo começaram a girar. Pela primeira vez na vida, ela agradeceu por ver a polícia.

Quando a viatura policial parou, Candy se virou para olhar para trás. A rua estava deserta outra vez.

Os policiais Baker e Simmons saíram do carro sem pressa, achando que se tratava de mais uma prostituta com alguma alucinação provocada pelas drogas — algo comum na rotina deles.

Candy apontava para trás enquanto borrava a maquiagem com lágrimas escorrendo pelo rosto.

"Tem alguma coisa lá atrás! Um bicho, sei lá! Uma coisa horrível com garras e olhos vermelhos!"

O policial Baker iluminou o rosto dela com a lanterna, enquanto Simmons iluminava toda a extensão da rua.

"Deixa eu dar uma olhada nesses olhos, querida."

"Eu não tô chapada!"

"Não vejo nenhum animal", afirmou o outro policial.

"Você só tomou um remedinho pra dar um barato, né? Vem com a gente", afirmou Baker, segurando o braço trêmulo de Candy. Ela nem hesitou, ansiosa para sair daquele lugar e se sentir segura, mesmo que fosse no banco de trás da viatura.

"Obrigada", afirmou Candy, antes de fecharem a porta do veículo. Agradecer um policial era algo inédito na vida dela.

"Acha que deveríamos chamar o controle de animais?", perguntou Baker ao parceiro, do lado de fora.

"Não vi bicho nenhum."

"Conheço essa garota. O único vício dela é em piroca."

No banco de trás, Candy tentava se acalmar enquanto limpava o rosto borrado de rímel. Foi quando viu a criatura sorridente sentada no capô da viatura, olhando fixo em direção a ela, com um brilho vermelho nos olhos. Sem abandonar o sorriso, as mãos desproporcionais faziam um gesto de apertar, deixando as intenções claras.

Candy soltou um berro.

De sobressalto, os policiais olharam para dentro do carro e viram a mulher apontando para a frente. Nem sabiam direito que tipo de animal deveriam procurar. Não havia nada no capô.

Foi então que o policial Baker viu. Um pedaço de carne disforme, arrastando-se pelo meio da rua.

"Mas que porra é essa!?", exclamou Baker. Simmons parecia tão confuso quanto o parceiro.

"Parado aí!", gritou Baker. A criatura estava bem à frente, mas parou para olhar para trás. Os olhos queimavam em um vermelho intenso.

Os policiais sacaram as armas.

"Agora você quer chamar o controle de animais?", perguntou Simmons.

"Aquilo não é um animal. É um mutante", respondeu Baker, com o pânico evidente na voz.

"Parado ou vamos atirar!", gritou Simmons, enquanto Candy seguia aos prantos no banco de trás da viatura. "Cala a boca aí dentro!", ordenou, mas os gritos dela abafavam qualquer outro som.

Belial não deu ouvidos à ordem até uma bala atingir o asfalto a poucos metros de onde estava.

Estava em uma posição desfavorável, exposto no meio de uma rua deserta. Enquanto os policiais detinham poder de fogo, Belial estava armado apenas com os músculos e as garras. Se decidissem persegui-lo, não teria pernas para correr.

Apesar das limitações, era um dos Mestres da Vingança. Belial esmaga! Ninguém poderia deter o próximo passo da evolução.

Outra bala atingiu o asfalto à direita dele, agora mais perto. Em um momento de clareza, Belial colocou as duas mãos espalmadas no chão, uma de cada lado. Era a primeira vez que conseguia tal feito. Nunca os braços tinham sido longos o suficiente para tal, mas haviam crescido nos últimos tempos. Agora, era hora de descobrir até onde poderia ir. Com a própria força, ergueu o corpo do chão. Outro feito inédito.

Apoiando-se nos braços como se fossem pernas e nas mãos como se fossem pés, Belial começou a andar, depois a trotar e, por fim, a correr a uma velocidade impressionante. Duas balas ecoaram atrás dele, mas ele já estava longe demais para se sentir ameaçado, fugindo tão rápido quanto um guepardo.

A rota estava restrita ao caminho que Duane percorria em sonho; qualquer desvio e perderia o rumo até o apartamento de Sharon. Na esquina seguinte, precisou virar à esquerda.

Um carro vinha em alta velocidade à sua frente. Infelizmente, era outra viatura. Os policiais haviam chamado reforços antes mesmo de saírem do carro para abordar Candy.

Com o sangue fervendo e a confiança no auge, Belial decidiu testar ainda mais a nova habilidade. Aumentou a velocidade, correndo na direção do veículo, como se apostasse para ver quem amarelava primeiro.

O policial Willis, que fazia a ronda sozinho, só percebeu a criatura quando já era tarde demais. Primeiro, dois pontos vermelhos brilhando, que logo se transformaram em um borrão veloz no chão.

No instante em que a viatura se aproximou, Belial saltou. A mão esquerda aterrissou com força no capô, amassando-o por completo. A mão direita bateu no para-brisa, o que resultou em uma teia de rachaduras. Ele passou por cima do teto e do porta-malas do carro, deixando mais amassados por onde passava.

Belial aterrissou no chão e saiu em disparada, ávido por encontrar a amada.

Willis encostou o carro no acostamento, atônito com o que acabara de acontecer. Aquela coisa tinha surgido do nada e deixado marcas profundas na viatura. Ao contrário de Sammy Norte, o policial não achava que aquilo fosse um alienígena. E, diferente de Catalina Perez, não pensava ter acabado de ver El Diablo. Para o homem, aquilo parecia algo ainda mais absurdo: um híbrido grotesco, entre homem e animal. Talvez fosse a cria de algum vagabundo enfermo que transou com uma ratazana gigante dos esgotos.

"Acabei de ver o Garoto Rato."

O sonho ficava cada vez mais maluco, mas Duane não fazia ideia de que estava sonhando.

Correndo nu pelas calçadas no meio da noite, começou a atrair uma torcida peculiar. Embora as ruas continuassem desertas, as janelas dos prédios ao redor estavam escancaradas. Empresários, freiras, líderes de torcida e até palhaços, pessoas de todos os tipos se penduravam para fora, gritando palavras de incentivo.

Balões e confetes eram lançados das janelas, enquanto todos gritavam:

"Vai com tudo!"

"Você é o melhor!"

"Agora, ela vai ver só!"

"Você é muito bem-dotado!"

"Eu sou o próximo!", gritou um padre.

"Goze nela, amigo, vá com tudo!", saudaram as freiras.

De uma sacada, várias *strippers* balançavam os seios expostos para Duane.

"Um, dois, três, quatro! Goza gostoso, fode ela no quarto!", cantavam as dançarinas em uníssono.

O membro saltitante de Duane retribuiu o incentivo.

Do outro lado do quarteirão, fogos de artifício iluminavam o céu, sinalizando o destino. Ele fez a última curva na rua de Sharon.

Dessa vez, não havia plateia. Apenas uma fileira de casas geminadas, quietas e alinhadas. A alguns metros de distância, uma fita atravessava a rua, marcando a linha de chegada.

Quando atravessou a fita com o corpo nu, Duane não estava nem ofegante, muito menos suado. O corpo estava pronto para a ação.

Parou em frente ao prédio e olhou para cima, para a janela aberta no segundo andar, que dava para o quarto dela. Sharon o aguardava, cheia de desejos.

Mas Duane não era apenas uma pessoa, era dois em um. Duane e Belial estavam ali, embora só um estivesse presente. Era Belial diante do prédio de Sharon, enquanto o irmão se remexia e suava na cama do Hotel Broslin.

Os dois avançaram pelo prédio, mas seguiram por caminhos diferentes. Duane entrou pela porta da frente e subiu as escadas até o apartamento. Belial escalou a lateral do edifício. Duane encontrou a porta destrancada e entrou direto. Belial entrou pela janela aberta do quarto.

Eles voltaram a se juntar ao lado da cama de Sharon, observando-a dormir sob um lençol. Esse seria o momento da verdade para Belial. Até então, manipular a mente de Duane era algo simples, fruto de anos de prática. Agora, precisaria fazer o mesmo com Sharon se quisesse realizar a maior fantasia.

Belial invadiu a mente adormecida de Sharon, levando-a de volta para pouco antes naquela noite. Lá estava a garota, no palco do CBGB, cantando, enquanto via Duane pulando na plateia com o cesto sobre a cabeça. O gêmeo a transportou de volta ao momento em que ela percebeu desejar o rapaz.

Sharon continuava serena sobre o travesseiro, perdida nos desejos do inconsciente enquanto sonhava.

Quando Belial estendeu a mão, era o corpo de Duane que ele enxergava. Com os dedos delicados, acariciou o rosto dela, deslizando pelas bochechas e lábios de Sharon.

A mão desceu devagar, sentindo as curvas dos seios sob o lençol. Sharon se mexeu, como se estivesse gostando. Com um leve puxão, o lençol deslizou para revelar o corpo nu por baixo.

Belial estendeu a mão de novo, envolvendo um dos seios com cuidado, apertando-o de forma sutil. Sharon respondeu com um gemido de prazer. A massagem continuou com mais intensidade, arrancando outro gemido enquanto o corpo dela se contorcia, pedindo por mais.

No sonho de Sharon, ela estava por baixo de Duane na cama do Hotel Broslin. O peso do corpo pressionando-a no quadril apenas aumentava o tesão. As mãos masculinas apertavam-lhe os seios, até que a garota começou a despertar e abriu os olhos.

Apesar do esforço de Belial em manipular a mente dela, Sharon conseguiu vê-lo em cima dela. Sentiu a textura áspera e disforme da carne da bunda dele. As mãos que seguravam os seios eram grotescas, com dedos faltantes e garras afiadas. As palmas tinham ventosas que grudavam na pele de forma repulsiva. No entanto, o mais assustador eram os olhos da criatura, brilhando em um vermelho ávido ao encará-la.

A boca de Sharon se abriu para gritar, mas uma das mãos de Belial se apressou e cobriu o rosto dela, tentando silenciá-la. Os apelos dele ecoaram pelo quarto em rosnados incompreensíveis.

Fica quieta! Você vai gostar disso! Você me queria, eu também quero você! Você é tão linda!, Belial tentava dizer, sabendo que Sharon nunca entenderia.

A garota tentou se levantar, mas o agressor a empurrou de volta pelo rosto. Os gritos continuaram. Aquela era a criatura que ela havia visto pular do cesto de Duane dentro do hotel. O monstro de estimação. Duane não a seguira até o apartamento, porém aquilo sim.

Enquanto Sharon lutava, aquelas mãos enormes envolveram o pescoço dela, apertando cada vez mais forte. Pior do que a morte, a possibilidade de que aquela coisa a sufocasse até perder a consciência, deixando-a vulnerável para seu bel-prazer a aterrorizava. Já havia enfrentado homens agressivos antes, mas a força dessa coisa era assustadora. O pouco ar restante nos pulmões não era o suficiente para mais um grito. O terror a fez desmaiar.

Ver Sharon gritar ao encontrá-lo foi um soco na autoconfiança. Com a garota inconsciente, Belial se convenceu de que a próxima ação seria ainda mais prazerosa. Poucos minutos antes, ela havia reagido de maneira positiva ao toque dele. Sob a influência das drogas que distorciam a percepção, estava certo de que levaria a garota ao êxtase do prazer.

Foi quando a cama começou a balançar.

21

O sonho erótico de Duane se transformou em um completo pesadelo. Ele estava sobre Sharon na cama dela, ambos nus, e os gemidos de prazer logo viraram gritos de puro horror. Quando olhou para as próprias mãos, viu a pele deformada e as longas garras de Belial. Sharon começou a tremer, como se estivesse convulsionando. Duane não entendia o que estava acontecendo, até que um tentáculo vermelho, coberto de espinhos, saiu de dentro da boca de Sharon.

Duane acordou de repente, sentindo um espasmo — um orgasmo-sanguinário. Foi o pior de todos, porque sabia quem era a vítima: a mulher que tanto amava. Como Belial pôde fazer isso com Sharon? E com ele? Aquilo destruía não apenas a relação dos dois como irmãos, mas qualquer chance de um futuro juntos.

Então percebeu que já não conhecia mais Belial.

Tomado por uma fúria incontrolável, Duane precisava extravasar, então começou a bater a cabeça contra a parede ao lado. Precisou reunir todas as forças para não gritar.

No instante em que o orgasmo-sanguinário perdeu efeito, pulou da cama e colocou os sapatos, grato por não ter tirado a roupa antes de dormir. Nem pensou em colocar a jaqueta enquanto pegava o cesto e saía correndo do quarto.

Na recepção, Gus e Doris estavam atrás do balcão, próximos ao Professor sentado no banco. Duane desceu as escadas como um furacão, com o cesto nos braços e uma careta de pavor no rosto, antes de disparar correndo pela porta. Os três trocaram olhares preocupados.

A rua estava repleta de táxis, mas Duane não podia apenas acenar, entrar dentro de um e rumar para a cena de um crime. A única alternativa era usar as pernas para percorrer o trajeto de três quilômetros. O pedestre que costumava respeitar as leis de trânsito, naquela noite, se transformou em um apressado que atravessava fora da faixa e não respeitava os semáforos. Após um carro frear em cima da hora para não o atropelar, o motorista começou um recital de buzinas acompanhado de xingamentos.

"Seu filho da puta sem noção!"

Por diversas vezes, Duane deixou escapar gritos de angústia, atraindo olhares curiosos de outros pedestres. Não havia problema, pois não se importava com mais nada.

Sem saber, acabou seguindo o mesmo trajeto para a casa de Sharon que Belial fizera. Ao contrário do sonho, estava vestido, encharcado de suor e sem fôlego quando chegou ao prédio. Correr já não fazia diferença. Agora, não havia mais como salvá-la.

A entrada do prédio estava destrancada, mas não o apartamento de Sharon. Foram necessários três chutes para arrombar a porta. Não poderia demorar, pois o tempo ali dentro estava contado.

Ao entrar no quarto às pressas, Duane deu de cara com a cena horrorosa que temia encontrar, mas jamais estaria preparado para ver. Belial estava sobre o corpo de Sharon, movendo-se para a frente e para trás. Entregue ao momento, Belial não percebeu a entrada estrondosa do irmão. As garras estavam cravadas fundo nos quadris da garota, e uma cachoeira de sangue e vísceras emanava da virilha dela.

Duane jogou o cesto no chão e agarrou Belial para arrancá-lo dali. O gêmeo não queria abandonar o momento de prazer, apertando ainda mais os quadris dela com as garras. Tomado de raiva, Duane teve a força necessária para tirar o irmão, e as garras rasgaram o quadril de Sharon. Enquanto era puxado, sangue e músculo caíram no chão, e o pênis gotejante se retraiu de volta ao corpo.

Como você pôde?

Ela que me chamou! Ela me queria!

Você matou ela! Ficou maluco!? Não consegue ver o que fez!?

De repente, a noção do que havia feito, de toda aquela situação, o atingiu em cheio. Ao olhar para baixo, para a linda mulher que havia destruído, Belial ficou devastado. Até o começo da noite, Sharon estava cheia de energia, cantando em cima do palco. Agora, a vida dela havia terminado, e tudo por culpa dele.

A gente gostava dela!

Ai, meu Deus. O que foi que eu fiz? Eu sou um monstro!

Duane estava prestes a empurrar Belial para dentro do cesto, quando viu o frasco de cocaína e a garrafa do limpador de cabeçote.

Foram as drogas, elas que levaram a isso. Ninguém deveria usar droga! Todos deveriam dizer não!

Assume, você não queria que eu ficasse com ela!

Belial compreendeu como o ciúme o levou até ali. Irmãos brigavam por garotas o tempo todo, não havia nada de estranho nisso. No entanto, as ações dele foram abomináveis, fazendo com que ele se rendesse a desejos que sabia não ter o direito de saciar. O resultado foi a morte daquela mulher tão incrível e talentosa.

Duane empurrou Belial para dentro do cesto e bateu a tampa com força. Quando voltou a olhar para Sharon, viu todo o estrago causado. O corpo sobre a cama era uma visão devastadora, e Duane se considerava o maior culpado. Como pôde ser tão ingênuo a ponto de achar que poderia namorar alguém? Mesmo separados, o irmão continuava preso a ele. A consequência foi um enredo de ciúme, traição e assassinato. Ambos eram responsáveis pela trágica perda de uma vida tão preciosa.

O rapaz saiu cambaleando do apartamento com o irmão.

Na rua, deu vazão à fúria, gritando sem se importar com quem pudesse ouvir. Sangue escorria pelo fundo do cesto, manchando a calçada e as calças dele.

"Não! Não! Nunca mais!"

Não vou fazer de novo.

"Ela era especial! A melhor de todas! Sharon não era como aqueles médicos!"

Eu sei.

"Não, não sabe! Você não tem noção do que fez! Esse é o seu fim! Nunca mais vou te deixar sair desse cesto!"

Você pode até tentar.

"Seu maldito! Espero que você queime no inferno!"

Ouvir Duane, seu irmão gêmeo, falando daquela forma, como o pai costumava falar, foi como uma facada no coração de Belial. A rivalidade entre irmãos havia alcançado um novo patamar.

Belial abriu o frasco de cocaína e inalou a maior dose até então. Assim que a substância entrou no organismo, a reação química foi imediata e violenta. O corpo dele estava prestes a explodir.

A tampa do cesto voou com força, acertando Duane no rosto, enquanto Belial saltava para fora. Ele aterrissou alguns metros à frente, apoiado nas mãos, e, sem hesitar, começou a correr, usando os braços como pernas.

Duane ficou paralisado, derrubando o cesto sem crer naquela nova e estranha forma de locomoção. Além de andar, Belial também conseguia correr. Em poucos segundos, desapareceu de vista. O rapaz pegou o cesto do chão e correu, sabendo exatamente para onde estavam indo.

Belial precisava de tempo para esfriar a cabeça. Se não se afastasse um pouco do irmão, sabia que poderia machucá-lo. Não queria arrancar a cabeça de Duane de forma literal, mas talvez não tivesse a capacidade de se controlar.

Não tinha para onde ir além do lugar que considerava sua casa: o Hotel Broslin. No entanto, enquanto voltava, aproveitaria o caminho para extravasar toda a raiva acumulada. Estava furioso com o irmão. E com o mundo inteiro. Sentia que todos eram inimigos. Ainda assim, não iria embora sem deixar uma marca neste mundo, nem que fosse uma marca de queimadura.

Belialzilla estava à solta.

Belial virou um carro de cabeça para baixo com facilidade. Destruir a porra toda o fez se sentir bem, e o som do vidro estilhaçando era música para os ouvidos. Quando outros carros pararam na rua obstruída, Belial logo disparou para a próxima.

Mais adiante, encontrou outro carro no quarteirão seguinte, e o empurrou para o meio da via, tentando fazê-lo colidir com um veículo que passava. Por pouco o acidente não aconteceu.

Na próxima rua, foi a vez de um caminhão ser tombado com um só movimento. Dessa vez, havia uma plateia de um bêbado sem-teto, encostado em um prédio próximo, que o aplaudiu animado, balançando a garrafa como se fosse um pompom.

"Uhuuul! Aí, sim!"

Belial retribuiu a admiração do espectador com um sorriso e seguiu feliz da vida caminhando sobre os braços.

Pouco mais de um quilômetro depois, o ódio que nutria por si mesmo foi direcionado para o pênis — aquele órgão rebelde com vida própria, que só parecia causar destruição. O maior desejo foi agarrar o tentáculo monstruoso e arrancá-lo fora. No entanto, os espinhos protegiam o órgão, até mesmo contra o próprio dono.

Sem a menor chance de castrar aquela maldição, Belial arrancou um hidrante na calçada, fazendo um jato de água disparar para o alto. Em seguida, arremessou o objeto metálico pela janela da Padaria Elliot, que fechava à noite. Arrancaria todos os hidrantes no caminho de volta. Assim, se a cidade pegasse fogo, iria queimar até virar cinzas.

A Grande Maçã não sobreviveria a Belial.

Os punhos esmagariam aquela metrópole, igual à calçada diante de si, que rachou com apenas dois golpes.

Precisou retornar à rua onde fora alvejado pelos policiais. E lá estava, exatamente como esperava, a viatura parada no mesmo lugar. Ao se aproximar, percebeu que a jovem que perseguira mais cedo saía do carro pelo banco de trás.

Candy saiu devagar, abraçando o próprio corpo. A roupa estava amassada, os cabelos desgrenhados e as lágrimas escorriam pelo rosto. A mulher parecia perdida, atordoada pelos horrores daquela noite. A criatura que a havia perseguido — ela tentava acreditar ser apenas um gato sem pelos — havia sido terrível o suficiente. No entanto, nem mesmo o encontro macabro superava a crueldade e o abuso dos policiais. Eles, sim, eram os verdadeiros monstros.

Belial ficou triste ao encontrá-la tão desolada. A vontade de apertar aqueles melões foi embora ao ver o terrível resultado dos próprios atos. As drogas estavam realmente fodendo com a capacidade dele de tomar decisões firmes. O ódio contra os policiais aumentou de forma avassaladora. Qual seria a desculpa deles para justificar aquilo?

No banco da frente, os policiais Baker e Simmons davam risada juntos, até a porta do motorista ser arrancada e jogada no meio da rua. Baker congelou de horror ao ver Belial de frente gritando. Antes que pudesse reagir, a criatura já estava dentro do carro, apertando a cabeça dele com força arrasadora.

"Que porra é essa!?", gritou Simmons, paralisado com a cena.

Belial bateu a cabeça de Baker contra o volante diversas vezes, até o crânio do policial se partir em múltiplos pedaços pegajosos, que voaram para todos os lados.

Enquanto Simmons gritava e tentava sacar a arma, Belial agarrou o maxilar dele e o arrancou da cabeça. O homem tentou segurar o próprio queixo, perplexo por não haver nada no lugar. Em seguida, Belial dilacerou a garganta do homem. A arma nem chegou a sair do coldre, que foi banhado de sangue ainda quente.

A viatura com os passageiros mortos saiu rolando rua abaixo. Um rastro de gasolina se espalhou pelo asfalto. Quando parou de rolar, Belial viu a jovem prostituta parada na calçada próxima, fumando um cigarro enquanto observava tudo com curiosidade. Não havia como ter medo daquela coisa que deu fim aos policiais. A carnificina trouxe uma sensação de conforto.

Assentindo com a cabeça, Candy jogou o cigarro aceso na rua ao lado da criatura. Belial pegou o cigarro e o lançou em direção à poça de gasolina. No instante em que o carro explodiu, já estava longe. A mulher ficou para ver os algozes virarem churrasco.

Duane estava em uma péssima situação quando sentiu o orgasmo-sanguinário resultado da morte dos policiais. A calçada em frente à boate noturna Satellites estava cheia de jovens e casais fumando, enquanto a música estilo new wave explodia dentro da balada.

A sensação foi muito intensa, pois era fruto de um duplo homicídio. Duane chegou a bater a tampa do cesto vazio contra o próprio rosto.

Os frequentadores da balada riram e apontaram.

Duane não se importou com as reações alheias; havia problemas bem piores para lidar do que ser ridicularizado em público. Não foi nada fácil controlar a raiva e poupá-los. Do contrário, seria difícil que as risadas tivessem continuado.

Um dos homens, com o cabelo lambido de gel, ria tanto que chegou a deitar de costas no capô do carro.

Bater a cabeça não foi suficiente para apaziguar a fúria, então largou o cesto no chão e torceu o próprio nariz. A plateia gargalhou ainda mais. Após enfiar os dedos nos olhos, as risadas se transformaram em urros. Duane ainda mordeu a mão até sangrar e socou o próprio rosto.

O homem em cima do carro abraçou as pernas de tanto rir e rolou até cair na rua, deixando uma enorme mancha de gel no chão.

Quando o orgasmo-sanguinário enfim acabou, Duane conseguiu escapar da multidão zombeteira, com alguns aplausos e gritos.

"Doido de pedra!"

E todos gargalharam novamente.

Naquela noite, Doris se manteve acordada até tarde, apesar de já ter passado do horário de ir para a cama. A mulher que saiu gritando do apartamento de Duane foi a gota d'água. Após se vestir, desceu até a recepção para compartilhar a preocupação com Gus. A palavra final seria do gerente, mas ela precisava apresentar a extensa lista de queixas e suspeitas sobre o hóspede mais enigmático do Hotel Broslin. O Professor havia subido para o apartamento, provavelmente para bater uma vendo as últimas revistas pornô, pensou Gus.

O gerente ficou do lado de Duane na discussão, dando ao rapaz o benefício da dúvida. Os argumentos de Doris eram bons. De alguma forma, todas as confusões recentes pareciam girar ao redor do rapaz. Só poderia haver alguma ligação.

Além da questão sobre o conteúdo daquele cesto misterioso, que Duane carregava com tanta pressa ao sair naquela noite.

"A gente não sabe com o que estamos lidando", apontou a mulher, com um tom soturno.

Muito em breve, os dois descobririam.

Gus estava inquieto após testemunhar mais um episódio estranho naquela noite. Pouco antes de o sol se pôr, estivera passeando com Fi-Fi no beco dos fundos, quando a cadela começou a farejar algo próximo aos medidores elétricos. Enquanto a puxava de volta, viu o que havia intrigado Fi-Fi: uma língua decepada e apodrecida.

Com um pedaço de jornal velho, Gus pegou a língua com cuidado e a jogou na lixeira mais próxima, soltando uma careta de nojo. Nem lhe passou pela cabeça chamar a polícia, a culpa acabaria recaindo sobre ele. Não havia compartilhado a descoberta macabra com ninguém, e nem sabia se iria. Temia espalhar uma onda de pânico.

Mais tarde, Fi-fi passaria por uma bela escovação de dentes.

Gus se desculpou, dizendo que precisava ir ao apartamento para usar o banheiro, deixando Doris encarregada da recepção.

Pouco depois, um som de vidro quebrando a assustou.

Doris saiu de trás do balcão e foi até a entrada para ver o que tinha acontecido. Lá fora, encontrou uma garrafa de cerveja estilhaçada na calçada, mas não conseguiu ver quem a tinha jogado.

Belial aproveitou que Doris estava distraída para sair da parede acima da porta e entrar no hotel. Queria se divertir um pouco antes de o irmão voltar.

Caiu em cima do balcão na recepção e ouviu latidos abafados vindo da porta logo atrás. Aquele era o apartamento de Fi-Fi, a poodle que estava sempre balançando o traseiro.

A quarta dose de cocaína o deixara em estado de euforia insana. Ele justificou para si mesmo que, sem a presença de uma mulher, seria aceitável usar a ferramenta farpada em um cachorro. A mente dele mergulhava em pensamentos cada vez mais distorcidos e perigosos outra vez.

Belial não precisou arrombar nada, pois encontrou a porta destrancada e entrou sem dificuldade, deixando-a aberta atrás de si. Os cômodos da frente do apartamento estavam vazios e silenciosos, mas havia barulho vindo do corredor. Avançando com cuidado, seguiu até uma porta aberta, de onde vinha uma luz. Lá estava ela: a poodle Fi-Fi, e, logo ao lado, o dono.

A cadela viu Belial e soltou uma sequência de latidos ferozes, que soavam de forma adorável. Aquela postura ameaçadora não enganava ninguém.

Esvaziando a bexiga sem a menor pressa, Gus se assustou ao ouvir o barulho, perdendo a concentração e molhando a tampa da privada com urina.

"Caralho, Fi-fi!"

Gus retomou a mira e buscou o que havia deixado a cachorra tão eriçada. Ao se virar para a porta, cruzou o olhar com os olhos arregalados de Belial. A visão estava focada no pau torto de Gus, tão grosso quanto uma latinha de cerveja.

Ao avaliar com cuidado, Belial confirmou que a ferramenta de Gus era o pau predileto dele do Calabouço Noturno, o mesmo que o fazia se arrepiar como nenhum outro através do *gloryhole*.

Belial se virou de costas e levantou o traseiro na direção do gerente, contraindo o ânus como se estivesse pedindo por algo.

Gus soltou um grito.

Fi-fi correu do banheiro, contornando Belial ao mesmo tempo que latia.

Enquanto balançava o ânus piscante para Gus, Belial nem reparou na cadela. E então tudo ficou escuro, porque o homem havia jogado uma toalha na cabeça dele.

Desesperado, Gus correu em círculos pelo banheiro, enquanto a criatura se debatia sob o tecido. Com um rasgar repentino, as garras de Belial fizeram a toalha em pedaços. Gus logo guardou o membro dentro das calças. Havia entendido muito bem a linguagem corporal daquela coisa. Ela queria que o gerente a comesse!

Ao entrar na cozinha, pegou uma vassoura, a primeira coisa que encontrou para afastar a criatura. Bem a tempo, pois Belial acabara de chegar à sala.

Em frente à porta de entrada, Fi-Fi latia sem parar, chamando a atenção de Gus e de Belial. A cadela começou a balançar o rabo felpudo.

Ao ver o pequeno traseiro de Fi-Fi, o foco libidinoso de Belial foi alterado, fazendo-o sair em disparada em direção à porta.

"Fi-Fi, não!"

Doris estava retornando à recepção quando o animal saiu veloz de trás do balcão. A cadela assustada fez uma curva e correu escada acima.

Belial surgiu logo em seguida, saindo do apartamento de Gus e saltando para cima do balcão. Parada na entrada, Doris congelou ao vê-lo. Ficou chocada com o que tinha diante de si, mas não muito surpresa. Tudo se encaixava: aquela criatura era a causa de todo o terror e caos que tomaram conta do Hotel Broslin. Não havia dúvida de que era responsável pela morte de um dos hóspedes. Sem pensar duas vezes, Doris decidiu que aquele monstro não sairia vivo do hotel.

No entanto, estava em uma posição de desvantagem, desarmada contra uma ameaça cheia de garras bem à frente. A única opção de defesa estava atrás do balcão: o taco de beisebol. Doris percebeu que o balcão estava com a divisória levantada, e viu a mão da criatura agarrar a lateral do móvel.

A mulher correu para a frente e abaixou a divisória do balcão com toda a força sobre a mão da criatura. Um rugido de dor ecoou pelo espaço, enquanto Belial recuava, pulando para o chão. Doris não perdeu tempo, retornando para a entrada, pronta para fugir se necessário.

Nos degraus para o andar de cima, Fi-Fi latia ante a comoção no térreo.

Entre os muitos impulsos conflitantes de Belial, perseguir um rabo felpudo e sexy parecia ser a prioridade. Abandonando Doris, começou a subir as escadas, usando as mãos como apoio na busca pela cadela.

Doris aproveitou para pegar o taco de beisebol atrás do balcão e o seguiu pela escadaria.

"Escuta aqui, sua aberração. Você não vai sair daqui com vida!"

Belial ouviu cada palavra.

Gus saiu correndo do apartamento, com uma vassoura e a coleira de Fi-Fi. Mais do que qualquer coisa, temia que a poodle escapasse para a rua e fosse atropelada por um carro. Logo quando chegou à recepção, começou a gritar:

"Fi-Fi! Volta já aqui!".

"Por que você não aparece? Seja lá o que você for!", gritava Doris, chegando ao andar superior.

A porta de um apartamento foi escancarada, e Scott saiu furioso, usando chinelos e um robe amassado.

"Mas que porra tá acontecendo agora!?"

"O assassino tá por aqui. Tem coragem de encarar?", perguntou a mulher, balançando o taco para dar mais dramaticidade.

Percebendo a completa falta de preparo para lidar com qualquer ameaça, Scott voltou para o apartamento e fechou a porta.

Um som de arranhões à frente chamou a atenção de Doris.

"Fi-Fi?"

Os arranhões continuaram e pareciam vir de algum lugar no corredor ao lado. Segurando firme o taco de beisebol, Doris avançou com cautela e virou a esquina, preparada para o que pudesse encontrar.

No final do corredor, Fi-Fi arranhava a soleira de uma porta.

"Qual é, Fi-Fi. Não é hora de escapar por aí."

Doris se agachou para tentar atrair a poodle para os próprios braços. Fi-Fi pulou direto no colo dela, permitindo que a mulher a levasse de volta. Doris suspirou aliviada, sabendo que precisaria devolver a cachorra ao apartamento de Gus antes de continuar a busca pela criatura que estava à solta no hotel.

No caminho de volta, ao dobrar a esquina, um estrondo no elevador de monta-cargas expôs Belial escondido dentro da pequena cabine. Com um rugido, ele saltou para fora e agarrou Doris pela cabeça.

Fi-Fi escapou das mãos dela e disparou em direção à escada. Os latidos desesperados ecoaram pelo prédio, alertando todos os inquilinos.

Enquanto segurava a cabeça de Doris entre as mãos, Belial rugiu de fúria e apertou com força. Após o som de ossos se partindo, o crânio explodiu, espalhando sangue nas paredes, como se fosse uma melancia esmagada. O corpo de Doris deu alguns passos em círculos, como se tentasse se agarrar ao último resquício de vida que já o abandonara.

O corpo decapitado e Belial desabaram juntos no chão.

Mais adiante, uma porta foi aberta, e o Professor apareceu. Conforme Gus desconfiara, o homem estava no meio da masturbação, mas precisou parar quando ouviu latidos e barulhos do lado de fora. As pernas congelaram ao se deparar com o cadáver de Doris no chão e uma piscina de sangue no lugar da cabeça. Além do corpo, viu também o assassino.

Belial já havia notado o Professor antes.

O homem permaneceu paralisado. O gêmeo relembrou de todas as ótimas revistas que havia ganhado, além do jantar preparado para Duane. Ainda por cima, foi graças ao dinheiro dele que conseguiram pagar o aluguel daquela semana. O Professor era um amigo, e nada de ruim poderia acontecer com os amigos.

Belial acenou com a mão pingando sangue.

O Professor retribuiu o gesto com hesitação.

Belial voltou para o monta-cargas, subiu no elevador e fechou a porta atrás de si. Os latidos de Fi-Fi vinham do andar de cima. Usaria o transporte particular para surpreender a presa, como uma aranha saindo da toca.

O Professor voltou para o apartamento e trancou a porta. Não foi difícil conectar os pontos, percebendo ser aquele o grande segredo de Duane. Lembrou-se da enorme cicatriz na lateral do corpo do jovem e sentiu uma pontada de tristeza. Gostaria que Duane houvesse confiado nele antes para se abrir, pois nunca o julgaria.

Sempre considerou o rapaz um amigo.

Enquanto passava por um prédio alto de tijolos, Duane foi tomado por mais um orgasmo-sanguinário. Foi necessário se virar para a parede e desferir um chute, só para machucar os próprios dedos do pé. Pulando de dor, não percebeu que se aproximava de uma escadaria de pedra que levava a um estacionamento subterrâneo. Quando pisou no primeiro degrau, perdeu o equilíbrio. O cesto escapou das mãos enquanto ele rolava escada abaixo até se chocar com a porta no final.

Gemendo de dor, com o corpo coberto de arranhões e hematomas, Duane lutou para se levantar. Subiu as escadas com dificuldade e encontrou o cesto intacto onde havia caído. Após pegá-lo, seguiu em direção ao hotel. Faltava menos de um quilômetro para chegar.

Casey havia nascido para se dar bem em uma metrópole como Manhattan, mas as últimas duas semanas a deixaram com os nervos à flor da pele. Não era a cidade grande a razão dos problemas — era o caos que vinha de dentro do prédio onde morava. O lugar já podia até mudar de nome para Hotel Mal-Assombrado Broslin.

Depois de atender o último cliente da noite, Casey deu uma passada no Huevos Grandes Bar & Lanches. Aproveitou a chance para assistir a um show de *drag queens* — algo raro, já que o palco costumava ser ocupado por *strippers* — e foi se encontrar com Zorro. O cafetão concordou em escoltá-la até o hotel, pois havia um abismo de diferença entre andar sozinha e andar com um homem musculoso ao lado.

Quando Casey e Zorro se aproximaram do hotel, avistaram Gus mais adiante na calçada, perdido no próprio pânico.

"Fi-Fi, cadê você?", gritava o gerente.

Casey sentiu um aperto no peito, torcendo para que Gus conseguisse encontrar a cachorrinha. Contudo, como a cadela havia escapado, para começo de conversa? Algo naquela situação a deixava inquieta.

"Tudo certo?", perguntou Zorro, envolvendo-a no braço forte.

"Você se importa se a gente subir para dar uma olhada no meu quarto?"

"Zorro tá aqui pra te proteger, meu bem."

Com o cafetão na dianteira, os dois entraram no famigerado Hotel Mal-Assombrado Broslin.

A recepção estava vazia, o que era estranho. A escadaria também não tinha o menor sinal de vida. Quando chegaram ao andar superior, continuaram subindo. Se houvessem virado no corredor, teriam visto o cadáver decapitado de Doris jogado no chão.

O terceiro andar estava tão desértico quanto os outros. O silêncio absoluto estava deixando Casey apavorada. Ao colocar de novo o braço ao redor dela, Zorro notou a tremedeira.

"Esse lugar tá mais quieto do que um cemitério", observou o cafetão, recebendo um olhar bem claro de que o comentário não ajudava em nada. Ao pegar a chave para abrir a porta, Casey ouviu um latido inesperado, que a fez derrubar a chave. O som vinha do corredor ao lado.

"Fi-Fi! Seu papai tá te procurando lá fora. Vem cá, garota."

Conforme aguardavam a cadela aparecer na esquina do corredor, a porta do elevador de monta-cargas se abriu com um estrondo e Belial saltou para o chão. O corpo estava coberto de sangue.

Enquanto Casey ficou boquiaberta pelo choque, Zorro colocou as duas mãos nas bochechas e soltou um grito agudo e estridente.

O barulho fez a mulher pular de susto. Agora, foi a vez de Belial ficar boquiaberto, incrédulo com o som tão esganiçado.

"Vai embora, caralho!", exclamou Zorro, antes de correr escada abaixo. Ainda paralisada, Casey mal podia acreditar que foi abandonada. Os olhos recaíram sobre aquela coisa, que ela reconheceu como a mesma que estivera na cama dela, duas semanas antes.

Ainda carregando a culpa por ter causado tanto pavor a Casey naquela noite e tomado pela vergonha dos próprios atos, Belial ergueu uma das mãos na tentativa de ocultar o rosto e se virou para o lado.

Você não consegue me ver, pensava ele.

Casey não entendeu aquilo, mas não ficaria para descobrir. Sem perder tempo, destrancou a porta e correu para dentro.

"Aquele filho da puta", murmurou, ainda surpresa por ser abandonada pelo cafetão. "Zorro tá aqui pra te proteger, uma ova!"

A próxima porta aberta foi a de Josephine. Logo de cara, os dois se olharam. Belial acreditava ser um sinal de que ela o queria. Afinal, ela fizera shows íntimos em frente à janela. Quais outros indícios seriam necessários para provar o ponto? Ele apertou as mãos no ar enquanto dava um salto.

A porta se fechou na cara de Belial. O impacto o fez cair no chão, deixando uma marca de sangue na madeira.

Os latidos voltaram a ecoar. Belial virou na esquina e encontrou Fi--Fi encurralada ao final do corredor.

Finalmente, ela seria sua. Assim como fez com Sharon, começou a encontrar desculpas para justificar o ato, afirmando para si que a cadela o desejava.

Belial avançou em direção à poodle, que continuava a latir de forma frenética. Foi quando o tentáculo surgiu, coberto de espinhos e estalando como um chicote. Quando o membro saltou para a frente, Fi-Fi correu para a esquerda, depois para a direita. Aquele vaivém era como uma dança de acasalamento fatal.

O tentáculo se projetou outra vez, e Fi-Fi deu uma mordida com força, cravando os pequenos dentes até arrancar sangue. Belial rugiu de dor, enquanto o tentáculo recuava para dentro do corpo, arrastando-se no chão como um balão murcho. Fi-Fi soltou um latido desafiador, pronta para outro ataque, mesmo com a boca ferida pelas farpas.

"Belial!", gritou Duane. Ele se virou e viu o irmão segurando o cesto. "De volta pro cesto!"

Sentindo-se culpado pelo comportamento descontrolado, Belial acatou a ordem. Duane colocou o cesto no chão e abriu a tampa. Quando o gêmeo entrou, os dois foram até a porta do quarto e entraram juntos.

Sozinhos no cômodo, Duane começou o desabafo. Poderia ter conversado por telepatia, porém preferia falar em voz alta.

"Por que a Sharon? Só porque eu tava interessado nela?"

Nós dois estávamos.

"Ou porque ela tava interessada em mim? Qual o seu problema?"

Eu também tenho necessidades.

"Mas isso não justifica sair matando por aí! E outra, não é porque você não pode que eu não tenho direito."

Duane abriu a gaveta de cima da cômoda e começou a jogar roupas na cama. Precisava fazer as malas depressa. Deveriam sair dali o mais rápido possível, antes que o irmão matasse de novo ou os colocasse em risco de serem descobertos.

"Vai ser sempre assim quando eu gostar de uma garota? Você vai acabar com tudo? A primeira garota que eu beijei, e você acabou com a vida dela! Se isso acontecer de novo, eu juro que te mato! Tá ouvindo?"

É isso que você quer?

Duane socou a tampa do cesto com força para enfatizar cada uma das próximas palavras.

"Eu! Te! Mato!"

O sangue de Belial começou a ferver, literalmente. A quarta dose de cocaína causava danos acelerados e irreversíveis: uma overdose. O corpo tremia de forma descontrolada, fazendo o cesto chacoalhar. O suor começou a se transformar em sangue, saindo do nariz, ouvidos, olhos, uretra e ânus.

Do quarto cinco, Casey ouviu passos do lado de fora, indício de que os reforços estavam a caminho. Os vizinhos se aglomeravam no corredor. Com cautela, abriu a porta e encontrou Enrique, Chico, Rhonda, Josephine, Mark e Micah. Ao se juntar ao grupo, viu Gus e o Professor subindo as escadas. O gerente segurava Fi-Fi nos braços como se fosse um bebê.

Com toda a comoção lá dentro, Casey bateu à porta do quarto sete.

"Duane!? Tudo certo por aí!?"

Gus usou a chave mestra para abrir a porta. Antes de entrar, entregou Fi-Fi para Rhonda e avançou, com Casey logo atrás. Os outros moradores se amontoaram no corredor.

Duane levantou os olhos e viu todo mundo.

"Fora daqui!"

O cesto tremia tanto que a cama começou a balançar. Duane não achou que conseguiria segurar por muito tempo.

A última explosão de fúria de Belial não era apenas efeito da overdose. Era fruto da traição do próprio irmão, seu gêmeo, a outra metade de si. Aquilo literalmente deixou o coração dele em pedaços. O motor do corpo, operando em sobrecarga, começou a vazar sangue.

A tampa do cesto foi lançada para o alto quando Belial emergiu. Os olhos brilhavam em um vermelho pujante, irradiando um calor que Duane podia sentir à distância.

Casey gritou. Gus a protegeu com um braço e a arrastou para fora. Todos recuaram com medo do hóspede do cesto.

Belial agarrou a virilha de Duane. A força era tão esmagadora quanto uma morsa hidráulica. Após erguer o irmão do chão, trucidou o pênis e os testículos dele, enquanto o rapaz chutava no ar em vão e os braços giravam no vazio.

Agora, nenhum de nós pode usar o pau!

Consumido pela sede de vingança, Belial achava a atitude mais do que justa.

Sangue começou a encharcar a virilha. Duane chorava de dor enquanto os países baixos eram pulverizados.

Belial soltou o irmão, que caiu no chão com um baque. A agonia que tomava conta do ventre o fez gritar cada vez mais alto.

Com um salto voraz, Belial saiu do cesto e agarrou a cabeça de Duane. O irmão cambaleou para trás, com os braços se debatendo em desespero, até sentir as costas baterem contra as persianas. A janela estava escancarada, e os dois irmãos caíram juntos para fora do prédio. No último instante, Duane esticou a mão e agarrou o monte de fotos que estava sobre a mesa de cabeceira, levando-o junto enquanto despencavam.

Casey soltou um grito, seguido por exclamações de susto de todos os outros.

Durante a queda, Belial conseguiu se agarrar ao topo da estrutura metálica da placa de néon do Hotel Broslin. Com a outra mão, segurava Duane pelo pescoço, logo abaixo do queixo — para a infelicidade dele. Os pés chutavam debilmente o ar.

Como as coisas chegaram àquele ponto, perguntarem-se os irmãos. Os dois sempre se amaram. Apesar de uma vida amaldiçoada pela própria biologia, agora viam o quão incrível fora a trajetória. Os gêmeos eram especiais demais para que a sociedade pudesse compreendê-los.

Juntos, os irmãos Bradley eram um milagre.

Enquanto perdia a consciência, a mente de Duane foi apagando aos poucos.

Belial continuava agarrado à placa de néon, mas estava cada vez mais fraco. Os órgãos e sinapses pareciam entrar em colapso. Mesmo assim, não largava o irmão. A força da pegada era grande demais para que Duane respirasse. Senti-lo debatendo-se na própria mão era terrível, mas o pior veio quando os chutes pararam e os braços ficaram moles.

Quatro jovens prostitutas estavam encostadas em um carro na calçada em frente ao hotel, tentando atrair a atenção dos transeuntes. Uma delas olhou para cima e soltou um grito.

"Olha lá! O que é aquilo!?"

Assustadas, as outras começaram a apontar também.

Lágrimas de sangue escorriam dos olhos de Belial. O coração derramava sangue pelo irmão, e por si mesmo. Aquilo nunca aconteceria se não tivessem sido separados, mas o destino reservava outros planos. Alguns milagres tinham um lado sombrio.

Embora as forças estivessem se esvaindo e o corpo entrasse em colapso, os olhos de Belial brilharam uma última vez enquanto encaravam a placa de néon ao lado. Foi então que compreendeu a fonte da bioluminescência. O brilho vermelho dos olhos era o reflexo do próprio destino. Havia sido abençoado com a visão do futuro, mas a cena era a da própria morte. Agora, pendurado na placa de néon do Hotel Broslin, entendia que o vermelho era um aviso, um sinal de parada, um ponto final para a vida deles.

Ainda que soubesse antes, não teria mudado absolutamente nada, e estava ciente de que Duane pensaria da mesma forma. Só no último mês, os dois viveram os melhores dias de suas vidas em Nova York. Viveram com tanta intensidade que consumiram o tempo restante aproveitando ao máximo juntos. O laço entre eles sempre foi extraordinário.

Fizeram o melhor que podiam em um mundo cruel, que os rejeitou e quase os engoliu vivos. Às vezes, até os caras bonzinhos fodiam com tudo, uma prova de que eram tão normais quanto qualquer um. Por toda a vida, haviam temido o momento em que uma multidão enfurecida chegaria para matá-los. Mas, no fim, foram Belial e Duane a colocar um fim na própria existência. Talvez fosse dessa forma que tudo estava destinado a acontecer.

Sinto muito.

Eu também sinto muito.

Não precisa ter medo.

Eu sei. Estamos juntos nessa.

A mão de Belial escorregou e buscou algo para se apoiar. Não havia mais nada para segurar. Quando caiu, os dedos agarraram as letras inferiores da placa, mas os tubos de vidro se despedaçaram, resultando em uma explosão de faíscas.

Os irmãos Bradley despencaram três andares, atingindo a calçada com um impacto devastador. Duane caiu de bruços, estatelado no chão. A testa de Belial sofreu uma pancada tão violenta que o crânio se partiu. Em uma ironia do destino, os dois irmãos acabaram na mesma posição em que haviam nascido, unidos como antes. No momento final da vida, estavam juntos outra vez.

Gus, Casey e o Professor seguiram à frente dos demais moradores do Hotel Broslin até a calçada, formando um círculo ao redor dos irmãos para afastar os curiosos de plantão. Todos estavam abalados, enquanto Gus, Casey e o Professor, que haviam se apegado mais a Duane, não conseguiam conter o choro. Josephine permaneceu no apartamento, observando a cena da janela. Lágrimas escorriam pelo rosto dela enquanto se apoiava nas cortinas para não desabar.

O Professor agachou ao lado de Duane e tentou sentir o pulso — sem sucesso. Foi quando reparou nas fotos Polaroid e as tirou do chão. Gus e Casey se aproximaram, um de cada lado.

Juntos, folhearam as imagens com os momentos mais alegres dos irmãos. Lá estavam os dois, aproveitando o pôr do sol no topo do Hotel Broslin, sorrindo de um jeito que apenas irmãos inseparáveis conseguiam. Então surgiram as fotos de Belial, usando o figurino sensual e a maquiagem.

Casey esboçou um sorriso entre as lágrimas. Não sentia mais medo de Belial, compreendendo que a história narrada por Duane no Bar Fim da Linha era real. Assim como Duane, a mulher também tinha espaço no coração para o gêmeo.

O Professor guardou as fotos no bolso, certo de que um dia escreveria um livro para contar a história dos irmãos Bradley. Quando chegasse o momento certo, aquelas imagens seriam compartilhadas com o mundo. O autoproclamado poeta do Chateau Broslin estava pronto para criar a própria obra-prima, desta vez baseada em fatos. Ele já tinha até um título provisório em mente: *O Garoto e Seu Cesto*. A história deles percorreria o globo, sendo contada por aqueles que os acolheram como família e aprenderam a amá-los, apesar de tudo.

Gus, Casey e o Professor se abraçaram diante daquela cena devastadora, chorando nos ombros uns dos outros. O gerente olhou para cima e viu que faltavam três letras no letreiro. O sinal parecia um epitáfio estranhamente preciso.

HOTEL BROS.*

Nos últimos instantes de vida, os irmãos Bradley trocaram palavras que só os dois podiam ouvir.

Eu te amo, Duane.

Eu te amo, Belial.

Ambos estavam ansiosos para reencontrar tia Beth em breve. Lutaram o máximo que conseguiram, aguentando até o final para oferecer conforto um ao outro. Então, partiram desta vida juntos e ao mesmo tempo.

Afinal, eram irmãos gêmeos, unidos em tudo.

---

* Abreviação de *Brothers*.

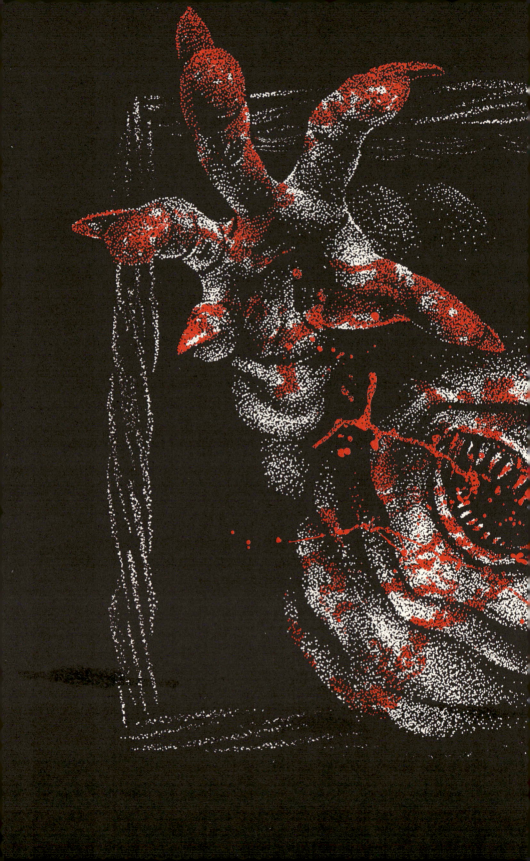

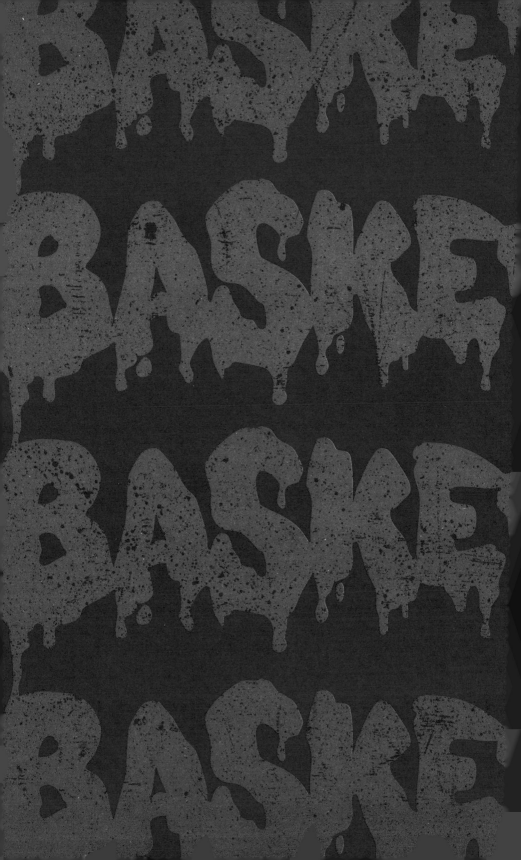

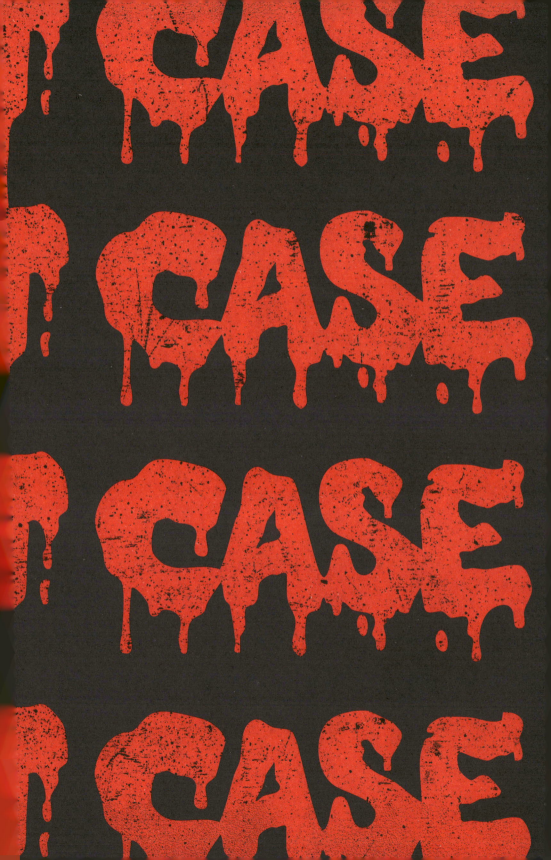

POSFÁCIO MACABRO

A DÉCADA DE 1980:
OS ANOS DE SEXO, DROGAS & GORE'N HORROR

Não seria exagero dizer que 1980 foi a década dos exageros para a cultura norte-americana.

O fim do mundo dobrava a esquina. O medo de um apocalipse nuclear era tão real que as famílias construíam abrigos antiatômicos repletos de comida. O presidente Ronald Reagan insistia na narrativa de empoderamento militar contra a ameaça do fantasma vermelho.

O consumismo crescia desenfreado e tomava proporções cada vez maiores. Carros, casas e acúmulo de bens eram venerados. Verdadeiros templos gigantescos dedicados às compras surgiam, os shopping centers. O culto ao sucesso transformava milionários como Donald Trump em celebridades, propagando a riqueza como sinônimo de felicidade. A cirurgia plástica crescia e oferecia soluções para problemas que nem sequer existiam, pois o corpo escultural parecia a nova ideia de perfeição.

Ternos brilhantes, roupas exageradamente coloridas e ombreiras enormes estavam na moda. Os cabelos, repletos de spray, ostentavam penteados armados e chamativos. A maquiagem de cores vibrantes se tornava cada vez mais pesada.

O diabo estava à solta e aliciava jovens inocentes por aí. Após a publicação de *Michelle Remembers* (1980), com o relato de abusos (irreais) de uma mulher em rituais satânicos, o conservadorismo religioso começou a atacar tudo que considerasse uma ameaça. A crença de haver um culto satânico operando em segredo para fins malignos tornou bandas de heavy metal e jogos como *Dungeons & Dragons* os principais alvos.

A criminalidade atingia níveis recordes. Por consequência, houve o crescimento do número de gangues e da repressão policial. As manchetes jornalísticas pintavam as ruas como verdadeiras zonas de guerra. Jovens delinquentes eram presos em massa (ainda mais se fossem negros ou latinos) e a pena de morte era aplicada com força total. A cada dia, um novo *serial killer* era descoberto. Nomes como Ted Bundy, John Wayne Gacy, Richard Ramirez e Jeffrey Dahmer, assim como seus crimes, estampavam os noticiários.

O consumo e a repressão às drogas também não ficavam para trás. A cocaína era utilizada desde a elite mais rica até os indivíduos mais marginalizados, enriquecendo cada vez mais os bolsos de pessoas como Pablo Escobar. A propagação midiática sobre o terror destrutivo do crack, somada a programas governamentais como o "Just Say No", direcionavam a culpa da dependência química para regiões de pessoas com condições financeiras precárias. A solução dependia apenas das "decisões de cada indivíduo".

Para completar o cenário, havia comerciais sensacionalistas, programas de televisão apelativos, a objetificação da mulher na mídia, a pornografia cada vez mais extremista e o pânico da aids (que levou à demonização dos homossexuais).

E a indústria cinematográfica não ficou de fora, claro. Graças ao advento do VHS, pela primeira vez o público podia assistir a filmes sem restrições de censura em casa, o que abriu espaço para obras ainda mais ousadas. Produtores independentes encontraram uma nova audiência ávida por conteúdos que os grandes estúdios evitavam. Filmes como *Uma Noite Alucinante* (*The*

Evil Dead, 1981), *Re-Animator* (1985) e *Hellraiser: Renascido do Inferno* (1987) não apenas abusaram de efeitos práticos para cenas de violência explícita, mas também incorporaram uma nova "estética transgressora".

O horror corporal (ou body horror), popularizado por David Cronenberg em filmes como *Videodrome: A Síndrome do Vídeo* (1983) e *A Mosca* (*The Fly*, 1986), explorava a transformação grotesca da carne como uma metáfora/crítica para os medos da modernidade — como a epidemia da aids, a paranoia nuclear ou o próprio consumo exacerbado de drogas.

O cinema Grindhouse — filmes de baixo orçamento, com temáticas experimentais que abusavam de violência, sexo e cenas chocantes — já dera as caras na década de 1970. No entanto, é no período de 1980 que ele floresce ainda mais nos cinemas *underground* e *drive-in*. Esses espaços rodavam sessões contínuas de filmes, sem intervalos longos, "moendo" (*grinding*) um filme atrás do outro para o público — uma das possibilidades para a origem do termo.

É nesse cenário emergente que se encontrava o aspirante a diretor Frank Henenlotter. Nascido em Nova York em agosto de 1950, Henenlotter era um fã do cinema de terror e do ambiente *underground* nova-iorquino, em especial a 42nd Street e os diversos cinemas Grindhouse.

A carreira dele começou com curtas experimentais. O diretor criou o argumento para o primeiro longa ao caminhar pela 42nd Street. Na mente, ele visualizou um jovem que andava naquele cenário com um cesto de vime em mãos. Então foi necessário responder à famosa pergunta: o que tem dentro do cesto? E eureca! Tratava-se do irmão deformado do jovem. Assim surgiu o conceito do filme *Basket Case* (1982), apresentado no Brasil como *O Mistério do Cesto*. Inclusive, a imagem criada por Henenlotter foi a primeira cena gravada, e aparece aos 3min50s de duração.

Como todo bom filme independente, não faltaram contratempos e dores de cabeça. O orçamento foi de míseros 35 mil dólares, que precisaram ser angariados durante a produção, que começou com apenas oito mil. As gravações duraram cerca de um ano. Além da falta de recursos, o elenco só conseguia atuar aos finais de semana, quando os atores dispunham de tempo para gravar. Diversos nomes nos créditos foram inventados para "aumentar a credibilidade do filme", pois não queriam repetir os únicos dez nomes que trabalharam atrás das câmeras 16mm.

O boneco de Belial de látex foi criado a partir de um molde do rosto de Kevin Van Hentenryck, o ator que interpretou Duane Bradley. O primeiro responsável pelos efeitos especiais foi Kevin Haney, que deu vida ao boneco. No entanto, Haney abandonou a produção para trabalhar em outro projeto (de forma remunerada). John Caglione Jr. o substituiu, criando o design de Belial quando criança e atuando nas diversas cenas *gore* do filme. Mais tarde, Caglione Jr. ganharia um Oscar de efeitos especiais pelo trabalho em *Dick Tracy* (1990), além de uma indicação por *Batman: O Cavaleiro das Trevas* (*The Dark Knight*, 2008) — sim, o mesmo criador do pequeno Belial trabalhou na criação da estética do Coringa de Heath Ledger.

A mão de látex que vemos em diversos momentos foi manuseada pelo próprio Henenlotter que, em cenas como o ataque de fúria do gêmeo no quarto de hotel, precisava ficar escondido e gritar para que alguém começasse a rodar a câmera. Já nas cenas em que o boneco se mexe e interage com outros personagens, uma menina de 8 anos, Kika Nigals, é quem fica por trás do monstro. A equipe precisava de alguém com pouca estatura para que coubessem os dois braços do boneco. A menina era filha de Ugis Nigals — outro responsável pelos efeitos especiais no filme — e de Ilze Balodis — que faz uma aparição como a assistente social no *flashback* de Duane.

O amadorismo, as atuações exageradas e a falta de recursos nunca foram uma preocupação do diretor que, ao conviver com diversos filmes *trash*, acreditou que a obra seria apenas mais uma exibida nos cinemas da 42nd Street. Para ele, a película nunca chegaria ao grande público e a maioria nem prestaria muita atenção. O fato de o roteiro original não ter sido aproveitado por completo pouco lhe incomodou... Ele queria apenas fazer um filme e se divertir com o processo. Henenlotter afirmou em uma entrevista que todas as obras dele são filmes exploratórios (*exploitations*), em que o terror se mistura com a comédia, causando sustos e risos.

Em 2024, o autor Armando Muñoz expandiu ainda mais o universo de *Basket Case* com a novelização que você tem em mãos. Inspirado no roteiro original do filme — que era muito mais amplo do que a versão conhecida —, o autor incorporou o espírito de terror com *trash* com o humor ácido, em uma homenagem ao cenário *underground* da 42nd Street.

Se compararmos o filme com o livro, ficam claras as diferenças entre as duas obras. A começar pelo nome do primeiro médico assassinado. O doutor Julius Pillsbury do livro é Julius Lifflander no filme. No livro, o nome Pillsbury forma um trocadilho com o fato de ele prescrever medicações (*pills*). A premissa de nomes e funções também aparece nos outros dois personagens: Needleman, que cuida das seringas (*needles*), e Kutter, que realiza os cortes com o bisturi (*cuts*).

Pillsbury não foi o único a ter o nome alterado. Lou Sacana (Dirty Lou, no original) aparece nos créditos do filme apenas como Mickey O'Donovan. O nome Lou é usado apenas na primeira conversa na recepção, em que O'Donovan conta sobre a morte por atropelamento do personagem. No roteiro original, o personagem de O'Donovan seria chamado de Lou Sacana desde o início.

O crescimento da história com base no roteiro original também ocorre com as diversas descrições adicionais que encontramos no livro. O primeiro capítulo, quando Pillsbury vai atrás dos prontuários dos irmãos Bradley, e os capítulos finais, quando Belial está à solta por Nova York, são dois exemplos de cenas que constavam no roteiro original mas não aparecem no filme, mas que foram aproveitadas na versão literária. Inclusive, o final do livro com a placa de néon escrita "Hotel Bros" também integrava o manuscrito de Henenlotter.

Não apenas o roteiro original colaborou com o aumento. A vida real e outras obras de Henenlotter também serviram de inspiração para o conteúdo "extra" da obra de Muñoz.

Sharon, o interesse romântico de Duane, interpretada no filme por Terri Susan Smith, usa uma peruca na versão audiovisual, mas sem nenhuma justificativa. No livro, ela participa de uma banda punk, chamada Tretas & Tetas (no original: Ditz and Tits) e tem o cabelo verde — o motivo para o uso da peruca loira. A ideia foi inspirada na própria atriz, que era integrante de uma banda punk chamada Tattoed Vegetables e tinha a cabeça raspada. Infelizmente, *Basket Case* foi o único trabalho de atuação de Terri.

No roteiro original, não temos o cafetão de Casey. Todavia, Zorro é um dos personagens criados por Henenlotter para o filme *Frankenhooker: Que Pedaço de Mulher* (1990), que era cafetão das garotas de programa utilizadas para criar a nova versão do monstro de Frankenstein. Muñoz uniu as duas ideias e inseriu o personagem na obra, em uma espécie de universo compartilhado do diretor — algo que o próprio Henenlotter havia brincado ao mostrar uma rápida aparição de Duane Bradley com o cesto no filme *O Soro do Mal* (*Brain Damage*, 1988).

No entanto, o maior mérito de Muñoz foi dar voz a Belial. No filme, a comunicação entre os irmãos era telepática, e o público não tinha acesso à voz do gêmeo. A situação foi muito bem explorada pelo autor do livro. Temas como identidade, pertencimento e humanização da criatura incompreendida, tratados de maneira superficial no filme, foram expandidos e aprofundados no livro. Conseguimos sentir o que Belial sentia, a sensação de ser excluído de uma sociedade que o enxergava como uma besta monstruosa. Muñoz o compara com outros seres incompreendidos, como Caliban, o monstro de Frankenstein e King Kong.

Apesar do comportamento destrutivo, encontramos em Belial um ser humano na busca pela mesma coisa que muitos de nós buscamos: amar e sermos amados por quem somos. O desejo de pertencimento o leva até a ruína. Mas que o exemplo sirva como um aprendizado: sempre haverá um "grupo de desajustados" para chamar de nosso.

Faço parte desse grupo de amantes do terror, pessoas que encontraram nos sustos e no sangue algo tão interessante quanto ser popular no ensino médio. Um grupo que provavelmente você também deve fazer parte.

Afinal, todos podemos encontrar morada no Hotel Broslin.

DANIEL BONESSO é tradutor, leitor de horror desde a infância e alguém que sempre desconfiou que carregar uma cesta pode esconder mais do que um piquenique. Fascinado por monstros, traumas e relações que não se partem nem com bisturi, encontrou em *Basket Case* o terreno perfeito para explorar tudo o que é estranho, grotesco e, ainda assim, profundamente humano. Quando não está traduzindo ou escrevendo sobre o lado sombrio da vida, provavelmente está jogando videogame ou alimentando seus próprios pequenos monstros — internos, claro.

AGRADECIMENTOS

Tenho um cesto repleto de agradecimentos para distribuir a todos que contribuíram e apoiaram a criação deste livro.

Agradeço a Jeffrey Fenner por sempre editar meus romances e por encorajar o crescimento deste projeto.

Obrigado a Anthony Masi, da MasiMedia, por me oferecer um novo convite de conduzir esta louca jornada até Nova York e pela dedicação em entregar o melhor livro possível. Esta foi, sem dúvida, nossa colaboração mais gratificante até agora.

Minha gratidão se estende a toda a equipe do site Stop the Killer, incluindo o diretor comercial Nate Ragon, os designers de jogos Jon Cohn e Delaney Mamer, e a ilustradora de capa Lynne Hansen. Juntos, criamos uma bela aberração da qual podemos nos orgulhar.

Agradeço também a Kevin Mangold e a Doug Waugh pela leitura crítica e pelos comentários valiosos.

Por fim, gostaria de expressar meus sinceros agradecimentos a Frank Henenlotter e a Anthony Sneed pela oportunidade de transformar *Basket Case* em um romance. Guardo com carinho o tempo que passei no Hotel Broslin e espero que este livro honre o legado insano e perturbador do filme e a experiência da 42nd Street.

Este livro é dedicado aos pioneiros e ao público dos cinemas *grindhouse*, onde Frank Henenlotter atuou de forma pioneira por muito tempo.

ARMANDO *DUANE* **MUÑOZ** é um autor e cineasta norte-americano especializado no gênero de horror. Além de escrever e dirigir filmes como *Mime After Midnight* e *Panty Kill*, ele também atua como DJ Pervula, trazendo sua paixão pelo terror para diferentes plataformas criativas. Em 2015, Muñoz lançou seu romance de estreia, *Hoarder*, que recebeu elogios da revista *Fangoria* como "um choque imaginativo e nauseante". Muñoz também é conhecido por suas novelizações de clássicos cult do horror dos anos 1980. Sua versão de *Basket Case* expande os elementos mais depravados e lascivos da história original de Frank Henenlotter, servindo como uma carta de amor aos excluídos e marginalizados. Com uma carreira dedicada a explorar os cantos mais sombrios do horror, Armando D. Muñoz continua a cativar e perturbar leitores e espectadores com suas criações únicas e ousadas.

VITOR WILLEMANN (1993) é designer e ilustrador. Nascido em Florianópolis (SC), passou a infância em um bairro pequeno afastado da capital e também no sítio do avô. Estudava anatomia dos animais rabiscando os detalhes em um bloco de notas, e colecionando crânios que encontrava em suas aventuras pelo campo. Inspirado pelos horrores oitentistas, Vitor criou as ilustrações macabras presentes na coleção DarkRewind. Siga o artista em instagram.com/willemannart

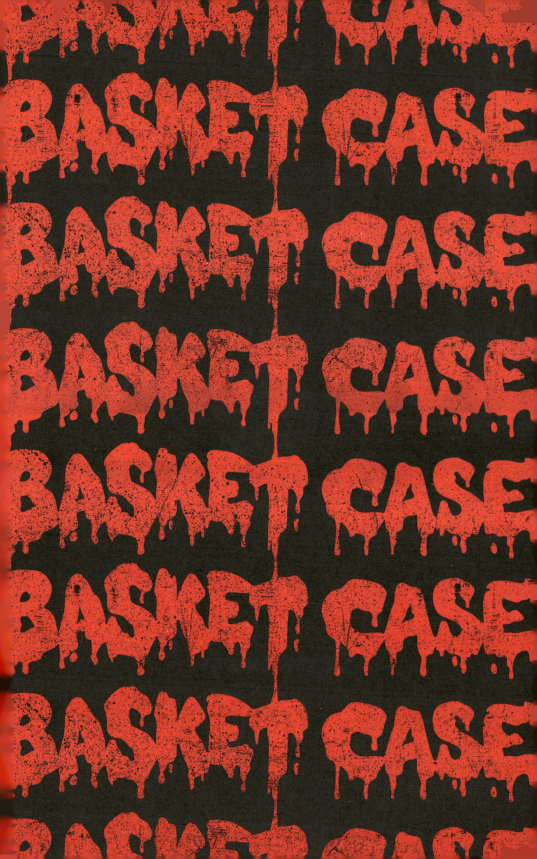

Para Frank Henenlotter

FEAR IS NATURAL ©MACABRA.TV   DARKSIDEBOOKS.COM